侯爵の憂鬱な結婚

ジョー・ベヴァリー
坂本あおい 訳

AN UNWILLING BRIDE

by

Jo Beverley

Published by arrangement with Kensington Books,
an imprint of Kensington Publishing Corp., New York
through Tuttle-Mori Agency, Inc., Tokyo

侯爵の憂鬱な結婚

登場人物

ルシアン・フィリップ・ド・ヴォー……アーデン侯爵。ベルクレイヴン公爵の跡継ぎ

ウィリアム・ド・ヴォー……………………ルシアンの父。ベルクレイヴン公爵

ヨランダ……………………………………ルシアンの母。ウィリアムの妻

ジェラルド・ウェストール………………ウィリアムの秘書

ブランチ……………………………………ルシアンの愛人。女優

ロビン・バブソン…………………………元スパローという名の浮浪児

ニコラス・ディレイニー
ハル・ボーモント
ダリウス・デブナム（通称デア）
スティーブン・ボール下院議員
アムリー子爵（通称コン）
ミドルソープ卿（通称フランシス）
（以上）ルシアンの友人。無頼同盟《カンパニー・オブ・ローグズ》の仲間

エリザベス・アーミテッジ………………女学校教師。通称ベス

デヴリル卿…………………………………伯爵

クラリッサ・グレイストーン……………女学校の生徒

1

「まさか、冗談だろう」

その言葉は叫びではなく、つぶやきだったが、ベルクレイヴン公爵ウィリアム・ド・ヴォーの秘書ジェラルド・ウェストールは、それでもじゅうぶんに驚いて雇い主の顔を見た。公爵は、彫刻を施した広々とした机のむこうの椅子《いす》について、その日の連絡事項に目を通していた。文字を読むときしか使わない眼鏡《めがね》を、長いすっとした鼻の先にのせ、つぶやきの原因となった書状を読み返している。

ミスター・ウェストールは身体《からだ》を縦に引き伸ばしたような、エル・グレコの描く人物を思わせる細身の紳士で、彼は自分の仕事にもどったふりをしたが、意識はずっと公爵から離れなかった。さっきのはショックから出た言葉だろうか。それとも怒りか？　いや、ちがう。驚きだ。若い秘書は、用事を言いつけられるのをいまや遅しと待った。そうすれば、すべての理由がわかる。

しかし、彼は落胆させられることになった。公爵は手紙を机において立ちあがり、三百年前から一族が所有する広大な敷地〝ベルクレイヴン・パーク〟を一望する、大きな窓のほうへ歩いていった。十五年前、新しい世紀を迎えた節目に、大邸宅の周囲にひろがる数百エイカーの土地は、造園家ハンフリー・レプトンの手によって風景式のスタイルに美しく生まれ変わった。四年前には、ベルクレイヴンの継嗣、アーデン侯爵の成人を記念し、盛大な祝賀の一環として湖の拡張が行なわれた。さらに大幅に手を加えて島をひとつこしらえ、総仕上げとしてそこに建てられたギリシア風の神殿からは、花火が打ちあがった。どこを見てもため息の出る美しさだが、いまさら目新しい景色というわけでもなく、ウェストールの雇い主には、日ごろから自分の敷地を愛《め》でる習慣はなかった。

外から見ているだけでは、ほとんどなにもわからなかった。公爵は、五十の坂を過ぎたことを感じさせない引き締まった姿で、まっすぐに立っている。とりたてて特徴のない顔は、いつもながらどんな秘密も露呈していない。ベルクレイヴン公爵は、冷たくて、とっつきにくい人物だ。秘書はかねがねそう思っていた。

沈思黙考はその後もさらにつづき、ウェストールは心配になった。もしもド・ヴォーの家に思わぬ災難がふりかかったのだとすれば、自分も一蓮托生となって路頭に迷う運命なのだろうか？

しかし、そんな馬鹿なことがあるはずはない。公爵はイングランドでも屈指の大富豪で、ジェラルド・ウェストールは、雇い主が危険な投資話や賭《か》けごとに夢中になる性質でないことを、もっともよく知る立場にいる。それは、美しい夫人のほうにもあてはまった。

だが、息子はどうか？

ウェストールは、アーデン侯爵ルシアン・フィリップ・ド・ヴォーのことは、よく思っていなかった。いわば絹につつまれて生まれてきたような贅沢《ぜいたく》者の放蕩《ほうとう》児で、怖いものがまるでない。まれに〝パーク〟にやってくると、ウェストールの存在を無視し、父に対しては、ほとんど慇懃《いんぎん》無礼といっていいほどの格式ばった態度をとる。ウェストールは王侯貴族の父と息子は、折り合いが悪いのがつねである、という奇妙な事実について考えてみた。たとえば、国王と摂政王太子《リージェント》にしても、そうだ――もちろん、王が精神を病む前までのことだが。おもんみるに、跡継ぎというのは、自分の本格的な人生の幕開けを迎えるには、父の死を待たねばならず、父のほうも、それをよく知っている、ということだろう。

そうやって考えると、ウェストールは自力で出世ができるおのれの立場が、今回ばかりはうれしく思えた。

もっとも——と、公爵の冷たい表情を見ながら思った——あたたかみの一切を欠いた相手に対し、愛着をいだけといわれてもむずかしい。息子のアーデン侯は、非常に愛すべき性格をした母に対しては、ふつうにあたたかく接している。ふたりは、とても仲がよかった。まあ、アーデン侯は、淑女をめろめろにするというので有名だが。

公爵がようやくこっちをむいた。

「ミスター・ウェストール、悪いが、公爵夫人にすこし時間をつくってほしいと伝えてくれ」

そう言う公爵の顔や声からは、なにも読み取ることができなかった。というより——ウェストールは、ドアの外で待機している従僕《フットマン》に指示を伝えながら思った——知らない人なら、どんな重大事も公爵を悩ませることはないと思うだろう。だが、どうやら今回はちがう。一日のこんな時間に公爵夫人のもとを訪れるのは、日ごろの習慣からすれば、異例中の異例だった。謎《なぞ》の手紙は、きっと、息子と関係があるにちがいない。

おそらくは、あの威勢のいい侯爵が、例の調子で無謀な曲芸をしようとして首の骨でも折ったのだろう。となると、どういうことになる？　一番近い親戚《しんせき》は、またいとこだ。ド・ヴォー家では代々二百年、一度としてとぎれることなく、父から直系の息子へと爵位が受け継がれてきた。侯爵のことは損失でもなんでもないが、このような貴重な伝統が途絶えるのは、とても惜しいといえる。

ご都合のいいときにお越しください、との公爵夫人の伝言を持ってフットマンが帰ってきたのを受けて、公爵が妻に悲しい知らせを伝えるために出ていったとき、ウェストールは、早くも机のなかにある弔事用の便箋《びんせん》の数をかぞえはじめていた。

公爵は風通しのいい夫人の部屋に迎え入れられ、扉をあけた着付け係はそのままそっと退出した。夫人は、バルコニーに通じるフレンチドアのそばの日なたで、やりかけの刺繍《ししゅう》を手にすわっていた。二月の空気はまだ刺すように冷たくて、窓をあけることはできないが、燦々《さんさん》と射《さ》し込む明るい陽光が春は間近だと錯覚させ、また、部屋には鉢植えの水仙とヒヤシンスの花の香りがただよっていた。

公爵は、妻が同年輩の多くの婦人のように、明るい陽射《ひ》しを避けたりしないことに感心していたし、避ける必要がないのもたしかだと思った。五十二歳という年相応の顔に笑いや涙のすべてが刻まれていたが、それらが妻の美しさを損なうことはなかった。輝く金髪は確実に白髪に変わりつつあったが、澄んだ青い瞳《ひとみ》はかつてのままで、唇はいまもふっくらとした曲線を描いている。そういえば、はじめて出会ったあの日、彼女は両親のシャトーの庭にすわって……。

「ご機嫌よう、ベルクレイヴン」夫人がいつもの穏やかな声で言った。子供のときまで使っていたフランス語の訛《なま》りが、いまもかすかに聞き取れる。「わたくしにお話があるとうかがいましたが」このところつねにそうであるように、あたりのやわらかな、礼儀正しい言葉遣いだった。

公爵は、今回ふってわいた奇跡がいまの状況をよくしてくれることはないだろうかと考えたが、そうした悶々《もんもん》とした思いを頭から追いはらい、夫人に近づいていって手紙をわたした。

「そのとおりだよ。これを読んでみてほしい」

夫人もまた、細かな作業をするときには眼鏡が欠かせない。彼女は繊細な金縁のついた鼻眼鏡の位置をなおすと、手紙に目を落とした。公爵は注意深く反応を観察したが、夫人はショックも苦悩も見せず、ただ、やんわりと驚きを示しただけだった。読み終わると、目をあげて笑みをうかべた。

「もっと前に言ってくればいいのに、彼女は愚かでしたね、ベルクレイヴン。それで、どうなさりたいの？　わたくしは、そのお嬢さんをここにおくので、まったくかまいませんわ。あなたの娘ですし、ジョアンがお嫁にいってから、娘がひとりもいなくなってさびしいと思っていたところです」

公爵は妻の穏やかな眼差《まなざ》しから逃げて、ふたたび敷地にじっと目をそそいだ。過去の不義の証拠に対して、妻が怒りをあらわにすると予期した自分が愚かだった。それを望んでいた自分が。それでも、この二十年以上、ふたりの結婚生活をおおっている氷の殻を打ち砕くことのできる、破壊力のあるなにかがほしいという気持ちは、どうしても消えなかった。

「いや」彼はとうとう言った。「自分の私生児を引き取りたいとは思わない。わたしはその娘とアーデンの縁組を考えているのだ」妻の反応を見ようとふり返った。

頰《ほお》から繊細な色が引いて、見ているそばから老いていくようだった。「アーデン？　でもあの子はしたがわないでしょう。つい先週手紙をよこして、そろそろ腹をくくって、スウィナマーのお嬢さんとの縁談を進めるつもりだと書いてきたわ」

公爵の小鼻が怒りでふくらんだ。「それをどうしてわたしに言わなかったのだ？　実の息子でないにしろ、自分の跡継ぎに興味を持ってはいけないというのか」

公爵の非難に対し、夫人の白い手がとっさに自分を守るように持ちあがり、頭《こうべ》を垂れるとともにふたたびさがった。「いいことにしろ、悪いことにしろ、わたくしがあの子の話をするたびに、あなたは突っかかってくるの。平安を乱したくないと思っただけです」

「ともかく」公爵はきつい口調で返した。「アーデンがその娘に手を出していないことを祈るべきだな。そうなれば、二度と平安が訪れることはない」

公爵はため息をつき、それとともに疲労で表情がゆるんだ。歩いていって、夫人のむかいの椅子に腰をおろした。「わからないか、ヨランダ？　すべてを修復するチャンスなんだ。われわれの過去の過ちを正せる、いい機会だ。きみの息子がわたしの娘と結ばれれば、血筋を断絶させずにすむ」

夫人は両手を強く結び合わせて顔をあげた。「でも、ふたりは人間なんですよ、ウィリアム。血の通った人間なの。ルシアンはすでに心を捧げました。このエリザベス・アーミテッジという娘も同様でないと言いきることができて？　それに、そもそも」夫人は必死だった。「その娘があなたの子供だと、どうしてわかるの？」

公爵は妻のすがるような視線から顔をそむけた。「言われるまでもなく調べさせるつもりだが、わたしは疑っていない。メアリ・アーミテッジは、多少考えの足りないところがあったかもしれないが、だれよりも正直だった。会って魅《ひ》かれたのは、おそらく、そのせいだろう。当時、きみは――」

ふり返りぎわに、妻が過去を蒸し返されると思って身を硬くしたようすが目の端に見えた。公爵は軽率にも口にしようとしていた言葉を呑《の》み込んだ。

「彼女は貞淑で誠実だった」口が重かった。なんにせよ、自分の不義を妻に語ろうとするひとりの男であることに変わりはない。「だが、優しい心の持ち主でもあった。それまでのことで、わたしは落ち込んでいて、彼女はそれをほうっておけなかった。しかし、一線を越えてしまったことで、彼女は傷ついた。魂に深い傷を負ったのだ。わたしからはひとつの贈りものも受け取ろうとしなかった。どんなに小さなものも……」やり切れない思いがして、こめかみをこすった。「子供ができたとわかった時点で、助けを求めてくれればよかったのにという思いはあるが、彼女らしいといえば彼女らしい。わたしの負担になりたくない気持ちもあっただろうが、おそらくは、わたしとの関係自体を、完全に過去のものとしたかったのだろう」

公爵は妻の手から手紙を取って、かつて、ごくつかの間自分の愛人だった女のふるえがちな文字に目を落とした。「夫は海軍士官で、わたしと出会ったときは海に出ていた。だから、子供を夫の子と偽るのは不可能だった。友達や家族には、なんとか妊娠を隠しとおすことができたのだろう。それで、ここに書いてある友人の情けにすがって、娘を育ててもらった」

「そして、今際の床につき」夫人が静かに言った。「自分がこれ以上娘の面倒を見ることができないと知って、あなたに責任を引き受けてくれと頼んできた。実直な婦人ね。でもあなたのおっしゃるとおり、少々考えが足りないところがあるわ。それが本当に実の娘なら、きっとあなたと似た特徴があるでしょう。それはどんなところかしら、ウィリアム？」

「わたしには、色濃く受け継がれるような形質はない」公爵がそっけなく言い、夫人もそれに賛成せざるを得なかった。髪はまっすぐのこげ茶色で、いまではすこし細くなって白いものもまじっている。顔立ちと体格は平板で、これといった特徴はない。もし、その娘が生き写しだったとしても、きっと、ほとんど気づかれることはない。

夫人は望みは薄いと知りつつ、もう一度、説得を試みた。「ウィリアム、やっぱり、うまくいくとは思えません。わたくしたちの息子がどこのだれだかわからない相手と結婚したら、世間はなんと言うかしら?」

公爵が苦笑した。「きみの息子について言わせてもらうと――」そう強調されて、夫人ははっと息を呑んだ。「――あれがどんなことをしようと、だれも驚かない」

「では、もしルシアンが拒んだら?」夫人は悲痛に訴えた。

公爵は椅子の上で姿勢よくかまえ、顔に固い決意をにじませた。「そうなれば継嗣に限定されたもの以外の、すべての相続権をアーデンから剝奪する」

「やめて、ウィリアム。まさか、そんな!」

一族の財産のほとんどは、年長の息子にとくに相続権が設定されていなかった。その資金がなければ、広大な屋敷の数々や、大勢の使用人、居候、それに公爵として期待される暮らしぶりを保っていくことは不可能だ。

「わたしにはそれができるし、その覚悟もある」公爵は立ちあがった。「わたしは完璧《かんぺき》な血統を受け継いだのだ。それをこの先にも伝えるつもりでいる。もしもその義務をアーデンが理解しないなら、要するに、あいつには跡継ぎとしての価値はないということだ」

夫人は恐ろしくなって立ちあがった。「あの子に話すんですか?」

公爵はあごをあげた。「当然、そのつもりだ」

夫人の目に涙が光った。妻の泣く姿を見るのは、何年ぶりのことか。公爵はすぐに顔をそむけて、優しく言った。「それ以外に手はないのだよ、ヨランダ」

「わたくしたちのことを、ひどく憎むでしょうね」

公爵は冷たく応じた。「ギイ・ド・サン・ブリアックをベッドに入れる前に、そのことを思うべきだったな」そう言うとともに、部屋を出ていった。

公爵夫人は椅子に手を伸ばして倒れるように腰をおろし、涙を抑えようとハンカチを手探りした。夫の言うとおり、もしも自分に先見の明があったなら、サン・ブリアックのことを疫病のように徹底的に避けたことだろう。

だが、ギイ・ド・サン・ブリアックは初恋の人で、革命前のフランスの庭園や舞踏場にいたころの彼は、とても明るくて、とても魅力的だった。もちろん、ヨランダにふさわしい相手ではなかったが、女心を盗む名手にはちがいなかった。公爵が――当時の肩書きはまだアーデン侯爵だったが――結婚の申し込みをしてきたとき、ヨランダ・ド・フェランは自分の家族の強い勧めを受け入れて、その縁組を承諾した。恋に落ちたのとはちがう。相手は颯爽《さっそう》としているわけでも、ハンサムなわけでもなく、押し出しも弱かった。それでも、ヨランダは両親が選んだ相手に満足していた。すぐに、それなりの愛情を感じるようにもなった。そして、幸せのうちに四人の子供をもうけ、そのうちのふたりは健康な男の子で、ウィリアムとジョンと名づけられた。そうやってイギリスですごした最初の幸せな数年のあいだ、サン・ブリアックのことは、一度として頭にのぼったことがなかった。

ところが、フランスが国家瓦解《がかい》の一途をたどりはじめたころ、サン・ブリアックと再会してしまったのだ……。ああ、彼は故国の惨状にとても心を乱していた。それはヨランダもおなじで、思春期をすごした輝く世界に暗雲が垂れ込めるのを見て、冷静ではいられなかった。サン・ブリアックはヨランダを必要とし、また、ヨランダの胸には、いまも娘時代の憧《あこが》れの記憶が残っていた。折しも、夫のウィリアムは、スコットランドへ雷鳥狩りに出かけていて不在だった。

たった一度きりのことだった。ギイは新天地を求めてアメリカ大陸に渡る途中だったのだ。ただ一度。そしてそのおかげで、夫に対する思いが、それなりの愛情という以上のものであることに気づいたのだ。最初のうちは、自分の犯した罪はむしろ天の恵みであるとさえ思え、あらためて気づかされた夫に対する情熱を一刻も早く伝えたくて、ウィリアムの帰りをいまや遅しと待った。

もしも、足の骨を折るという事故さえなければ。そうすれば、夫は知らずじまいだったかもしれない。ヨランダ自身も、そのことはよくわからない。だが、ふたたび夫婦で床をともにすることができるようになったころには、ヨランダは自分のした行為と、それがもたらした結果を、夫に報告せずにはいられない状況となっていた。

夫は優しかった。そのことを思いだすと、涙があらためてこぼれそうになる。傷ついてはいたが親切で、ヨランダに深い真剣な愛を告白されて、夫は心を動かされた。彼はおなじ状況に陥ったほかの人たちのように、まだ生まれぬ子供を受け入れることにした。子供は、もし男の子であっても、彼の跡継ぎにはならないはずだった……。

そして、あの恐ろしい事故が起こるのだ。子守りが不注意になっていたすきに、ふたりのやんちゃな男の子はボートで遊び、三歳の弟は、なんでも夢中になって五歳の兄の真似《まね》をした。

水に落ちた。ふたりとも、死んでしまった。

当時をふり返ると、こらえていた涙がふたたび流れだす。事件がもたらした悲劇は、ふたりのかわいい息子の死という以上に大きなものだった。それを期に、ヨランダの結婚と幸せのすべてが死に絶えたのだ。

妊娠七ヵ月を迎えていたヨランダは、悲しみで流産することを願った。それがないとわかると、お産のあいだじゅう、生まれてくるのが娘でありますようにと祈った。虚《むな》しい祈りだった。

そのような私生児を腕に抱いたとき、どんな思いがするのか不安だったが、実際に感じたのは、なににも勝る大きな愛情だけだった。起こったばかりの悲劇のせいかもしれない。夫婦の関係がよそよそしいものになっていたせいかもしれない。自分が産む最後の、そして最高に美しい赤ん坊にただちに強い愛着を感じたのは、サン・ブリアックと無関係であることはたしかだったが、公爵には、そう言っても通じなかったかもしれない。

子育ては母乳で行なったが、自分の乳をふくませたのはこの赤ん坊がはじめてで、ヨランダは、残りの子供たちにもおなじような強い絆《きずな》を感じることができればいいのに、と強く思わずにいられなかった。もしもこの先、子供が生まれることがあれば、絶対に自分のお乳で育てようと心に決めたが、そういう機会はついに訪れなかった。あの悲劇の日以来、公爵は二度とベッドにやってこなかったのだ。

昔からの切ない思いが身体にうずいて、ヨランダは頭を左右にふった。少なくともこの問題だけは、年齢が解決してくれると思っていた。けれども、ウィリアムを見るたびに、彼に対する恋心が胸のなかでふくらむのだ。声を聞いただけで、鼓動が速くなることもある。夫がふたりの暮らしに持ち込んだ堅苦しいよそよそしさが、とてつもない大きな壁となって立ちはだかってはいるものの、少なくとも、彼はヨランダを遠ざけようとすることはなかった。いつの日か、わずかな時間同席しているだけで、じゅうぶんだと思えるようになるにちがいない、ヨランダはそう自分に言い聞かせた。

いつの日か。

ヨランダは思いを断ち切って頭をもどした。

公爵は子供の父親がだれかは疑いを持っていなかったが、その家族に由来する名を与えることは断固拒んだ。赤ん坊は、ヨランダの父とおじと、フランス国王の名を取って、ルシアン・フィリップ・ルイという洗礼名を受けた。周囲には、攻撃の的とされているフランス王侯貴族への支持を表明する、気高い態度だと受け取られた。

当時は、だれもが口をそろえたように、失ったものの代わりをこんなにもすぐに授かったのは神のご加護だと言った。小声でささやかれたそうした祝福の言葉を硬い表情で受け止めていた姿は、いまも脳裏に焼きついている。

ふたりはとても若かった。ウィリアムが、ヨランダは二十七で、公爵もまだ三十一歳だった。だからこそ、たがいの人生が壊れていくのを前にして、なすすべを持たなかったのかもしれない。

出産のほとぼりがさめると、彼はハートウェルに逃避した。公爵の位がめぐってくるまで夫婦で住んでいた、サリー州にある美しい小さな家だった。どうやらそこで、〝誠実な〟女の腕に慰めを求めたらしい。

ヨランダはため息をついた。当時の裏切りにいまさら胸を痛めてもしかたがないし、ばかばかしい。その落とし子であるエリザベス・アーミテッジという娘は、吉なのか、凶なのか。

ウィリアムが考えだしたことは、たしかにひとつの解決案ではあるけれど、そのためにどれだけの犠牲がはらわれることになるのだろう？　母のふるまいは、当然ルシアンの知るところとなる。そして、これまで以上の大きな楔《くさび》が、息子と父のあいだに打ち込まれるだろう。さらに、愛のない結婚でふたりの人間を縛りつけることにもなる。

少なくとも、事前に息子に警告しておかなければ。

ヨランダは急いで優美な書き物机にむかい、最愛の息子に宛《あ》てて走り書きをした。心の準備をしなさいということ、できれば賛成してほしいということ、母を許してほしいということを。銀の呼び鈴を鳴らすと、フットマンがはいってきた。

「この手紙をロンドンにいるアーデン侯爵にわたしてほしいの」そう言ったあとで、ヨランダは、背をむけて部屋を出ようとするフットマンに声をかけた。「公爵も手紙を送ったか知らないかしら？」

「ご主人さまは、ちょうどロンドンへお発ちになるころと存じます、奥さま」

ヨランダは窓をふり返った。葉を落とした木々と明るい陽の光のおかげで、はっきりとそのようすが見えた。厩舎《きゅうしゃ》のなかでもっとも足の速い六頭の馬をつけた紋章入りの馬車が、私道をなめらかに遠ざかっていく。彼女はため息をついた。

「どうやら、わたくしの手紙に出番はなさそうだわ」そう言って、取り返した。フットマンが退出すると、ヨランダはそれを小さくやぶいて、火のなかに捨てた。

すべては、なるようにしかならない。この二十五年間、夫からの愛もなく、希望もない暮らしをしてきたなかで、ヨランダはある種のあきらめを学んでいた。

2

その夜、アーデン侯爵ルシアン・フィリップ・ド・ヴォーは盗んだ馬にまたがって、猛スピードで闇《やみ》をつき、雨に洗われたロンドンの通りを駆け抜けていた。興奮した馬をあやつって、すべる石畳を走ることができているのは、ひとえに卓越した技術と筋力のおかげだった。呆気《あっけ》にとられた御者の一団から文句があがり、ルシアンはガス灯の光に白い歯をこぼして笑った。手押し車の行商人が「腐った金持ちが！」と叫び、少ない手持ちのなかから物を投げてよこすと、彼はりんごをひとつつかんで投げ返し、正確に行商人のフェルトの帽子をはらいおとした。

ドルリーレーンで手綱を引いて馬を止め、そばにいた浮浪児を呼びつけた。「この馬の番をしたら、一ギニーやろう」叫びながら、楽屋口へ駆けだした。正面の入口は遅い時間ですでに閉まっている。裸足《はだし》の浮浪児は、天国へ通じる希望にすがるようにして――おそらく、実際にそのとおりだったのだろう――くたびれた馬の手綱をにぎりしめた。

横丁で拾ったレンガを手に仕込んで劇場の扉をたたいたために、すぐに管理人が文句を垂れながら出てきた。

「いったい、なんの用だってんだい」ドアの隙間《すきま》から不機嫌な声がした。

ルシアンがぴかぴかのギニー金貨をかかげると、ドアが大きくあいた。

管理人は金貨を奪い取った。「みんな帰っちまったよ。目当てがマダム・ブランチなら、彼女はいかれた侯爵といっしょによそへいった」

訪問者の笑い声を聞き、管理人は目をしばたたいてランタンをわずかにあげた。光が照らしだしたのは、くっきりとした目鼻立ちと、輝く青い瞳だった。特徴的な金髪は濡《ぬ》れて茶色く見えたが、まちがえようはない。「こりゃ、申し訳ございません、アーデンさま。うっかりしとりました」

「かまわないさ」ルシアンは気さくに言って、わきを通り抜けた。「ドルリーレーンの〝白鳩〟が、お気に入りのハンカチを楽屋に忘れてきた。僕は卑《いや》しい下僕の役を買って出て、ここへ取りにきたんだ」それだけ言うと、彼は薄汚い廊下を駆けていった。

管理人は横に首をふった。「いかれてる。どいつもこいつも、いかれてる」アーデン侯が偽物をにぎらすはずはないと知りつつも、つい日ごろからの癖で、歯で金貨を噛《か》んだ。

いくらもしないうちに、若き侯爵は敏捷《びんしょう》な身のこなしで廊下の奥から駆けもどってきて、雨のなかへ出ていった。豪華にあつらえた服のかなりの価値が損なわれるのはまちがいなかった。ルシアンは馬の手綱をつかむと、もう一枚、ギニー金貨を取りだした。それから、浮浪児を見おろして、躊躇《ちゅうちょ》した。

「十二歳よりも年が上だと聞けば驚きだな」思案するように言った。「これを細かい金に両替するのは、おまえにはひと苦労だろう」

少年にとって問題なのは、そこのところではなかった。大きく見ひらかれた目は、金貨に釘《くぎ》づけになっている。

ルシアンは笑いをこぼした。「心配するな。騙《だま》すつもりはない。いっしょにうちまで乗っていく気があるなら、そこでちゃんと面倒を見てやるが、どうだ？」

少年は後ずさった。「馬っこにですか、だんな？」

「そうだよ、馬っこだ」ルシアンは大きな鹿毛《かげ》の馬にとびのった。「どうする？」ためらう少年に、待ちきれずに言った。「すぐに決めるんだ」

少年は両手を上に差しのべ、ルシアンは痩《や》せた身体を自分のうしろに引きあげた。

「しっかりつかまれよ！」彼は声をあげると、馬を蹴《け》ってふたたび駆けだした。

劇場の客も、客目当ての商売人もすでに家路についたあとで、通りはいくらか静かになっていた。それでもまだ街には人がいて、乗馬は冒険に事欠かないものとなり、不安でいっぱいの同乗者からはしきりに悲鳴があがった。〝ひゃあ〟、〝危ない！〟。一頭立ての御者が、あわてたあまりに歩道にのりあげたときには、少年は〝のろまなやつめ〟と野次を飛ばした。

湯気を出し、口に泡を吹いた馬が止められたのは、少年のふだんの縄張りから程遠い、メイフェアのとある広場に建つ大豪邸の前だった。若い貴人はするりと馬を降り、ふり返って「しばらく、この駄馬を見張っててくれ！」と言いおいて、玄関前の広い石段を駆けあがっていった。近くの教会から時を告げる鐘が鳴りはじめると同時に、彼を迎え入れるために上の大きな二枚扉がひらいて、濡れた石段の下まで煌々《こうこう》と明かりがこぼれてきた。

美しい白い姿――ゆったりとした銀色の髪から、流れるようなレースのドレス、靴まで真っ白だった――の人物が、歓声をあげて両手を前に投げだした。「やったのね！すごいわ！　あなたならできるとわかってた」貴公子が抱き寄せてふりまわすと、女は彼がずいぶんとびしょ濡れなので、悲鳴をあげた。

少年に一ギニー支払うべき人物はなかにはいっていって、あとは笑いと話す声が聞こえてきた。「服なんて気にするな。そもそも服を着ていないきみのほうがいい。デアはどこだ？」大きな扉が閉まり、一転、闇となった。

ふだんはスパローとか、正確な発音ではスパラとかいう通り名で呼ばれるその少年は、濡れて冷えた身体をふるわせた。「きっと、騙された」少年はひとりごちた。「よれよれの馬の上に、おいてけぼりだ。くたびれてて動かないから、まだよかった」下の地面ははるか遠くにあった。

けれども、しばらくすると馬は元気を回復したようすを見せはじめ、少年はより危険が少ないと想像する道を選んだ。鞍《くら》の前の部分をつかんで、ずるずると馬を降り、着地に失敗して水溜《みずたま》りに仰向けに落ちた。馬は少々気にさわったようにうしろをふり返った。

「おまえは、いいよな」スパローはつぶやいて、最初から濡れて汚れていたぼろ着にべっとりとついた泥をはらった。「そのうち、だれかが来て、汚れをはらって餌《えさ》をくれんだろ。こういう人たちは、自分とこの馬には面倒見がいいんだ。ったく、あの金貨をうばっときゃよかったよ」

少年は、なにか金目のものをつけていないかと、馬に目をやった。

ちょうどそのとき、ずんぐりとした手が少年の薄汚れた襟を引っつかんだ。無理やり逆向きにされると、目の前には恐ろしい大男の顔があった。「おい、小僧、おれの馬になんの用がある」

「おいら、おいら――」スパローは半分首を絞められて、恐怖で頭が真っ白になった。足をばたつかせてもがいたが、男の手はまるで万力だった。

「紳士の乗り物のあつかい方を教えてやろうじゃないか、このガキ」男はすごみを利かせて、乗馬用の鞭《むち》でスパローの身体を打った。

「いたっ！　やめてくれ、だんな……。いてっ！」鞭がうなりをあげながら、風を切って何度もふりおろされる。

冷静な声が割り込んできた。「失礼だが、この場所は、粗相《そそう》をした使用人に罰を与えるようなところとは思えんがね」

男は打つのをやめたが、手はしっかりと獲物をつかんだままだった。「そう言うあんたはどこのだれなんですかい？　それに、おれのやってることに、なんの権利があって口出しすんだ？」

新たに登場したその人物は、ちょうど、長距離用の美しい馬車で到着したところのようだった。身のまわりのなにもかもが、最高級のにおいを放っている。スパローは物乞《ものご》いならではのたしかな目で、そのことを見てとった。ひるがえされたみごとな仕立ての外套《がいとう》や、ぴかぴかのブーツ、優雅な山高帽、なめし革の手袋。それになにより、その物腰と声のやわらかさ。

髪粉をふった従僕《フットマン》が背後に立って、大きな黒い傘で主人を天候から守っている。

「わたしはベルクレイヴン公爵だ」紳士は言った。「そして、きみが騒ぎを起こしてくれているこの場所は、わたしの家の前だ」

スパローは、それを聞いたときの乱暴者の顔を見てやりたかった。だが、つかんでいる男の手がゆるむどころか、きつくなってがっかりした。ゆるめば、すぐにもここから逃げてやるのに——一目散に。公爵なんかとかかわりを持ちたいとは思わないし、馬泥棒にされれば、鞭打ちが待っている。

「失礼いたしました、閣下」男が緊張した声で言った。「この小僧が勝手に人の馬に乗ってどっかにいっていたので、罰を与えていたんです。もともと、このあたりに目立たないようにつないどいたんだ」

公爵は片眼鏡をあげて、馬をしげしげと見た。体格のいい乗り手を必要とするような大きな馬だ。それから、捕らえられている犯人を見た。

「この少年が、馬をここまで乗りつぶしたのだとすれば」公爵は冷ややかに言った。「鞭で打つのをやめて、ただちに騎手として雇うのがよかろう」

この先の一生、巨大な馬に乗らされることを想像したスパローは、必死に反論の言葉をしぼりだそうとしたが、襟にかけられた手にぐいと力がはいり、言葉が出なかった。

そのとき、屋敷の玄関がふたたびひらいて、明瞭《めいりよう》な声が響いた。「なんの騒ぎだ——?　その少年をはなしてやれ！」

つぎの瞬間、調子が変わって、すべての感情が消えた声になった。「公爵閣下。いらっしゃるとは思っていませんでした」

公爵は眼鏡をつけた顔で、ふたたび光る金の絨緞《じゆうたん》のおりた石段の先を見あげた。そこにはスパローに借りのある例の人物が立っていて、背後には使用人や紳士たちがならび、となりにはあの白い小柄なレディが寄り添っていた。彼女はすぐに見えない後方に消えた。

張りつめた一瞬が流れたのち、公爵は眼鏡をはずして、自分の跡継ぎのいるほうへ石段をあがりはじめ、そのうしろから傘を持った人物がすこしの遅れもなくついていった。

「見て想像がつくとおり」公爵が冷たく言った。「この騒動の原因がおまえなら、ただちに玄関の前からどかせたまえ、アーデン」

そう言うと、大邸宅のなかにはいり、召し使いにかしずかれた。使用人は、アーデン侯ルシアンとその友人たちに合わせた気の張らない態度から、一変して、公爵用の折り目正しい慎みを身にまとうことを余儀なくされた。客人らは遠慮をして玄関ホールから奥へ引っ込んだが、いくらもしないうちに音楽室から歌が聞こえてきた。とても上品な歌とは言えなかった。

公爵が湿った上着を脱がされながら言った。「わたしは、自室に引きあげて軽食をとるつもりだ。アーデン、明日の朝食のあとで、おまえと話がしたい」

「わかりました」ルシアンは無表情に応じた。

従者をしたがえて、公爵は弧を描く広い階段をあがっていった。

ルシアンはしばらく父の姿を見ていたが、やがて目を転じ、外の凍《い》てついた雨の情景を見た。浮浪児は、狐につままれたような顔の馬の主にいまも捕らえられたままだ。ルシアンは肩をすくめると、服をもうひとそろいだめにすることを承知のうえで、さわやかに晴れた戸外に出るような無頓着な物腰で雨のなかに出た。

「いますぐ少年をはなしたまえ」冷ややかに言った。

「そんなことするかい」おそらく、彼の濡れた衣装と、公爵に命令されたときのようすから見当ちがいをしたようで、男は小ばかにした態度に出た。「この小僧は悪さをしたから、鞭で打たれるんだよ。公爵の下男ごときに、なにを言われようがね」

「もう一発でも鞭で打てば、ただじゃすまないぞ」ルシアンは冷静に言った。「馬を盗んだのは、この僕だ」

男はスパローをはなしたが、少年は、逃げようとするそばから、おなじくらい力強い手に捕らえられた。

「逃げるな」若い貴公子が言ったのはそれだけだったが、スパローは従順にしたがった。恐怖のせいか、疲れのせいか、声に信頼できるなにかを感じたのかはわからないが、ともかく言われたとおりにした。そして、はじまった大立ちまわりを見守ることになった。

〝若いだんな〟は長身でたくましく、ジャクソンの道場で拳闘《ボクシング》の手ほどきを受けたことがありそうだったが、〝大きなだんな〟のほうがずっと身体が重くて、やはり腕に覚えがありそうだ。一度は強い右のパンチを見舞って若いほうをのしたが、貴公子はすぐに立ちあがって、肉のついた腹に逆襲のこぶしを激しく打ち込んだ。

そのころには五、六人の若者が、友の応援に雨のなかに出てきていて、通りすがりに助言を叫んでいく者もいた。スパローは、これほど大勢のびしょ濡れの伊達男たちを見たことがなかった。明日はきっと、仕立て屋は大忙しだ。若いだんながぼろぼろになるまで打たれて、金のことを忘れたりしなければいいのだけど。

でも、心配にはおよばなかった。若いほうがまだ本気を出していなかったのが、だんだんわかってきたのだ。強いパンチを数発食らいはしたが、相手にふれられたのは、それだけだった。徐々に技を見せはじめ、数度の動きで自分より大きい相手の守りをくずし、とどめの左フックを決めて完全に打ちのめした。

スパローに金をくれる予定の相手は、倒した敵を見て、顔をしかめてこぶしをさすった。「腹の立つやつだ。馬を借りた礼くらい、喜んでしてやったというのに」懐から数ギニーを取りだした。「だれか、こいつのポケットにねじ込んでおいてくれ」

友人らが、早く家にはいろうと、それぞれ身ぶり手ぶりで急かしていたが、彼は逆の方向へ進んでいった。「少年はどこだ?」

淡い期待を胸にスパローが前に進みでると、彼はスパローをまじまじと見た。いきなり少年の切れたシャツをめくり、あらわれたみみず腫れに顔をしかめた。

「たいしたことじゃないです、だんな」スパローは言った。

「そうは言っても、僕の身代わりに鞭で打たれたのだから、借りがさらに増えたということだ。帰る家はあるか？」

そう聞かれて、スパローは考えなくてはならなかった。とある横丁に、ほかの少年たちとともにねぐらにしている場所がある。「寝るとこなら」小声で言った。

「僕が言ったのは、おまえが帰らなくて心配する家族がいるか、ということだ」

「いいや、いないよ。母さんは死んだ」

「じゃあ、今晩は厩《うまや》で下男《グルーム》といっしょに寝るといい。ちゃんとした食事とあたたかい服を調達してやろう。話は明日だ。いまはもう、くたくただ」

「そりゃそうだ」少年は相手とおなじ気安い調子で、同情するように言った。「さっきの公爵だけど、あれはだんなの親方ですか？」

「僕の主人かって？」伊達男はゆがんだ笑顔をうかべた。「ああ、そうかもしれないな。マーリー！」大声で言うと、執事が玄関から顔を出した。

「ご主人さま、なんでしょう？」

「下男をひとり迎えによこして、この子を連れていってもらってくれ。名前はなんというんだ、ぼうず？」

「スパローです、ご主人さま」驚いて言った。「無礼を許してください」

「ごますりはやめてくれ」貴公子は背をむけて言った。「そういうことは、一番我慢できない」

彼はふたたび石段を駆けあがり、そのあとから友人の一団がつづいた。そして、ふたたびドアが閉まって明かりが消えた。

スパローは金貨のことは忘れて、このまま消えたほうがいいのか悩んだ。公爵だの、主人だの——そうした人種はフィガーズ通り出身の子供たちにとって、しっくりいくものじゃない。

けれど決心がつく前に、スパローよりも数歳年上のたくましい少年が地下の階段からあがってきた。

「なかにはいっていいと言われたのは、おまえか?」少年はいばった態度で聞いてきた。

「そうだよ」スパローは応じた。

年上の少年はスパローのことをじろじろと見て、やがて、表情からわずかに緊張が消えた。「アーデンさまは、まったく予測のつかない人だ。おい、そんなに不安な顔をするなって。ここはいい家だよ。公爵さまが滞在してて気の抜けないときだって、悪くない。さあ、いくぞ」

厨房《ちゅうぼう》のあたたかな光のほうへおりていきながら、スパローは質問をした。「ここが公爵さまの家なら、どうして、あの若い人が、おいらを勝手になかに入れていいんだい？」

「だって、息子だからさ。どっちみち、この家だってそのうち自分のものになる。だからって、街なかでさっきみたいな騒ぎを起こして叱《しか》られないわけじゃない。アーデンさまは公爵さまにだけは頭があがらないんだ」

遅い時間だったが、〝ベルクレイヴン・ハウス〟は、階上も、使用人の領分である階下も、突然の来客を迎える態勢が整っていた。フランス人の料理人は、公爵のためにありあわせながら美食家向けの料理をつくる一方で、スパローのためにスープとバターをたっぷり塗った厚切りのパンを用意した。もっとも、スパローの食事場所は流し場の床の上だった。料理人は、ぼろを着た浮浪児を恐怖の目で見て、厨房から追いだしたのだ。

スパローのほうはあまり気にしなかった。記憶にあるかぎり、ここは天国に一番近い場所だ。肉のかたまりが丸ごとはいった濃厚なスープをすすりながら、こうまでしてくれた恩人から、明日、金をもらわないためにできることはないか、考えていた。湿っていない二枚重ねの毛布にくるまり、厩のすみの居心地のよい場所に身を落ち着けたときも、まだそのことを考えていた。母を亡くして以来はじめて快適な場所を得て、飢えを満たされた少年は、たちまち眠りに落ちた。

翌朝、アーデン侯爵ルシアン・ド・ヴォーは、ふだんどおりの生きる情熱ではなく、あきらめのような感覚とともに目を覚ました。父が予告なしに急にロンドンに出てきた理由がなんであれ、自分にとって吉兆のはずはない。従者《ヴァレット》に顔を剃《そ》られながら、なぜ、いつも父とそりが合わないのかと考えた。父のことはものすごく尊敬しているが、いっしょにいると、なにかにつけて火花が散る。燃えやすい材料がいくらかでもあれば、大きな炎となるのはまちがいなかった。

騒ぎの最中に到着したというのは、最悪の展開だった。ダリウス・デブナム卿――いつもはデアと呼ばれている――が、ルシアンがドルリーレーンにブランチのハンカチを取りにいくのに、夜中の零時までに帰ってくることができないほうに賭ける、と言いだしたのだ。ルシアンは賭けを拒んだことはなかった。それにしても、昨日の憎たらしい男の馬は、あれだけの走りをしてもへこたれなかった。きっと、あそこまで乗りこなされたのは、はじめてだったろう。

それで思いだした。

「ヒューズ、あの少年はどうしてる？」高い襟に黒いクラヴァットを巻きながらたずねた。今日の気分には、これが合うはずだ。

「自分のおかれた状況にとても満足しているようです、ご主人さま」従者が言った。「というより、差しでがましいようですが、いったんまともな生活を見せたあとで、もとの暮らしにもどすのは酷かと」

ルシアンは襟を丁寧に折り返し、マセマティカル結びをしたクラヴァットの折り目が正しく出るように整えた。「なにを言う。だったら、僕にどうしろと？」

「なにかしらの仕事を見つけてやることはできるでしょう。まわりは、育った環境のわりには、それほど耐えがたい子だと思っていないようです。風呂《ふろ》に入れても、あまりいやがりませんでしたし、きちんと礼を述べて、自分からなにか手伝えることはないか言ってきました」

「ふつうの小さな紳士だな。よしわかった、父との面会がすんだら一考しよう」

ルシアンは紺色の上着をはおり、鏡の前に立ってその効果のほどをたしかめた。「この姿を見たら、父は機嫌よく接してくれるだろうか」ヒューズにそっけなく聞いた。

「これほどの息子を見て、誇りに思わない父親はいないでしょう」ヒューズはそう言ったが、おそらく、本心のようだった。

ルシアンは父とおなじくらいの上背があった――身長は六フィートを越し、父よりも筋肉がついている。太ってはいないが肩幅が広く、無謀な馬乗りらしいたくましい脚をしていた。母親からは美しい目鼻を、もちろん男なりにだが受け継いでいる。きれいな線の骨格に、若い娘がうらやむような美しいふっくらとした唇。それに、金髪の巻き毛も母ゆずりだった。

アーデン侯は、めかし甲斐《がい》のある人物だった。薄茶色の長ズボン《パンタロン》は美しい脚をひけらかし、最高級品の青い上着は、すっと伸びた背中にしわひとつなくそっている。象牙色《ぞうげ》のシルクのベストと三つの時計隠しが、いいアクセントだ。たしかに、父の公爵もなんの文句のつけようもないだろう。

だがヒューズの意見はどうであれ、書斎をたずねても、父の顔にはとくに感心したところは見えなかった。公爵と公爵夫人は、この屋敷のなかのべつべつの区画を自分専用にしていて、たまにロンドンに出てくるときのために、いつでも使えるように整えてあった。残りは息子が使っていいことになっている。

公爵は暖炉のそばのひじ掛け椅子にすわっていた。

「おはようございます」ルシアンは言って、父の表情を読み取ろうとした。自分から腰をおろそうとはしなかった。

公爵は息子を上から下までながめまわし、息子は、非の打ちどころのない身なりをしているとわかっていながら、自分が汚れているような気になった。

「ゆうべ、わたしが到着したときの出来事を説明してくれないかね、アーデン」

ルシアンは懸命に試みた。彼の疾駆の馬術が褒められることはなかった。

「あの女優はおまえの愛人か？」

「はい、そうです」

「あの女も、今後の愛人たちも、この家には二度と入れないように」

ルシアンは身をこわばらせたが、それは、叱責《しっせき》されてもっともだと認めたからにほかならなかった。「申し訳ありません。よくわかりました」

公爵はかすかに首を傾けた。「それから、あの少年はどうした？」

「使用人たちに気に入られたようです。仕事を与えられないか、考えてやるつもりでいます」

公爵はふたたび頭を傾けた。「わたしの理解によると、おまえはまだ少年に一ギニーの借りを負っている。ちゃんと返すと期待していいかね」

状況をつねに把握している父には、恐れ入るばかりだ。しかし、この話題にはいって、父の表情がごくわずかだが晴れたように見えた。「もちろんです」

息子を戒める会話は、ひとまず終わったようだった。緊張が身体から流れていく。なにがあって突然ロンドンに来たのかは知らないが、その原因が自分の行動にないのはまちがいないようだ。

「すわりなさい、アーデン。話がある」

正面のひじ掛け椅子に腰をおろしながら、父の声に妙なものを感じて、ルシアンはあらためて心配になった。「母上《ママン》にお変わりはないですね」

「ああ、元気だ」

そう言ったものの、いつもの父らしからぬそわそわとした物腰に、大きな不安をかきたてられた。気を抜くと、クラヴァットをいじったり、脚を何度も組み替えたりしてしまいそうになる。贅沢な金の紋織りのカーテンと、中国の絨緞で飾られたこの美しい部屋には、とくにいやな思い出はないが、公爵が自分といっしょに厳格な雰囲気を連れてやってきた。ふたりの面談がどこで行なわれようとも、ルシアン・ド・ヴォーは、ベルクレイヴン・パークの父の威圧的な書斎にいるような気分にさせられる。厳しい叱責にふるえあがったり、悪さをして、家庭教師が棒打ちの回数を父から指示されるのを、横でじっと聞いていた時代がよみがえるようだった。

いつも好んだのは後者だった。この罰がどんなものかは、小さいときからよく知っている。激しく打たれることはめったになく、ふつうの男の子らしい悪事をしたときに待っている罰だった。その痛みは、父の不興を買いはしたが本気で怒らせたのではない、というメッセージだった。

それに対し、父からじかに叱責を受けるときは、ド・ヴォー家の基準に満たないような、息子として、あるいは跡継ぎとして恥だと思われることをしてしまった合図だった。ルシアンはしばしば泣いた。

それにしても、公爵が怒っていないのはたしかなのに、なぜ、こうしていると当時のつらい日々が思いだされるのか。

とうとう、公爵が沈黙をやぶった。「見栄《みば》えよく飾ったところで身も蓋《ふた》もない話だということわかってはいるが、どの順番で話すのがいいか決めかねている」跡継ぎの目をまっすぐに見た。「だが、言おう。おまえはわたしの息子ではない」

圧倒的な衝撃だった。「跡継ぎの権利を剥奪するというのですか？　いったい、なにが理由で？」

「そうではない！　その逆だ。生まれたときから、おまえが自分の息子でないことを知っているのだ」

氷のようなショックが熱い怒りに変わり、ルシアンはいきなり立ちあがった。「母上への侮辱だ！」

「ばかを言うな。わたしはおまえに劣らず公爵夫人の名誉を大事に思っている。なんなら本人に聞いてみるがいい。これは真実だ。幼いころの恋の相手と、つかの間の浅はかな関係を持って……」

父がいまも古い傷をわずらっているのが見えた――いや、ちがう、〝父〟ではない……。

まわりの世界がぐらりと揺れて、ルシアンは前にある椅子の背につかまった。心臓が激しく鼓動する。息を吸うことすらままならない。だが、大の男が気を失っていいはずはなく……。

公爵の声は、大きな裂け目のむこうから聞こえてくるようだった。「雷鳥狩りにスコットランドにいっているあいだの出来事だった。わたしは足の骨を折った。おまえの父になれたはずはないのだ」

父は嘘《うそ》をつく男ではない。父は……目の前にこわばった姿勢ですわっている人物は、たとえ冷たくとも、つねに誠実だった。多くのことが、ありとあらゆることが、この事実によって腑《ふ》に落ちる。肉体から心臓をつかみとられた気分だった。ルシアンは虚脱感に呑まれそうになったが、要点になんとか頭を集中させた。「なぜ、僕を子供と認めたんです？」

公爵はまったくこっちを見ることなく、肩をすくめた。「当時は、すでにふたりの息子がいた。どこの家にも時として起こり得ることだし、わたしはおまえの母を心から愛していた。生まれる子供と引き裂かれることは、けして母の望むところではなかっただろう」息子を一瞥《いちべつ》し、すぐに目をそらし、いちだんと血の気の引いた顔でつづけた。「それから、あの水難事故が起こり、そのころには、もう臨月を迎えていた。もちろん、生まれた子も死んだという筋書きをつくることもできた。わたしは悩んだ……だが、そんなことをすれば、彼女は希望を失ってしまっただろう」公爵は重いため息をついた。

「ヨランダは、ほかの子供たちに見せたことがないほど、生まれてきたおまえに強い愛着を示した。冷静な考えのできる時期ではなかった」

状況が見えてきた。そのせいで、新たな、さらに不穏なものが見えてきた。目を落とすと、椅子をにぎりしめた自分の手が真っ白になっている。だが、力を抜くことができなかった。「つまり、こういうことですか」心のなかで燃えあがる悲痛な炎を、冷めた態度が隠してくれることを願った。「その当時から、僕の存在が消えてなくなればいいと望んでいた」

ルシアンは顔をあげた。公爵は揺るぎのない目でこちらを見つめていたが、口のあたりが蒼白《そうはく》になっている。「ド・ヴォー家の血統がとぎれたことが残念でならなかった。その気持ちは、いまも変わりない」

いままで生きてきたなかでこれほどの苦労はなかったが、ルシアンは必死に背筋を伸ばして、むかしから入念に仕込まれてきたとおりの、堂々とした物腰をまとった。「おっしゃりたいことがわかった気がします。僕が拳銃《けんじゅう》で自殺することをお望みなんでしょう？　あるいは、偽名を帯びて、このまま新世界に逃避行しろと？　だが、僕がそうしたところで、どこからド・ヴォーの跡継ぎを連れてくるのか想像がつきませんがね。まさか母上と……？」疑わしげに言葉を切った。

「年齢がいきすぎているにきまってるだろう、アーデン」公爵がきつい口調で言った。

「大げさに荒立てるのはよしなさい。おまえを勘当するつもりも、厄介払いするつもりもない。ただ、本当の息子であればどれだけよかったか、という思いはぬぐえるものではない」公爵の告白はそこで終わった。しばらくしてから、口をひらいた。「だが、おまえにはわたしの娘と結婚してほしいと思っている」

アーデン侯は観念して、どっさりと椅子にくずおれた。「ゆうべの男に、思ったより強く殴られたようだ」彼はつぶやいた。あるいは、衝撃のせいで頭が身体から遊離してしまったのだろう。思考が、まるで四散する淡い霧のようだった。けれども、そのなかから、ひとつの考えをとらえることができた。自分は、ある意味で刑を猶予されたのだ。絞首刑を言いわたされた男が、鞭打ちの刑で勘弁されると知ったようなものだった。

公爵は立ちあがって、ふたつのグラスにブランデーをそそいだ。そのうちのひとつをルシアンの手に押しつけて、ふたたび椅子にかけた。「それを飲んで、しっかりと聞くんだ、アーデン」

焼けつくような液体が喉《のど》を落ち、頭から霧を追いはらっていく。おかげで現実の痛みがもどってきたが、なんとか全身に気合いを入れて、すべてを理解しようと心の準備をした。

「おまえが生まれたあと、わたしは精神的に相当追い詰められていた……。わたし自身、外で関係を持ち、自分の知らないうちに子供をつくっていた。昨日の朝、その娘の存在を手紙で知ったのだ。娘にはド・ヴォーの血が流れている。ただし、母親が死んだいまとなっては、われわれ以外にその事実を知る者はいない。もしおまえが娘と結婚すれば、血統はとぎれない」

愚かにも、ルシアンは父が美しい母を裏切ったという一点にしか、頭がいかなくなった。「もっといい案があります」アーデン侯は痛烈に言った。「その娘を跡取りにすればいいでしょう」

公爵の声は、凍てつく水のように冷たかった。「またしても戯《たわ》けたことを言っているな。結婚する気がないのか」

悲痛な思いとぼろぼろの自尊心をかかえたルシアンは、単純に、ない、と言ってしまいたかった。問題のすべてを公爵の顔に投げ返し、私生児を連れて地獄へ堕《お》ちろと言いたかった。しかし、ド・ヴォー家の一員としてのプライドが――いまでは、それを持っていることすら、許されない気がしたが――自分のうちにあり、ルシアンは公爵に負けない冷徹な自制心を保とうとした。

「その娘については、どんなことがわかっているんですか」

「年齢だ。二十四になったところだ。おまえより一歳近く若い」

「もう、とうが立っている」ルシアンは冷ややかに感想を述べた。「きっと、冴《さ》えないその令嬢は愛らしい磁器人形のような女で、結婚するなら彼女でもだれでもいいと思るかもしれないと、おまえの母から聞いて、ともかく急いでとんできたのだ」

「その娘については、いまも調べさせているところだ。スウィナマー家の令嬢に求婚す上、なにか話すことはありますか？ これから予定がはいっています」

シアンは気を引き締めて立ちあがったが、相手の目を見ることはしなかった。「これ以るか、自分がなにをするかはわからないが、いずれにしても望ましいことではない。ルとが耐えられなかった。父に――いや、公爵に――殴りかかるか、足もとで泣きくずれ

「しかし、それではわれわれの用は果たさないでしょう」これ以上話をつづけているこ

「あの王太子ですら、娘をもうけた」公爵は指摘した。

政王太子とはちがって、僕がちゃんと男の務めを果たせることを祈るしかないな」

「頭でっかちの冴えない女か。せいぜい――」他人事《ひとごと》のように薄情に言い放った。「摂という婦人が、母親の古くからの友人だ」

「西のチェルトナムだ。女学校で教師をしている。学校を運営しているミス・マロリーンは反論した。「僕の花嫁はどこに住んでるんですか」

「人生を共有するなら気の合う相手がいいと考えるのは、自然なことでしょう」ルシア

「真っ先に気になるのは、そこなのか」

女なんでしょう」

いはじめたところだった。「その考えは、もうすっかり捨てましたから、ご安心を」なおざりにこたえたあとで、自分が前の椅子の飾り房を、指でほぐしていたことに気がついた。

「失恋の痛手を訴えようというのか？」公爵が聞いてきた。「ならば愛人のブランチはなんなのだ？」

飾り房をにぎりつぶした。「男には、そういう相手がいるものでしょう」辛辣《しんらつ》に言って、顔をあげて相手の目をまっすぐに見た。「ご自分もよく知っているはずだ、公爵閣下」

それだけ言うと、ルシアンは背中をむけて逃げだした。

公爵はため息をついて目をこすった。もちろん、楽しい話し合いになるとは、最初から思ってはいなかった。だが、息子に負わせてしまった苦痛に対して、申し訳ない思いがあるのはたしかだ。本当の息子ならよかったと思うと言ったとき、それは本心からの言葉だった。自慢の息子だったにちがいない。

気性が荒いのは否めない。サン・ブリアックに通じる褒められない気質ではあるが、そのせいで名誉を汚したことは一度もないし、切れる頭の持ち主でもある。いつの日かベルクレイヴン公爵領のとてつもなく重い責任を譲ることになるが、そのことになんの不安もなかった。

またしても、思わずにはいられなかった――これまで、幾度となく思ってきたように。最初から、なにも知らずにいられたらよかった。そうすれば、みんなどれだけ幸せだったことか。

ヨランダと離れていることで感じる鈍いうずきは、いまや慢性的な痛みとなっているが、ほかに、自分になにができたというのだ？　もうひとり息子をもうけるようなことは、とてもできなかった。なぜなら、そうなれば、ルシアンが言ったとおりのこと――どうにかして、彼を排除すること――の誘惑が、大きくのしかかってきただろう。ヨランダがそんなことに我慢できるはずはなく、だが、正統な跡継ぎを剥奪者の第二位につけるようなことは、自分自身が許せなかった。

公爵はため息をつき、エリザベス・アーミテッジという娘が、ルシアンに背負わせてしまったすべてのことに対して、わずかでも償いになるような上等な娘であってほしいと、はじめて思った。

ルシアンは自分の屋敷――といっても、その権利は持っていないようだが――の、弧を描く広々とした階段をおり、フットマンからステッキと山高帽と手袋を受け取って、陽射しの下に出た。すらりと伸びた脚で街を抜けたが、実際は、どこへいくあてもなかった。

家にいるのは耐えられなかった。かといって、クラブへいく気にもなれない――どの友人にも絶対に会いたくなかった。

いや、それは正確ではない。ニコラス・ディレイニーと妻のエレノアがロンドンにいてくれたら。あのふたりになら話ができる。だが彼らはサマセットにいて、夫婦水入らずで、生まれたばかりの赤ん坊と幸せにやっている。彼らの家に避難したい誘惑にも駆られた。前にもそうしたのだ。だがあのときは、娘の縁組みに執念を燃やす、フィービー・スウィナマーの母から逃げたかっただけで、自分の人生の、そして自分自身の破滅から逃れようとしたわけではなかった。

哀れなフィービー嬢。自分の美しさがあれば、結婚市場で一等賞を取れると信じている。その野心がかなえられるのに、惜しいところまで来ていたことに、本人は気づいていたのだろうか？

自分はフィービー嬢をかわすことはできても、今度の新たな窮地からは逃れることはできない。身分や特権を享受する資格の一切が身に備わっていないのなら、代償をはらってそれを手に入れるしかないのだ。

あてもなく進んでいるうちに、いつの間に、小さな家が建ちならぶ静かな通りに来ていた。ルシアンは安堵《あんど》のため息をついた。

ブランチ。

こんな時間に訪問があるのは予想外だろうから、ノッカーで扉をたたいた。ブランチが彼を裏切ってほかの愛人を連れ込んでいるとは思わなかったが、もし、そうだとしても、知りたくはない――この日は、衝撃的な出来事はもうたくさんだった。彼は驚いた顔をしたメイドに迎え入れられ、その一瞬後には、〝白鳩〟がとなりにならんでいた。

「ルシアン、愛《いと》しい人」訓練の重ねられた声には、いまもかすかに北の地方の訛りが残っている。「こんな時間に、いったいどうしたの？」そう質問しながらも、ブランチは早くも腕のなかにいて、彼をじっと観察していた。「なにか、厄介に巻き込まれたの？」

ルシアンは、あごのほっそりとした完璧な形の顔と、人目を引く銀色がかった髪を見おろして、ため息を吐いた。若くして白くなった髪は、彼女のトレードマークとなっている。「友を求めたいだけだ、ブランチ」

彼女はにっこりと笑って、ルシアンをソファに導いた。「それならここにいるわ。どうしたら助けになれる？」ルシアンの金髪の巻き毛を優しい手つきでそっと額からはらった。「お父さまのこと？　怒っていらっしゃるの？　わたしを家に入れるべきじゃないって言ったでしょう」

「きみの言うとおりだった」ルシアンはブランチの手を取ってキスをした。「気を悪くするかい？」

「ばか言うんじゃないわ」あえて蓮《はす》っ葉《ぱ》な笑顔をうかべて、故郷のマンチェスターの訛りをまぜて言った。「あたしはね、愚かな期待はこれっぽっちも持ってないの。あなたは敬意をもって接してくれるし、あたしが求めるのは、それだけ。じゃあやっぱり、そのことが問題なの？」

ルシアンは背もたれによりかかって、長く息を吐いた。「ちがう。そうじゃないが、それがなにかは話すことはできない。ただ、ゆっくり考えるために、静かで落ち着いた場所が必要だったんだ」

「自宅のがらんとした部屋では窮屈すぎるというわけね」ブランチは訳知り顔で言い、多少引きつっていたものの、相手から期待したとおり笑いを引きだした。

ルシアンは親しげにブランチを抱き寄せた。「僕はきみと結婚すべきだったよ」そう口にすると、ブランチはその冗談に笑いをもらした。

「ばかね。つまり、そういうこと？　スウィナマーのご令嬢にふられたの？」

「ちがう。質問は終わりだ」

ブランチはすなおに口を閉じて、ルシアンの心地よい腕にとっぷりと抱かれた。ただ、だれかがそばにいてくれるだけで、心が安らぐときもある。できるかぎりのことをしてルシアンを慰めてあげたい。彼女はそう思った。ルシアン・ド・ヴォーのことは、本当の意味で心から愛しているが、ブランチは年齢では三つ、経験にすれば一世紀分、彼よりも年長だった。理性が感情に支配されてはいけないときがあることも、わかっている。ルシアンはたっぷりと手当をくれたし、ブランチはそれに見合うか、それ以上のものを返している。ふたりの関係はいつの日か終わりを告げる。そうなるのが当然なのだ。

ルシアンはほのかに香水のかおるやわらかなブランチを腕に抱きながら、父と交わした短い会話を頭のなかで何度も反芻《はんすう》した――いや、父ではなく公爵だ。もっと衝撃を小さくするような告白のしかたはなかったのだろうか？　もっとも内容からいって、どうしたところで衝撃がやわらぐものではないが。

おかげで、さまざまなことが腑に落ちた。たとえば、両親がたがいに深い情を感じていることは傍目《はため》にもわかるのに、堅苦しい距離をおいて生活していること。父は母を許すことがなかったのだろうか？　さっき、語っていたときの言葉は穏やかだったが、事実として夫婦は二十年以上のあいだ、よそよそしい関係になっている。ルシアンはむかしから、それは表面上のことだけで、ふたりきりになるとちがうのだと、信じようとしていた。

この先、どんな顔をしてふたりに会ったらいいのか。

少なくとも、公爵の態度については理解できた。たとえば、ルシアンが欲したあたたかな愛情や、励ましの言葉をかけてもらえなかった理由は。しっかりと叱り褒めてはくれたが、つねに庇護者めいた一歩引いた雰囲気があった。事情を知ってみると、ずいぶんとよくしてくれたとさえ思える。

いまは、そうした善意に報いるときだ。この結婚を――たとえ、近親相姦《そうかん》のような感覚がぬぐえず、爵位の最上位にいる者の縁組としては不釣り合いであるにしても――なしとげ、血統の断絶を回避するために男の跡継ぎを一人以上もうけることこそ、自分の義務なのだ。それさえ果たせば、あとはみずから命を絶ってもいい。そう、悲しい気持ちで思った。

じっとしていたブランチは、身体が凝ってきた。彼女はわずかに身じろぎした。「ルシアン、ワインはいかが？　それともお茶？」

ルシアンはいっしょに身を起こし、軽いキスをした。「ワインをたのもう。ついでに、食べるものがほしいな。今日は朝食を抜いてきたんだ」

ふだんどおりの明るく陽気なルシアンがだいぶもどったものの、彼が緊張しているのがわかって、ブランチの胸が痛んだ。

「ええ、もちろんよ」ブランチは目を光らせた。「だって、食料品店への払いは、あなたの懐から出てるんですもの」

ルシアンは笑った。「そのとおりだ。宝石商への払いもおなじだ。元気になったら、出かけていって、もっとダイヤモンドを買ってあげよう。サファイアの誘惑に負けてくれれば、そっちでもいい」

「そうやって、女優生命を奪うつもり？」ブランチは言い返した。「〝白鳩〟が色のついたものを身につけるときは、人生に幕がおろされるときよ。ねえ、新しくできたお店ですてきな髪留めを見つけたの」

「ならば、もうそれは、きみのものだ。きみは宝だよ、ブランチ。男が望むすばらしい妻になれる」

　彼の頭は、さっきから妻というものにとらわれているらしい。ブランチは意地悪な目をむけた。「あら、だったら、もっとあちこちで媚《こび》を売ってまわろうかしら」

ルシアンから笑い声があがり、そのようすは、ブランチが望んでいたような、屈託のないルシアンの姿に最大限に近いものだった。

3

問題のもう一方の当事者、ミス・ベス・アーミテッジは、ド・ヴォーの家の人間が知らせを伝えにやってくるまでは、国際的な問題にすっかり関心を奪われていた。一八一五年三月は、あのコルシカの怪物ナポレオン・ボナパルトが追放先のエルバ島から脱して、フランスにもどったという恐ろしいニュースで持ちきりだった。そして四月になったいまも、聞こえてくるのはよくない知らせばかりだ。

〈ミス・マロリーの女学校〉は、エマ・マロリーが尊敬する女権拡張論者、メアリ・ウルストンクラフトの教えの取り入れやすいところを採用した、独自の教育方針にのっとって運営されていた。生徒は幅広い分野の教育を受ける。ラテン語から科学までをまんべんなく学び、積極的に毎日身体を動かし、日々の社会の出来事に通じておくよう指導された。

このごろでは日課の新聞読みをしていても、少女たちの関心をつなぎとめておくのに苦労はいらなかった。生徒たちが生まれたころから全ヨーロッパを苦しめた元凶ナポレオン・ボナパルトは、歴史読本のなかの人物となったはずだったが、いまになり、ふたたびもどってきたのだ。多くの生徒は、父や兄弟が軍に属しているか、最近、軍職を売って退役したところだ。年長の生徒たちは、少なくともいまの情勢がなにを意味するかは理解している。この話題となると、教師が望む以上の熱心な態度でさかんな討論が交わされた。

最初は、ナポレオンがフランスにもどったこと自体、正気の行動ではないと思われていたが、とどく知らせは日に日に悪いものとなった。ルイ十八世は国民の不人気を買い、一方で、旧皇帝ナポレオンはフランスの人々の熱い歓迎を受けている。討伐のために送られた軍隊も、かえってつぎつぎとナポレオンに寝返って忠誠を誓い、その数は、ナポレオンがブルボン朝の王にこう書き送ったといわれるほどにふくれあがった――〝親愛なる兄弟よ、これ以上軍隊をよこすことはない。わたしの手勢はもうじゅうぶんだ〟。

そして、ルイ十八世は国外へ逃亡し、ナポレオンはふたたびチュイルリー宮にもどった。

ある火曜日の朝、年少の教室にいたベスに、マロリー校長の応接室に来るようにと呼びだしがかかったときも、ベスは国際的な大事件が起こったにちがいないと思った。ひょっとしたら、イギリスが侵略を受けたのかもしれない、と。

よい教師は生徒の前で不安を見せるものではない。ベスは時間をたっぷりかけて、スーザン・ディグビーの刺繍作品を二十回もやりなおしさせ、まだ幼いデボラ・クローリー・フォスターには、はじめて父のイニシャルを刺繍したハンカチが血で点々と汚れていても、お父さんは気にしないから大丈夫だと言って慰めた。そういえば、デボラの父はクローリー・フォスター大佐だ。ボナパルトが復活したとなれば、点々とした血ではすまないかもしれない。そう思うと、胸が痛んだ。

はやる気持ちを抑えられなくなり、ベスは知らせを伝えてくれた上級生のクラリッサ・グレイストーンを残して、待っている問題に立ち向かおうときびきびと校内を歩いていった。

校長に授業中に呼びだされるのは、ほぼはじめての出来事だが、その理由が政治の緊急事態だというのは、だんだん自分の勘ちがいのように思えてきた。ボナパルトがロンドンに進軍してきたとしても、ベス・アーミテッジにはそれをどうする力もない。それよりは、呼びだしの理由は生徒のこと、たとえば父兄がなにかを心配しているとか、そんなところだろう。けれど、問題があるといって思いだすのは、クラリッサ・グレイストーンくらいだ。彼女はこのところ妙にふさぎ込んでいる。

クラリッサは今年学校を出て、社交シーズンのロンドンに移るつもりでいたのだから、当然といえば当然だ。一家の財政が厳しくなり、社交界デビューが延期となったときには、とても不満げだった。けれど、その知らせに涙したのは数ヵ月も前のことで、無口になったのは、つい二週間ほど前に親が訪ねてきて以来だ。

そんなことを考えているうちに、ベスは玄関ホールまでやってきた。優雅な内装のホールで、磨かれたオーク材の床にはふかふかの細長い絨緞が敷かれ、現代風の家具調度が、空間に明るい華やぎを添えている。ここは生徒候補の親たちを最初に迎える、学校の顔のような場所だった。

マホガニーの台の上にかかった大きな鏡の前で足を止め、正装の帽子をまっすぐに整え、はみだした茶色い巻き毛をなかに押し込んだ。最近まで生徒だった学校で教壇に立つには、帽子は、威厳を添えるのにいい小道具だった。

一歩さがって、ペチコートを見せないつくりの灰色のウールのスカートが、高いウエストのリボンの位置からすっきりと下に落ち、きたない手や血のついた指で汚されていないことを確認した。ベスは、おばのエマが自分のせいで恥をかくことはないと納得すると、応接室の入口の前に立ち、ドアを軽くたたいた。

通されてすぐに、問題はやはり生徒の親に関係することだとわかったが、ベスの入室とともに立ちあがった紳士は、はじめて見る顔だった。中年というのはまちがいないが、その言葉の持つ薄ぼやけた印象の人物ではなかった。長身で、細身で、優雅。すこし細くなった髪はきれいに切りそろえられ、顔の両側にはすこし白いものがまじっている。顔立ちはごくふつう。だが相手は、無礼なほどこっちをじろじろと見ている。ベスはわずかに顔をつんとあげた。

「閣下」ミス・マロリーが奇妙な声を出した。「謹んでミス・エリザベス・アーミテッジをご紹介いたします。ミス・アーミテッジ、こちらにいらっしゃるのはベルクレイヴン公爵で、あなたに話がおありなのだそうよ」

ベスはひざを折ってお辞儀をしたが、あえて驚きを隠すことはしなかった。ベルクレイヴン公爵などという名前は聞いたことがなかったし、ベスが学校とかかわってきて以来、そうした家柄の娘が在籍したことがないのもたしかだ。

公爵はなおもあからさまにベスを観察しているようで、しかも、どこか気に入らないといわんばかりの、しかめ面をしている。ベスもおなじ顔つきで返した。貴族に媚を売ることは自分の信条に反するし、相手がこの女学校の生徒の親でないなら、なおさらその必要があるとは思えなかった。

公爵はエマ・マロリーのほうをむいた。「ミス・マロリー、こちらのミス・アーミテッジとふたりで話がしたいのだが」

「それはあまりに不適切なことでございます、閣下」ミス・マロリーは威厳たっぷりに言った。彼女もまた、有閑階級にへつらうような人柄ではなかった。

「ミス・アーミテッジの操をどうこうしようという気はない」公爵は淡々と言った。

「たんに、個人的な事柄について話をしたいのだ。その話の内容をあとであなたに打ち明けるかは、ミス・アーミテッジの考えに任せよう」口調は穏やかだったが、自分の意向に待ったをかけられるのに慣れていないのは明らかだった。

ミス・マロリーは折れた。平等主義の思想を持っていたが、同時に商売を営む女性でもあり、公爵にたてつくということが、どれだけのものを意味するかを知っている。

「では、どうするかはミス・アーミテッジ本人に任せることにいたします」とうとう、そう言った。

二組の目に見つめられていたが、ベスは、自分よりかなり年上の紳士とふたりきりになる不安をすこしも顔に出すまいとした。『人間の権利の擁護』ならびに『女の権利の擁護』の著者メアリ・ウルストンクラフトの書物から学んだことを思想の土台としているのだ。女性の自由をはばむ無意味なしきたりに、自分の行動を制限されるつもりはなかった。

「異存はありません」ベスは冷静に言い、〝おば〟が部屋を出ていくのを待った。

「おかけなさい」公爵は言って、自分もふたたび椅子についた。「ミス・アーミテッジ、いまからするのは耳を疑うような内容の話で、おそらく、不安にもなるだろう。感情的にならないでもらえると、ありがたいと思う」

ナポレオン侵略の映像がふたたびベスの脳裏にうかんだ。そこまで言われるほどの恐ろしい話といえば、それくらいしか思いうかばない。けれど、それはあり得ない。この紳士は、どんな小さなことであれ、女はそのたびに興奮して取り乱すと信じているのだ。ベスはその逆だということを証明してやろうと心を決め、椅子に腰をおろし――背筋をぴんと伸ばし、頭を高くあげて、両手をひざにおいて――相手の目をしっかりと見つめた。「わたしは日ごろから感情的にならないように努めていますから」きっぱりとこたえた。

「さようか」公爵は多少心配そうではあったが、心から感心しているように言った。

「そうです、閣下。過度の感情の発露は、自分も相手も疲れるばかりですし、若い女の子の集う学校では、そうしたことはとてもありふれていますから」

このとても理性的な意見に、なぜだか公爵は驚いたようで、あらためて眉《まゆ》をひそめてベスのことをじろじろと見てきた。

「感情を見せるなとおっしゃったものと理解しましたが？」ベスは少々皮肉るように言った。

「少しちがうな、お嬢さん」公爵は穏やかにこたえた。「感情を抑えてほしいと言ったが、感情をすっかり隠してほしいとまでは望んでいない」

この会話は、貴重な時間を無駄にしているように思えた。「でしたら」ベスは辛辣に言った。「それは感情を抑えているものと思ってください。両方のちがいを、よくおわかりにならないようですから」

引きつるような笑いが小さく唇にうかび、驚いたことに公爵はこう言った。「きみのことは大変気に入った。わたしの……ほかの娘たちよりもいい」

ベスは意味がわからず、顔をゆがめた。「ほかの娘たち？　お嬢さんがこの学校にいらっしゃるのですか？　それは気づきませんでした」

「きみがわたしの娘なのだ」

その言葉に、ベスは絶句した。

心臓が数をかぞえられるほど激しく数回打ったのち、ベスは背筋を伸ばしてまっすぐに相手を見つめた。こんな機会がいつかは訪れるのだろうかと、むかしから思っていた。ベスはよそよそしい声を出した。「まさか、わたしが大喜びで、あらわれた親を歓迎すると期待なさっているわけではないでしょうね」

相手の顔が白くなった。「つい数週間前まで、きみの存在を知らなかったのだよ、エリザベス」

さっきはああ言ったものの、ベスは過度の感情をあらわしてしまう危機にあった。激しい怒りが心のなかで渦巻いていたが、無理にでも落ち着いた態度を心がけた。「なれなれしい呼びかけはご遠慮いただきたいと思います」

母親については、ミス・マロリーと友達だったということ以外にほとんど知らないが、ベスは結果に責任を負わない男に対して、断固たる意見を持っていた。

「つまり、わたしのような存在に対して、まだ心の準備がないというわけだな」公爵は冷静に言って、椅子の背にゆったりともたれて脚を組んだ。「それならそれでかまわない。親子関係を疑っているのかね」

「疑うべきだと思います」ベスはおなじく冷静にこたえたが、反発をあっさり受け入れられて少々不愉快だった。娘の歓心を買おうとするなどの、こちらが拒絶して喜びをおぼえるようなことをしてくるかと期待していた。「ですが、老後の世話をする優しい娘をさがしているようにも見えませんし、理由もなくわざわざ父を名乗る意味があるのかよくわかりません」

「的を射ているな。理性的な婦人の相手をするのは、楽しいものだ」ふだんなら言われてうれしいはずの言葉だが、このときはやけに神経を逆なでされた。

「この手紙を読んでみたまえ。いくらかの証拠となるだろう。あとで、ミス・マロリーに母について聞いて確認したくなるかもしれない」

ベスはしぶしぶ手紙を受け取った。ずっとむかしに、みんなとは異なる自分の生い立ちに折り合いをつけ、両親がいないことと受け入れたはずだった。それがいまさら急に出てこられても、つらいだけだ。

時間をかけて手紙を読み、またしても、感情に呑まれて冷静さを失いそうになった。

こんどは苦い感情だ。生まれてはじめて母にじかにふれ、けれども、その女性は、もはやこの世にいない。そして、メアリ・アーミテッジの手紙の文面からは、娘をつねに重荷であり義務だと思っていたことがうかがえる。愛情や、わが子に会えないつらさのようなものは、まったくあらわれていない。

読み終わってからも、しばらくは読んでいるふりをした。事態を受け止めるための時間が必要だった。「仮に、わたしがこの婦人の娘だとしましょう」ようやくベスは言った。「あなたはどうして、ご自分が父だと言いきれるのですか?」

「彼女の人となりを知っているからだ」公爵は優しく言った。「操の堅い女性だった。手紙を読んで冷たいと感じたとすれば、それは、きみという存在が、つねに自分の堕落を思いださせたからだろう。われわれがもうすこしいろんな話ができる関係になれば――」

「そんなことは希望しません!」本のページを読むように、相手に自分の心を読まれていることが我慢できなかった。

公爵はかまわずつづけた。「そういう関係になれば、母のことを聞きたいと思うだろうし、わたしも話すつもりがある」

「もう一度言わせていただきます」ベスは語気を荒くして言った。「あなたとは一切関係を持ちたくありません、閣下。わたしを自分の子供と認めて、絹と宝石で着飾らせたいとおっしゃるなら、はっきり言いましょう、わたしはそんなことはまっぴらです」
「絹と宝石だけは、はずせないな」公爵は弱々しく笑いをうかべ、それを見たベスは、めずらしくかっとなった。

その場で立ちあがった。「わたしの話をちゃんとお聞きになっていないようですね」
「その逆だ。きみが聞いていないのだ」公爵の穏やかな口調に変わりはなかった。「絹と宝石は結婚式には欠かせないもので、わたしが言いたいのはそのことだ」

ベスは背をそびやかし、最大限侮蔑《ぶべつ》的に見えるような冷笑をうかべた。「女は必ず夫を求めていると思っていらっしゃるんでしょうね。ところが、ベルクレイヴンさま、わたしはメアリ・ウルストンクラフトの信奉者で、女は、結婚や夫の支配といった頸木《くびき》から自由でいるべきだと信じております」

ベスが期待し、望んでいたような怒りの反応は、まったく見られない。というより、癇《かん》にさわることに、ベスの言った言葉をおもしろがっているようだった。だが、公爵はこたえるときにはまじめな声を出した。「ところが、そのウルストンクラフトでさえ、ついには、子供にきちんとした立場を与えるために結婚をした。きみも、それに倣うことはできると思うのだが？　私生児がかかえる問題は、当然、よく知っているのだろう」

ベスは自分の顔が赤くなるのがわかって、そうさせた相手を恨めしく思った。これまでミス・マロリーなどの似たような思想を持つ人とはさんざん議論を戦わせてきたが、世慣れた学のある紳士を相手にするには、ベスはまだ経験不足だった。「わたしは子供を産むつもりはありませんから」たどたどしくこたえた。「そうした問題はわたしには無縁です」

「だが、わたしは子供を産んでほしいと思っている。しかも、その子は嫡出でなければならない」

話がこれまでの経験からまったくかけはなれた方向へむかっている。ベスはいやでもふたたび椅子にかけて、弱々しく言った。「おっしゃっている意味がわかりません」

「それは、わたしに説明させようとしないからだ。感情に任せて反論するばかりでね」

ベスは怒りで喉をつまらせた。

「冷静に話を聞くつもりがあるなら、こちらとしても、状況をわかりやすく説明したいと思っている」

ベスは物を投げつけたいという無意味な衝動をこらえた。こんな激しい感情に駆られるのは、生まれてはじめてのことだ。大変な努力をして、なんとか冷たくよそよそしい表情を保った。「ではそうなさってください、閣下。おそらく、すぐにお帰りいただくことになると思います。あなたは頭がどうかしているのでしょう」

「それは気の毒だな。そうした性質はたいがい遺伝するものだよ」ベスが身をこわばらせると、公爵は口を閉じてフェンシングの構えのように片手をあげた。愛嬌《あいきょう》のある笑いがうかんで、表情が明るくなった。「悪かった。きみには、人にいじめたくさせる才能があるようだ。この先、楽しくなるだろうね……。さあ、かっかしない。話はこうだ」

ベスは唇をぎゅっと結んで、言葉をこらえた。反論が少なければ、そのぶん話が早くすむ。餌をちらつかせて退廃的な有閑階級に抱き込もうとしても、無駄な話だ。彼らの持つどんな餌も、ベスには通用するはずはない。

「きみは疑いなく、わたしの娘だ。わたしにはほかに娘がふたりいて、それぞれ結婚して子供がいる。それから息子が三人。上のふたりは何年も前に溺死《できし》して、末の息子で跡継ぎのアーデン侯爵は、じつはわたしの子ではない」

公爵は、貴族階級の貞操観念についてベスに意見する機会を与えるかのように、そこで少々間をおいた。ベスはそうしたかったが、沈黙を守るほうが賢いと考えた。

「ド・ヴォー家は」公爵は先をつづけた。「一般の知るところでは、七代にわたり直系の血統を保っている。その遺産を自分の代で断絶させることは、わたしの望むところではない。きみが子供をもうければ、血筋が維持されるということだ」

ベスはかすかに眉をひそめた。「それをおっしゃるなら、ほかの……ほかの娘さんたちの子供もおなじでしょう」

「だが爵位を継承させることができない。きみには、息子と結婚してもらいたい。そうすれば、そのまた息子たちは、正真正銘の後継者ということになる」

「でも、それでは近親相姦です」ベスは恐ろしくなった。

「それはちがうな。ふたりに血のつながりはないし、きみがわたしの子供だということは、この先も、だれにも知らせる必要はない」

ベスは相手をまじまじと見た「まさか、わたしがそんな申し出に応じると、本気で思っているのではないでしょうね。時代遅れの貴族のプライドだと思いますが、動機は理解できます。ですが、わたしの知ったことではありません」

「どうやら少々露骨なことを言わねばならなくなりそうだ」公爵は冷静に言った。「何不自由のない優雅な暮らしという魅力さえ見せれば、さほどの説得は必要ないかもしれないと楽観もしていたが、そうもいかないのはわかった。エリザベス、きみの思想には敬意をはらうが、それに目的をじゃまされるわけにはいかない。ゆえに、時代遅れの貴族の力を見くびってはいけないということを、伝えさせてもらおう。ミス・マロリーはこの施設を担保にしているが、その抵当は、いまではわたしが持っている。額はさほど多くもないし、学校がこのまま繁盛すればミス・マロリーは負債を返していけるだろう。だがもし、自由主義的な教育方針や道徳のゆるみといった良からぬ噂《うわさ》がひろまることがあれば――」

「なんて卑怯《ひきょう》な！」ベスは衝撃を受けた。「わたしたちの信条はわたしたちの勝手で、学校ではさしさわりのない範囲でしか教えていません」

「わかっている。きみを屈服させるためにどんな武器を持っているか、事前に公正に示したまでだ。これでだめなら、べつの武器がある。生徒の親にわたしからひとこと言えば、ミス・マロリーを破滅に追い込める。きみは応じるしかないのだ、エリザベス」

ショックのあまり身体がふるえた。ベスは、自分がどんな男の所有物でもないことを誇りに思っていた。私生児というおかげで、どの男の娘でもない立場でいられることも誇りに思っていた。それが突然、なすすべもなく、ある男の強力な手で首を押さえつけられているのだ。

「こんなふうに苦しめなくてはならないことを、申し訳なく思っている」本音のようだった。「きみには感心しているし、心をくじきたいと思っているわけでもない。だが、わたしの言うことにしたがってもらう必要がある」

「それが、わたしの心をくじくことではないと?」ベスはつぶやくように言った。

「これはひとつの敗北だ。ただ一度の負けを切り抜けられないのは、哀れな人間だよ。息子と結婚し、息子の家に住み、子供をもうける。それ以上のことは、わたしはなにひとつ要求しない」

「わたしの身だけがほしいということでしょう」

「ある意味そのとおりだろう。しかし、好きに行動し、好きに学び、好きな主義主張を持ちつづけてかまわないのだ」

「ご子息は、それについてどうお思いになるんでしょう？」

「受け入れるだろう。そのかわりに、息子に対しても、おなじような自由を認めなくてはならない」

「では、彼のほうは、どんな信条をお持ちなんですか？」ベスはとげとげしく質問した。

「それは自分で聞くことだ。ふたりだけのさびしい晩に話し合う、ちょうどいい話題となるだろう。ただし息子の主義主張には、形のいいくるぶしを愛でることや、上等なワインの知識や、貴族はなにをするのも自由だという揺るぎない信念、といったものが含まれるだろうね」

最悪の放蕩の見本のような、遠くから嫌悪の目をむけるのでじゅうぶんな相手だ。

「わたしを野蛮な男と結婚させようというのですね！」

「その見解はまったく正しくない。イングランドでもっとも婿に望まれ、もっとも男前で、もっともチャーミングなわんぱく息子と結婚させようとしているのだ」

ベスは両手で顔をおおった。この男は、自分が差しだすものをベスが喜んで受け取ると信じているらしい。気取り屋の放蕩息子を！「わたしに対して、なんらかの情をお持ちでしたら――好意でも罪悪感でもなんでもかまいませんが――どうかこの縁組はやめにしてください。わたしはここの暮らしに満足しています」

「心からすまないと思うが」公爵は優しく語った。「わたしには、これしか手がない。幸福は場所がどこであれ得られるものだ」

「さっきおっしゃったような放蕩の暮らしのなかにはありません」ベスは反論して顔をあげた。頬に涙がついているのはわかっていたが、人生のうちで今回だけは、そうした女の弱さを目的を果たすための武器にするつもりだった。

だがそれが公爵の胸にとどいたとしても、顔にはなにも出なかった。「仮にアーデンが放蕩を行なうにしても、それは家の外に限られたことだと断言してもいい。わたしは息子に力をおよぼすこともできるし、きみが屈辱を受けることはないと約束しよう。ふんだんな金があり、最高の身分にいる利点のひとつと言っていいだろうが、われわれは暮らしを自分の好きに設計できる。夫婦で住む区画《アパートメント》をべつにおいて、そこで詩人や哲学者や芸術家を集めて暮らそうとも、だれひとり驚く者はない。子供ができたら、べつの土地に移ったっていい。だれも反対はしない」

「夫でさえ？」

「もっとも反対しないのが、その夫だろう」

ベスは、その言葉に一番ぞっとなった。メアリ・ウルストンクラフトの考える理想の結婚、つまり、高い道徳基準と、たがいへの尊敬と、友情を土台とした結婚が、この縁談のどこにあるというのだろう？

「でも、わたしはその男に服従し」ベスは消え入りそうに言った。「子供をもうけないといけない」

公爵はうなずいた。「残念ながら、そのとおりだ。大義のためとはいえ、これほど人格を無視した方法もなかろう。しかしね、こんなことを言うのは無神経かもしれないが、息子がその方面のことに慣れているおかげで、極力、きみを煩わせずに目的を達せられるはずだ」

慣れている？　ベスは身ぶるいした。それは、純潔や尊敬の対極にあるものではないか。自分の頬が赤いのがわかったが、今度も隠すつもりはなかった。「わたしには、どうしてもほかに選択肢がないとおっしゃるのですか？　こんなことをなさって、自分を恥ずかしいと思わないのですか？」

なんの返事もなかったが、きっと言葉が効いたのだろう。ベスは弱々しく言葉をついだ。「エマおばさんは、どう思うでしょう？」

「きみが結婚に乗り気なふりをするのがいいだろう。縁組を強要されたと知れば、おそらくミス・マロリーは、きみが犠牲になることに反対しないわけにはいかなくなる。そうなれば、わたしはもっと強力な武器を見つけてくるまでだ」

心がずたずたになって、ベスはおぼつかない足で立ちあがった。「わたしはどうしたらいいんですか」

公爵も席を立ち、手袋をはめはじめた。「顔合わせのために、アーデンをここへ送ろう。世間の知るところでは、息子は激しい恋に落ちて、きみを自分の家族のところに連れて帰る。適当であり、かつ短い期間をおいたのち、ふたりは結婚をする」

ベスはすでに衝撃すら感じることができなくなっていたが、それでも驚いたにはちがいなかった。「あなたのお屋敷で暮らすのですか？　奥さまはなんて思うでしょう？」

「妻は喜ぶ。娘たちが巣立って淋しい思いをしているからね。われわれは全員、文明的な人間だ。それぞれが慎重に行動をすれば、だれひとり傷つくことなく、ことを運ぶことができる」

ベスはつんと顔をあげた。「ご冗談を」そう言って、エマおばさんと話をしに、部屋を出ていった。

その後、数週間が過ぎていくうちに、学校全体がミス・アーミテッジの変化に気づくことになった。辛抱強くて冷静だと思われていた彼女が、いまではいつも神経をぴりぴりさせていて、しょっちゅう気持ちがどこかへいっている。公爵の突拍子もない計画にあっさりと同意したことを、長年ともにあたためてきた思想を捨てたものとエマおばさんが誤解しているのも、ベスの心の負担だった。

フランスの情勢が日増しに不吉なものになっていなければ、周囲からもっと根掘り葉掘り質問を浴びたり、早まるなと止められたりしたことだろう。不本意だが、コルシカの怪物に感謝すべき点があるのは、ベスも認めざるを得なかった。けれども、ふたたびナポレオンがパリにいるという知らせを聞けば、やはり、恐怖以外のものは感じない。ナポレオンは大胆不敵にも、ヨーロッパ各国との講和を画策し、再度、フランスの支配者として認められることを望んだのだ。だがその時期も過ぎ、各国はこの非常事態に大同盟を組むことになった。

けれども、それに対するベスの満足感も、ふたたび応接室への呼びだしを受けると同時に消え失せた。前回とちがい、呼びだしの理由が自分個人の災難と無関係だという幻想はいだかなかった。

応接室に来るように、という伝言を持ってきたのは、今度もあのクラリッサだった。ベスが、急に汗のういてきた手をエプロンでぬぐっていると、彼女は言った。「アーミテッジ先生、お話ししたいことが――」

「あとでね、クラリッサ」ベスは急いで教室を出た。

今度も大きな鏡の前で立ち止まった。緑のストライプの上品なモスリンの服は、飾り気のない、たっぷりとした白いエプロンにつつまれている。ちょうど習字法《カリグラフィ》を教えていたところで、こうした授業では、手入れの悪いペンのおかげでインクで指が汚れ、服に染みがつくものときまっていた。エプロンは脱がないことにした。髪の毛はきちんと頭にかぶった帽子で隠れているが、ところどころから栗色の巻き毛がこぼれていた。ベスはごく適当に、見えないようになかに押し込んだ。帽子の左耳のところにはかわいらしいリボンがついているが、ポケットの筆入れからはさみを取りだしてちょん切った。

ベスはもとから美人ではなく、さらに醜くしておけば、アーデン侯爵の反発心をあおることができるのではないかという楽観的憶測があった。彼は男で、金持ちの貴族なのだから、ベスほどはベルクレイヴン公爵の言いなりにはならないはずだ。

醜く見せるためにやれることはやったと納得して、ずかずかと部屋にはいった。

そこにミス・マロリーの姿はなく、男がひとりいるだけだった。アーデン侯爵その人が。

靴の裏から自信が逃げていくような感覚がした。彼は気取り屋の放蕩息子ではなかった。むしろ、ベスが男に恐怖する要素をすべて持ちあわせている――長身で、がっちりしていて、尊大。すぐに氷のような態度の下に隠されたが、ほんの一瞬、ベスの外見に失望したのが見えた。それが狙《ねら》いだったはずなのに、ますます自信が失われていくようだった。

彼はほんのわずかに首を垂れた。「こんにちは、ミス・アーミテッジ」

そういう態度なら、こっちもおなじようにするまでだ。ベスは、ほんのわずかにひざを折った。「こんにちは、アーデン侯爵さま」

ふたりはしばらく顔を見合っていたが、やがてベスのほうから言った。「どうぞおかけください」ベスは相手からできるだけ遠い席を選んだ。

こんな男と結婚するなんて、どれだけ不釣り合いな話だろう。彼はまるで別世界の人間だった。

もともとギリシアの神像のような顔立ちをしているが、金髪の巻き毛のせいで、そうした印象がいっそう増している。瞳は夏の空を思わせる澄んだ青で、男の目にしてはずいぶん繊細だった。背はベスよりもずっと高く、肩幅は二倍ある。女ばかりの社会で育ったため、上背のある人を見ると、いつもベスは気おくれした。

一方のアーデン侯爵ルシアン・ド・ヴォーは思った。自分がこのような平々凡々な女と恋に落ちたといって、だれが信じるのか。とりたてて醜いことはない――顔立ちはいたってふつうで、ぱっとしない服と、重ね着したエプロンで隠された体形は、ごく平均的に見える――が、これといった見所もない。ため息が出た。彼に選択権はないのだ。

ベスはため息の音を聞きつけて、口をぎゅっと結んだ。礼儀正しい会話を心がけようという気は、ベスにはなかった。

いきなり侯爵が席を立った。「こっちへ」

驚いて目をあげた。「なんですって？」

「こっちへ来て。明るい場所できみを見たい」

「地獄へ堕ちなさい」ベスははっきりと言い捨て、相手が驚きの目をみはるのを見て満足した。すると、彼の優美な唇が微笑《ほほえ》みでゆるんだ。

「僕らはふたりとも、とんだ災難に巻き込まれたようだ」

ベスはすこしだけ緊張を解いたが、できれば相手に悟られたくはなかった。「わたしたちのこの災難は、あなたのご家族が考えだしたものです。しかも、すべては、あなたの家族のためのこと」

侯爵が見透かすような目つきで見つめてきた。「ミス・アーミテッジ、きみにとっては、なにも得るものはないと？」

「ええ、なにひとつ」

侯爵は口もとに楽しそうな表情をうかべたまま、ふたたび席についた。「いま持っていないもので、将来手に入れたいと望むものはないというのか」物でも人間でも、なんでもお金で買ってきた人らしく、鷹揚《おうよう》に言った。

「ほしいのは、自分の自由です」ベスはこたえた。相手の顔から楽しげな表情がすっと消えた。

「完璧な自由など、だれも手に入れることはできない」彼は静かに言った。「僕たちは結婚しなくてはならないんだ、ミス・アーミテッジ。それは、避けようがない。ただし僕は、きみに対して、できるかぎりの思いやりをもって接すると約束する。このことは信じてほしい」

おのれの志を示す感心な言葉なのだろうが、ベスには支配者の宣言のようにも聞こえた。統治者である彼が、自分の民を虐げることはしないと約束しているのだ。

「口約束だけでは足りません」公爵の訪問を受けた日から、ベスが練りに練ってきた考えだった。「わたし個人の不自由のない収入を保証していただきたいと思います。あなたの善意にたよって暮らすのはいやですから」

侯爵は態度を硬化させた。「ミス・アーミテッジ、それについては、すでに父が手配をすませた。ただし、残念だが、僕の息子をふたり産んだあとでないと、その取り決めは有効とならない」

ベスは頭を垂れた。大胆な要求をつきつけてはみたが、ベスにはなんの力もないし、ここにいる双方がそのことをよくわかっている。それに、さりげなくふれられた子供の話にも鳥肌が立った。赤ん坊ができる仕組みを知らずに育ったわけではない。このときばかりは、無知というのがうらやましかった。

侯爵はふたたび席を立ち、歩いていって暖炉を見おろした。「こんなことをしていても無意味だ、そうでしょう？」不快そうな声だった。ベスは一瞬、彼が計画を丸ごと否定するのかと期待したが、侯爵はふつうにふり返って言った。「ミス・アーミテッジ、僕の妻になってくれませんか」

ベスも思わず立ちあがり、そして息を呑んだ。もう一押し、訴えてみることも考えたが、どのみち、なんの足しにもならないだろう。もしド・ヴォーの一族がベスを切り刻んで夕食に盛りたいと思ったとしても、ベスにはどうすることもできないのだ。

侯爵がポケットから指輪を取りだした。指にはめる気だったかもしれないが、ベスはすかさず手のひらを上にして右手を出し、一瞬の間があったのちに、彼はその上に指輪を落とした。周囲にエメラルドを埋め込んだ大きなダイヤモンドの指輪で、新しいものではなかった。きっと、一族伝来の宝石だ。ベスは自分で薬指にはめた。見るからに違和感があった。

「このあとはどうなるのです？」ベスは自分にはめられた枷《かせ》のような存在をなんとか無視した。ふいに、結婚のしるしとしての口づけを待っているのかもしれないと気づいて、不安の目をあげた。

相手は、そんなことは頭にのぼりさえしないようだった。「先延ばしにしても意味はないだろう。いっしょにいこう。このままきみをベルクレイヴンに連れていく」

「明日にしてください。身のまわりのものをまとめたいわ」

「あまり多くを持っていく必要はない」彼はベスの服を不快そうに一瞥した。「われわれのほうで新しいものを一式、買うことになるだろうから」

ベスは居住まいを正した。「お言葉はありがたいですが、自分の服のほうがいいんです。お父上によれば、わたしの義務はあなたと結婚して、あなたの家に住んで、あなたの子供を産むことだけです。あなたの好みの服を着ないといけないとまでは言われなかったわ」

「お望みのままに、ミス・アーミテッジ」侯爵は力のはいった声で言った。

ベスは、背筋をしゃんと伸ばして、ひざを折って挨拶《あいさつ》をした。

アーデン侯爵は尊大に宮廷用の深々としたお辞儀をして、部屋を出ていった。

4

あくる日、侯爵の迎えを待つうちに、ベスは苦しいほどの不安におそわれ、憂慮を隠せずにいるミス・マロリーの態度が、それに追い討ちをかけた。

「本当に、これでいいの、ベス？　しっかり考えなさい。いったんここを出たら、どんなことがあるかわからないのよ」

ベスはいわば母代わりだった婦人のために、必死になって明るい笑顔をうかべた。

「どうか心配しないで、エマおばさん。もらった二十ギニーを隠しポケットに忍ばせてあるの。万が一よくないことがあったら、古巣にとんで帰ってきます。それから、わたしがロンドンに哲学サロンをひらいた暁には、絶対に来て、ハンナ・モアとミスター・ウィルバーフォースに会ってね」

「たとえ、そのためであっても、自分の身を売るほどのことかしら。アーデン侯爵はあまり思いやりぶかい人ではなさそうじゃないの。わたしは、そうしたことに敏感なのよ。どうやって耐えていくつもり？」

「それは、悪口にあたると思うわ」ベスは相手を抱擁しながら言った。まるきり本心でないわけでもなかった。侯爵は流行の先をいく洒落者《しゃれ》かもしれないが、ふたりのおかれた状況がどれだけ不自然かということも理解していたし、無理に迫ることもなく、口先だけの言葉を言うこともなかった。

馬車が近づいてきて、ここにも、きめ細やかな気遣いが見て取れた。彼は豪華な四輪軽馬車《チャリオット》と並走して、馬でやってきたのだ。ベスと同乗するのではなくて。

ベスは、ミス・マロリーや上級生たち数人に最後の別れの手をふると、ふかふかのシルクのクッションにぐったりともたれて、刺繍のほどこされた足置きに足をのせた。寒いときのために、やわらかな毛布がわきに用意されていて、外の目が気になるようなら、カーテンを引くこともできる。こういうささやかな贅沢に心動かされてはいけない、とベスは自分を戒めたが、これまでに経験した、いずれも乗合馬車での数回の旅との差を感じないではいられなかった。

身をのりだしてこれを最後にふり返ると、こっちにむかって手をふっている上級生の一団のなかにクラリッサ・グレイストーンがいて、姿が見えなくなる寸前に彼女が泣いていることに気づいた。気に入っている生徒のひとりで、ときどきゆっくり会話もしたが、ベスが去ることをそこまで悲しんでいるとは思わなかった。

ふと、クラリッサがおといい、なにかを話したがっていたことを思いだした。もう手遅れだが、時間をつくってやれたらよかった。あの子は、このところ楽しそうにしていない。兄弟が軍隊にいるのだろうと考えてみたが、ベス自身、その答えで納得したわけではなかった。

いずれにせよ、戦争という巨大な暗雲が人々の頭上に垂れ込めているこのときに、自分の身のみを哀れんでいていいはずはない。対ナポレオンの説得交渉が失敗に終われば、数多くの父、息子、兄弟が傷を負い、命を落とすことになる。それを考えれば、愛はないにせよ贅沢な縁組は、とても小さな悲劇ではないか。

しばらくのあいだは、外の景色をながめてすごした。春が来て草木は新緑に萌《も》え、ときおり、一面の黄色い水仙や青い桔梗《ききょう》の絨緞があらわれては、うしろに流れていく。一匹のうさぎが、一心不乱に草むらをジグザグに走り抜けていった。また、べつの野原では、子羊たちが母羊のまわりではしゃいでいる。

一年のなかでも大好きな季節だったが、今年の春は悪いことばかりを連れてやってくる。世のなかの激動を考えれば自分の問題は些細《ささい》なものだが、やはりベスの頭はそのことでいっぱいだった。

ベルクレイヴン・パークへの移動は一日がかりになりそうだったので、ベスはミス・マロリーにもらった別れの贈りものを取りだした――メアリ・ブラントンの小説『自制《セルフ・コントロール》』。とても高潔な精神に基づいた話らしい。メアリ・ウルストンクラフトは作り話の文学を軽視していたが、ミス・マロリーは、上級生の生徒には限定したものを与えて、そのなかから好きに読書させるのがいいと考えていた。この本についても、読んだらさっそく感想を書き送るように頼まれている。

馬の交換のための小休止を迎えたときには、登場人物のローラ・モントレヴィルは威勢のいい求婚者を大変結構な理由で断わったところだった。結婚にそれとなく誘導してくれるより前に、彼女を誘惑しようとした、というのがその理由だった。

つぎの休憩が言いわたされたころには、そのハンサムな大佐は自分の性格をなおすのに二年の猶予をくれ、とローラを説得したところで、ベスはヒロインにだんだんいらつきをおぼえはじめていた。相手を愛していないなら、あえて希望を持たせるべきじゃない。でも、おそらくローラは彼に愛を感じているようで、だとすれば、自制の利かない感情は災いのもとだと漠然と信じているからといって、自分への思いを態度や口で示すのはやめてくれと彼に要求するのは、ばかげている。

メアリ・ウルストンクラフトは感情や信念をすなおに表現することを勧めていて、その考え方は、ベスの生まれながらに正直な性格ともとてもなじんだ。

ふと気づくと、もしローラがベスの立場ならどんなことになるだろうと考えていた。若いレディは現実を知らず常識もないため、きっと、痩せ細って死んでしまう。そうなれば、アーデン侯爵とその父にはいい気味だ。ベスを巻き込みたくとも、彼らの計画はそこでおじゃんだ。そう思うと笑いが出た。けれど、残念ながら、死んでしまってはベスにいいことはない。きっと自分は、小説の女性たちとは性質がちがうのだ。正しい種類の感覚が欠けているらしい。

ただ、おとなしく衰弱していくよりも、もっといい案を思いついた。侯爵がこの結婚の計画に不満を持っているのはまちがいない。ベスが思いきりいらつかせて、つまらない人間になり、不愉快なことをすれば、一生そんな女に縛られるのは、たとえ正統な血を受けた跡継ぎをもうけるための代償としても高すぎると思うだろう。いらつかせ、不愉快な思いをさせるなんて、とても簡単なことだ。

馬車の馬は頻繁に、そして手際よく、またたく間に交換されたが、チッピングノートンで馬がはずされたときには、侯爵がドアをあけてきた。

「いったん休憩としよう。きっと、お腹もすいているだろうから」何時間も馬にまたがっていたせいで巻き毛がみだれ、身体を動かした余韻で目が生き生きとしていた。本物の親しげな笑顔で、彼は言った。「長旅にもうんざり、なんてことはないだろうね」

ベスはステップをおりながら、彼の親切に愛想よくこたえそうになるのを我慢した。ふだんは無作法なことをする性格ではなかったが、にこやかにしてもなんの役にも立たない。ベスはあえて冷たい声で言った。「最上級のものにかこまれているのですから、うんざりなどということがありえましょうか」

相手の笑顔がくもった。「ミス・アーミテッジ、実用的という以上に贅沢なものにいちいち文句をつけていたら、疲れてしまうだろうね」ふたりはすでに旅籠《はたご》の入口の前にいて、主人が高位の客を招き入れるために、深々とお辞儀をして待っていた。ベスは尻《しり》込《ご》みした。こんなあつかいを受けるのは生まれてはじめてだ。

けれども、宿の主人など目にはいらないらしいアーデン侯爵は、話をやめなかった。

「それから、僕の気持ちを思いやる努力をしないなら、こっちとしても、そうする必要が感じられなくなる」

はっとして、ベスは目下の本題を思いだし、夫となる人物を見つめた。

「停戦ということでいいか?」

ベスはそんなことは望んでいなかった。「わたしには、自分の考えを述べる機会はないのですか?」

「状況による。僕にも考えを述べてほしいと思うのなら言えばいい」

ベスは、宿の主人がずっと腰を折って頭をさげているのを痛いほど意識しつつ、侯爵に言われたことについて考えながら、貸しきりの部屋のほうへ進んでいった。ふたりきりになると、すぐに挑発した。「本音を言ってほしくない理由がありますか? わたしは真実を恐れません」

侯爵は乗馬用のマントを肩から脱いで椅子にかけた。「なるほど、よくわかった」冷たく言った。「きみには魅力を感じないし、今度の縁組は不愉快きわまるものだと思っている。さあ、どうだ？」

「そのことなら、すでにわかっていますから、聞いたところで、なにが変わるものでもありません」でも、じつはちがった。ベスはまさに嫌われることを望んでいたのに、相手の発言に愚かにも傷ついていた。それに、縁組が不愉快きわまるなら、なぜ、彼は我慢しているのだろう？

侯爵は暖炉によりかかり、闖入《ちんにゅう》してきた他人を見るような目でベスを見ていた——無作法な他人。「ただし、これまでは慎み深く胸にしまわれていたが、いまでは言葉としてあらわされた。一度言葉になったものは、それ自体命を持つものだよ、ミス・アーミテッジ。もはや取り消すこともできない。だが僕は、もし、きみのほうにも付き合う気があるなら、精神の衛生を保つために、表面上だけはつくろうつもりでいる」

「つくろう？」

「満足しているふりをする」

ベスは両手をぎゅっと合わせて、背中をむけた。「わたしにはできません」

沈黙がおり、ガラスの鳴る音につづいて、彼のブーツの足音がベスのほうに近づいてきた。「さあ、エリザベス」うんざりしているようには聞こえなかった。

ベスはふり返り、差しだされたワインを受け取って、おそるおそる口をつけた。ミス・マロリーのところではめったにあじわえない贅沢品で、飲んだおかげで、この和睦《わぼく》の贈りものが意味するものを拒絶する勇気が出た。意を決して、相手の尊大な目を見つめた。「下の名前を呼んでいいと言ったおぼえはありません」

ベスはあごをあげて、正面から目をのぞき込んだ。「アーデンさま、どうか胸に刻んでおいてください。今回のことは、あなたの人生にとっては、ちょっとした波風にすぎないでしょうが、わたしはそれで人生を壊されたのです。家からも、友達からも、仕事からも引き裂かれて、なんの楽しみも期待できない暮らしを押しつけられるのですから」音をたててグラスを下においた。「満足だなんて、そんな芝居ができるようになるまでには、あなたよりも長くかかります」

相手の瞳が不気味に光った。「ミス・アーミテッジ、僕は人に不快がられることが、ほとんどない男だ」

ベスは間髪をいれずに嫌みで返した。「猿だっておなじでしょう。猿山という自分の環境にいるかぎりは」

食事が運ばれてきたために、激昂《げっこう》した侯爵からの反撃はひかえられた。彼は勢いよく背をむけて、食卓の準備が整うまで、部屋の奥の窓辺に立っていた。宿の主人が腰を低くして、精いっぱいのおもてなしです、と言ってうながすと、ベスと侯爵は仇《かたき》どうしのように用心深くテーブルに近づいて、両端の席についた。暗黙の了解で、ふたりはまったくの無言のうちに食事をした。

ベスは皿から目をあげなかった。心臓が激しく打ち、美味《おい》しい食事は、乾いた口のなかでかたまりになった。一瞬だが、ベスは想像でしか知らなかった、抑えられた激情を見た。彼が恐ろしかった。たたかれたり、ひょっとしたら首を絞められたりするかもしれないと怖くなった。でも、恐れている場合ではないのだ。相手から徹底的に嫌われることを望んでいるのなら。

それでも、これ以上の挑発は、いまはとてもできそうもなく、結局、ひとことも言葉を交わさないままに旅が再開されることになった。

ベスは、ふたたび本をひらいたが、それは、考えごとをしているのをごまかすためだった。ベスの計画は思っていたよりも簡単ではなさそうだ。いま見たような凶暴性を発揮させることなしに、極限まで嫌われることはできるのだろうか？　背筋が寒くなった。彼はこれまで会ったことのない種類の男だ。なにか独特のもの持っている。得体の知れないものをきつく巻きつけて身に帯びていて、それを、善のためでも悪のためでも、解き放つことができるのだ。

『自制』を痛いほど強くにぎりしめながら、ベスはこんな男と結婚してはいけないし、したくとも無理だと思った。公爵はベスを安心させたが、ベスの身体を支配する権利は夫となるアーデン侯爵にあるのだ。殴りたいなら、そうするのも自由。万が一、殴って死なせるようなことがあっても、きっと簡単な罰しか受けないだろう。彼には一族の富と権力のすべてが味方についていて、一方のベスには、それに抗議できる力を持つ友人はひとりもいない。

けれど、プブリウスの格言を心に思いだした。恐れるべきは、死や負傷よりも、恐れをなすこと自体である。ベスには臆病《おくびょう》になっているひまはない。

ベルクレイヴン公爵とアーデン侯爵は、彼らの目的を達成するためにベスを必要としている。無事の出産のために、ベスの万全の健康を求めている。その事実こそ、ベスを極端な暴力から守る盾であるといえるし、それに、彼に拒絶させる代償として殴られるのであれば——アテネの英雄たちではないけれど——自由を手に入れるための小さな対価だ。

ベスは苦笑した。自由のために死んだアテネの勇敢な男たちのことを思うと、たしかに慰めにはなるが、いまからはじまる数日間が楽で愉快なものになると、自分をごまかすつもりはなかった。

その後も二度ほど馬の交換があったが、いずれもあっという間に終了した。一時間後、またつぎの交換のときを迎え、馬車が止まると扉が大きくひらかれた。

「ミス・アーミテッジ、ベルクレイヴンまでは、あと一時間かそこらだ。お茶はいかがですか。馬車のなかで飲むのでも、旅籠で休むのでも、どちらでも」侯爵の態度は、堅苦しい礼儀正しさの見本のようだった。

ベスもおなじような態度で、片手を伸ばして手を借りて馬車から降りた。「すこし脚を伸ばしたいと思います。よければ、少々散歩したいのですが」

「もちろんだ」侯爵は言って、腕を差しだしてきた。

馬車のなかでさんざん考えていたにもかかわらず、結局、侯爵を避けたい気持ちのほうが勝った。こんなにも身体が大きくて、こんなにも冷酷で。「ご同行いただく必要はありません」

「そうはいかない」彼は遠くに目をやりながら言った。「いっしょにいかなければ、人の目にはこのうえなく奇妙に映る」

ベスはしかたなく相手の袖《そで》にそっと手をおいて、小さな町の道沿いに歩きだした。なにかを言って攻撃したかったが、沈黙が壁のようにあいだに立ちはだかり、舌は凍りついたままだった。

十分ほどしたところで侯爵が口をひらいた。「そろそろ、もどったほうがよさそうだ」

ふたりは、そのとおりにした。

旅籠まで来ると、侯爵は言った。「お茶はいかがですか」ベスはいただきますとこたえた。彼は用意を整えさせ、ベスをひとりにした。

お茶を飲み終わって簡単に身づくろいをすると、ベスは馬車へエスコートされ、侯爵は馬に乗って、一行はふたたび旅路についた。

一生、こうした心のこもらない礼儀正しさに耐えるのかと思うと、恐ろしくて寒気がした。そんな結婚は、ベスにとっては人生の死を意味するが、侯爵にとっては、ちょっとした不便にすぎないらしい。子供を量産するのに、いったいなにが必要だというのだ。感情のない短い交流が数回。それ以外は、彼は現在の生活を変えることなくつづけられる。

ベスの心のなかに、自分の計画をやり遂げようという決意があらためてわき、気持ちがかたまった。こんな生活から逃れるためならなんでもするし、どんな恐怖にも立ち向かおう。

けれど、移動のあいだにその機会は訪れなかった。いくらもしないうちに、御者席の下男《グルーム》がラッパの音を長々と響かせ、一行は磨きあげられた立派な錬鉄の門扉のあいだを走り抜けた。ベルクレイヴン・パークの領地にはいったのだ。門番とその家族が、それぞれ帽子を脱ぎ、ひざを折って立っている。ベスは顔をそらした。こうした人たちに敬意をはらわれる理由はない。

馬車は、美しい菩提樹《ぼだいじゅ》の並木にはさまれた平らな道を進んでいった。左右の草地には点々と鹿がいて、通りすぎていく馬車に顔をあげている。ギリシア式神殿のようなものが中央にある湖も見えた。孔雀《くじやく》の鳴き声も聞こえる——金持ちが好む、無駄な生きた飾りものだ。

やがて、道がゆるやかに折れて、ベルクレイヴンの屋敷が見えてきた。ベスは驚きで息を呑んだ。夕日をあびて、金色の岩山のように輝いている。彫刻や、狭間《はざま》のある胸壁で飾られていて、埋め込まれた窓は数百ものきらきらとした宝石のようだ。巨大だった。いままで目にしたなかで一番大きな建物で、一番美しかった。ここが、わたしの家？

あり得ない。

馬車は弧を描く左右一対の大階段の下につけられ、その上では、巨大なぴかぴかの扉が早くもひらかれている。ベスは馬車のなかで縮こまっていたかった。なにはともあれ、ベスの趣味からすると大きすぎる。だが、馬車のドアがあいて、ステップがおろされた。侯爵がそばに立って、ベスを待っている。

ふるえる手で頭にボンネットをのせてリボンを結び、意を決して外に出た。侯爵の腕に手をかけて、階段を三十段（ベスは数えていたのだ）あがりながら、ひざの激しいふるえがだれも気づかれないことを祈った。

扉をくぐると、なかには大勢の人たちがいて、全員が使用人のようだった。こちらが気おくれするほどの品格を放つ恰幅《かっぷく》のいい紳士がお辞儀をして、侯爵の外套を脱がせた。「おかえりなさい、アーデンさま」

「ありがとう、ゴーシャム。ミス・アーミテッジ、この男はゴーシャムといって、ここのグルーム・オブ・ザ・チェインバーズを務めている」

つまりこの巨大な屋敷のなかを管理する役職だということは、ベスにもわかったし、たしかにその仕事を任せられる人物に見える。ベス自身もあらためてお辞儀を受けた。

「ミス・アーミテッジ。ベルクレイヴンへようこそ」

言葉を失った哀れなベスは、ひざを折って挨拶したいのをやっとのことでこらえ、こうするのが適切であることを願いながら、小さくうなずいてみせた。

「食事まではどのくらいだ?」侯爵が質問して、広々とした玄関を進んでいく。ベスはあわててあとを追った。いまだけは、この場所で頼れるのは彼しかいない。もし離れ離れになってしまったら、文字どおりの侵入者のようにつまみだされてしまう。いいえ、むしろ侵入者としてつまみだされれば……。

ベスは圧倒されて、周囲を見まわした。

金の帯飾りのついた、ねじったような装飾の大理石の列柱が、石敷きの床のはるか先までつづいている。ギリシア風の大理石の胸像や立像が点々とおかれ、壁には古めかしい旗や武器が飾ってある。ベスは口をぽかんとあけないように気をつけながら、上三階分の、凝った装飾の手すりを見あげた。いまいる午後の光の射す場所は、八角形をした天窓までが吹き抜けになっている。このひとつの部屋に、ミス・マロリーの学校全体がおさまってしまいそうだ。

「お食事までは一時間でございます」ゴーシャムは侯爵の問いにこたえた。

侯爵はベスをふり返った。「とりあえずは自分の住まい《アパートメント》にいって、すこし休憩したら僕の両親に会っておきたいだろう」

自分の住まい？　ベスは避難場所がほしくて、とりあえずそれに賛成した。ゴーシャムが指をあげると、待機していたメイドの小さな一団からひとりが進みでてきた。

「ミス・アーミテッジ、こちらはレッドクリフです」ゴーシャムが言うと同時に、中年女性が挨拶にひざを折った。「よろしければ、この者がお部屋までご案内して、メイドとしておそばに仕えます」

ベスはうなずいて、背をむけて歩きだしたメイドのうしろをついていった。移動の最後の休憩のときに、わざわざ脚を伸ばす必要はなかった。広い廊下をなかほどまで進むと、金で飾られた錬鉄の手すりのついた大きな階段があって、そこから上の階へあがった。さらに、絨緞敷きの広々とした廊下をいくつも歩き継いだが、どこを通っても、高価な彫刻や絵画がなにげなく飾られ、優美な家具調度がいくつもおいてあった。お仕着せに身をつつみ、髪粉で頭を白くした三人のフットマンの前を通りすぎた。少なくとも十分は歩いたのではないかと思われるころ、ようやくメイドがある扉をひらき、一歩さがって、圧倒されているベスをなかに通した。

〝住まい《アパートメント》〟というのは、たしかに正しい表現のようだ。ベスは、いくつづきもの部屋に滞在することになるらしい。

ひとつめの部屋はゆったりとした茶の間で、ベルベット張りの椅子に、小ぶりの象嵌のテーブル、斑紋入りの木の机のある、居心地のよさそうな部屋だった。午睡用に使える長椅子もあり、そのそばでは、二体のエジプト人の像らしきものが、夜のためのオイルランプをさげている。大理石の浅浮き彫りの暖炉には、今日は四月の終わりにしてはあたたかだったが、すでに火が景気よく燃えていた。ふたつのテーブルには春の花が贅沢に生けてあり、優雅な空間に花の甘い香りがただよっている。

おそるおそる、宝石のような青と黄色をした美しいシルクの絨緞を足で踏みしめて、青いダマスク織りカーテンのかかる、長い一対の窓のほうへ歩いていった。窓は家の裏手に面していて、息を呑むほど美しい敷地から、その先のチャーウェル川までが一望にできた。

ふり返ってみると、メイドが続き部屋のドアの前で待っていた。そのドアの奥は着替えの間だった。ずいぶんささやかな部屋だ、とベスは皮肉なことを思った。ミス・マロリーのところでは、寝室一部屋だけをあてがわれていたが、それのほんの二倍の広さしかない。

金色の贅沢な羽目板を張ってあったが、ほかとくらべるととても簡素だった。小さな絨緞が三枚敷いてあるほかは、床がむきだしになっていて、家具の類《たぐい》は椅子が二脚と大きな衣装簞笥《だんす》が二棹《さお》、それに洗面台と鏡、あとは、やけに大きなチェストがおいてあるだけだった。ここにも暖炉があって、やはり火がはいっている。なんて無駄なことを。眉をひそめたベスの思案顔に気づいたのだろう、メイドは暖炉の上の板をはずして、金属製の桶《おけ》を見せてくれた。「お風呂のお湯を熱くしておくためのものでございます。一番暑い時期以外は、火を消すことはありません。よろしければ、いまからでもお使いになれますが」

メイドがチェストの蓋をあけると、すぐにも使える大きな浴槽が出てきた。ベスは我慢できずに、この不思議な物体をのぞきにいった――魚の絵の装飾までほどこされている。

この日、ベスが誘惑に負けそうになった最初の贅沢だった。ミス・マロリーのところでは、ちゃんとしたお風呂を使うことは、前もって入念に計画することが必要な、めったにない贅沢だったのだが、ここでは身体を洗いたいと命じるだけですぐに湯を使えると考えると、とても愉快だった。それに、とてもそそられる。でも、きっとメイドが最初から最後まで付き添ってくれるのかもしれず、ベスにはまだ、そこまでの心の準備がなかった。

着替えの間の先は、寝室だった。茶の間とおなじくらい立派で、やはり贅沢な絨緞が床に敷きつめられ、ベッドは黄色い絹の天蓋《てんがい》つきで、窓にもそろいのカーテンがかかっている。壁には黄色を基調とした中国の絹地が張られ、その上に、ベスにはよくわからないが、いずれも〝巨匠〟の作品の風格を放つ、古い絵画がかけられていた。

避難場所というより、ここはぴかぴかの檻《おり》だ。

いま一瞬、ベスがこの世でなにより求めるのは、ひとりになることだったが、どうしたらメイドを追いはらえるのか、まったく見当がつかなかった。

「わたしのトランクは、もう持ってきてあるかしら?」メイドがそれをさがしにいくことを期待して聞いたが、まさにその瞬間、着替えの間のほうから物音が聞こえてきた。

「これがそうでしょう」レッドクリフが言って、せかせかと歩いていったが、フットマンたちに荷物の置き場所を指示するのに、となりの部屋へいっただけだった。彼女のいぬ間にベスにできたのは、ボンネットをはずすことだけだった。

もう一度試みた。「身をきれいにしたいわ、レッドクリフ」

「承知いたしました」メイドは応じて出ていった。だが、今回も着替えの間にいっただけで、そこから水の流れる音が聞こえてきた。いつでも使えるように湯をためてある桶のことを忘れていた。

メイドは一瞬のうちにもどってきて、ミス・アーミテッジも、どうぞこちらへ、と言った。ベスはしたがった。使用人の横暴について学びはじめていた。

まるで子供になったような気分だった。ベスは長袖のスペンサージャケットの前のボタンを自分ではずそうとしたが、結局はメイドがしてくれた。なかの服の、背中の三つのボタンをはずし、ウエストをしぼった紐《ひも》をゆるめたのもメイドだった。あっという間に服を脱がされて、ベスはキャンブリック地の薄手のペチコート姿で立っていた。メイドの手がふたたび動きだしたが、ベスはそこで遠慮した。

「あとはもう結構です」すこし強めに言った。「荷物を解いていただけるかしら」

少なくともそれでメイドを一、二歩は遠ざけることができた。

ベスは分厚いタオルと石鹸《せっけん》を手に取って、肌の出ている部分だけを洗った。メイドがそばを離れてくれさえしたら、もっとなかまで洗えるのだが、ベスは子供のとき以来、一度も人前で服を脱いだことはなく、いまはまだ、そこまでのことをする勇気はなかった。

石鹸は甘い香りがして、泡立ち豊かで、肌になめらかだった。刺繡をしたタオルはふんわりとしている。

身体を拭《ふ》き終えると、そばにはメイドがいて、クリームのはいった雪花石膏《アラバスター》の容器を差しだしていた。「手に塗るものです」

ベスは軟膏《なんこう》に指をつっ込んで、両手にのばした。やはり香りがついていて、塗っているそばから、春の庭園のようなにおいにつつまれた。

「顔につける乳液もございますが、お使いになりますでしょうか」

ベスが断わると、メイドはふたたびトランクとむきあった。「今晩はどのお召し物になさいますか？」

こんな場所にふさわしい服はひとつも持っていない。だが意識して気にしないようにした。衣装にひと財産をつぎ込んでこなかったのは、かえって誇れることなのだ。

「薄い黄色の、ポードゥソワの絹地のものがあるでしょう。それにします」

その後、ベスはガウンにくるまれると、茶の間に逃げ込んで、つかの間の安らぎをあじわうことができた。夕日に照る楽園のような庭の見える、窓辺の席に腰をおろした。見わたすかぎりに魅力的な景色がひろがっていて、満足そうな鹿が優雅に芝を横切っている。不完全なものや、幸せでないものに一度としてふれられたことのないような、まるでおとぎの世界のような風景だった。

すこしして、ベスは両手に顔をうずめた。人間は猿を相手に優越感をおぼえるかもしれないが、猿の世界に無理やりに連れ込まれれば、苦痛にはちがいない。

頭が真っ白になった。もしも計画がうまくいかずに、侯爵が予定どおり結婚を進めたら、わたしはどうする？　こんな場所で生きることはできない。無理にきまってる。

顔をおおっていた手をどけて、なんとか立ちあがった。パニックに陥ってしまっては、いいことはない。気力だけが、自分を無事に家に帰してくれる鍵《かぎ》なのだ。ベスは部屋のなかを行きつ戻りつしながら、しぼんでゆく勇気を奮い起こした。ベルクレイヴンはただの建物で、それ以上のものではなく、瑕《きず》ひとつない姿をした庭や敷地は、莫大《ばくだい》な金を投じてつくられた舞台装置にすぎないのだ。

ベスを取り巻いている贅沢品が、過去と現在の不正の象徴であることはまちがいない。そもそも、貴族階級のほとんどは、争いや腐敗によって高い地位を得てきたのだ。それも、おなじように、争いと腐敗にまみれた君主に仕えることで。公爵も公爵夫人も侯爵も、ただの人間で、身分の低い労働者と比較しても、とくに畏《おそ》れるには値しない。というより、労働者のほうがずっと実直な手段で日々の糧を得ているといえるのだ。

指定した服の準備が整ったと声がかかったころには、ベスはなんとか自分をごまかして、ふたたび勇気を持つことができていた。

「宝石の類は、いかがいたしましょう?」レッドクリフが聞いてきた。

「手提げに金のロケットがはいっています」つくろう気もなかった。「それしか持っていないの」それから、指輪のことを思いだし、そのけばけばしいものを見おろした。少なくともこれだけはベルクレイヴンの家にふさわしいものだが、要するに、ベスの指には場所がないということだ。

メイドはロケットをさがしあてて、ベスの首に留めた。

ベスは足までの長い鏡で、自分を見た。ベスもミス・マロリーも自分で服を縫っていたが、年に一度だけは、地元の仕立て屋に注文を出して、きちんとした服を二着――冬用の厚地のものと、夏用の薄手のものを――つくってもらっていた。いま着ているのはその夏用で、身体にぴったりと合っていて、流行《はや》りの装飾もすこしだけ取り入れられている――身頃に縫いひだ《ピンタック》を寄せてあって、裾《すそ》の縁にはぐるりとリボンがついていた。だが、服の形はシンプルでひかえめで、公爵夫人がどんなものを着ようとも、見劣りするのはまちがいない。それに、ほかのどんな客人とならんでも。

その考えをきっかけに、またしても動揺におそわれそうになった。一家の前に出ることなら、なんとかなる――なにしろ、悪いのは彼らなのだ。でも、知らない人たちに見られたときに、反抗的精神を持った女ではなく、たんに野暮ったい地味な服を着た娘だと思われるのは我慢ならない。

目の覚めるような洗練されたドレスと宝石類を持っていたなら、この際、平等主義的な思想なんかはきれいに忘れて、おおいに着飾るのに。

レッドクリフはベスの髪に取りかかった。「なんてきれいな髪をしておいでしょう」栗色の豊かな巻き毛を梳《す》きはじめると同時に口にした。

自分でもわかっている。日々、生徒や親に対して、謹厳実直という印象を与えなくてはいけない女教師の身としては、不幸な髪だった。そのために、いつも短く切って帽子にしまっている。

自分の仕事に満足しているメイドに、ベスは言った。「この服に合う帽子が、灰色のトランクの箱にはいっているわ」鏡ごしに、メイドの口が不満の言葉をつぶやくのが見えた。けれど、よく教育されたメイドはそれを声にすることはなく、言われたとおりに帽子を取ってきた。

ベスの計画にとってうまくないことに、持っているなかで一番の愛らしい帽子で、今度は、飾りをはずすこともできそうになかった――ひだをとったリボンが何重にもなっていて、左のこめかみのあたりに絹のバラの花がついている。それに、頭の後方にかぶるつくりのため、つややかな巻き毛のすべてを隠すのは無理だった。

せめて、ここまで似合っていなければいいのに。やわらかな色合いがベスの白い肌とよく合っていて、繊細な雰囲気をかもすと同時に、頰と唇の赤みをどことなく引き立てる。額に垂れる巻き毛は、なめらかな卵形の顔を優しく見せ、はりのない二輪のバラが、ベスの瞳に視線を引きつける。とくにどうということのない目もとだが、ベスはよく澄んだ瞳と、茶色いすっきりとした眉毛をしていた。

もっとも、自分をよく見せたいという意図でこの帽子を買ったわけで、その狙いは、じゅうぶんすぎるほどうまくいっていた。ベスにはおばといっしょにチェルトナムを出歩く機会もあり、冴えない不器量な女に見られたくないという思いがあった。実際、思いだすとあきれて笑いが出るが、数ヵ月前にこの衣装一式の注文を出したときには、地元の副牧師の気を引きたいという、淡い希望を持っていたのだ。あまり頭のよくない男だということが、その後わかったのだが。

自分の見てくれについて、無意味にあれこれ考えるのはやめた。侯爵はイングランドじゅうの選り抜きの美女を知っているにきまっている。ベス・アーミテッジが一張羅でめかしこんだところで、なにも感じるはずはない。

メイドが時計を見た。「そろそろ下におりるお時間です」

ベスはあわてた。「わたし――どうやって〝下〟におりたらいいのか、さっぱりわからないわ、レッドクリフ。どこへいけばいいのかも、わからないし」

メイドはわずかに驚いた顔をして、テーブルの上の、小さな銀の呼び鈴を鳴らした。フットマンがすばやく部屋にはいってきた。

「トーマス、ミス・アーミテッジは、下へおりるご準備が整いました」メイドは言った。

フットマンは軽くお辞儀をすると、ふたたび外へ出た。ベスを送りだしてドアを閉めるためにレッドクリフが扉の前で待っている。ベスは部屋を出た。

フットマンは颯爽とした足取りで歩きだし、ベスは、散歩に連れられる愛玩犬《あいがんけん》のような気分がしないでもないと思いながら、あとをついていった。前を歩く若者は、背が高く、たくましい体つきをしている。フットマンは見てくれのよさで選ばれることがあると聞いたことがあるが、この青年の場合にはたしかにあてはまると思った。今度も、ただ彫像のように立っているべつのフットマンたちの前を通った。黄色いお仕着せに、髪粉をふった白い頭をした彼らを見分けるのは、簡単ではなかった。

ベスは案内役について廊下をいき、さっきあがったのとおなじくらい立派だが、またべつの階段をおりていった。優雅で美しい場所なのは認めるが、たった三人のためにここまで巨大な建物と、これだけの使用人をかかえるというのは、なんて無意味なのだろう。ベスはつい、そうした堅実なことを考えた。

ふたりは、蔓《つる》バラの絵の描かれた、金で装飾した二枚扉に近づいていった。ベスのフットマンと、持ち場についていたもうひとりのフットマンが、すばやく無駄のない動きで両方の扉をひらいたので、ベスは歩調を乱すことさえなく、そのまま部屋にはいっていくことができた。このままでは、きっと、両手がすっかり使えなくなってしまう。ベスはそう思いながら、敵と対面するために気を引き締めた。

きっとこの屋敷のような、派手できらびやかな人たちに圧倒されるのが落ちだ、と鼻で笑う準備をしていた。けれども、通された部屋は小さくて、とくに立派なわけでもなく、一家は育ちがよくて不自由のない暮らしをしている、ふつうの人のような身なりをしていた。

ベルクレイヴン公爵とアーデン侯爵は品のいい日中着を着て、公爵夫人は美しいがあっさりとした、青いストライプの絹のドレスに身をつつみ、装飾品も繊細なサファイアのペンダントと耳飾りしかつけていなかった。すらりと背の高いレディで、息子とおなじ美しい顔立ちをしていた。前に進みでてくると同時に、愛らしくあがった唇が動いて親しげな笑顔がこぼれた。

「まあ、ミス・アーミテッジ、ベルクレイヴンへようこそ」声には、彼女の母語であるフランス語の心地いい響きがあった。「来てくださって、心から感謝しています」壁ぎわに立つフットマンの前で発するのに、適切きわまる言葉だったが、ベスはそれ以上のものを感じ取った。夫人はベスの訪問を不快に思ってはいない。たぶん、夫の計画を受け入れているということで、そうなると、この夫人がベスの助けになると期待することはできない。

「このたびは、どうしてもお断わりできないようでしたので」ベスは冷ややかに言った。

青い瞳におかしそうな光と、心和ませる同情の色がうかんだ。「そうね。ド・ヴォー家の男たちは、こうと言いだしたらききませんから。そうでしょう？　どうかしら、エリザベスとお呼びしても、かまわない？」

この状況では断われるはずがない。つぎにベスは公爵とむきあった。

「わたしも妻とおなじ気持ちでいるよ、エリザベス。こうして迎えることができたのは、なによりの喜びだ」自分が無理にそうさせたくせに、それを忘れたかのように優しく微笑んだ。ベスは奥歯を噛んで、うっかりしたことを言わないようにこらえた。公爵を攻撃しても得るものはない。

ソファを勧められ、となりには夫人がすわった。公爵はむかいに腰かけ、一方、息子のルシアンは暖炉の火の番をしながら、冷ややかな笑みをうかべてこちらを見ている。フットマンがワインをついでまわり、夫人が道中のことを聞いてきた。ベスはたくみに会話に引き込まれ、旅にまつわるおもしろおかしいエピソードを聞いて楽しんでいるうちに、いつの間に三十分ほどが過ぎていた。フランス訛りとあたたかな笑顔の魅力的なレディを好きにならずにいるのは、簡単なことではなさそうだった。

公爵もそれなりに会話にまざり、気づいてみると、夫人の押しの強い人当たりのよさで、ルシアンさえも会話に引き込まれていた。盛りあがらない話題もなく、気まずい沈黙もない。彼らの社交術には、感心しないではいられなかった。

そうこうしているうちに食事の準備が整い、公爵はベスに腕を差しだし、ルシアンは母をエスコートした。食堂まではほんの短い廊下をいくだけだったが、内輪の話のできるつかの間のひとときだった。

「アーデン侯と実際に会ってみて、宿命を受け入れる気になったかな、エリザベス?」

公爵が聞いてきた。

「アーデンさまとおなじ程度には」

ベスの冷たい眼差しを見た公爵の顔に、驚きがよぎった。「それは残念なことだ、ミス・アーミテッジ。アーデンは男で、気位が高い。わたしの支配はおよぶが、それをすんなり受け入れることはしない」

「わたしは女で、気位が高いんです、閣下」ベスは反撃に出た。「それに、わたしも支配をすんなり受け入れることはしません」

「そうか、わかった」せっかちに受け流した。「だが、いいかね、エリザベス、きみが恨むべきはわたしであって、そのわたしは、なにをされても傷つくことはない」

「わたしはだれのことも傷つけたいとは思いません」ベスは半分自棄《やけ》になったように言った。「わたしは、ただ、自分にふりかかる実害に対して闘っているだけです」

「ここが家族の食堂だよ」公爵はタペストリーの何枚もかかった広い部屋にはいると同時に、なめらかに話題を転じた。天井には半裸の神々が描かれていた。

これが家族の食堂ね、とベスは冷静に観察した。テーブルは八人が余裕でかけられるほどの大きさだったが、壁のほうには、べつに三つの席がつくってあって、部屋全体では、まちがいなく二十人の〝家族〟を収容できそうだ。公爵と夫人はテーブルの両端につき、ルシアンとベスはテーブルをはさんで、むかいあわせにすわった。料理のサーブの方法はロシア流《ア・ラ・リュス》で、各人のうしろにフットマンがひとりつき、べつの使用人が皿を運んできては、残りをさげていく。まったくばかばかしい話だ、とベスは思った。

先行きがありありと想像できたので、つぎつぎと出てくるコース料理のうち、すこしだけを食べるようにしたが、それでも食事の終盤にはとてもお腹《なか》がきつくなってきた。意識してみると、ルシアンは遠慮なく食べているが、公爵夫妻はすこしずつしか口にせず、まったく手をつけない皿もたくさんあった。こんなふうな食べ方にどんな意味があるのだろう? 人目のないところで、もっと簡単な料理を食べるほうが、だれにとっても楽なはずなのに。

ここでもすばらしい話術の会話が再開されたが、今度は戦争のことが話題となり、それぞれの国際情勢の知識や、洞察の深さが披露されることになった。使用人らは、こうして仕事をしているあいだに第一級の教育を受けているようなものだ、とベスは思ったが、そもそもからして、聴衆を意識して会話が行なわれているようでもあった。

ルシアンと父母は、暮らしのなかで毎日これをやっているのだ。そう思うと、ベスはぞっとなって、いつの間にか舌が凍りついていた。しばらくは、そのまま黙っていることができたが、またしても簡単な質問をむけられて、有無を言わさず会話に誘い込まれていいた。最悪の無礼を働くわけにもいかず、ベスは自分の役割を演じるしかなかった。

一見、くつろいだゆったりとした雰囲気があったが、ベスは部屋に押しつぶされそうな感覚がして、とび交う言葉やときどきあがる笑い声が、こめかみを締めつけた。このままでは、絶対に言ってはいけないような事柄を口にしてしまいそうだが、それはベスとしても不本意だった。ただ無作法を働くだけでは自由は得られないし、使用人たちのあいだで、お屋敷でのふるまい方を知らない無粋な庶民だと話題にされるのはいやだった。

この先、一生、こんな儀式をくり返さなくてはいけないのだろうか？ きっと、気が変になる。

5

夫人に連れられて先ほどの客間にもどると、ベスはわずかだがほっとした。ふたりはお茶の盆を前にして椅子に腰を落ち着け、夫人の指示により使用人はみな退出していった。

みごとなスポード磁器の茶碗をわたされた。「つらそうね、エリザベス」夫人があっさり言った。

「わたしには耐えられません。どうして、あんなやり方で食事をするのですか?」

彼女は微笑んだ。「わたくしたちは、そんなふうに感じていないんだと思うわ。いるのは家族だけですから」

「そうはいっても、あんなに大勢の使用人がいます」

「彼らも、たぶん家族の一員なのね。それなら、どうしたらいいと思う? 大勢の使用人なしで、このような場所を切り盛りするのは無理でしょう。家を取り壊してしまうべきかしら? でも、こんなにも美しい場所だし、家の者たちもわたくしたち同様に、この場所を愛しているわ。彼らは一家とともにここにいられることを誇りとしているの」

「用もないのに、何時間も立ちっぱなしでいるフットマンは？」

夫人から笑い声があがった。「じきにあなたもわかるでしょう。屋敷の反対側にあるものがほしかったり、伝言を伝えたり、だれかに用事があるときには、つくづくありがたいと思うから。じつはね、改善の提案をしたこともあるの。待機中用に椅子と本をあげたいと思って。そしたら、彼らはとても憤慨したわ。そんなことをしては、この屋敷の沽券《こけん》にかかわるって。でも、みんな無知なわけではないのよ。あるフットマンは、いい絵の前に立つようにして、鑑賞して楽しんでいると教えてくれたわ。結局、おたがいに歩み寄りをしたの。彼らは、一時間ごとに交代することに同意したんです。ほとんどが、何代にもわたってベルクレイヴン一族に仕えている家の出よ」

ベスは口をつけずにカップをおいた。「生まれたときからこの世界にいることが必要なんでしょうね。どの身分であれ」

夫人がベスを見た。「あなたのことは、あまり知りませんけどね、エリザベス、これまで受けてきた教育や、人生を管理する能力を誇りにしていると聞きました。だったらどうして、この暮らしに順応するのが無理なの？」

ベスはこの攻撃を受けて、かたくなになった。「無理だとは言っていません。ただ、意味がないと思うだけです」

夫人の目は優しかった。「まずは、現実を正面から受け止める勇気があることを証明なさい。そのあとで、できることから変えていけばいいわ」

そもそも、一切かかわりたくないのだと反論しようとしたが、男たちがはいってきた。使用人はいなくとも、引きつづき、ヨーロッパ大陸の情勢について話し合われた。ベスは、自分が受けている圧力と蹂躙《じゅうりん》を、ヨーロッパのそれと重ねて熱く語れば、なにかいいことが起こるだろうかと考えたが、たぶん、得るものはないのだろう。すべては公爵が考えだした筋書きだが、夫人はそれを支持しているようで、ルシアンもそれに賛成したのだ。

だからこそ、標的にすべきはルシアンなのだ。ベスは彼を観察した。

議論に参加してはいるが、どこか緊張が見られる。両親といっしょのときには、親しげでもくつろいでいるふうでもなく、ときどき、公爵に反論するためだけに、わざわざべつの角度からものを言っているようにも見受けられる。こんな状況におかれたせいなのか、この家族はいつもそうなのか。べつに意外なことではない。公爵はルシアンの父ではなく、全員がそれを知っているのだ。それに、ベスが公爵の私生児だということも、みんな承知だ。そしてそのベスとルシアンは、じきに不快な結婚で結ばれる予定でいる。この場のもつれた人間関係を思うと、優雅な雰囲気が存在することのほうが驚きだった。

そのうちに音楽でもという話になり、一同は、夜空を描いた丸天井のある、美しい音楽室に移動した。公爵夫人がハープを優雅に奏で、つぎに、ベスが説得に負けてピアノの腕前を披露することになった。それから、意外なことに、ルシアンが銀のフルートを手にして、母といっしょに二重奏をはじめた。男の人が音楽をたしなむとは思いもしなかった。

彼はベスの驚きに気づいたようで、演奏が終わると近づいてきた。「歌える声の持ち主じゃないからね。子供がみんな小さかったころ、母はよく音楽の夕べをひらいて、僕もなにか貢献するようにと言って譲らなかった」愛想がよかった。恋人どうしという雰囲気ではないが、そもそも、ここでは芝居の必要はない。

「とてもお上手だわ」ベスは正直に述べた。

「やれば楽しいが、あえて宣伝はしたくない。最近じゃ、僕みたいな若い男が楽器を演奏するのは、流行らないからね」その口調には、楽しそうなところさえ感じられた。「そこのガラス扉から東のテラスに出られる。さわやかな空気を吸いがてら散歩というのはどうだろう？　今夜はとてもあたたかいよ」

ベスはすこし迷ったが、応じることにした。一瞬、相手のくつろいだ態度に影響されて、こっちまで気持ちがなごみかけていたが、それではいけない。公爵、夫人、屋敷、使用人のすべてが、きちんとした上品な秩序をつくりあげている。それを全員の目の前で打ち壊すほどの残酷な勇気は、ベスにはとてもなかった。だから、ルシアンとふたりきりになることが必要なのだ。

「肩掛けがあったほうがいいね」彼は袖から出たベスの腕を見て言った。ベスはだれかに取ってきてもらおうと思ったが、夫人が、すぐそこに自分のがあると言い、ルシアンがそれを持ってきた。ノリッジ絹で織られた美しいショールで、まちがいなく、ベスが一年に費やす衣装代よりも値の張る代物だった。

肩にかけてくれたとき、ルシアンの指がうなじにふれた。ぞくっとした。ふたりの目が合い、おたがいを意識した親密な空気が流れ、その一瞬、ベスは死ぬほど恐ろしくなった。

この場から逃げたい。こんなことは、もう二度とあってはいけない。

あわててガラス扉まで歩いていくと、ルシアンがドアをあけてくれた。

すこし欠けた月が石のテラスを照らし、手すりに等間隔でおかれた彫刻の壺《つぼ》を闇にうかびあがらせている。壺からは蔦《つた》が垂れ、植木が育っていたが、まだ花は咲いていなかった。外は田園らしいすがすがしい香りがして、聞こえてくる音も自然そのものだった――小さな動物がかさこそと音をたて、狩りに精を出す梟《ふくろう》が、一度だけホーと鳴いた。

空気はまだすこし冷たくて、陽もすっかり落ちていたが、彼の言ったとおり、寒くはなく心地よかった。それでも身体がふるえて、ベスはショールを肩にきっちりと巻きつけた。

ルシアンが沈黙をやぶった。「ここはとても美しい住まいだ。こんな場所で暮らせることに、ふつうは、多少なりとも喜びを感じると思うのだが」

「インドの大王《マハラジャ》の宮殿に住んだら、どんな気持ちでしょう?」

笑って白い歯がのぞいたのがわかった。月明かりで、髪が銀に染まったように見える。「おもしろいだろうね。少なくとも、当面は」

「きっと、わたしもおなじ感想ね」ベスはそっけなく言った。「いっときの気晴らしなら、おもしろいでしょう」

彼は壺の蔦を一本折って、長い指に巻きつけて、穏やかに言った。「気持ちはわかる。だが、しばらくは、ここにいることになるよ。きみがうちの両親に受け入れられたのは、見たところまちがいない。母は近所の人たちに紹介するだろう。結婚式に備えてロンドンに移動してからは、すこし楽になるはずだが――」

「ロンドンで式を挙げるなんて、まったくの初耳だわ!」

ルシアンは肩をすくめた。「父が――ベルクレイヴン公爵がすべてを取り仕切っている。良かれと思って決めたことだ。きみが上流社会にすっかり受け入れられることを望んでいるから」

彼の言うことはあまりにもっともで、ベスは納得してしまいそうだった。気を引き締めて、反論した。「でも、アーデンさま、わたしはそれを望みません。このまま駆け落ちして、社会のはみ出し者として生きていくのはいかが？」さあ。ここまで言えば、響くだろう。

けれど、そうだとしても外見からはわからなかった。「だが、僕がそれを望まない」

「察するに、あなたの希望がつねに優先されるということですね」

ルシアンはいきなりふり返った。「前もって警告しておこう、ミス・アーミテッジ。僕は短気な人間だ。甘やかされた子供のように文句ばかり言っているなら、こっちもそのつもりで対応することになる」

脅しに負けるのはいやだった。「この場に甘やかされた子供がいるとすれば」ベスは腕を伸ばしてあたりを指した。「それはわたしじゃありません。わたしは哀れな職業婦人です。お忘れですか？」

「きみは、引っかく相手をさがしている、気の立った猫だ。公爵を引っかきにいくなら、味方をしよう。だが、僕に爪を立てるのは勘弁してくれ」

ベスは背をむけた。こんな口論をつづけても、目的達成のためにはなんの足しにもならない。「お父さまもおなじことをおっしゃっていたわ」いったんは認めた。「でも、もつれたことになっているのは、わたしとあなたです」

「だから、僕とは協定すべきだということだ」すこし抑えた口調になった。「たがいにどう歩み寄れるか探ってみよう。僕は、世間から愚か者と思われることを望まない。生まれのぱっとしない貧乏な娘を妻に選んだ理由は、勝手に想像させておけばいい。だが、結婚を強いられたとか、両親に歓迎されない、妻にふさわしくない女を娶《めと》ったとか、そんなふうには思われたくない」

僕はこうしたい。僕はこうするつもりだ。ベスのうちに単純な反抗心が燃えあがった。月明かりで銀色に染まった庭園に目をやったまま、挑発した。「花嫁が結婚に乗り気でないとか？　アーデンさま、どうやってわたしに、乗り気の顔をさせるおつもりですか？」ベスはふり返った。月影が、彼女のどちらかというと平凡な顔立ちに、デッラ・ロッビアの彫った天使のような清らかさを添えていることに、本人は気づいていなかった。

相手が息を呑むのが見えた。おそらく、怒りのせいだ。それから、笑みをうかべてゆっくり歩いてきた。「ミス・アーミテッジ、たぶん、きみを誘惑すれば乗り気にさせることができるかもしれない」

どういう展開が待っているかに気づいて、全身に警戒がひろがった。ベスは浅はかにも言い返した。「そんなことをしようとしても、必ず失敗しますから」

小さく悲鳴をあげる間しかなかった。ベスはルシアンの腕のなかにいて、唇で唇をふさがれていた。両腕で抱きすくめられて、もがいても無駄な抵抗だったが、痛くはなかった。頭を押さえられて顔をそむけることもできず、やわらかくてあたたかい唇は、ちょうどベスの文句を封じ込めるくらいの強さで押しつけられている。手も足も出なかった。男が強いということは、むかしから知識として知っている。ただし、いまのいままで、どれだけ強いのか気づいていなかった。

やがて舌が伸びて、ベスの唇にふれてきた。抗議しようとしたが、舌が歯のところに迫って、上唇の内側をくすぐっている。身体に妙なふるえが走った。頭がくらくらして、怖かった。急に決心がついて、侵入してきたら嚙んでやろうと、上下の歯をあけた。彼の口が離れて、笑いがあがった。

「きみとの暮らしは、おもしろいことになりそうだ」ルシアンは目を輝かせて言った。「それに、危険そうだ」

どういうわけか、自分は彼の関心を引いてしまったのだ。ベスは絶望的な気分になった。

ルシアンはベスを腕からはなさずにからかった。「初夜には、ベッドに短剣《スティレット》を隠してないか確認すべきかな?」

「わたしをこんなふうにあつかうかぎり」再度、身をはなそうと激しくもがいたが、どうにもならなかった。「初夜は来ませんから。はなしてください! メアリ・ウルストンクラフトを信奉しているからといって、無理に迫ってきた男性に相手かまわず自分を捧げるわけじゃないわ」

ルシアンは身をこわばらせた。「自分の言っていることがわかっているのか？」相手が冷静に言うのを聞いて、ベスは自分の言葉がどう解釈されたのかに気づいた。

生唾《なまつば》をごくりと飲んで、顔に不適な笑みを貼《は》りつけた。「もちろんわかっています」

この線で騙しとおせれば、明日にでもミス・マロリーのもとへ送り返されるだろう。でも、五体満足のまま？　それはわからない。

顔をそむけるのを阻止するように、彼の大きな手がベスのあごをつかんだ。ルシアンの声は荒くかすれていた。「過去に何人いた？」

ベスは生意気そうに、つんと頭をあげた。「あなたが口説き落としたお相手の一覧をくださるなら、わたしもお教えしましょう」

唐突に腕をはなされたので、ベスはよろめいた。「冗談だろ！」

ベスは吐き気がして、背をむけて欄干にもたれた。こんな芝居を最後までつらぬけるだろうか？　でも、あとほんの数分ふんばれば、家に帰れるのだ。もし、息子が結婚を拒否したら、ベルクレイヴン公爵になにができる？　拒否するのはまちがいない。こんな事態に我慢のできる男はいないはずだ。

ルシアンはベスの両肩をつかんで、乱暴に正面をむかせた。

「僕は信じないね」

「どうしてです？」率直な疑問だった。説得力のある演技をするには、なぜ疑われるのか知る必要がある。

「きみとミス・マロリーは、選ばれた子女を集めた女学校を運営している。評判に傷のある者に、そうしたことができるとは思えない」

ベスは必死にふてぶてしい顔つきをした。「わたしは慎重ですから」

傲慢《ごうまん》なふりをつづけるのは大変だった。相手は殺気立った恐ろしい形相をして、本を読むようにベスの顔を探っている。ベスは、自由恋愛を唱える者がうかべそうな、後悔のない頑固な表情をまとった。メアリ・ウルストンクラフトの娘のメアリは、最近パーシー・シェリーと駆け落ちをしたのではなかったか――しかも、たしか詩人のシェリーは既婚者だった。ミス・マロリーもベスも、じつは、その型破りなふるまいを知って恐ろしくなったのだが、そんなことをここで悟られてはいけない。

と、いきなり両手を身体のうしろにまわされ、細い手首を片手でまとめてつかまれた。ベスは拘束されて、本気で怖くなって夢中で身をよじった。手をふりほどくことができないとわかると、全身に衝撃がひろがった。

「あばれるな」冷たく言った。「さもないと、きみを傷つけることになる」

傷つけるつもりじゃないということ？　ベスは最低でもぶたれるのかと思っていた。

気休めになる言葉かもしれないが、表情を見るかぎり安心はできない。胸の鼓動が暴れだし、慈悲を請うのを我慢する以外、ベスにできることはなかった。

傷つけるつもりでないなら、なにをしようというの？　きっと、もっと大胆な女ならわかることなのだ。彼にはベスの波打つ心臓が見えているのだろうか？　心臓は、いまでは喉までせりあがってきているようだった。発言を撤回したいと心から思ったが、そうすれば、せっかくの自由へのチャンスをつぶすことになる。それでも、ふるえを止めることができず、いまでは全身がわなわなと揺れていた。

ルシアンが硬い身体を押しつけてくる。ベスの脚に、腰に、胸に……。個人の領域をこんなふうに侵すなんて、耐えがたい無作法だ。

まさか、この人はわたしを手籠《てご》めにするつもり？

「どうして、そんなに怯《おび》えてるんだ？」彼は取り入るような口調で言った。「乱暴をするつもりじゃないのは、当然、わかってるんだろう」

「わたしは腹を立てているんです」ベスはやっとの思いで言った。「怒っているんです！」

彼はあいているほうの手で頬をなでてきた。ベスはひるんだ。「どうして？　ほかの恋人たちは、僕とくらべて、なにがそれほどよかった？」

ベスはその発言のなかに攻撃の鍵を見つけて、とびついた。「プライドが傷ついたのかしら？　ほかの人たちには思いやりと知性があったし、なにより、わたし自身が選んだ相手でした」

「そいつは残念だ」彼は冗談めかして言ったが、目の怒りが隠れることはなかった。「僕の道徳基準では、未婚のレディの操を奪うのは思いやりと知性に欠けた行為にほかならないが、ともかく、褒められた男のひとりが、そうしたことにおよんだというわけだな」

「自分から捧げたんです」ベスは言い返した。「奪われたのではなく、捧げた。数ギニーや結婚指輪と引き換えに売ったのでもないわ！」

ルシアンが衝撃に息を呑んだ。ふいに、手首をつかんでいた手に力がはいり、ベスは我慢できずに痛みに声をあげた。すぐに手はゆるんだが、彼が必死に自分を抑えていることと、その自制があといくらもつづきそうにないことが、ふたりをつつむ気配から感じ取れた。

このあとはどうなるの？　なにかが起こるはずだ。なにか、恐ろしいことが。

ルシアンは石の面のような顔をしていたが、瞳だけは燃えていた。ベスの目を射るように見つめたまま、首から肩のほうへ手をすべらせる。身ぶるいが出た。押しつけていた身体が離れ、ベスはほっと大きく息をついた。だがすぐに、手が下へおりて、左の胸にかぶせられた。

ベスは驚いて、ふたたび身をよじった。どれほど経験のある女でも、こんなふうに嫌がることをされれば、きっともがくだろう。それでも、鉄のようにがっちりとにぎられた手をほどくことはできなかった。

ベスは自分の目的を思いだして、もがくのをやめた。勝利は目前だ。いまは怖気《おじけ》づいている場合じゃない。彼はどんなところに注目するのだろう？　なにをしたら、経験のなさと純潔がばれてしまうのだろう？

親指が胸をそっとなでるのを感じた。胸の先端を。衝撃的な感覚だった。必死なのを悟られないように、目を閉じた。ふだんとちがうなにかが、ベスの身体に起こっている。

本能は、それに反応することで大胆な印象を強められると告げている。きっと、キスで返せばいいのだ。ふしだらな欲望をあらわにすれば、嫌われるはずだ。でも、ベスにはそれがどうしてもできなかったし、正しいやり方もわからなかった。

それどころか、悲鳴をあげて暴れたかった。ここから逃げたかった。もし悲鳴をあげれば、彼の両親がやってきて、この苦しみを止めてくれるにちがいないが、それでベスの目的は果たせるのだろうか？

ふるえる身体が持ちこたえられるかぎり、ベスはじっと我慢し、頭を必死に働かせて、この状況をどう利用できるか考えた。両親がなにを望もうと、彼が結婚のけの字も考えられなくなるほど嫌われなくては。それも、いますぐに。これ以上耐えられるとは思えなかった。このままでは、なにかしら嘘がばれてしまう……。

学校で雇っていた中年の掃除婦ふたりが、ずっと前に話していたことを思いだした。夫や結婚生活のことを話題におしゃべりをしていて、ベスは内容をほとんど理解していなかったが、語っていた言葉が頭によみがえってきた。

〝あの人は――うちのジェムはね――それなりにいい夫で、精力がありあまってるのよ。でも、ねちっこいのが大好きなもんだから、あたしはときどき、早いとこ終えて、眠らせてくれと思うわ〟。いまにしてみると、〝ねちっこい〟の意味がなんとなくわかった気がした。

勇気をふりしぼり、どこにいるかは知らないが、拘束された哀れな女の守護神に祈りを捧げつつ、ベスは目をひらいて余裕たっぷりに言った。「いつもこんなに、ねちっこいんですか、アーデンさま？　できれば、早くしたいのですけど」

ルシアンはベスをはなして、一歩さがった。望んでいた、最大限の嫌悪感が顔にあらわれていた。

ふたりは無言でたがいを見合った。彼の顔は真っ白だったが、月明かりのせいかもしれない。だが、ベスはそう思わなかった。ミス・マロリーのところへ帰るまで、自分は生きていられるのだろうか。

「妊娠は?」ルシアンがぶっきらぼうに言った。

「まさか!」

「断言できるのか?」

ベスはがたがた鳴る歯を止めるために、あごに力を入れた。「できます」

相手がほっと胸をなでおろしたのがわかった。「約束してくれ。結婚式を挙げるまでは」ルシアンは言葉を選んだ。「きみの……きみの肉欲を抑えると。今回の件では、これ以上の私生児はたくさんだ」

「でも、わたしは――」

「露骨な言葉に気分を害したといっても、もう遅いよ、ミス・アーミテッジ。約束するんだ」不快感から口もとに力がはいっている。「抑えが利かないほど欲望が激しいというなら、不本意だが、僕が結婚前に相手になる。結婚までに身ごもった子供は、すべて夫婦の子だ」

「それでもわたしと結婚したいと思うんですか?」ベスは恐ろしくなって聞いた。

「きみと結婚したいと思ったことは、一度もない。きみにふれずにすむなら、大金をなげうってもいいくらいだ。だが、僕には選択肢はない。大金をなげうつのはかまわないが、代々の遺産まで放棄するつもりはないからだ。きみと結婚しなければ、父は家屋敷だけを僕に遺して、それを管理する資金を相続させないつもりでいる」

全身に激しい寒気が走って、このまま卒倒するのではないかと思った。「あなたも、なすすべがないということね」ベスはつぶやいた。してしまったことを、どうやって取り返したらいいのだろう。

「だが無力ではない」ルシアンは冷たく吐き捨てた。「私生児は認めないし、妻の不義も許さない。きみを満足させつづけることはできると自負している。ほかの男に走ろうという証拠がすこしでも見つかったら、打ち据えて、番人をつけて閉じ込めてやる。わかったか？」

ベスは自分がしたことに吐き気がするほどぞっとして、弱々しい声を出すことしかできなかった。「わかりました」

「じゃあ、どこか見えないところに姿を消してくれ」ルシアンは背中をむけた。

ベスは彼の後ろ姿を見つめた。「あの——アーデンさま……」

「わが身がかわいいなら、すぐに立ち去ることだ」ベスは、冷たい欄干におかれた彼の固くにぎったこぶしを見て、逃げだした。

読みものをしながら静かにすわっていた公爵夫妻が、ベスを見て妙なようすに気づいたとしても、彼らは顔には出さなかった。今日は大変な日だったので部屋に引きあげたいと告げると、夫人が手もとの呼び鈴を鳴らした。大勢のフットマンのうちのひとりがやってきて、ベスを部屋までエスコートし、またべつのひとりが、レッドクリフに仕事だと伝えにいった。

断わる方法があるのなら事前にそうしたかったが、ベスはしかたなくメイドの世話を受けた。そのあとは、暗い部屋にひとりになって、おのれの悲惨な状況を考えた。

公爵は、自分は息子をしたがわせることができると言っていたが、ベスにはアーデン侯爵のことがまだよくわからなかった。自由を求めた闘争は、結局、とんでもない裏目に出てしまった。ルシアンは、ベスがおかれた不自然な立場に理解がないわけではなかったし、親切を心がけてもくれていた。それをベス自身が壊してしまったのだ。しかも、死ぬまで恥の残るような方法で。

これでは、自分のしたことを取り返して、結婚生活の足がかりを見つけるどころか、明日、どうやって顔を合わせていいかさえわからない。


公爵夫人は、部屋を出ていく若い娘を目で追った。ミス・アーミテッジはうまく自分を抑えているが、ルシアンとふたりですごした時間は楽しいものではなかったようだ。夫人はなにがあったのかもうすこしきちんと判断しようと、息子がもどってくるのを待った。だが、しばらくして、もどってくる気がないのだと気づいた。

「ウィリアム、わたくしは今回のあなたの計画に不安を感じているわ」やんわりと言った。

公爵が本から目をあげた。「時間がたつとともに、ふたりともうまくやるようになるだろう」

「この部屋を通っていったときの彼女を見たの？　かわいそうに、傷ついていたじゃない」

公爵は表情をこわばらせた。「殴られたとでもいうのか？」

「まさか、そんなことがあるわけはないでしょう。そうではなくて、心が傷ついていたということよ。でもあなたとしては」腹を立てた夫人は問いただした。「彼女が男の子をもうけさえすれば、ルシアンが手をあげようが気にしないのではなくて？」

「わたしはエリザベスに幸せを保証した」公爵は夫人の目を見て言った。「彼女が傷つくようなことはさせない」

「それなら、もしもルシアンがエリザベスにむごい仕打ちをしたら、あなたはどうなさるの、ウィリアム？」夫人は食い下がった。「結婚を取りやめる？　そうしたら、目的を果たそうとしても無理ね。ならば、子供をつくらせる目的のためだけに、ときどき、ふたりを会わせるの？　危険な種馬と貴重な牝馬をいっしょにするみたいに、厳重に見張りをつけて」

「ヨランダ！」

夫人はすっくと立って挑発した。「教えてちょうだい。あなたはどうなさるの？」

公爵も顔を赤くして立ちあがった。「自分の息子に対する評価としては、ずいぶんだな！　父親のことを思えば無理もないが」

「あの子の態度は、あなたから学んだものよ、ベルクレイヴン。冷酷なところも」

「冷酷だとわたしを責められる立場か？」

夫人は顔をそむけて、髪を両手でかきあげた。

その姿は、公爵の目には、かつて結婚し、恋い慕った娘とおなじように見えた。彼女の体形はいまも均整がとれていて、蠟燭《ろうそく》に照らされた髪はギニー金貨の色に見える。

「ええ、あなたは冷酷よ」彼女は顔をそむけたまま静かに言った。「今度の計画を聞くまでは、ここまで無慈悲な人間になれるとは知りませんでしたけど。わたくしは長いこと、あなたが苦しんでいるのだと思っていたわ」ふり返って、涙をためた目で見すえてきた。「でも、やっとわかりました。あなたは、わたくしにどうやって罰を与えようかと、それだけを考えていたのね」

その言葉とともに、夫人は部屋から逃げていった。歩き方が速すぎる。そう思ってすぐに、公爵は使用人の目を気にする愚かさに気づいた。一度くらい、一家のことをふつうの人間として見ていけない理由があるだろうか？　手のとどかない場所にある、感情も瑕もないダイヤモンドとしてではなく。

ヨランダに罰を与える？　あれからずっと夫に罰を与えられていると思っていたの

か？　こちらは苦難と自己否定の歳月だったというのに……。

夫婦を閉じ込めた水晶の牢獄《ろうごく》を壊すことのできる、破壊力のあるなにかがほしいと考えたことを思いだした。自分はこんなことを望んでいたのか？　嫌われることを？　ヨランダの泣き顔を見ることを？

公爵のやり場のない苦しみは、怒りに変化し、やがて、その矛先を見つけた。なにもかもアーデンがいけないのだ。すべての非はアーデンにあり、さらに今回は、由緒ある一族の簡単な縁組にさえ、不器用にもたついている。

公爵は自分の跡取りを叱りつけようとしてそっと外へ出たが、冷たい月明かりのテラスにはだれの姿もなかった。すこしずつ、自制心がもどってきた。あの娘は移動のあとで疲れていたし、知らない場所に来て緊張していたのだ。両者のあいだになにかがあったのだとしても、原因はおそらく些細なことで、じきに、ふたりの仲はおさまるにちがいない。

客間にもどって、一本ずつ蠟燭を消していった。月明かりのなかで、床に落ちたままの妻の本を見つけ、拾いあげてページの折れをのばした。怒っている妻の姿はすばらしかった。ふたりがまだ若かったころの、彼女の憤慨した顔が脳裏によみがえる。今夜は、彼自身とても若返った気分がした。

ふたたび、自分に抑制を強いた。水晶の牢獄は、拘束であると同時に身を守る盾でもあるのだ。彼は老いたライオンとおなじで、その格子なしに生きていけるとは思えなかった。

ルシアンはテラスの階段をおりて、装飾庭園《ノットガーデン》のほうに進んでいた。

自分は淫婦《いんぷ》と結婚するのだ。それなら、ブランチと結婚してもおなじだ。いや、むしろそのほうがずっといい。ブランチのことは好いているし、彼女には、彼女なりの立派な自尊心がある。もしもエリザベス・アーミテッジの身持ちの悪さを知ったら、公爵はなんと言うか？

おそらく、生まれる子供に正統な血が流れているかぎり、なにも気にしないだろう。いや、正統な血が流れていると思われるかぎり、気にしない。ルシアンは子供らに苗字をやるだけでいい。エリザベスの腹から出てきさえすれば、子供はド・ヴォーの遺産を受け継ぐに値するのだ。

手を木の幹にたたきつけた。痛みが走ったが、どうでもよかった。

怒りをもてあそびながら、起伏のある草地を足にまかせて歩いた。自分は、だれをもっとも嫌っているか？　エリザベスか？　いや、ちがう。あの女のことは軽蔑《けいべつ》するが、やはり自分とおなじで、単なる操り人形にすぎない。では、公爵は？　もちろん嫌うことはできる。だが、嫡出だろうがなかろうが、血統の誇りを背負ったド・ヴォー家の一員としては、公爵の動機も理解できる。ルシアン自身、自分の息子やそのまた息子に、家系を継いでほしいと希望している。

では母は？　そう、憎むべきは母だ。母の愚かな欲望がすべての発端となっている。しかし、それを思うと、咆哮《ほうこう》したいほどの虚しさにおそわれる。

怒りと、足を動かしたことの両方のおかげで、痛みのいくらかがまぎれた。ルシアンは屋敷のほうへふたたびもどりながら、考えをめぐらせた。エリザベス・アーミテッジは愚かな女ではなく、肉欲におぼれている証拠も実際にあるわけではない。そういう女なら見たことがあるが、彼女にはああした色情は感じられない。おそらく、自制は利くのだろうし、ルシアン自身が見張っていればすむことだ。淫乱だと思うと不快だが、それ以上悪いことにならないように、目を光らせることはできる。

ルシアンは、慰めを求めて少年時代によく逃げ込んだ厩舎のほうへ、ぶらぶらと歩いていった。教師の目を逃れるや、すぐにここにとんでくるか、馬に乗ってどこかへいったものだ。厩舎は暗く静まりかえっていたが、獣と干草のいつものにおいがぷんと香り、眠っている馬が身じろぎする小さな音が聞こえてくる。ルシアンはしばらくあたりを歩きまわった。

そろそろもどろうと思ったちょうどそのとき、かすかな口笛の音が耳にとどいた。音をたよりに暗いすみのほうへ歩いていくと、だれかが干草の俵にすわって月を見あげ、調子外れの口笛を吹いていた。

「ここでなにをしている」抑えた声で聞いた。

口笛の主は、ぎょっとしてふり返った。ルシアンは、それがロンドンで拾った少年だと気づいた。スパローだ。

「なにもしないです、だんなさま」

少年は怯えていたが、おかしな話だ。自分と少年とのあいだに、幸運なめぐりあわせ以外のなにがある？　ふたりとも私生児なのだ。あの晩以来、少年と顔を合わせたのは、ギニー金貨をシリング貨幣にくずしてわたし、厩舎の下働きとして雇われるよう取り計らってやった一度きりだった。

ルシアンは歩いていって、干草の上にならんですわった。「怖がることはない。寝るはずの時間に月をながめてすごしたいだけなら、僕の知ったことではない。ジャーヴィスのことだから、明日、おまえがちんたらと仕事をしてたら、給料を減らされるだろうな」

「きっと、そうです。でも、おいらはいつもそんな眠らないで平気だし、夜の空を見て、音を聞いてるのが好きなんだ。ロンドンとぜんぜんちがっから」

「そうだな。ここが気に入ったのか」

「うん、気に入った」

ルシアンはごろりと仰向けになり、いっしょになって夜空をながめた。「あそこに星が見えるだろう」少年に話しかけた。「まっすぐにならんでる星。あれがオリオン座だ」

「あれがなんて？」

「オリオン。決まったひとまとまりの星に、名前がついている。オリオンはギリシアの怪力の狩人だったが、まちがった獲物に目をつけてプレイアデスという娘を追いかけたために、女神のアルテミスに殺されて、空の星になった」

「おっかねえや」少年はつぶやいた。「外国人ってのは、絶対におかしなやつらだ」

まじめに言っているのはわかったが、ルシアンはただ笑った。「ギリシアの女を怒らせたら怖いと、教訓として憶《おぼ》えておくのがいいぞ、スパロー。ギリシア人全員を避けるにこしたことはない」

だが、ここはスパローの独壇場のようで、少年はトランプ詐欺師やどろぼうのことを語りだした。「むかしからのダチのミッキー・ラファティは言うんだ。〝見ただけでギリシア人だとわかるようになれ〟って。きっと、だんなと気が合ったや」懐かしそうに言った。「ミッキーはわけあってスラムに流れてきたんだ」突然、話をしている相手を思いだした。「すみません、ご主人さま」

「それはやめろと言っただろう、スパロー」ルシアンはうんざりした声を出した。「そういえば、ずっとその呼び名を使うわけにもいかないな。本当の名前はないのか？」

「スパラは本物のあだ名です」

「じゃあ、母親はなんて呼ばれてた？」

「バブズです」

ルシアンは少年を見た。この数週間のうちにすでに顔にいくらか肉がつき、丈夫な服につつまれた身体は末頼もしそうに見える。すずめ《スパロー》ではかわいそうだ。

「そうだな。べつの鳥にしよう。駒鳥《ロビン》というのはどうだ？」

「ううん。スパラで慣れてっから」

「だが、世に羽ばたこうとしている若い男の名前としては、ふさわしくないだろう？ロビン・バブソン。それでどうだ？」

少年の目がオリオン座の星のごとく輝いたように見えた。「ロビン・バブソン？　おいらが？」

「おまえがよければ」

「はい」少年は興奮ぎみに言った。

「よろしい」ルシアンは立ちあがってあくびをした。「田舎が好きなら、こっちに残ってもいいぞ」

「ずっと？」

「仕事を憶えたあとで、どこかよそへいきたくなれば、それはそれだ」

「あ、あの——もし平気なら、ご主人さまといっしょの場所にいたいです」幼い声には明らかに崇拝の気持ちがにじんでいる。

ルシアンはやれやれと思いながら、自分を慕う少年の心情を考えた。親切にしてやったのは、おのれの傷ついたプライドを慰めるための単なる気まぐれだったが、子供の気持ちをむげにするわけにはいかない。「ここにいるあいだに一生懸命働いたら、僕の下男《グルーム》のドゥーリを手伝わせてやろう」

「ありがとうございます」少年は言って、礼儀を意識したのではなく純粋な興奮から、はじかれたように立ちあがった。「ありがとう」

「だが僕の馬の面倒を見るつもりなら、眠らないといけないぞ。ベッドにもどるんだ」

「はい」少年は駆けだし、途中でふり返った。「おやすみなさい」

「おやすみ、ロビン」ルシアンは暗い場所から、そっと声をかけた。

6

ベルクレイヴンにいると、いとも簡単に、ふたりの人間がおたがいを避けることができる。とくに、一方がそれを断行しているらしい場合には。ベスがアーデン侯と顔を合わせるのは、夕食と、それにつづく社交の時間だけだった。しかも、初日の晩を最後に、家族だけの団欒《だんらん》の機会は、その後一度も訪れなかった。

ベルクレイヴンにはオーガスタス・スティープ師という礼拝堂付きの牧師がいて、この人物は一族の記録係と歴史家も兼ねていた。ミセス・サイゾンビーという婦人も、ときどき顔を出した。彼女は公爵の遠縁にあたり、未亡人になって金に困っていた。公爵夫人の話し相手として屋敷におかれるようになったが、公爵夫人はそうした相手を必要としてはおらず、ミセス・サイゾンビーは昆虫の熱心な研究者だったため、自分の部屋で独立した生活を送りながら趣味に打ち込み、気がむいたときだけ、あらわれては去っていった。

公爵夫人のおじとおばで、フランス革命を期に亡命してきたド・ノワイイ伯爵夫妻は、身体の不自由な娘と、数少ない忠実な使用人といっしょに、ひとつの翼棟を専有していた。彼らもまたときどき、娘をおいて夕食の席に来ることがあった。

公爵の秘書のミスター・ウェストールと家令《スチユワード》のミスター・ホールデンも、主人の家族と食事をともにすることが許されていて、しばしば席にあらわれたが、家令は領地内の一軒屋に自分の家族がいたし、ミスター・ウェストールも牧師館で食事をとることが多かった。おそらく、ベスが思うに、牧師の娘が目当てなのだろう。

このミスター・ウェストールは、まさしくベスがいっしょにいて居心地がいいと感じる種類の、物静かな学問好きだった。ベスはときどき同席する機会を楽しんだが、会話をしていて、ふと目をあげると、いつもルシアンが激しい疑り深い目でこちらを見ていた。

ベスは疑念を晴らしたかったが、そのための言葉を見つけたとしても、いつ、それを伝えればいい？

ルシアンは、夜の時間には、たとえ公爵夫人にうながされてもベスをそばへ呼ぼうとはしなかったし、昼のあいだは、どこかに姿を消していた。公爵自身はめったに狩りをしないが多くの犬を所有していて、何日かはルシアンは狐狩りに出かけていった。ほかの日は馬乗りをしたり、釣りをしたりしているのだろう。家を出られる用事があれば、なんだっていいにちがいない。

ベスと会うときには、つねに完璧な礼儀をまとい、威圧的なまでに他人行儀だった。ベスのほうも負けずに、できるだけ礼儀正しく接することにして、名誉を挽回して自分が純潔であると説得できる機会を待った。二度ほど、ふたりきりになれる状況をつくろうとして失敗したあとは、もうお手上げだと観念し、内密に話がしたいと伝言を書いた。

その日の夜、夕食の前に顔を合わせると、ルシアンがぶっきらぼうに言った。「伝言を受け取ったよ。そこまで我慢ができないというのか」

相手の言っている意味がわかって、ベスは顔を真っ赤にして言い返した。「ちがいます」

あとになって、彼をベッドに招けばよかったのかもしれない、と自棄ぎみに思った。そうでもしなければ、ふたりきりで話す機会は得られそうにないし、想像するに、そういうことになれば、ベスが処女であること、あるいは、処女だったことに気づくのだろう。

両者がほとんど口を利かないので、この茶番の婚約を信じているものはだれもいなかったにちがいない。公爵夫妻は、あえて表面をつくろうだけにとどめていたが、夫人が心配しているのはベスにもわかった。ド・ノワイイ伯爵夫妻は、わが身のつらい運命に完全に気を奪われていた。しかし上級使用人——家令のホールデン、秘書のウェストール、それにスティープ牧師の三人――が、この状況を奇妙に感じていることはまちがいない。それでも、彼らは慎重に気を使って、顔に出さないようにしていた。

いずれにしても、ベスはナポレオン・ボナパルトに感謝すべきだった。ヨーロッパ大陸での情勢が悪化の一途をたどっていなければ、いくら知恵のまわるド・ヴォー一家といえども、会話の種に困ることになっただろう。彼らは毎晩、その日に伝わってきた知らせを進んで話題にした。

ある晩、ルシアンの発言が周囲を驚かせた。「あのコルシカ人を食い止めるのは、男に生まれた者全員の義務だ。僕も軍隊に加わって貢献したいと思う」

公爵夫妻はふたりとも青ざめた。「無理だ」公爵が吐き捨てた。

「無理ということはないでしょう」ルシアンは言い返し、ベスにはそれが彼の逃避の試みなのだとわかった。命をかけてまで、ここから逃げたいのだろうか？　それか、自分のことを無敵だと思っているのかもしれない。

「アーデン」穏やかさと自制を取りもどした公爵が言った。「結婚は数週間後にひかえているのだぞ。そういうことは、式と、最近ではハネムーンと呼ばれる旅行のあとに、ゆっくり話し合えばいい」そう言うとともに警告の眼差しをした。自分が跡継ぎの頭上に武器を構えていることを思いださせているのだ、とベスは思った。

めったにないことだが、ルシアンはいつもの礼儀正しさを放棄して、乱暴に椅子を引いて席を立った。ド・ノワイイ伯爵夫妻が呆気にとられた顔をした。

「なにか問題でも？」ド・ノワイイ夫人が言った。

「いいえ、おばさま」こたえたのは公爵夫人だった。「アーデンの食事が終わったというだけです」

ド・ノワイイ夫人はふんと鼻を鳴らした。「イギリスの若者の作法は、まだまだだわ」そう言うと、ふたたび自分のケーキにむきなおった。

このときだけは、一同は沈黙に支配されることになった。公爵と夫人は、ふたりとも血の引いた顔をしていた。公爵は純粋な不快感からだったかもしれないが、夫人が蒼白なのは不安からだった。

ヨーロッパにまたしても戦争の暗い影が忍び寄り、息子たちが戦いに加わる覚悟を決めたいま、どれだけ多くの母親たちが、そうした不安とともに暮らしていることだろう。

顔をあげた夫人と視線が合った。ベスが目で同情を伝えると、夫人が微笑み返してきた。ベルクレイヴンに来てから、はじめて深く心が通じ合った瞬間だった。ベスは、なぜだかそれが恐ろしかった。きっと、まがりなりにもここの一員だと感じたはじめての瞬間で、その思いに戸惑いをおぼえたのだろう。

ベスはしだいに公爵夫人に親しみを感じるようになっていた。夫人は物分かりがよく、賢くて親切だった。ある日、ふたりでいっしょにすわり、淑女の仕事として礼拝堂用の新しい掛け布の刺繡にはげんでいると、夫人はやんわりと非難の言葉をかけてきた。「エリザベス……表向きには、あなたとルシアンが熱烈な恋に落ちたということにしてあるのよ。ふたりでいっしょにいる時間が増えれば、嘘にも説得力が出るでしょう」

ベスは刺繡から目をあげなかった。「それはそうだと思います。でもアーデンさまは、わたしとすごす気がないみたいで」

「あなたのほうは、息子ともっといっしょにいたいの？」

ベスは顔をあげた。「とくには思いません」

夫人の眉間《みけん》にかすかにしわが寄った。「エリザベス、あなた、むやみに相手を嫌って、かえって自分が損をしているんじゃない？　ルシアンが持っている以上のなにを夫に望みたいの？　あの子は美男子よ。それに、とても魅力的な楽しい人間にもなれるわ」

「自分の夫が美男子かどうかは気にしません。それに、彼が楽しい人だとしても、わたしにそうだったことはありません。わたしにとっては、冷たくて傲慢な人です」そう言いつつも、ベス自身があのとんでもない発言をする前まではちがったという事実を自分に認めた。

「それは、あの子らしくないわね。いまの状況を嫌っているのは、あなたとおなじよ。

でも、だれかがすこしは譲らないと。まずはあなたのほうから歩み寄ることはできないかしら？」

すでに、やってみたことだ。ベスは身をふるわせた。「できません」

夫人はため息をついた。「でしたら、ルシアンに話をしてみます」そうしたところで、効果はないだろう。

ルシアンの問題をべつにすれば、ベスはベルクレイヴンの生活にもなんとかなじんできた。自分でも驚いたが、屋敷の規模の大きさにもあっさり慣れて、だれの助けも借りずに、主要な部屋をひとりでさがしあてられるようになった。広々とした華麗な部屋や、壁や天井の凝った装飾や、高価な美術品のことも、すなおに楽しめるようになってきた。ラファエロの聖母《マドンナ》や、ヴァン・ダイクの肖像画や、ブリューゲルの楽しげな村人たちを描いた風景画を前にひとり鑑賞できる環境に、だれが文句を言えるだろう？　本のそろった図書室にいて、だれがずっと不機嫌でいつづけられるだろう？

金で装飾したガラス戸付きの書棚のならぶ、気品と威厳をそなえたその図書室は、ベスが入りびたるお気に入りの場所となった。ここには古典の書物がひととおりそろい、新しい刺激的な作品もたくさんあった。ミス・アーミテッジに用があるなら、図書室の三つの出窓より遠くへさがしにいくことはない、というのが、すぐに周囲の認識としてできあがった。

スティープ師と図書室を共有しなくてはいけない機会も、多くはなかった。彼は司書の役職も担っていたが、強い関心を寄せているのは文書庫と記録庫だったために、ベスの領域を侵すのは調査のために必要なときにかぎられた。

けれども、ある日、べつの侵入者があった。窓辺の茶色いベルベットの椅子で背中を丸めていると、軽快な足音が聞こえてきて、ベスはカーテンのむこう側をのぞいた。

「おはようございます。ミスター・ウェストール」明るく声をかけた。人当たりのいい青年と会うのは、いつでも歓迎だった。

彼もすなおな笑顔で返してきた。「おはようございます、ミス・アーミテッジ。そういえば、ここにはよくいらっしゃるんでしたね。少々、助けをお借りしたいと言ったら、引き受けてくださいますか」

ベスは読みふけっていたサー・ジョン・マンデヴィルの冒険譚《たん》を喜んで下においた。

「もちろんです。どんなことでしょう?」

「ベルクレイヴン公爵さまが、スティーブンソン氏の新しい発明に興味を持っておられるんです。移動のための機械で、蒸気の力で動く車です。それで、トレヴィシックという人物が書いた、似たようなものに関する記事があったはずだとおっしゃるのですが」目くばせをして、つけくわえた。「ただ、どの刊行物に載っていたか、思いだせないようで」

ベスは同情して笑った。「それほど古いものではないでしょうね。たしかにトレヴィシック氏のことは耳にしたことがありますが、十年はたっていないと思います」

「たぶん、それよりあとでしょう。どこからさがします?」

ベスは一瞬考えた。「この図書室では、工業技術の専門書、たとえば王立協会の出版物のようなものは目にしたことがない気がしますね。あなたは?」

「たしかに、ないですね。これまでは、工業技術にとりわけ興味をお持ちだったともいえませんし。ですが、いまになり、そうした動力が今後の鍵となると観念して、理解しておこうと決心されたそうで」

「たぶん『アニュアル・レジスター』か、『マンスリー・マガジン』ね。いずれも既刊のすべてがそろっているわ。あなたはどちらを選びます?」

青年は肩をすくめた。「どうして、勝ち誇った顔をしているんですか、そう言ったあとで、疑わしげにベスを見た。「『アニュアル・レジスター』」

「なぜって」ベスは遠慮なく言った。「『マンスリー・マガジン』には索引がついているんです。『アニュアル・レジスター』のほうにあるのは、目次だけよ」

ふたりが笑いあっているところへ、ルシアンがはいってきた。彼の目が細くなった。もし動物のように毛を生やしていれば、きっと逆毛が立ったことだろう。ベスにはうしろめたい点などひとつもないのに、あたかもそう感じているように、自分の顔が赤らむのがわかった。

彼は秘書に冷たくうなずきかけた。「おはよう、ウェストール」ミスター・ウェストールはもうすこし深く頭をさげた。「おはようございます、アーデンさま」彼はすぐに部屋の奥へ引っ込んで、調べものに取りかかった。

ベスは冷静な態度をなんとか保ち、夫となる人物に目だけで質問した。どういう風の吹き回しでここまで会いにきたのか？　答えは公爵夫人だった。

「母から、これをわたすよう頼まれた」そう言って、アッカーマンの『美術・文学・商業・工業・流行・政治の宝庫』のある号を差しだしてきた。「ウェディングドレスのデザインのことで、母がなにか話題にしたようだね」

ベスにはそのようなドレスを着たい気はさらさらなく、熱のこもらない手で雑誌を受け取った。「ありがとうございます」

ルシアンは、『アニュアル・レジスター』の装丁本をぱらぱらとめくっているミスター・ウェストールのほうに目をやった。「ミス・アーミテッジ、馬車乗りに出かけようか？」彼はしまいに言った。

「いいえ、そうしたいとは思いません」ベスはきっぱりと言った。まさか、わたしとミスター・ウェストールの仲を疑っているわけじゃ……。

そのまさかだった。ルシアンは氷のような表情をして、図書室のどっしりとした椅子に腰をおろし、ふたりの動きのひとつひとつを観察しようと構えた。ベスは首のうしろ側に視線をちくちくと感じながら、断固として秘書の手伝いをするという仕事をはじめた。ミスター・ウェストールが侯爵のほうへ一、二度、不安そうに目を泳がせるのを見て、ベスは自分が秘書のためにならないことをしているのかもしれないと思った。彼は、ここでは単なる使用人のひとりで、あっさり首にされる可能性もある。ベスにはっきり言えるのは、ベスのことは、だれもベルクレイヴンから追いだせない、ということだけだ。

けれども、ベスはルシアンににらまれているからといって萎縮《いしゅく》して黙っていることには耐えられず、関係のありそうな記事を見つけると秘書のほうに持っていった。

「ほら、見て。ヨークシャーの炭鉱で利用されている、蒸気の乗り物の記述です。これなんかにも、興味をお持ちになるのではないかしら」

「ええ、そうかもしれません」秘書はそれを受け取った。「それから、こちらがトレヴィシックについて書いた記事で、おそらく念頭におありだったのは、これでしょう。ありがとうございます、ミス・アーミテッジ」

ミスター・ウェストールは本をつかむと、部屋の雰囲気から逃れられてほっとしたように出ていった。

ベスはふり返って無表情にルシアンを見た。「べつに、密会でもなんでもないでしょう」

　彼はゆっくりと尊大に立ちあがった。「ウェストールには、二度ときみとここでふたりきりになるなと伝えるつもりだ」

　ベスはかっと頭に血がのぼって、思うように言葉が口から出なかった。「ねえ――ちょっと――」なおもつかえているうちに、ルシアンは部屋を出ていった。ベスがガラス戸を力任せに閉じると、斜めに削った角のところからガラスにひびがはいった。恐怖の眼差しでそれを見て、思わずつぶやいた。「ああ、どうしよう。一枚、いくらするのかしら」

　すぐに、そんなことで気をもむ必要がないことを思いだした。望むと望まざると、ベスはド・ヴォー家の一員なのだ。中央のテーブルにきびきびと歩いていって、おいてある呼び鈴を鳴らした。すぐにフットマンがはいってきた。

「ガラスにひびがはいりました。だれかに言って、修理をさせてちょうだい、トーマス」勤務中のフットマンは全員、トーマスという名で呼ばれることになっていた。おかげで、ずいぶんややこしさが減る。

「承知いたしました。ミス・アーミテッジ」若い使用人はわずかに驚いた顔をして、去っていった。考えてみたら、生まれながらにお高い人物のような口の利き方で使用人に命令を言いつけたのははじめてだった。これは進歩なのだろうか、敗北なのだろうか。

ひょっとしていまのフットマンが部屋のなかでのやり取りを漏れ聞いていたり、想像したりしていたかもしれないと思うと、いまだに居心地の悪さをおぼえたが、すぐに、そんな気持ちを捨てた。ここ、ベルクレイヴンでの生活に耐える唯一の方法は、使用人のことを木の人形だと考えることだと、ベスは早いうちから気づいていた。というより、どうせベルクレイヴンに住むなら、家族の一員ではなく、使用人として来たほうが幸せだったのではないかと、ふと思った。といっても、もちろん上級使用人のことだ。最低でも女中頭かそのすぐ下くらいの身分がいい。それなら、公爵の家族の奇妙なあれこれを肴《さかな》にして、夜毎《よごと》おしゃべりに花を咲かせ、くつろぎ、ひとりきりの時間を持つことができる。

ルシアンと話をして自分の貞操についての誤解を解く機会を与えられたのに、それをみずから棒にふってしまったと気づいたのは、ようやく、あとになってからだった。

夫人の策略は失敗に終わり、つぎに手を打ってきたのは公爵だった。一家団欒《アン・ファミーユ》の夜に、彼は自分の跡継ぎに厳しい眼差しをむけて〈官報《ガゼット》〉を手渡した。「アーデン、結婚の告知が各新聞に載っているぞ。そろそろ家の者たちにも花嫁を正式に紹介したほうがいい」

「言いつけにしたがいます」ルシアンはほんの一瞬だけ新聞に目をやって、うんざりした声を出した。読書の最中で、ページから指をはずそうともしなかった。

「心して聞きなさい」公爵は冷たく言った。「そのあとは、領民のための宴と、近隣を集めた舞踏会をひらく。相当な数の訪問客が押し寄せる。おまえとエリザベスはふたりいっしょに客を迎えて、きちんとふるまわなくてはいけないのだぞ」

ベスには、公爵に顔をむけるルシアンが緊張しているのがわかった。反抗するのかもしれないと思ったが、彼はただ機械的な声で応じただけだった。「言いつけにしたがいます」

公爵の顔が怒りで赤くなり、夫人があわててあいだにはいった。「使用人たちでさえ、あなたの行動を妙だと思っているわ、ルシアン。恋愛中ということになっているんですからね。それに、おたがいを避けていては、あなたとエリザベスは理解しあえるわけがないでしょう」

ルシアンはベスに笑顔をむけたが、海さえ凍りつかせるような笑いだった。「僕とエリザベスは、おたがいをすでによく理解したと思いますよ、ママン」

夫人は希望のない顔つきで、ふたりを順番にながめた。

「明日になったら」公爵が言った。「エリザベスを連れて、屋敷と敷地を説明つきで案内してあげなさい」

ふたりの男の視線がぶつかり、もしもルシアンがもう一度〝言いつけにしたがいます〟とくり返そうものなら、公爵は罰を与える準備があると、無言で伝えているのが見て取れた。重苦しい沈黙が長々とつづいた。

やがてルシアンが、あたたかみのない礼儀正しい態度でベスのほうをむいた。「もちろんです」と彼は言った。「エリザベス、何時ごろなら都合がいいだろう」

「朝食のあとはいかがでしょう？」ベスはふるえそうな声でこたえた。「九時半ごろは？」

彼はわずかに頭を傾けて、それから皮肉めいた目を公爵にむけたのちに、ふたたび読書にもどった。

ベスは目を泳がせた。公爵はさらなる要求を考えているように、ルシアンをにらみつけている。夫人は、夫と息子のことをかわるがわる心配そうに見ている。ルシアンは見たところ本に没頭しているようだった。ベスにはこの家族の雰囲気が耐えられなかった。今度の結婚だけが理由なのだろうか、それとも過去の裏切りのせいなのか、あるいは、単純にいつもこうなのか？　自分がなんとかして助けになりたい。そんな思いがふと頭にうかんで、ベスは驚いて、その考えをふりはらった。自分自身のことで手いっぱいで、ほかにふりむける余力はないはずだ。

ベスはひっそりと退出し、自分の部屋のほうへ逃げもどった。

ベッドにはいって翌日のことを考えた。丸一日、ルシアンといっしょにすごすのだ。考えただけで、いやな汗がにじむ。けれども、自分の愚かな口が招いた災いを、すこしでも回復する機会を手に入れられるかもしれない。そうしたら、少なくともまっさらなところから関係をやりなおして、誠実な結婚の土台を、そこに築いていけるかもしれない。

ベスは家族が使用する十、二十ほどの部屋はすでに把握していたが、翌日になり、ベルクレイヴン公爵領という一大組織の規模の大きさを、まるで理解していなかったことを思い知らされた。一方のアーデン侯爵は、ひんやりとした地下室から埃っぽい屋根裏まで、巨大な屋敷の隅々までを熟知している。見た目には高慢そうな彼だが、家屋敷のために働いている使用人の役割をよく理解していて、多くはその名前まで記憶していた。

ふたりは執事のモリスビーと話をし、それから一般女中《ハウスメイド》のケリー、洗濯女中頭のマージャリー・クームス、貯蔵室付きメイドのエルスプスに声をかけた。

それ以外にも名のわからないたくさんの働き手がおり、主人の一族と直接顔を合わせることに、明らかに面食らっている者もいた。たとえば、時計を巻く係り、それから、家じゅうをまわって蠟燭の明かりを調節し、交換することだけを仕事とする、ふたりの男がいた。大工、塗装職人、石工、屋根葺《ふ》き職人なども、巨大な屋敷や、敷地内の農場や、数かぎりない付属の建物を維持するために、つねにどこかで仕事にはげんでいる。

また、ド・ヴォー一家のための食事、洗濯、掃除だけではなく、この大所帯を動かしている三百人もの働き手のためにも、おなじ仕事が必要だった。つまり、使用人のための使用人も存在しているのだ。

それから、醸造所、パン焼き場、巨大な洗濯場もあり、針子の一団もいた。石鹸も自給され、所領の農場の作物からできる酢といった加工品も、すべてここでつくられ、貯蔵され、利用された。

上級使用人――領地管理者、家令《スチユワード》、家内管理者《グルーム・オブ・ザ・チエインバーズ》、女中頭《ハウスキーパー》――は、この大所帯の監督を任されていて、彼らは郷紳《ジエントリ》としての身分で暮らしていた。

こうして、説明をしながらベスを案内しているあいだ、ルシアンはとても礼儀正しかった。その態度は威圧感をおぼえるほどで、とても個人的な話題を切りだせる雰囲気ではなかった。

昼食のあとも案内はつづいた。いくつもの野菜畑や果樹園、ハーブガーデン、温室を歩いてまわった。犬であふれた飼育小屋のそばを通り、それから蹄鉄所《ていてつ》のわきを抜けて大きな厩舎にいった。そこには四十頭もの馬がいて、来客時には、さらに百頭もの馬をつなぐことができるという。

ベスは頭も身体もくたくたになって、とうとう休憩を求めた。ルシアンは自分の家に愛情を持っているようで、案内をしているうちに、多少、気持ちがほぐれてきたのが見えた。弁解をするのなら、いまだ。ベスはその糸口として、他愛もない会話からはじめることにした。

「これほどの場所を学んで理解するのに、手はじめに、どんなことをしたんですか？」

彼は手で藁《わら》をもてあそんで、肩をすくめた。「僕はこの場所で育った。子供のころは家庭教師の目を逃れると、いつも下男《グルーム》をじゃましたり、料理のボウルに指をつっ込んだり、モリスビーにくっついて、僕が成人するまで寝かしてあるワインを見に地下室にいったりしていたからね。ただし、この場所を管理するという話なら、僕は管理している人間にどうやって命令をくだせばいいか、ということ以外に、なにも知らない。きみも、それだけ知っていればじゅうぶんだ」

ベスは、それを知る日が遠い未来であることを祈った。

「そういえば、聞いたことがなかったが、きみは乗馬は？」

「しません。これまで、そうした機会が一度もなくて」

「だったら、この先、僕が教えてあげよう。そうすれば、ハネムーンのときの退屈しのぎにもなる」

ベスが驚きの目で見あげると、すぐにまた、記憶と冷たさがもどったようで、ルシアンはふたたび態度を硬化させた。

「さすがに、四六時中ベッドから出たくないなんてことはないだろうね」不快そうに言った。「仮にそうだとしても、僕は逃がしてもらわないと困る。前の恋人たちのことは知らないが、僕の体力は人並みだ。だが、そういえば」ルシアンは冷笑して先をつづけた。「きみは複数を相手にして自分を満足させていたのか。耐えがたいことだ」

ベスは真っ赤に燃えた顔を隠そうとして、横をむいた。「ちがいます」ささやくように言った。

「なんだって？」

ごくりと唾を呑んで、彼にむきあった。「ちがいます……そんなことはしていません。わたしは……」

態度がやわらぐことはなかった。「乙女のように恥ずかしがったところで、手遅れだ、エリザベス。だが、きみのいまの迫真の芝居には、賞賛を送ろう。すこしは安堵したよ。僕らが愛し合っていると土地の人々に納得させるのは、むずかしくはなさそうだ」

「演技じゃありません、アーデンさま」ベスは必死に言った。

彼は馬房の扉にもたれて、ベスを観察している。「つまり、どういうことだ。きみが言おうとしているのは……？　まさか、処女だと主張したいわけじゃあるまい」

具合が悪くなりそうだった。「そのとおりです」

「なぜだ？」

意味がわからず、頭をふった。「なにが、なぜなんです？」

「なぜ、いまさら嘘をつく？　真実は、すぐにわかる。血を入れた袋を寝室に持ち込んで、シーツに染みをつけようとしても、僕は簡単には騙されない」

ベスは大きく息を吸った。「真実を話しているんです。わたしは、だれにも汚されてないわ。わたしは……わたしが、最初の晩にあんなことを言ったのは、婚約を破棄してもらえるかもしれないと、期待したからです。あなたにそういう選択肢がないことを知らなかったから」

ルシアンは用心深く近づいてきて、指をあごの下にあててベスの顔をあげた。頬を涙がつたっているのはわかっていたが、それが自分に有利に働くといいと思った。

「エリザベス、嘘が厄介なのは、それが真実までも汚してしまうことだ。今度は本当のことを言っていると、どうしたらわかる？」

「ご自分で言ったとおり」ベスは投げやりにこたえた。「そのうちにわかるんでしょう」

彼は急に手をはなして、歩いていって厩の中庭に目を落とした。「いま、この場できみを奪うという誘惑がどれだけ大きいものか、わからないだろうね、ミス・アーミテッジ。前の発言が真実なら、きみ自身、まちがいなくそれを望んでいるはずだ。嘘をついたのだとすれば、そういう目にあうのが当然だ。いくら汚されていないにしても、まともな婦人が、あんな口を利けるとは思えない」

「どうぞ好きに〝まともな婦人〟を定義すればいいわ」ベスは怒って言った。「ええ、結婚というのは、女が避けるべき差別的な制度でしょうけど、欲望というのもまた、べつの種類の牢獄だわ。わたしは愛と信頼のない相手には、絶対に自分を捧げたりはしません」一歩も引かない口調で断言した。「そのような男の人には、いまだ出会っていないんです」

ふり返った彼の目は、冷たく激しかった。「結婚したあとで、そういう男と出会ったらどうする？　僕が前に言ったのは、本気だ。妻の不義は許さない」

ベスはあごをあげた。「いったん結婚の誓いを立てたら、わたしはそれを守ります」

あざけるような調子で言った。「あなたは、いかが？」

顔が赤くなったのを見て、ベスは胸がすいたが、勝利の快感にひたっていられたのも、ほんのつかの間だった。彼は一歩近づいてきて、不快な笑みをうかべた。「それは状況によるな」脅すような笑顔だった。「きみが、どれだけのことをしてくれるか。これまで相手をした男たちから、いろいろと仕込まれているといいんだが」

ベスは息を呑んだ。「だれも相手になんてしてないわ！」

彼の眉があがった。「それなのに、僕に負けないほど冷静でいられたのか？　エリザベス、そこまでは騙されないよ。きみはしたたかな女で、恋人たちをうまく御して処女を奪うまでのことはさせなかったと信じよう。だが、そっちの方面の経験がない？　まさか」

涙があとからあとから流れ、ほとんど目の前が見えなかった。ベスは弱気な涙を押しもどそうとするように、片手を目にあてがった。「ああ、それ以上はやめて。心から謝ります。あんなことを言ってしまって……」頭をふって、喉につまるものを飲みくだした。「そのために、わたしは罰を受けているんだわ」

わきをすり抜けて逃げようとしたが、ルシアンが乱暴に肩をつかんだ。「この程度で罰だと思ってるのか？ きみが受けるべきは鞭打ちだ！」

強くつかんだ手から逃れようとした。「はなして！」

近くにいただれかが、咳払いをした。

驚いたふたりがふり返ると、馬丁頭のジャーヴィスがいた。顔が蒼白で死にそうなほど怯えていたが、馬丁頭はこう言った。「ご主人さま、よろしければミス・アーミテッジはわたしがお屋敷までお送りしますが」

ルシアンが荒く息を吸って肩をつかんだ手に力を入れたので、ベスは思わず抑えた声をもらした。

「仕事を失いたくなければ、即刻、立ち去るんだ、ジャーヴィス」氷のような声だった。

馬丁頭はなにも反論せず、だが、そこから動こうともしなかった。

はけ口のなかった怒りのすべてを、ルシアンはいまにもこの勇敢な下男にぶつけようとしているのだ、とベスは思った。もしかしたら、殺してしまうかもしれない。それに、このままでは、ふたりの婚約の信憑性《しんぴょう》が根底から揺らぐことにもなってしまう。結婚をするしかないのだとわかった以上、ベスとしては、妙な噂が立つのはできるだけ避けたかった。ルシアンがお墨付きをくれたとおりの、うまい芝居ができればいいのだが。

「アーデンさま」ベスは穏やかな声で言った。「ジャーヴィスは、あなたがわたしに手をあげるのではないかと恐れているのです。絶対にそのようなことをする方でないと、知らないのでしょう」

必死になって微笑み、ふるえる手でルシアンの頬にふれた。殺さんばかりの目で使用人を見るのを、どうにかしてやめさせたい。ルシアンの目がこちらをむき、ベスは瞳のなかでいまも燃えている炎を見てひるんだ。

「恋人どうしの喧嘩《けんか》が」ベスはささやき声で言った。それ以上の声は出せそうになかった。「本物の諍《いさか》いのように見えたんだわ。このジャーヴィスは、わたしのことを守ってくれようとしたのだから、もちろん、責められはしないでしょう?」

ルシアンは自制心で険しい表情をやわらげ、目にはまだ激情をくすぶらせていたが、おなじように笑いをうかべた。「もちろんだよ。こうしてきみを守ろうとしてくれる人間がいると知って、うれしいかぎりだ」

肩においた手をどけて、腕を腰にまわしてベスを引き寄せた。近すぎる。ベスは彼の身体から身をふりほどきたい衝動と闘わなければならなかった。「ジャーヴィス、心配は無用だ」落ち着いた声で言った。「僕もミス・アーミテッジも、結婚を前にして神経質になっているだけだ」

馬丁頭は見るからに安堵したようすで、一礼して去っていった。ベスは長々とふるえる息を吐いた。

「きみは、みごとに冷静な判断力を失わなかった」ルシアンが静かに言った。

「どうか、はなしてください」ベスは身を引いた。けれども、彼の腕は鉄のようにびくともしない。それどころか、さらに力を入れたので、たくましい胸の形まで伝わってきた。さらに、腰と、太ももと……。

「どうして？」ルシアンはベスのあごを持って、自分にむけさせた。「恋人らしくいちゃつくことが求められてるんだろう？」

「やめて！」憎しみからキスをされることほど、最悪なものはない。ベスはさっきよりも激しく抵抗した。「はなして！」まったく歯が立たなかった。

「取り決めをしよう」まるで信用のできない微笑が彼の顔にうかんだ。

ベスは抵抗をやめた。「なんです？」

指が頬をなぞった。ベスは首を縮めた。彼の笑みがいっそう大きく冷たくなった。

「きみが自分の役割を完璧に果たすなら、今後、僕は不快な行動を慎み、きみの立派な過去を掘り起こすような真似をしないようにする」

「役割なら果たしてるわ」ベスは反論した。

「服装に気を使い、未来の侯爵夫人としての作法を身につけて、どこからどう見ても恋に落ちている雰囲気を演出しろと言っているんだ」

ベスは身をふるわせた。「要するに、完全にあなたに服従しろというの」

ルシアンは敏感な乳房が自分にあたるよう、ベスの身体をわずかにひねり、さらにきつく抱き寄せて、征服者の笑いをうかべた。「そのかわりに、人前でつくろって芝居をするとき以外は、僕にかまわれることはない。きみが望むのは、それだろう、エリザベス?」

ベスには選択の余地はなかった。ふたたび状況が手に負えないところまで暴走する前に、早くここから逃げださなくては。「提案に賛成します。わたしをはなしてください」

ルシアンはようやくベスをはなした。「よろしい」

ベスは厩舎から、そしてルシアンから逃れようとして、すかさず身を引いた。彼の手が腕をつかんだ。ベスは湯をかけられた猫のように、ぱっと身構えた。「おい、落ち着くんだ。取り決めはすでにはじまってる。さあ、涙をふいて」ルシアンに差しだされたハンカチで、ベスは涙をふいた。さあ、愛するアーデンさま、おつぎはどうするのでしょう?

すると彼は腕を出してきたので、ベスはそこに手をかけた。どこへ出しても恥ずかしくない紳士と淑女のようなおっとりとした物腰で、ふたりは屋敷のほうへもどっていった。

ジャーヴィスは帰っていくふたりを見ていた。居合わせたつかの間、自分は職を、ひょっとしたら命さえも、失ったかと思ったが、なにもせずにただ傍観していることはできなかった。アーデン侯爵をはじめてのポニーに乗せてやったのも自分で、以来、馬について知っている知識のほとんどすべてを教えてきた。アーデンはいい子だったが、不機嫌になると、手がつけられないほどの利かん気を起こすことも多かった。当時は、悪いことをしたらぶってもいいと、公爵から許可をもらっていたほどだ。怒って馬にあたっているのを見つけて、乗馬用の鞭を持ちだしたこともあった。

少年は逃げていって父に泣きついたが、公爵はやってきて哀れな牝馬を調べた。すると、その場であと六回たたくようにとジャーヴィスに命じたのだ。その一件以来アーデンが面倒を起こすことはなく、恨みをためることもなかった。いま現在、侯爵に鞭をふるえる人間がいないのは残念だ。ミス・アーミテッジのような感じのいいレディに対して、あんなふるまいをするとは。あれが恋人どうしの喧嘩だと? まったく、ゆがんだ愛があるものだ。

使用人部屋でもふたりのことが噂になっていたが、なにが起こっているのかわかる者はいなかった。侯爵が、いわば〝仕込んで〟しまったのだと想像する者もいたが、彼らには結婚を急ぐようすもない。だが、睦《むつ》まじい恋人のようなふるまいをしていないのは、だれの目にも明らかだ。

ミス・アーミテッジは、使用人のあいだではとても評判がよかった――感じがよくて淑女らしいが、気取りも上品ぶったところもない。だが、アーデン侯爵の趣味とは言いがたい。というより、まるで趣味ではなかった。

ジャーヴィスはかぶりをふって、馬の世話にもどった。どんな日も、人間よりも馬のほうがよっぽどまともだ。

7

むっつりとしたルシアンと別れたあと、ベスは図書室に逃げ込んだ。

ベスが汚れていないのは信じたようだが、それでも、たいして状況はよくならなかった。彼は、ベスがこれまでどんなことをしてきたと思っているのだろう。よく勉強し、無修正の古典なども読んできたおかげで、男と女のことや、男女がいっしょにすることについて、それなりに知っているつもりだった。だが実際は、湯船を使った経験があれば、海の暮らしができると思い込んでいたようなものだ。

できれば、憎しみからキスをされたくはなかった。おなじように、憎しみを夫婦の床に持ち込まれたら、どんなことになるのだろう？

涙がこぼれそうになり、今度もぐっとこらえた。泣いてばかりいる弱虫にはなりたくない。だれか、心を打ち明けられる相手がいればいいのに。相談にのってくれるだれかが。ミス・マロリーではだめだ。きっと、即刻家にもどって、結婚のことはすっかり忘れてしまいなさいと諭されるだけだ。それに、あの校長の世慣れた知識も、ベスの知識となじで、欠けているところがあると想像するしかない。

周囲にいる既婚女性は公爵夫人だけだが、ルシアンとのあいだにあった下品ないざこざを実の母に包み隠さず話すのは、さすがにはばかられる。

ベスにできるのは、行儀のいい完璧なふるまいをして、自分はルシアンが考えるようなとんでもない娘ではあり得ないと気づいてもらうことしかなさそうだった。

それにしても、いったいどんな男たちがベスの相手をしたと想像しているのだろう？身近にいた男たちのことを思いだし、笑いでむせそうになった。

副牧師のミスター・ラザフォードは、ある日、バラの茂みに引っかかったベスのスカートをはずすはめになって、顔を真っ赤にした。哲学者のミスター・グレインジャーは、一度ベスの唇にキスをして、その後、自分の無遠慮に対してあらゆる謝罪を述べて、逃げてしまった。それから、〈ミス・マロリーの女学校〉で生徒の世話をしているカーナーボン医師。彼は一年ほどベスにつきまとっていたが、下品な欲を持っている自分はベスにはふさわしくないと言いだし、その後、分別のある未亡人と結婚をした。

ルシアンがしたことを彼らがする図を頭に描いてみた――口をあけたままキスをし、胸にふれてくるようすを。あれは、品格ある婦人に対する接し方ではなかった。たぶん、〝人生で関係した男たち〟に手紙を送って、ベスの人物証明を書いてもらうべきかもしれない。

そのとき、ふと、ある絵が頭にうかんだ――厳重に鍵をかけ、生徒の手のとどかないところにしまわれている、ミス・マロリー所有のもっとも過激な本のなかの、あの挿絵。あれは、ヴィーナスとマルスの絵だった。半分裸になったヴィーナスがマルスのひざに横たわり、そのさらけだされた胸の上にマルスが片手をのせていた。

まさか！ あんなことをしていたと思われているの？ ミスター・ラザフォードと？ ベスは焼けるような頬に両手をあてて、その場で立ちあがった。二度と彼の顔をまともに見られない。でも、ああいうのは、きっとキリスト教以前の時代の話のはず！

ちょうどそのとき、公爵夫人がはいってきた。「ここに来れば会えると思っていたわ――」部屋の真ん中でつったっているエリザベスを見て、怪訝《けげん》そうに足を止めた。「なにかあったの、エリザベス？」

あわてて否定してはかえって怪しまれると思って、ベスは言った。「ちょっと気持ちが混乱しているだけです、奥さま」

「ルシアンのせいではないでしょうね」夫人はそう言いながら近づいてきた。ベスの顔がますます火照《ほて》った。「息子は根は優しいけど、父親ゆずりのところがあって、ときどき手に負えないのよ」

あまりに気軽に侯爵の血筋の話にふれたので、ベスは驚いて「そうですか」としか言えなかった。

夫人は優しい笑顔をうかべたが、いつもながらかすかに悲しみがにじんでいた。「わたくしたちのあいだでは、禁句にするような話じゃないわ。サン・ブリアックはすてきだったけど、およそ信頼できない人でね。気性が荒くて、いつも感情を爆発させていたわ。その気なら、あの人と結婚することもできたのよ。財産はあったたし、わたくしのような娘の有力候補とは言えないものの、まったく論外というわけではなかった。結婚を申し込まれたけれど、わたくしは拒んだの。彼は、とても……激しやすかったから」

なるほど、ルシアンの性格はそこから来ているのだ。「でも、わたしはその人の息子と結婚しなくてはいけない」

「大丈夫、ルシアンはそこまであの人と似てはいないから。もっと母親似で、見ておわかりと思うけど、わたくしはとても現実的な女です。それに、ルシアンは公爵を手本としてきたところが大きくて、公爵は、サン・ブリアックとは正反対の人物よ」

公爵と夫人のあいだには、堅苦しい暮らしぶりの下に隠れてはいるものの、ひょっとしたら深い愛があるのではないかと思っていた。こうして話をする夫人の賞賛の口調には、それがはっきりとあらわれている。ならば、どうして、あんなふうな生き方をしているのだろう？　ベスは夫妻が仲良くしているところを想像した。ふたりがいっしょにいて……。あわてて、想像をふりはらった。

夫人がふたたび口をひらいた。「でも、ルシアンはあのとおり奔放で荒っぽいところがあるでしょ。だから、なにかいやな思いをさせられたかと思って」

「いいえ、わたしを悩ませているのは、この状況です。だれが相手でも変わりはありません」そう言いながらも、ベスは嘘を自覚していた。彼には、ベスの神経を逆なでする特別な才能がある。

現実的な女である公爵夫人は、肩をすくめただけだった。「それが人生《セ・ラ・ヴィ》。しかも、さらにあなたを悩ませないと。今後は訪問客を迎えることになるし、舞踏会の計画もしなくてはなりません。悪いけど、妙な勘繰りを受けたくなければ、服を新調させてちょうだい。ルシアンは、あなたは反対しないはずだと言っているけれど」

ベスは、自分の飾り気のない黄色いドレスを見おろした。ありふれていて、悪目立ちしない服だと思っていた。

「ええ、わかりますよ」夫人が諭すような笑いをむけた。「でも、いかにも手製のドレスに見えるわ。だれに対しても、あなたが財産をしょってお嫁に来たと宣伝するつもりはありませんけど、でもきっと、なぜ、まともなものを着せないのだろうと思われるでしょうね」

「わかりました」ベスはため息まじりに言った。ともかく、ルシアンに約束してしまったのだ。「ですが、わたしの意見も聞き入れていただきたいと思います」

「あたりまえじゃないの」夫人は満足そうにこたえた。「さあ、いらっしゃい」

夫人がとても速く歩けることは前から気づいていたが、年の離れた女性のあとを追って自分の部屋までいくのに、ベスはなかば駆け足にならなくてはいけなかった。フットマンが針子頭を呼びにいかされた。

「ミセス・バトラーは、簡単なデザインの洒落たドレスを縫ってくれるでしょう。それから寸法も取ってもらいます。モスリンの仮縫いをロンドンに送って、夜会服をつくらせるの。というより」夫人はずるそうな目をむけてきた。「ルシアンを使いにやる手もあるわ。そうすれば、じゃまにならないし、あの子にも、ちょっとした息抜きになるでしょう。使用人をひとり使いに出すより、よっぽどたくさんの用事をこなすことができるのよ。わたしたちは雑誌を見ましょう」

もうひとりのフットマンが、夫人の部屋に取りにいかされた。

「それから、装身具についても考えないといけないわね。あとでルシアンが買ってくれるでしょうけど、先祖代々の宝石のうちで、あなたが持つべきものもあるわ」さらにべつのフットマンが走っていった。

ベスの部屋につくと、ふたりはすぐに着替えの間にはいった。

「着ているものを脱いだほうがいいわ」夫人がきびきびと命じた。ベスはそれにしたがい、上から羽織ものをはおった。

「肌着」夫人が頭に覚書をするようにつぶやいた。「絹のネグリジェ」またしてもベスの頬が火照ってきた。「ついでのうちに、わたくしたちのほうで全部そろえてしまってかまわない？　それとも、結婚したあとで自分で購入したいかしら？」

「どちらでも、ちがいがありますか？」ベスは小石をひとつ蹴《け》とばして、崖《がけ》崩れを引き起こしてしまった気分だった。

「どこにハネムーンにいくか、それに、いつごろから社交界に顔を出すつもりかによるわね」

「わたしにはわかりません」

「ルシアンに聞くこと」それがベスへの命令なのか、また頭にメモをしただけなのか、よくわからなかった。

そのころには命じたものが集まりはじめた。籠《かご》と材料見本をかかえた小柄なメイドをしたがえた、背の高い痩せた女性は、針子だとわかった。彼女は、ドレスの型についておしゃべりをつづける公爵夫人のわきで、ベスの身体のあらゆる個所の寸法をすばやく取っていった。

「ペチコートの見えないラウンドガウン。もっともシンプルな仕立ての。それでどうかしら、エリザベス？」ベスが返事をするよりも前に、夫人はつづけた。「モスリン。そうねえ。このクリーム色のジャコネット地なんかがすてきそうじゃない？　それとも、紋織りのローンのほうがいいかしら……」

ベスは観念して、縫いあがりの早い三着のドレスを夫人に選んでもらった――紋織りのローン地、緑の小紋のジャコネット・モスリン、それに無地のキャンブリック地の三着だった。夫人はさらに、嫁入りの支度として、こまごまとしたものを注文し、すべてにイニシャルのモノグラムを入れるように指示をした。

針子が去ると、ベスはけちをつけられた手縫いの服をふたたび身につけた。すぐに公爵夫人に呼ばれて、いっしょに服飾雑誌をぱらぱらと見た。自分に合わないと思うとただちに意見を差しはさんだが、それ以外は夫人に好きに選ばせた。こうしたばかばかしいことについて、ベスにどんな知識があるというのだ。

感覚としてはあっという間に、六着の堂々たる、そしてまちがいなく値の張る衣装が、ロンドンに発注するために選ばれた。「あと、乗馬服ね」夫人がきっぱりと言った。「それにブーツ」

四人となったベスは、今度は、ひと財産する宝石を目の前のテーブルに気安くひろげられた――銀、金、ダイヤモンド、ルビー、エメラルド、サファイア、真珠……。陽光をあびて煌々と輝く美しいダイヤのブレスレットと、やわらかな光沢を放つ真珠には、つい指が動いて、ふれずにはいられなかった。ベスは手を引っ込めた。キスではなく、こうしたものにすっかり骨抜きにされそうになっている。けれど心を強くして、育ちのよい若い娘が伝統的に身につける真珠と、あまり高価そうでない琥珀《こはく》の飾りものと、夫人の押しに負けて、いくつかのダイヤモンドを受け取っただけで、あとは断わった。それから、一番地味という理由で、繊細な装身具一式を選んだ。

「とてもかわいいわね」夫人は指でダイヤをもてあそびながら半信半疑に言った。「でも、石が小さすぎるわ。こっちにしたらどう？」そう言って、小箱の蓋をあけると、なかから虹色の鋭い輝きを放つ巨大なダイヤモンドのついた装身具一式が出てきた。

ベスは尻込みした。ベス・アーミテッジがこんなものになんの用がある？「いいえ、奥さま。本当です。わたしは、もうひとつのほうが好みなんです」

「好きになさい、エリザベス」《コム・ヴ・ヴドレ》フランス人らしく大げさに肩をすくめて言った。

ベルクレイヴンの裁縫室でどれだけの時間が作業に費やされたのかはわからないが、新しい服のうちの一着の、緑の小紋のドレスは、最初の訪問客があったときには、すでに縫いあがっていた。ウエストを紐でしぼってギャザーを寄せたとてもシンプルなデザインで、装飾も緑の絹のサッシュだけだったが、ベスが自分で縫ったものとは雲泥の差だった。公爵夫人はベスの姿をとくとながめて満足した。彼女は帽子をかぶらせまいとしたが、それについてはあきらめるにいたった。どんなときも手ばなさないので、帽子は、すでにベスのシンボルのようになっていた。

やってきた客は、近所に居を構えるレディ・フロッグモートンと娘のルーシーとダイアンという顔ぶれだった。ミス・フィービー・スウィナマーという若い友達もいっしょにやってきたが、こっちは際立って美人だった。自分でもそのことをものすごく意識しているようだ、とベスは思った。もっとも、これほどの完璧な卵形の顔と、透きとおるような肌と、大きな青い目と、マホガニー色のつややかに波打つ豊かな髪をしていれば、自意識過剰にならないほうがむずかしいのだろう。

けれども、この若いレディに関しては、いっしょにいて妙に居心地の悪いものを感じた——ベスとルシアンを見るときの目つき、それに友人たちの彼女に対する眼差し。彼女がベスの地位を狙っていたということは、とくに見る目がなくてもすぐにわかる。ルーシー・フロッグモートンのほうも、ベスをうらやましそうに見ていた。きっと、イングランドの若い娘の多くが、おなじ思いでいるのだろう。

その栄誉と呼べそうなものが、それを望まない数少ない正気の女のところにめぐってきたとは、なんて皮肉な話だろう。ベスははじめてそう思った。

なおもフィービー・スウィナマーのことを考えていると、彼女がすかさずベスのとなりの席に割り込んできた。どうやら、公爵夫人はそのような事態を避けようと、さりげなく気をまわしていたようだった。

「ミス・スウィナマー、あなたはバークシャーに住んでいらっしゃるの?」ベスは気を使って話しかけた。何年も教壇に立っていたおかげで、嫉妬《しっと》に燃えた生意気な小娘は、ベスの恐れる相手ではなかった。

「いいえ」フィービーはうっすらと微笑んでこたえたが、目は笑っていなかった。「家はサセックスですが、わたしたち家族はロンドンですごすことが多いんです」

「きっと、楽しいのでしょうね。わたしはあまりロンドンを訪ねたことがないの」

「義務ですから。わたしは跡取り娘で、いい結婚をしないといけないの」

ベスはにっこりと笑った。「その美しさと財産があれば、どんな相手も好き放題に選べるでしょう」

フィービーのきれいな顔立ちがかすかにこわばったが、どんなに心乱されても断固として表情をくずすつもりはないようだ。「どうもご親切に、ミス・アーミテッジ」彼女は周囲を見まわした。「ベルクレイヴンは美しいところだと思いません？　わたしはクリスマスもここですごしたんです」

フィービーは本気で侯爵との結婚を狙っていたのだ、とベスはようやく気づいた。というよりも、ふたりは、引き裂かれた恋人たちなのだろうか？　自分勝手なことだが、ルシアンが今度の縁組のために、これと決めた女性をあきらめなくてはならなかった可能性など、一度も考えたことがなかった。ルシアンのほうを見たが、彼はなごやかな雰囲気でフロッグモートン家の人たちと親しげに会話をしていて、表情からはなにもうかがい知れなかった。

顔をもどすと、フィービーがベスの視線の先を追って満足そうにしていた。冷静でいなければ。この子猫は厄介を巻き起こすためにやってきたのだ。なんとかして縁談のじゃまをして、自分のチャンスを回復したいという、淡い期待を持っているのはまちがいない。その可能性がないことはベスにはよくわかっていたし、小娘にいま以上に人生を乱されるのは望むところではなかった。

「わたしとしては、家族でひっそりと祝うクリスマスのほうが好きだわ」ベスは言った。

「そのご家族はどこにお住まい?」フィービーは相手の弱点を探ろうとして言った。

「わたしはチェルトナムでおばと暮らしていたわ。ミス・スウィナマー、ご両親はここにいっしょにいらしているの?」

「いいえ、母はバースにいっていて、父はメルトンに狩りにいっています。でも驚いたわ」ルシアンにさりげない親しげな視線を送って、のんびりと言った。「アーデンが狩りをあきらめて帰ってきたなんて。毎年冬は、レスタシャーのあたりですごすのに」

「愛の力ね」ベスはにこやかに言った。「わたしはそこまで結婚を急ぐことはないと思っていたのよ、ミス・スウィナマー。でも、彼がどうしてもといって譲らなかったの」

フィービーの形のいい魅力的な鼻がへし折られたのは、まちがいなかった。

それが元どおりに回復するよりも前に、公爵夫人がやってきて、ベスを彼女から引きはなした。「エリザベス、こっちへ来てレディ・フロッグモートンともお話ししないとね」聞こえないところまで来ると、夫人はすぐに言った。「あの娘に不快な思いをさせられたのでなければいいんだけど」

「もちろん、そんなことはありません。わたしは年若い女の子には慣れてますから。ただ、彼女と侯爵のあいだに恋愛感情があったように思うのですが、その推測はまちがいでしょうか？」

「まさか、恋愛感情だなんて」夫人はすぐに否定した。「ミス・スウィナマーのほうがずいぶん積極的なようだったので、ルシアンもそのつもりで考えていたのよ――正直なところ、わたくしが後押ししたのもあったのだけどね。とくに彼女に魅かれていたとは思えないわ。じつはね」悲しげに目をまたたかせて打ち明けた。「ルシアンはクリスマスの直後に、謎の急用で呼ばれてここを出ていったの。かわいそうに、フィービーは、それはもうがっかりよ」

ベスはいっしょになって笑いながら、夫となる人物が心の傷をわずらっていないと知って安心した。ただでさえ、問題はたくさんあるのだ。

ベスはすわってレディ・フロッグモートンといっしょに世間話をしたが、彼女は気立てのいい婦人で、あたりさわりのないことしか話題にしなかった。けれども、娘たちがベスに嫉妬していると感じたのは、正しかったようだ。真っ黒な髪とさくらんぼのような唇をした、目立ってかわいい姉のルーシーのほうはとくにわかりやすくて、彼女はベスのことを信じられないという目で見ている。こうした反応にも、この先、慣れていく必要があるのだろう。

ルシアンがやってきたとき、ベスは彼の態度がうれしかった。あからさまにのろけるようなことは当然なかったが、ベスのそばに立つ姿勢や声の表情には、奇妙なことかもしれないが、このぱっとしない、どちらかというと年のいった女が、彼の心を盗んだのだと信じさせる説得力があった。

けれども、ベスのプライドを満たしてくれる彼の態度も、ベスが自分の心を切り売りして獲得したものなのだ。これほどみごとに芝居されると、あっけなく彼の魅力にはまり、これが、一方的に押しつけられた、乱暴な脅しによって成り立っている取り決めだということを忘れそうになる。

ルシアンがフィービー・スウィナマーと冗談を交わすようすを注意深く観察した。言葉までは聞こえなかったが、親しげで妹に接するような態度をしている。ミス・スウィナマーは最大限に怒った顔つきをしていて、ベスはそれを見て意地悪な満足感をおぼえた。独善的で、ベスのことをまちがいなくミミズ以下だと見ている小娘に反感を持つのは、人として悪いことだろうか。

翌日には牧師夫妻が、地元の名士、サー・ジョージ・マットロックとレディ・マットロックといっしょにやってきた。ベスは今度もやはり、戸惑ったような目で見られている気がしたが、彼らはルシアンのみごとな芝居ひとつで、得心したようだった。けれども、彼らはやたらと反応がおおげさだった。自分ではいまも学校教師のベス・アーミテッジだと思っているのに、彼らには公爵一家の一員として見られているのが妙な気分だった。

今度の舞踏会でも、こんな調子かもしれない。ベスは公爵夫人とミセス・サイゾンビーを手伝って、百通もの招待状の宛名書きをした。

「正直に感想を言うと」ベスはペンにインクをつけなおして言った。「地方の舞踏会にしては、ずいぶん招待の数が多い気がするんですけど」

「あら、これでも小さな会だわ」公爵夫人がこたえた。「ロンドンでべつの会を予定しているから、土地の人にしか声をかけていないし、半分は断わってくるでしょうからね」慣れた手つきで招待状の束を整えた。「男たちはまだレスタシャーに狐狩りにいっているし、女たちは家族を訪問している時期でしょう。つぎの社交のシーズンにそなえて、はやばやとロンドンに発った人もいるわ。それでも、とりあえず招待状を送っておかないと機嫌を損ねるから」

それを聞いても慰めにはならなかった。三十組以上の家族がやってきて、ベスを見て口をあんぐりとあけることになるのだ。自分も招待状を受ける側ならよかったのに。そうしたらたぶん断われる。

きっと、ルシアンもこの催しから逃れたいと思っているにちがいない。彼は目下、夫人に言いつけられた用事をすますためにロンドンへ逃げている。家を発つ前に、彼はベスをさがして図書室にやってきた。

「体裁上、名残を惜しんで別れの挨拶をすべきだと思って、来た」彼は淡々と言った。

「それに同意します」ベスもおなじ口調でこたえた。彼の前で二度と弱いところを見せるものか。

だが、そう決意をしてはいても、窓辺にすわるベスのほうへ近づいてくるルシアンの姿を見て、不安で身体がふるえるのを抑えられなかった。彼は、獲物に忍び寄る大きな猫を思わせ、しかもベスは、隙間の奥深くにはまり込んで身動きがとれない。約束を破って襲いかかってくるのではないかと怖くなったが、ルシアンは力のはいらないベスの手から本を取りあげて、題名を見ただけだった。

「サルスティウス？」驚いて口にした。「ラテン語を読むのか」

たいしたものだと言わんばかりの、お定まりの反応だ。「ええ」ベスは冷ややかに応じた。「読みます。つかえることもありますけど、頭の体操にもなるし……」ベスの声はそれ以上つづかなかった。彼がとなりにすわって、手を取ってきたのだ。そっと優しく。顔に怒りの表情はなく、あるのは困惑の色だけだった。

「エリザベス、きみのことは理解できそうにない」考え込むように言った。「きみはラテン語を読み、高価な宝石を拒否する。だが一方で、どうやら――」

「そのことでしたら、説明したでしょう」ベスは怒ってさえぎり、手をふりほどいた。ルシアンは首をふり、本のページをひらいて、ふたたびベスの手に押しつけた。「どこか読んで、翻訳してみてほしい」

ベスは怒りで鼻を鳴らし、本を乱暴に閉じた。「また、わたしを試そうというの？」声を張りあげて、相手の顔の前で本をひらひらとふった。「ラテン語ができることは、貞節の証《あか》しになるんですか？　だったら、高貴な男たちは、みんなお上品だということ？」

彼は屈託なく笑った。「だが、僕らを堕落させるのは、ローマ人でなくギリシア人のほうだ」

彼はそっと本を取りあげると、適当なページをひらいて笑顔で読みはじめた。

「〃もっとも多くの富があるところ、もっとも自由が少ない《イタ・イン・マクシマ・フォルトゥーナ・ミニマ・リケンティア》〃。ハローに通っていたころは、身分の高さが自由の障害になるとは思っていなかった。あのガイウス・サルスティウスは核心をついていたようだ」本を閉じて椅子においた。「おたがい、意地を張るのをどうにかやめられないだろうか？　こんな調子でいると気が変になりそうだ。もしきみに淑女らしくふるまう気があるなら、僕も紳士然としていることはできる。二度とあの不幸な会話のことにはふれないと約束しよう」

ベスは立ちあがったが、ひとつにはルシアンから離れたいという純粋な欲求のせいだった。近くにいるだけで、妙に心が乱される。とくに彼が暗い気分でいるときには。

「それは進歩だと思います」ベスはこたえた。「でも、忘れてしまうことはできないんですか？」

「努力はつづけよう。きみがこれ以上疑念を招くようなことをしないかぎり」

怒りの反論が口にのぼりかけたが我慢した。ベス自身、このような戦闘状態で暮らしていくのは耐えがたいと思っていた。相手をまじまじと観察し、真心から言っているのだと納得した。「では、休戦ということで」そう言って、片手を差しだした。

ルシアンはその手を取って、恭しくキスをした。「フォルサン・エト・ハエク・オリム・メミニッセ・ユウァービット。休戦だ、エリザベス」

その言葉とともに背をむけ、静かに部屋を出ていった。ベスは、考えなくては言葉の意味がわからなかった。たしか、〝この苦しみさえ、いつの日か、喜びとともに思いだすだろう〟とか、そんな意味だったはず。ルシアンに学があると知って、落ち着かない気分になるのは、なぜだろう？　彼は青年期のほとんどを、ラテン語の語尾変化とキケロの翻訳に費やしたにちがいない。でもベスには、身を守る盾としての優越感を持ちつづけることも、許されないのだろうか？

そっとキスをされた場所に手をかぶせて、葛藤《かっとう》と闘った。ふたりははじめて正直に相手にむきあって、合意にいたった。もしかしたら、尊敬しあう関係を築く望みがあるのかもしれない。

その一方で、彼の親切や知性に対し、自分のなかに危険な反応が起きているのもわかっていた。これまでは、怒りと軽蔑が防波堤となっていた。それがなくなってしまっては、ルシアンは茎から花をつむように、いとも簡単にベスの心を盗むことができるだろう。それもきっと、意味もなく無造作に。

たぶん、戦闘をつづけていたほうが、安全なのかもしれない。

これまで以上に、相談できる相手がほしいと強く思った。ふいに、自分には父親がいることを思いだした。公爵はすべての厄介の種を蒔《ま》いた人物なのだ。その重みを背負ってもらうのが、当然ではないか。

でも、そのためにはどうしたらいいのだろう。食事や夜のひとときに会うことはあっても、それ以外に顔を合わせることはめったになかった。フットマンを遣わせばいいのだろうか？ メモか伝言を託して？ 面倒にもなりかけたが、やりがいのある課題にも思えたし、ベスがベルクレイヴンという組織化された所帯のなかでやっていけることを証明する機会でもある。ベスは、すこしおどしながら呼び鈴を鳴らした。すぐにフットマンが部屋にはいってきた。「ご用でしょうか、ミス・アーミテッジ？」

「公爵と話がしたいんです、トーマス」

「この時間はたいてい秘書といっしょにおられます。聞いてまいりましょうか?」

「ええ、お願いするわ」ベスはこたえ、フットマンが去っていくと、安堵の気持ちと、小さな勝利の喜びを胸に椅子にすわり込んだ。結局、ルールどおりにゲームを進めればいいだけの話なのだ。

その後すこしして、ベスはミスター・ウェストールのお辞儀を受けて公爵の書斎に招き入れられた。ウェストールはすぐにそっと姿を消した。

「なんだね、エリザベス?」公爵は眼鏡をはずして、鼻すじについた跡をこすった。

面会が実現したのはいいが、ベスはなにを言ったらいいのか、まったく自信がなかった。「あなたはわたしの父です」ようやく口にした。「ですから、お話くらいできるかと思ったのですが、ここへ来て自信がなくなりました」

公爵の厳しい顔つきが、すこしだけゆるんだ。「わたしも、話くらいできると信じたいものだよ。きみを見ていて、状況によく対処していると感心していたところだ。この時期にベルクレイヴンにいることを避けて、結婚までひっそりと暮らせれば楽だと思うだろうが、そうさせるのは、かえって残酷な親切だ。それに、うまくなじむ方法を学びつつあるようじゃないか」

「わたしは豪華な暮らしにはなじめると思います。ただ、侯爵になじめるかどうかは、自信がありません」

公爵の口もとに力がはいった。「なにかあったか？」

「なにも」ベスはあわてて否定した。「この不幸な一家に、これ以上の不和の種をもたらしたいとは思わない。「彼とどうむきあっていいのか、わからないんです」

公爵は緊張を解いて、わずかに笑いをのぞかせた。「悪いが、相談する相手をまちがっているとしか言えんな、エリザベス。わたし自身、どうむきあっていいのか、よくわかっていないのだ。なんとかやれているのは、自分が息子になにを求めるのか、ずいぶんむかしに結論を出したからだ――教養ある人物となり、健全な身体を持ち、紳士の礼儀を身につけた男に育ってほしい、そう思った。そこで、必要な力はなんでも使って、その方向へ誘導してきたのだ。きみは、アーデンにどうしてほしい？」

ベスは途方に暮れて、いったんあげた両手を力なく落とした。「わかりません」

「いま手にしていないもののうちで、アーデンからなにを得たいか？」

ベスはかぶりをふった。そうやって質問されても、解決の答えは出ない。「わたしは孤独なんです」

公爵は息をついた。「ああ、孤独か……」ベスを見た。「おそらくアーデンから得たいのは、友情だな。公爵領を継ぐ者は、真の友人にはあまり恵まれないものだ。きみが誠実な友情を差しだせば、アーデンがそれを拒否することはないだろう」

ベスはもっと若いときには友との交流があったが、やがて、友人たちは学校を去り、別々の人生を歩みだした。公爵の言うことが正しいのはわかる。友達がほしいのは事実だし、夫婦間の友情はベスの長年の理想だった。だがベスの軽率な嘘が、ルシアンとのあいだにそうした宝物を築く可能性をつぶしてしまった。

心にしまった感情を共有すること、たがいの心配事に耳を傾けること、相手が阿吽《あうん》の呼吸で理解してくれるとわかっていること――こうしたすべては、信頼に基づいている。

「それができるとは思えません」ベスはわびしい声で言った。

公爵は席を立って部屋を歩いた。「わたしは途方に暮れているよ。これでも鈍感なわけではない。ふたりのあいだがぎくしゃくしていることには、気づいている。わたしの目には、アーデンはどんな女も魅了してしまうように映るのだが、きみはちがう。賢いふたりの大人なら、拠《よ》って立つ共通の土台を見つけだせるはずだと思うが、ふたりは、なにも築けていないらしい。将来の幸せのためには、努力をする甲斐もあると思うのだが、ちがうかね?」

ベスは相手の目を見た。「わたしたちだって、努力をしています。でも、何度やっても、流砂の土台に石を積んでいるのだと思い知るのです」

眉を寄せてベスをまじまじと見たあと、公爵は頭をふりながらよそをむいた。「みんなでロンドンに移ったあと、そこで自分の友達を見つけるといい。ここ数日のようなことが、将来の暮らしのなかでもつづくわけじゃない。見てわかったと思うが」公爵はそっけなく言った。「われわれのような人種は、つねに夫婦寄り添ってすごす必要はない。いったん結婚すれば、きみとアーデンはあまり顔を合わせなくていいのだ。顔を合わせるときも、たいていは、まわりに人がいる」

自分はそんな状況は望んでいない。ベスは胸の痛みとともにそのことに気づいた。それから、ふたりきりですごす時間のことを、おずおずと考えた。「もっと打ち解けることができれば……」その先がつづかなかった。

おそらく、ベスの顔が赤くなったせいで、公爵に胸のうちを読まれたのだろう。「結婚の営みのことを心配しているのだな、エリザベス。当然のことだ。わたしに言えるのは、ひとつだけだ。わたしはアーデンが礼儀正しく親切に夫婦の契りを行なうことができると、絶対的な信頼をおいている」

けれど、休戦を結んだとはいえ、彼はそんなふうに慎重にのぞむ必要を感じるのだろうか？　それに、たとえ親切にされようとも、そもそもベスと男女の関係を持つ気のない男による悪趣味な蹂躙ということになるのだろう。

ベスは顔をあげて言った。「あなたはわたしの父です」どんなつもりでその言葉を言ったのか、自分でもまったくわからなかった。

「そうだ。エリザベス、わたしはきみに愛情を持っている。この一件がはじまったときには、予期もしなかったことだがね」そう言ったものの、本気で心配している表情は消えていた。「できるかぎり、きみを大切にするつもりだ」ふだんの調子で言った。「だが、計画をあきらめる気はない」

ベスは席を立ち、自棄になって言い放った。「早いところ終わらせてしまいたいわ！」

公爵がやってきて、手を取った。「いまからはじまるのだよ、エリザベス。終わりというのは、言うまでもないが、死のことだ」

ベスはこれまで、目先の結婚のことしか考えていなかった。だが、あらためて思えば、長い人生が待っているのだ。他人同然の男と密接にからみあい、発言にいちいち気をつけ、流砂の上を歩いていかねばならない人生が。一瞬、公爵の顔を見たあと、手をふりほどいて部屋から逃げだした。

フットマンの目に好奇の色がうかんでいるのに気づいて、ベスは自分を落ち着かせた。金魚鉢のなかにいるようなベルクレイヴンの暮らしなんて大嫌いだ。必死に冷静な足取りを保って部屋までもどると、ケープを手に取り、通用口から外に忍びでて敷地の小道をあてもなく闇雲に歩いた。

〝死がふたりを別つまで〟。間もなくその台詞《せりふ》をルシアンに言うことになるが、その言葉は現実だ。子供が生まれたら、彼とは一生切れない縁となる。夫から逃げたとしても、子供がいるという事実がつねにそこにあるのだ。

人生は、後戻りが利かない。

これまでの人生はほとんど変化と無縁だったために、ベスはルクレティウスを読んでいたわりには、そんな単純な真実に気づくことがなかった。〝ひとつのものが変化し、しかるべき限界を放棄したとき、その変化は、とりもなおさず、かつての姿の死を意味する〟。

ベスは春の庭でひとり静かに、自分のかつての人生を悼んだ。

8

ロンドンに着くと、ルシアンはすこしの時間も無駄にせずにブランチの家にむかった。彼女は腕にとび込んできた。「愛しのルシアン！」

甘い香りの髪に顔をうずめて、ルシアンはため息をついた。「僕が来た理由はわかるかい」

ブランチは身を引いて、悲しそうに笑った。「お別れを言うため？　婚約の通知を見たわ。あなたにふさわしい人なの？」

彼女を押しやって、乱暴に言った。「どういう意味だ？」

ブランチの顔が、やわらかなドレープのドレスとおなじくらい白くなった。「ごめんなさい、ルシアン。悪い意味で言ったんじゃないの。どこのだれでもない相手を選んだのだとすれば、きっとそのお相手を愛しているんでしょう。大事なのはそのことよ」

ルシアンは髪をかきあげた。「こんなことは、話題にさえすべきじゃない」

「そう」ブランチは軽い口調で言ったが、いまも蒼白な顔をしていた。「では、お茶を頼みましょう。わたしがあらゆる噂話を聞かせてあげるわ」

ルシアンはブランチのむかいに腰をおろして、彼女にしゃべらせた。

ブランチは、こうしているのがどれだけつらいか、彼に悟られないことを願った。婚約の通知を目にして以来、別れの挨拶《コンジェ》を受けることになると覚悟をしてきたが、ルシアンの目にうかぶ暗い影に対しては、心の準備はなかった。なにがあったの？ 今度の縁組が愛による結婚ではないのはたしかだが、それ以上のことはなにひとつ想像がつかない。心はルシアンを激しく求めていた。

最近の姦通罪について冗談交じりに話していたのを一時中断して、彼にお茶のお代わりをつごうとしたとき、ルシアンが唐突に言った。「ブランチ、男はどうやって貞淑な女かどうかを見抜くんだ？」

戸惑って目をあげた。「つまり、処女か、ということ？」

「ちがう。純粋に心のあり方だ」

ブランチは肩をすくめた。「どうして男がそんなことを気にするの。ちょっとしたことで動揺するかで区別できるんじゃないかしら」

ルシアンはおもしろくもなさそうに笑って、カップを下におき、ブランチを立ちあがらせていっしょにテーブルから離れた。「僕の冬バラ、きみはちょっとしたことで動揺するのかい？」

ブランチは自分の顔が最近にしてはめずらしく赤くなったのがわかった。「ルシアン、いまはたしかに動揺してるわ。別れの挨拶に来たと言ったでしょう。あなたは結婚したも同然よ」

彼はドレスのゆったりとした左右の袖を引っぱって、あらわになった乳房を両手でつつんで押しあげた。「そんなことは、ロンドンで一番美しい女性と愛を交わすのに、なんの障害にもならない」頭をおろして、ふくらみに交互に唇をつけた。

ブランチは記憶を呼びさまされただけで、すでにその気になりかけていた。「この前は〝イングランドで一番〟と言ってくれたのに」やんわりとからかった。

ルシアンは目をあげて笑った。彼らしい微笑みだった。「そうだっけ」ブランチをかかえあげて、階段のほうへ進んでいく。「きみの勢力範囲が小さくなったのは、僕の結婚の義務に対する配慮のあらわれかもしれない、僕の美しい《マベル》人」彼は足を止めて、敏感な乳首に配慮を示した。「僕らはロンドンにいる、そうだろう?」

ブランチは背をのけぞらせ、彼にしがみついた。「ロンドンでなければ天国ね」

ルシアンは髪を手に束ねてブランチをベッドに横たわらせ、最後にそれを銀色の枕のように顔のまわりにふんわりと垂らした。「それならいいんだ」ささやいて、顔を近づけてキスをした。

ひとときが過ぎ、ルシアンはブランチを見おろして湿った髪を顔からはらった。彼は優しく言った。「これでも別れの挨拶なんだ、愛しのブランチ」

ブランチは彼の筋肉のついた、なめらかな肩をなでた。「わかってるつもりよ。あなたは、これから結婚しようというときに、愛人をおいておくような人じゃないから。できれば、二度と愛人をつくらないでいてほしい。でも、淋しくなるわ」

ルシアンは笑みをうかべた。「そう言われると、自尊心がくすぐられる。きみは、望みさえすれば、僕の代わりをロンドンじゅうから選べるだろう」

「まあ。でもあなたほどの美男子はそうそういないもの」ブランチは本心から言って、生意気っぽくおどけた顔をした。「あなたは、ながめているだけで楽しかった。また訪ねて、たまにはポーズをとってくれる？」

ルシアンは笑ってベッドからとびだし、堂々としたポーズをつくった。

「どれどれ」ブランチは服を着る彼の姿を寝ながら堪能《たんのう》した。

支度がすむと、ルシアンはためらいがちにポケットから平らな箱を出し、ふたたびやってきてベッドの端に腰かけた。「ブランチ、僕ときみとのあいだには、つねに手当のやり取り以上のものがあった。これを友情のしるしとして、感謝の気持ちとともに受け取ってもらえないだろうか？　僕にはあまり友達がいたことがない」

ブランチは贈りものを予想はしていたが、同時に恐れてもいた。いかにも安っぽい関係のにおいがする気がしたのだ。わかっていたはずだが、それでも彼の細やかな思いやりに涙がこみあげてくる。箱から出てきたのは、いまふたりが立っている、この家の証書だった。ブランチは紙に目をやりつつ、その下にあるものに注意を奪われた——虹色の輝くネックレス。エメラルドグリーン、サファイアブルー、ルビーレッド、トパーズイエローの繊細な花でできている。

息を呑み、それからルシアンを見あげて笑った。「あなたって、ばかな人ね。これをいつつけたらいいの？」

彼はにんまりと笑った。「引退するまでとっておくか？」

「気分がしずんだとき、人目のないところでこっそりつけることにするわ」ブランチは最高の笑顔をうかべた。「あなたには、ずっとわたしという友達がついています。それに」ブランチは念のためにつけくわえた。「友達以上のものになりたいと望むことはないから、安心して」

ブランチはネックレスに一瞬目をやり、それからかすかに眉をひそめてふたたび顔をあげた。「もうひとつ、言いたいことがあるわ。貞淑な心についてだけど、わたしは男女のことではほとんど知らないことはないし、あらゆる経験をしてきたといっていいけれど、それでも、あなたはわたしのことを誇りある女としてあつかってくれた。貞淑や道徳というのは社会から押しつけられる基準で、理不尽なことも多いわ。一方の誇りは、心のうちにある。売るも捨てるも自分次第よ」

その言葉が胸に染みたルシアンは、ブランチの両手と唇にキスをした。「この先ずっと、きみのことを誇りに思うよ、ブランチ」

そう言って彼は出ていき、ブランチは笑ってしまうほど派手なネックレスに微笑みながら、涙が流れるにまかせた。

ルシアンはふと思い立って社交クラブのホワイツに寄った。ひとりでいる気分でもなかったし、ベルクレイヴンの屋敷は客でにぎわっていないと淋しすぎると思った。アムリー子爵コン・サマフォードの姿を見つけたときには、来た甲斐があったと思った。黒髪の青年は、顔をしかめてその日のタイムズ紙を読んでいた。名前を呼ぶと面があがり、渋面が笑顔に変わった。「やあ、ルシアン」

「親しい顔があってうれしいね、コン」ルシアンは子爵の手を取った。「知り合いに会えるとは、正直、期待してなかった。まだみんなメルトンにいると思ってたよ」

「メルトンにいた、だよ」顔立ちのいい若い子爵は言って、自分が飲んでいる赤葡萄酒《クラレット》の追加を注文した。「こんな事態になって、狐のことばかり考えていられなくなった」彼は新聞をふってみせた。「それに、ニコラスがロンドンにいると聞いたからね」

そのニコラスというのは、ニコラス・ディレイニーをおいてないだろう。ふたりが属していた学校時代の仲間のリーダー格で、この結びつきは、より深刻なある目的のために、去年復活したのだ。「ニコラスがロンドンに？　どうして、また」

「おなじ理由だ」コンは新聞を示した。彼の灰色の瞳がくもった。「もちろん、無関係だと思うが、ニコラスは去年いろいろあったから、やっぱり心中穏やかではいられないんだろう」彼は自分のワインをまじめな目で見た。「僕は、隊に復帰する」

ルシアンは寒気がした。「状況はそこまでのところに来ているのか」

「そのようだ」

「どうして、だれか、あのコルシカ人を射殺しておかなかったんだ」ルシアンはだらだらとつづく戦争で命を落とした友達ひとりひとりを思いだした。それがまたしても、くり返されるのか？「僕も自由に戦闘に参加できる身になりたいよ。息子でもいれば……」

コンがからかうような目をした。「ボナパルトのやつは、そこまで気長じゃないさ。きみはまだ結婚もしていないじゃないか」

「したも同然だ」ルシアンは告白した。「通知が新聞に出てる。いま読んでいるのにも載っているはずだ」

子爵は驚きに目をしばたたいたが、すぐにグラスをあげた。「おめでとう！　スウィナマー家の娘か？」

「いいや」ルシアンはこの友人にもほかの友達にも、事実を打ち明けることはしない、と瞬時に心を決めた。「きみの知らない相手だ。名はエリザベス・アーミテッジ。グロスターシャー出身だ」

「心を盗まれてしまったか」子爵は言ったが、あまりその方面に関心がむいていないようだった。「だとしてもだね、ナポレオンのごたごたは、この先の十月十日《とつきとうか》はつづかないだろう。おそらく夏には決着がつくから、きみは家でおとなしくしていたほうがいい。血で血を洗う戦争になる」

「そう言う自分はどうなんだ？　いまじゃ、責任ある身だろう」コンは一年前に爵位を継いだのを期に除隊していた。

「男兄弟がふたりいるから」彼はさらりと言った。「デアも近衛騎兵に志願した。家族の唯一の跡継ぎでないのは、僕らふたりだけだろうから、われわれは務めを果たすべきだ」無頼同盟《カンパニー・オブ・ローグズ》のうちのふたりということだ。コンはクラレットをあおった。「マイルズはべつだ。でもあいつにはアイルランド人としての信念があって、イングランド王のために仕えることはしない……。ところで」それまでよりも明るい顔をした。「今夜、僕らはニコラスのところに招待されている。きみも来たまえ」

「僕ら？」

「スティーブンもロンドンに出てるんだ」コンはもったいぶった声を出した。「政府の要人としてね」スティーブン・ボールはバラム選出の議員だった。「それにハル・ボーモントも来てる」

「ハルだって！」ルシアンは声をあげて、目を細めた。ふたりの進む道がわかれ、ハル・ボーモントが前線部隊にまじって米英戦争に送られるまでは、彼は一番仲のよい友人だった。「もう一年以上も連絡がない。まだカナダにいるのかと思っていたよ」

「あいつの一部はカナダにある」コンが穏やかな声で言った。「片腕を失ったんだ」

「まさか」ルシアンは友を呆然《ぼうぜん》と見つめた。ルシアンとハルは、青春の冒険を数多くともにした仲だったが、そのほとんどは、元気盛んな健康体だからこそできたものだった。

「大砲が炸裂《さくれつ》したんだ。いまじゃ、ずいぶん元気になったよ。きみにも会いたがるはずだ。家まで訪ねていこうと考えていたくらいだからね」

ルシアンもハルには会いたいものの、身体の一部を失った姿は見たくないという気持ちもあった。だが、そんなことを思った自分をすぐに恥じた。「今晩、ローリストン街だな」きびきびと確認した。「いちおう本人にも連絡を入れておくが、ニコラスは気にしないだろうね。エレノアもいるんだろう？」

「もちろんだ。子供もね。一族の集まりがあって、兄貴の家にむかうところらしい。最新の情報を仕入れにすこし早めにこっちに出てきた」

ルシアンは大勢の友人に会えるのだというられしい期待の下に、ハルの負傷という衝撃をしまった。ニコラス・ディレイニーはどんなようすでいるだろう。彼がイングランドにもどってきてから四ヵ月、最後に会ってからは七ヵ月がたつ。あれはニコラスがとある陰謀計画の詳細入手に成功した晩のことだった。ナポレオンをエルバ島から脱出させて、フランスで復権させようという企みが進行していたのだ。

ニコラスの成功は、当人の多大な犠牲の上に得られたものであり、当時のニコラスは気が張っていて、ぼろぼろになっていた。自分の命と結婚生活を危険にさらしてまで、身を削って尽力してきたのだ。しかもそれだけの犠牲をはらったあとで、陰謀のすべてが狂言だとわかった。たしかそうではなかったか？

だがともかく、ナポレオンはふたたびフランスに舞いもどり、権力の座についている。

美しいマダム・ベレールは、最後に種明かしをした。ナポレオン支持者らは最初からまんまと騙されていたのであって、マダムは彼らから集めた金を自分で使うために懐に入れていたのだ、と。それもまた、作り話だったのだろうか？　もしそうだとすれば、ニコラスはあの女から首謀者リストを手に入れただけで、騙し取った金を差し押えておかなかったことに、責任を感じているかもしれない。

ニコラスからは何度か手紙がとどき、文面からは、田舎の暮らしや、結婚生活や、生まれたての赤ん坊のいる楽しい情景が目にうかんだが、実際に会ってたしかめることができればうれしいと思った。

ディレイニー家の小さな一員にも興味津々だった。アラベルはすでに四ヵ月を迎えているだろう。前に見たときには生まれてから数日しかたっておらず、将来美人になるか、まだ判断がつかなかった。

その晩、ローリストン街の美しい屋敷に招き入れられたとき、最初に目にはいってきたのは、かつてよりもずっと健康で幸せそうなエレノアの姿で、彼女は絹と宝石で身を飾り、腕には赤ん坊を抱いていた。ふり返った顔に、明るい満面の笑みがうかんだ。

「ルシアン！」声をあげるや、近づいてきて彼を歓迎した。「あなたからの連絡を受けて、わたしたちは大興奮だったのよ。それから、おめでとうを言わないといけないわね」エレノアはとなりにやってきて、キスを受けるために顔をつきだした。「お嫁さんになる人の話をすっかり聞かせてもらうわ」

ルシアンはエレノアにキスをするためには、赤ん坊らしい香りをさせたアラベルをうまくよけるという、新しい経験をしなくてはならなかった。ふと視線を落とし、とても長いまつげに縁取られた金色がかった茶色い大きな瞳に、目が釘づけになった。それに、信じられないほどなめらかな肌と愛らしいふっくらとした唇に――女性の肌を、花びらのようにやわらかいとは、二度と形容できないだろう。

「まいったよ、エレノア。この子を家から出したらだめだ。世のなかの男が、かたっぱしから正気を失ってしまう」

エレノアは誇らしげに見おろして笑った。「とってもかわいいでしょう? まだあまり髪が生えないのだけど。でも、将来、特別な美人になる保証はないわ。赤ちゃんは魅力的なのがふつうよ」

「魅力的という言葉じゃ足りないな。アラベルは男殺しだ」

エレノアは褒め言葉に、うれしそうに声をたてて笑った。「だったら」そう言ってルシアンに子供をわたした。「殺されておしまいなさい。ちょっとミセス・クックと話があるの」

「エレノア!」ルシアンは子供を腕に抱いたまま文句を言った。「待ってくれ!」

「ニコラスは客間にいるわ」エレノアは大声で言って姿を消した。

ルシアンは子供を見おろした。喜んで抱かれている姿には心を乱される。アラベルは、見知らぬ腕のなかにいることをすこしも気にせずに、クラヴァットに刺したサファイアのピンに夢中になっているようだった。小さなヒトデのような手を、その方向へあてもなく伸ばしている。「やっぱり女だ」ルシアンはつぶやいて頰をゆるめた。「光るものに目がないのか。さあ、パパをさがしにいこう」

玄関ホールを歩きながら、自分の子供をつくることに対し、はじめて、わずらわしい義務感以外の思いを感じた。

客間にはいると、家の主人ニコラス・ディレイニーがいて、無頼同盟《カンパニー・オブ・ローグズ》のメンバーと話をしていた。下院議員のサー・スティーブン・ボール、ヨーヴィル公爵の三男であるダリウス・デブナム卿、それに子爵。全員がふり返り、腕に赤ん坊をかかえたルシアンの姿を見て笑った。

「驚いたな」ニコラスが近づいてきて言った。「婚約したとは耳にしていたが、少々早すぎるんじゃないか」

ルシアンは思わず吹きだしそうになったが、言い返した。「見分けがつかないのかもしれないが、きみの子だ」

ニコラスが赤ん坊を気安く取りあげると、アラベルは大きな笑いを見せて、きゃっきゃと声をあげた。「ああ、そのようだ」

ルシアンはニコラスが元気そうなのを見て、純粋な喜びをおぼえた——肌は日に焼け、金の斑点のある茶色い瞳は、澄んで幸せそうだった。さっきエレノアの輝くばかりの姿を見て、ふたりが築きなおした結婚生活のじゃまをするようなものはないのだとわかったが、それがあらためて確認された。

こうして、肩の重荷が取れたいま、自分がどれだけ心配していたのかにはじめて気づいた。

ニコラスが同盟の面々を巻き込んだ去年の事件は、最初はただの娯楽のように思えていた。ハロー校時代にみんなで楽しんだ少年のお遊びの延長のようなものだと。だが、夫がよその女と頻繁にいっしょにいる事実を知ったエレノアの傷つきようを見たとき、遊びですまされることではないと、ようやく気づいたのだ。そのときには、ルシアンはエレノア・ディレイニーの熱烈な賞賛者になっていた。

テレーズ・ベレールの愛人を演じることで、ニコラス自身がじわじわとむしばまれていることに気づくまでには、もうすこし時間がかかった。

それを肌で理解したのは、自分が気高くも魔性のマダムの気をそらそうと買って出たときのことだ。眼差しひとつで、ルシアンは彼女に犯されたような気になった。ようやくニコラスがマダムを引きはなしてくれたときには、気高い志に燃えるどころではなく、ただただ、ありがたかった。その経験からひとつ学んだことがあるとすれば、以来、女のあつかいに前より慎重になったことだろう。軽々しく汚されたときの気持ちが、理解できるようになったのだから。

自分がエリザベス・アーミテッジにどんなふうに接したかを思いだして、罪悪感がよぎった。テレーズ・ベレールにされたことを、もっと暴力的なかたちで彼女にしてしまったのだ。あのときは、それが必要だと思った。だがもし、彼女がルシアンが想像しているような人物でないとしたら……。

「悩みでも？」ニコラスが小声で聞いてきた。口もとは笑ったままだったが、眼差しは真剣だった。ニコラスには表面にある以上のものが見えているのだ。

「まあね」ルシアンは認めた。

「僕らはここに一週間いる」ニコラスはそれだけを言って、あとは話題を変えた。「はいって勝手にシェリーをついでくれ。見てのとおり、無礼講でやってる」

ここでの会話はナポレオンのことで持ちきりだった。細身で金髪をした、腫れぼったいまぶたから鋭い目をのぞかせたスティーブンは、連合軍のことや勢力の均衡について不安をつのらせている。デアは興奮しきりだった。コンは軍人として、信念をもって義憤に燃えていた。

エレノアがハル・ボーモントを連れてはいってくると、全員がいっせいにふり返った。

以前と変わりないようすをしている、とルシアンは思った。ほぼ、変わりない。すでに四年ほど会っておらず、その間にどんな経験をしてきたのかは、神のみぞ知るだ。顔にはしわができたが、右側が引きつる笑顔は相変わらずで、黒っぽい髪はいまも豊かに波打ち、二十一歳のときよりもさらに身長が伸びてたくましくなった。友がまだ生きているということが、ルシアンにはとてつもなくうれしかった。

「ハル！」進みでていって、右手を取った。思わず、上着のボタンのあいだに差し込まれている中身のない袖に視線が吸い寄せられて、運命に対して怒りがわきあがった。それに、なにもできないもどかしさが。これは、富や地位をもってしても、どうすることもできない。

ルシアンの表情を読んだハルが、肩をすくめた。「ましなほうさ。悪いのは、僕自身、もうボナパルトに一矢報いてやれないことだ」今度はハルのほうがルシアンをまじまじと見た。「おまえは身分相応に裕福でお高く見えるぞ、ルシアン」

ルシアンは、自分の階級に対するお決まりの冗談に逃げ場を求めることにした。

「高貴なる者の義務《ノブレス・オブリージュ》だよ。身分の高い貴族は、卑しくへつらっていてはいけない」

「まちがいないね。僕個人としては、帽子にぐるりと苺《いちご》の葉をつけるべきだと思う」

「それは公爵に叙せられるときまで、取っておくつもりだ」

残りの面々もそばに集まってきて、話題は一般的なものに移り、ルシアンはその機に気持ちの整理をつけようとした。友人のなかには戦争で死んだ者も何人かいたが、今日のこの日まで、手足を失った友はいなかった。死者のことは簡単に忘れることができる。少なくとも、かつての姿を思いだすことができる。だがハルは、この先もつらい経験を連想させる姿のまま、生きるのだ。

コンとデアに目をやり、戦争がもたらした結末を見せつけられて、冷静になる気持ちが生まれただろうかと考えた。それとも、ルシアンとおなじで、あらためて闘志に火がついただろうか。復讐《ふくしゅう》をとげるため、だが同時にルシアンにとっては罪悪感を癒《いや》すために、戦いたいという欲求があった。イングランドにいるのがやましかった——大砲が爆発して、軍医が友の腕の残骸《ざんがい》を切断していたころ、自分は、社交場のオールマックスにいって酒をあおり、舞踏をおどり、ブランチと情事を持っていた。

そのことを考えながらも、彼は顔では笑い、友が交わしている陽気な会話にちょっとしたジョークをつけくわえた。同情を寄せることに意味はないと全員がわかっていたし、ハル本人も哀れんでほしくはないだろう。

それに、アーデン侯爵であるルシアンは、安易な道を選んで戦地に赴いて苦しんで死ぬわけにはいかないのだ。結婚して、偉大にして高貴なド・ヴォーの次世代の子供をもうけなくてはならない。

その考えをきっかけに、いつものように、頭はすっかりエリザベス・アーミテッジのことにもどった。信用はしていないが、ときどき好感をいだき、どこまでも平凡な女であるにもかかわらず、必要以上に頭にうかんでくるエリザベスに。

エレノアはふたたび赤ん坊を腕に抱いて、意味のないおしゃべりをしたり、鼻をこすったりといった、たわいのない遊びをしていた。少なくともアラベルには意味が通じているようで、笑い声をあげ、まるで言葉をしゃべっているように、うれしそうに喉を鳴らしている。子守りがいつでもアラベルを引き取れるよう、そばでうろうろしていたが、エレノアはどうやら急いで手放す気はないようだった。

ニコラスは立派にもてなし役をつとめ、会話にも参加していたが、心の半分は妻と子供のところへいっているように見えた。おそらく、つねにそうなのだろう。ひょっとしたら、デアと豚のような顔をした驚くべき女の話をするよりも、本当は、ゴロゴロと喉を鳴らす奇妙な会話のほうにまじりたいのかもしれない。ルシアンは少なくとも二度ほど、ニコラスとエレノアが目を見交わすのを目撃したが、その都度、おたがいがその場にいるというだけで、喜びの火花があがり、さらには、もっと親密で期待に満ちたふたりの楽しみさえもが垣間見える気がした。

思い返せば、ルシアンはかつてエレノア・ディレイニーのような女を妻に望みたいと考えていた。ルシアンが選ぶことを期待されているフィービー・スウィナマーのようなタイプとは対極の女性だ。アーデン侯爵夫人の候補者は、そろいもそろって、美しく育ちのいい着せ替え人形ばかりで、上品な会話を習得するのに最低限の脳みそしか持っていない。エレノア・ディレイニーは切れる頭の持ち主で、生まれながらの感じのいい気品があった。

ルシアンのグラスにつぎたしにきたニコラスは、彼の視線の先に妻がいるのを見た。

「いまも人のものだよ」冗談めかして言ったあと、ややまじめな口調で言いなおした。

「婚約したての男は、そんな目で人の妻を見るものじゃない」

あえて話のきっかけをくれたのだ、とルシアンは思った。心をさらけ出す準備はできていないが、どんな小さな知恵でも得られればありがたい。「ちょっと考えていたんだ」ルシアンは陽気に言った。「きみなら、彼女の首を絞めたい衝動に駆られるだろうかって」

ニコラスの片方の眉があがった。「赤ん坊を押しつけられて、ほったらかしにされたという理由だけで？」

「エレノアじゃない。エリザベスの話だ」

ニコラスはすこしのあいだ戸惑った顔をしていたが、やがて笑顔になった。「ああ、きみのエリザベスか。つまり彼女の首を絞めたいんだな？ それはきっと」にやりと笑った。「べつの親密な接触をしたいという思いのあらわれだ」真顔になった。「だが、僕はそういう気持ちは感じたことはないね。もっとも、われわれ夫婦はふつうの求婚期間を経たとはいいがたいし、エレノアは自分から波風を立てるような女じゃない。それに僕自身……」自嘲《じちょう》気味の笑いをうかべて、言い足した。「自分の感情もふくめてあらゆるものを制御できると、むかしから自負してきた男だ」

かすかに苦々しさのにじむ口調の裏には、なにがあるのだろう？ 「一方、僕は」その場をにごすためにルシアンは言った。「ド・ヴォー家の人間であり、わずかでも自分を抑える必要があると思ったことは、生まれてから一度もない」

ニコラスは笑った。「不公平なことだ。それで、未来の侯爵夫人はどんなことで波風を立てる？」

ベス・アーミテッジが感情をかき乱してくる百もの方法を、手短に説明するのはむずかしいと思ったので、一番目に見えやすい具体的な問題に焦点をしぼることにした。

「メアリ・ウルストンクラフトの信奉者なんだ」

グラスを口に運ぼうとしていたニコラスの手が止まった。信じられないと言わんばかりに、おかしそうに目が光り、やがてこらえきれずに腹をよじって笑いだした。グラスのワインがはねた。「信じられるか！」ようやく笑いがおさまると声をあげた。「一から話せよ。いますぐ」

いまではほかの全員も耳を立てていて、ルシアンはしゃべりすぎたと後悔した。肩をすくめ、ひとことだけ言った。「悪いが話せない」

ニコラスがまじめな顔を取りもどして、うなずいた。「違法行為がからんでるんだな」すらすらとつづけた。「スティーブンがおなじ部屋にいては、そんな話ができるはずがないからな」それからもう一度言った。「僕とエレノアはここに一週間ほど滞在する予定だ」

話の冒頭を聞いていなかった残りのメンバーはそれで満足し、ふたたび世間一般の話題にもどっていった。ニコラスがそれ以上追及することはなく、ルシアンはもてなし役の彼から気遣うような目をむけられているのに何度か気づいたが、個人的なことに話がおよぶことはもうなかった。ニコラスと腹を割って話したいかは、自分でもよくわからない。からんでいる秘密があまりに多すぎる。

夜更けになって暇《いとま》を告げたときには、ハルがいっしょだった。外は霧雨が降っていたが、外套と帽子でじゅうぶんにしのげる雨だった。

「泊まる場所は？」ルシアンは聞いた。

「近衛騎兵の宿舎だ」

「ベッドひとつでよければ、御殿で二、三泊していけばいい」むかしから仲間うちでは、ベルクレイヴン・ハウスのことを〝御殿〟と呼んでいた。かつてハルといっしょにばかな遊びに夢中になったことを思いだす。終わりなき廊下を猛烈な勢いで走り、階段を何階分も一気に駆けおりた。公爵に見つかったり、高価な飾りを壊したりといった恐怖に、なんともいえない本物の危険の味をおぼえたものだった。

ハルは、その後、それ以上の本物の危険を知った。

「ベッドひとつだけか？」ベンティンク街を曲がってウェルベックにはいると同時に、ハルがからかってきた。「金持ちにしちゃ、けちくさいじゃないか」

「いくらでも使いたまえ」ルシアンは気取って言って、手袋をした手を柵《さく》の上において、子供のように雨粒をはらった。もう一度、学校時代にもどった気がした。家についたら、正面階段の手すりをすべりおりてみてもいいかもしれない。「少なくとも十は使える。いずれも最上の羽毛のマットレスが敷いてある。横にならべて、身体を思いきり伸ばしてもいい。マットレスを重ねて、おまえの柔肌が満足できるくらいふかふかにしてもいい」

「えんどう豆の上に寝たお姫さまの物語みたいに、か?」ハルがおかしそうに笑った。「僕はあまりに庶民だ。きみら貴族は、十枚のマットレスの下に一粒のえんどう豆があれば、わかるのか」

ふいに、現実と大人の世界と、その他の不快な事柄がもどってきた。「たぶん、無理だろう」ルシアンは短くこたえた。「だが僕は、鞘《さや》に一粒しかはいっていないえんどう豆みたいに、あの無駄に広い屋敷にいる。きみも来て、場所をふさいでくれ」

「つまり、僕もえんどう豆ってことか?」心配と好奇の目で、軽く言ってきた。だが、ハルはそのままつづけた。「じゃあ、そうさせてもらおう。近衛騎兵のところは頭の古いやつらばかりだ。親切な同情の言葉を山ほどかけられるし、それに、どこへいっても戦争の話ばかりだ」

「なら、このままいっしょにいけばいい。遣いの者に荷物を取りにいかせよう」

ふたりは道を折れてモールバラスクエアにはいった。社交のシーズンがはじまれば、この時間にも窓に明かりがともり、人の行き来もあるが、いまの時期はまだ静かだった。大邸宅の玄関先ではどこも大燭台に火が燃やされていたが、白々とした薄明かりと霧雨のせいで、スクエアは不気味な雰囲気につつまれていた。ルシアンは身ぶるいした。「ふと思いついたんだが、またベルクレイヴンに来て、僕が来《きた》る試練をのりきるまで支えてくれないか？　うちの母は、むかしからきみを贔屓《ひいき》にしていた」

「せっかくの祝いの席が暗くならないか」ハルは言った。自分の怪我に気づまりを感じているところを、はじめて見せた。

「ちっとも。きみは英雄あつかいだ」

「まさか」横目で見た。「でも、なぜ試練なんだ。さっきニックが大笑いしていた話と関係があるのか？」

相手がハルだとしても、打ち明ける心の準備はなかった。ルシアンは大きな玄関の扉の鍵をさがすことでその場をごまかした。潤滑油の塗られた錠《じょう》をあけ、天井の高い、暗い玄関ホールにはいる。台に灯のついたランプがおいてあったが、いつも主人の用事のために待機している使用人は、この日はルシアンの命令でさげてあった。ルシアンとハルの足音が大理石のタイルにやけに虚《うつ》ろに響く気がした。

人気《ひとけ》のない家に帰ってくるのは慣れていない。主人の帰りを待たなくていいという命令を出すのは今回がはじめてで、使用人のいる階下には、おそらく、戸惑い傷ついた気持ちをかかえている者もいるだろう。すべてはエリザベス・アーミテッジのせいだ。彼女になにを言われたわけではないが、これまで自分の生活の一部と化していた使用人の存在が、ひとりひとりはっきりと意識されるようになってしまった。

ふいに笑いが出た。「ナイトシャツ以外に必要なものはあるか、ハル？　使用人全員を寝かしてあるんだ。こんな時間にたたき起こすのも、なんだろう。火災のベルを鳴らす以外に、その方法を知らないというのもあるが」

「もちろんだとも。僕は、数えきれないほど、服のまま泥の上に寝てきたんだ。それから、ベルクレイヴンを訪れることだけど、喜んでうかがうよ。知ってのとおり、きみの母上は、僕が最初にして唯一、好きになった女性だ。コンとデアも誘ったらどうだろう。ふたりとも召集命令を待っているだけだから」

階段をあがりながら、ルシアンは名案だと思った。大勢いれば怖くない、というようなやつだ。

9

ベスのほうは、このところは用事でいっぱいで、思いにふけっているひまなどなかった。舞踏会がらみのさまざまな準備に取りかかり、礼儀作法の上級のレッスンを受け、買いもののために馬車に乗せられて遠征に出た。絹の靴下と、サテンの靴、造花、キッド革の手袋を求めて、三度オックスフォードにも通った。ぎっしりつまった用事は、ベスを忙しくさせておくために急いで計画されたようにも思えたが、そうだとしても、ありがたいことだ。考える時間が少なくなるだけでなく、学べる機会も増える。これが自分の人生だと受け入れたベスは、あらゆるものをよく観察し、貪欲に吸収していった。

つねに周囲に使用人がいることにもだんだん慣れ、彼らの行動の逐一が気になってしかたないということもなくなってきた。それでも、ひとりひとりが人間だということは忘れることはできなかった。

ある日、庭で泣いている幼い少年に出くわしたときには、ベスは心配になって足を止めた。前に厩舎で見かけた男の子だ。痩せこけた顔に折れて曲がった鼻をしていたが、どこか人を惹《ひ》きつける元気な顔と明るい目をした少年で、悲しんでいる姿を見るのは忍びなかった。

「どうしたの？」ベスは優しく聞いた。

少年は目をあげると、あわてて立ちあがった。「なんでもありません」そう言って、濡れた顔をこすった。

「逃げないでいいのよ。あなた、厩舎で働いている子でしょう？」

「はい、奥さま」

「厩舎にいってないと、厄介なことになるんじゃないの？」

少年は頭を垂れた。「平気です。ジャーヴィスの鞭打ちのあとだから、みんな、そんなにすぐに帰ってこないと思ってるはずです」

少年の身のこなしからして、ひどい罰ではなかったようだが、ベスは同情の言葉をかけてやった。「かわいそうに。そんなに悪いことをしたの？」

少年は顔を伏したまま、こっくりとうなずいた。まだ幼そうだ。十歳そこそこだろうか。ベスはそばの地面にすわった。「わたしはベス・アーミテッジよ。あなたのお名前は？」

少年は、その質問自体が難問だというように、顔をしかめてベスを見おろした。「おいらはロビン」ようやく、やや挑戦的に言った。「ロビン・バブソン」

「じゃあ、ロビン。すこしのあいだここにすわって、なにがあったのか教えてくれない？ もしかしたら、この先、鞭打ちの罰を受けないために、いっしょになにかできるかもしれないわ」

ロビンは腰をおろして顔をゆがめた。「無理だよ」ふさいだ声を出した。「おいらとジャーヴィスのおやじは、仲が悪いんだ」

「今回は、なんで叱られたの？」

「馬っこを逃がしちゃったんだ。バイキングってやつだ。侯爵のおっきな種馬だよ。きっと、いまごろ脚を怪我してる」

「まあ、そうなの」困ったことになったと思った。ルシアンはとても馬を大切にしている。「それは大変なことをしてしまったようね」

「帰ってきたら殺される」少年はひと息に言った。「それか、おんだされる」

「侯爵に？」

ロビンはうなずき、目からあらためてあふれた涙が顔を流れた。

ベスは少年のために仲裁してあげると約束したかったが、その方面で力をおよぼせる自信はなかった。休戦はしたものの、ベスの言葉が、ルシアンのお気に入りの馬の損害にくらべて、どれほどの意味を持つものか。

「どうして馬を逃がしてしまったの？」

少年は不安そうな顔をあげ、やがて、信頼していい相手だと心を決めたようだった。

「噛みついてきたんだよ。おいら、おっかなくなって……」独り言のようにつづけた。「馬なんて大嫌いだ。身体ばっかりばかでかくて」

ベスはまじまじと少年を見た。「馬が嫌い？　じゃあ、どうして厩舎で働いているの、ロビン？」

「そこに入れられたから」

「だれに？」

「アーデンさま。おいらを拾って、厩の仕事をくれた」

ベスには事情がさっぱり呑み込めなかったが、ひとつだけははっきりしていた。「その仕事が好きでないなら、きっとアーデンさまがもっと合った仕事を見つけてくれるわ、ロビン。とくに、あなたは馬の仕事にむいていないようだしね。わたしから話をして——」

「だめ！」少年は目を見ひらいて叫んだ。「お願いだよ、言わないで。いやだよ。自分の馬の面倒を見させてくれるって、アーデンさまが約束してくれたんだ」

「でも、あなたは馬が嫌いなのよ」ベスはもう一度言った。

少年がよそをむいて頑固に黙り込んだので、ベスは困って顔をしかめた。「じゃあ、あなたに代わって侯爵に話をするようなことは、しないでほしいのね？」とうとうベスは言った。

「そうです」ロビンは立って袖で顔をぬぐった。きれいになるどころか、かえって涙がひろがった。「心配をさせてすいません。でもアーデンさまにはなにも言わないで」

ベスは深く胸を打たれた。この浮浪児のような少年は、ベスとおなじようにベルクレイヴンで迷子になっていて、なおかつどういう理由か、やはりこの場所に縛られているのかもしれない。「言わないわ、ロビン」ベスは少年を安心させた。「でも、もし助けが必要になったら、わたしを呼んでちょうだい。できるかぎり力になるから」

「ありがとうございます」そう言うと、ロビンは逃げていった。

ため息が出た。ルシアンはあの少年をあらためて鞭打ちにするだろうか？　しかも、もっと厳しく？　そう思いたくはなかったが、罰を与えるのは主人の権限のうちだと考える人も多いのだろう。ルシアンのことはほとんど知らないけれど、彼なら手荒なこともできるにちがいない。

自分はそれに対してどうしたらいい？　ベスは暴力にはあまりに不慣れで、できれば見ぬふりをしたかったし、考えることもいやだった。でも、そんな生き方はできない。

立ちあがって腹をくくった。ベス自身、安定した立場にいるとは思えないが、ロビン・バブソンのことだけは注意して見ていよう。この先、一生、乱暴や無慈悲な折檻《せっかん》から目をそむけつづけることはできないし、ルシアンにもそのことを知らせておく必要がある。

ルシアンがロンドンからもどってきたのは、舞踏会の当日だった。彼が公爵夫人の居間《ブドワール》に大またではいってきたとき、夫人とベスはお茶を飲んでいて、ベスは知らない人を見る思いでその姿をながめた。ベスの印象に刻まれていた、冷たくて近寄りがたい暴君とはようすがちがう。

もちろん着替えはすませていたが、いまもまだ、外の空気と身体を動かした余韻を感じさせる雰囲気があった。肩の力が抜けていて、乗馬の昂揚感が目の輝きに残っている。

自分の馬のことは、すでに耳にしているのだろうか？　哀れなロビンの運命は？　手荒な体罰をすませてきたあとのようには見えないが。

ルシアンは母の頰にキスをして、笑いかけた。「生き生きとしてますね。母上には、大きな催しをもっと頻繁にひらいてもらうべきだな」

「ばかおっしゃい。結婚するのはあなたで最後よ。こうしたことは、これきりにしたいものだわ」

ベスをふり返ったときも笑顔のままだったが、あたたかみが消えて他人行儀になった。「エリザベス、あれこれふりまわされて疲れきってないだろうね」

がんばってもこんなよそよそしい話し方しかできないのだとすれば、先が思いやられる。「まさか、そんなことはありません」ベスは朗らかに言った。「とにかく、見るもの聞くもの目新しくて、おもしろいわ。結婚を祝うのに、こんなにたくさん大変な仕事があるなんて、はじめて気づきました」

「公爵の跡継ぎとの結婚にかぎったことだ」彼は吐き捨てた。どうやら、見かけばかりの仰々しいものが本気で嫌いらしい。なんて妙なのだろう。ルシアン・ド・ヴォーが、ますます解き明かしたい謎のように思えてくる。

「では、婚礼のあとは、静かな生活にはいれるんですか?」ベスは質問した。

彼は本物らしい愛情あふれる笑顔をうかべたが、その下には強い意志があった。「そういう計画にはなっていない。ド・ヴォー家としての誇りを忘れるわけにはいかないからね。華やかな催しの毎日がつづいたら、いやになるかい?」

言外に伝えてきたのは、ベスの好き嫌いは、彼にとってはどうでもいいということだ。やれやれ。ふたたび前の関係にもどってしまった。やはり、ふたりは流砂の上に立っている。おたがいに本当に思っていることは言えず、思ってもいないことを口にしてしまう。

ベスは背をむけて、彼のためにお茶をつぐという仕事にいそしんだ。「もしいやになったら」カップをわたして言った。「遠慮なくそう言うわ……大事《マイ・ディア》なあなた」

ルシアンは驚いた顔をしたのち、本物の笑みを見せた。「それは恐ろしいな……暴君のきみ」どうぞ言い返してみろと彼の目は告げている。

ベスは誘惑に駆られたが、きりがなさそうだった。ルシアンは勝負を途中でおりるような人ではない。ベスは、ひらひらとまつげを揺らして、はにかんで見えることを期待しつつ、愛らしい笑顔を送るにとどめた。彼の口もとが本当におかしそうにひくついたので、ベスは満足した。

公爵夫人が期待の目で見守っているのに気づいて、ベスは思った。どうか、過度な幻想はいだかないでください。ふたりとも、役者としての腕をあげつつあるだけですから。

「独身の花婿候補たちをいっしょに引っぱってきましたよ、ママン」ルシアンが言った。「迷惑じゃないでしょう」

「迷惑ですって！　そんなはずがないでしょう。独身の青年は多いにこしたことはないわ。どなたなの？　いまはどこに？」

「アムリーとデブナムとボーモントです。居間においてきて、ご馳走《ちそう》をつまんでもらっています」

公爵夫人はかすかに顔をしかめたが、青い瞳は輝いていた。「この前、ダリウス・デブナム卿が来たときには、彼はシャンパンタワーをつくろうとしたでしょう。それに、ミスター・ハル・ボーモントがいると、若いメイドたちがすっかり注意散漫になっていけないわ」

「ええ」ルシアンの声が重々しくなった。「今度もまちがいなくみんなの関心を引くでしょう。これまでとはべつの意味でね。左腕を失ったんだ」

夫人もやはり深刻な顔になった。「まあ、そんなことが。彼はどうしているの？」

「いつもどおりです。それに、ほとんどのことは自分でなんとかこなせる。まわりに騒がれるのを嫌っているんです」

「ゴーシャムに伝えておきましょう。ともかく、そのことで、メイドや近所の女たちはますます彼をちやほやしたがるでしょうね。あなたのゲストのことは、あなた自身がしっかり目を配ると期待しているわ」

「もちろんですよ、ママン」少年のように笑った。「今日の催しが、とてつもなく退屈な会になることを希望しているということですね」

母は笑った。「そんなわけありますか。なにごともなく無事にすんだら、あなたの婚約を祝う舞踏会だと、だれが信じるの？　彼らがいたずらを思いつく前にいって、ちゃんと見張っておきなさい」

部屋を出ていく前に、ルシアンはもう一度母の頬にキスをしたが、ベスには軽く手をふっただけだった。視線をあげると、公爵夫人がとらえどころのない目でベスを見ていた。けれどもなにも語られず、すぐにベスは晩の支度のために、自分の部屋にもどることになった。

部屋に帰ってみると、ベッドの上には美しいドレスがひろげてあった。公爵夫人がロンドンに注文を出し、ルシアンが取りにいかされた一着だ。あのときのベスは、たいして興味もわかず、選んでもらったなかから適当に承認しただけだったが、アッカーマンの『美術・文学・商業・工業・流行・政治の宝庫』の絵を見ていただけのときは、これほど美しい服ができてくるとは予想もしていなかった。

紋織りのアイボリーの絹のドレスで、前面のサテンのパネルには真珠の縁取りがついていて、全体が蠟燭の明かりでつややかに光っている。人生のなかで、これほどみごとなドレスは見たこともなかった。手でふれてみると、かさかさという音と、指にわずかにひっかかる感触が一体となって、色気さえ感じる。すぐとなりには、生まれたての赤ん坊のそばにいる母のように誇らしげであたたかな眼差しをしたレッドクリフが立っていた。

ドレスの横には、湿った苔《こけ》でくるんだピンクとアイボリーのバラの花束と、小さな包みがあった。

「これはなに、レッドクリフ？」

「アーデンさまからでしょう」心得顔で微笑んだ。

あけるのが妙にいやだった。贈りものであるのはまちがいなさそうだし、もらってうれしくないものかもしれない。けれど、ベスに選択肢はなかった。

包みにはいっていたのは扇子だった。手首を返して一気にひらいてみる。芸術作品だ。透かし彫りの象牙の骨組みに張った絹地には、中国趣味の絵が描かれている。要《かなめ》は金で、最初と終わりの骨には真珠母を貼ってあった。もう一度手を返すと、いい扇子の条件のとおり、途中で止まることなくなめらかに閉じた。

優雅で、適切で、慎重に選ばれた贈りものだった。そのことが、なぜだかベスの心を乱した。夫となる人物は、何者なのだろう？　博学者か道楽者か、友達なのか凶暴な男なのか？　きっとそのどれもが彼なのだ。サルスティウスを引用し、なおかつ乱暴になることはできる。

レッドクリフには身体を休めておくように勧められたが、ベスは読書をすることにした。最近はそういう楽しみからめっきり遠ざかっていた。けれど、ミセス・ブラントンの『自制《セルフ・コントロール》』はいまの気分ではなかったので、図書室から持ってきた詩の本を手に取った。適当にぱらぱらとめくっているうちに、ポープの〝髪の毛ぬすみ〟にいきあたった。

詩の女神よ、教えたまえ！　どんな奇妙な動機で育ちのいい貴人は心やさしき乙女を襲ったのか？
教えたまえ、どんな奇妙な、いまだわからぬ理由で、
心やさしき乙女は貴人を拒むことができたのか？

なぜかって？　ベスは詩と自分を重ね合わせて考えた。たいていの人は、ベスが正気でないのだと思うだろう。どんなに贅沢な場所であろうとも、まったく知らない環境に投げ込まれるのがどんなにつらいことか、ふつうの人は気づかないのだ。多くの若い乙女にとっては勝利の晩かもしれないが、それを目前にしたベス・アーミテッジが望むのは、ただひとつ、エマおばさんのところの狭くて寒い部屋で翌日の授業の計画をたてる生活にもどることだった。

レッドクリフに時間だと告げられ、ベスはいい香りをつけた湯を浴びた。自分で水気をふき、軽いコルセットをつけ、絹の靴下をはき、下着《シフト》をつけた。それからメイドの手を借りて、ドレスを身にまとった。まるで、それ自体が命を持っているようだった。みずから流れるように揺れ、音をたて、着る者にもっとも上品で優雅な動きを要求してくる。

素材がこれほど薄いとは、着るまで気づかなかった。下着と重ねると肌が見えすぎることはなかったが、ベスが望むほどには体つきを隠してはくれない。それから襟が深く

あいていて、胸を押しあげて強調するような縫い方がされていることにも、はじめて気づいた。まったく上品だとは思えなかったが、これを着ないわけにはいかない。

ベスは、そろいの帽子を注文するといってがんばったのだが、やはり、これについても失望が待っていた。〝帽子〟というのは、どうとでも広く解釈できる言葉らしい。できてきたのは芯《しん》の部分に真珠ののった、絹の共布でつくったただのヘアバンドだった。サテンのリボンの縁取りがあり、片側で恋結《ラブノット》びがつくってある。

「御髪《おぐし》は、うしろでまとめ髪に結いましょうか？」メイドが聞いてきた。

まとめ髪というのがとても上品そうに聞こえたので、ベスは賛成したが、仕上がってみると、そうでもなかった。髪をきっちりと結いあげたために、首がますます華奢《きゃしゃ》に見え、ダイヤモンドのネックレスをつけると、まるで白鳥のようだ。あきらめたベスは、メイドに手伝ってもらってキッド革の長い手袋をはめ、片腕にブレスレットをつけた。そのあとは、レッドクリフが垂れさがるダイヤを耳につけ、ヘアバンドのリボンの結び目の真ん中にブローチを刺してくれた。

あとはサテンの靴に足を入れて、鏡の前に立つだけだった。どんな姿が映っているかは、見る前からわかっていた。人生で一番かわいい姿をしたベス・アーミテッジ――ほっそりとしているが丸みのある体つきに、透明な肌と、濡れたようにつややかな髪。問題は、前もって予想がついたが、やはり美女には見えないということだ。それなりにきれいにはなったし、ベスのせいで宴の主催者たちが恥ずかしい思いをすることはないだろうが、最大限に手をかけてもらったにもかかわらず、ベスはそこそこにかわいい若い婦人といった程度にしか見えなかった。こんなことなら、努力した形跡が見えないような格好をしたほうがましだ。

陛下へエスコートするために侯爵が迎えにきていると聞いて、ベスは驚いたが、自分の運命をあきらめて受け入れることにした。今夜は、ふたりの演劇デビューの日なのだ。

彼がどんな姿であらわれるか想像することを、すっかり忘れていた。ひと目見た瞬間に、ベスは息を呑んだ。黒と純白の正式な衣装をまとい、日焼けした肌と金髪が、明るい輝きを放っている。ベスの身体の内側に小さなふるえが走り、またしても自分が彼の魅力に動じずにはいられないことを意識した。

夫となる相手に魅力を感じるのが、なぜいやなのか？

これは、やすやすと奴隷になってなるものか、というプライドの問題だった。

「とってもすてきに見えるよ」ルシアンは親しげに言ってきた。

神経質になっていたベスは、つっけんどんに返した。「あなたにもおなじ言葉を返します。羽が美しければ、鳥も美しい、そんなところね」

彼の目が光ったが、顔から笑みが引くことはなかった。ベスの腕を自分に組ませると、いっしょになって歩きだした。

「ミス・アーミテッジ、僕のこの立派な外見をむしれば、中身はただのすずめだと言いたいのかい？」いまもまだ軽い口調を保っていた。

ベスは目をあげた。「すずめは小さすぎるわ。雄鶏はどう？」

ふり返ったルシアンの顔は笑ってはいたものの、目が急に冷たいものに変わった。「自分がきれいな格好をしているときには、やり返されないと高をくってるんだろうね。きっと、そのとおりだ。だが、恨みは忘れないかもしれない」

彼の発言は図星といってよかった。いつまでも敵意を持ちつづける自分に非があるのはわかっている。「じゃあ、わたしたちは卵をかかえた雌鶏ね」ベスは哀れっぽく言った。「恨みという卵をあたためて、それが災難に孵《かえ》るのを待っているんだもの」

停戦の申し出のつもりで言ったのだが、それがちゃんと伝わったらしく、彼は笑った。「鶏の類はうれしくない。鷹《たか》に喩《たと》えられるほうがいいな。鋭い鉤爪《かぎづめ》を持つ、気高いハンターだ」

あまりに恐ろしい図だ。「それは、そうでしょう」ベスは皮肉を言った。「でも、どちらかというといまはカササギね。こまごまとした価値のない光りものをかき集めてきているわ」

「ならばきみは」機嫌のよさが消えた。「比喩《ひゆ》をひろげると、歯と鉤爪を持つ妖鳥《ハルピュイア》になりつつある」

なんの予告もなしに、ルシアンは扉をあけてベスをなかに押し込んだ。ベッドのある部屋だった。

全身に恐怖が走り、ベスは大きな目で相手を見あげた。どうして自分の小賢《こざか》しい舌を抑えておくことができないのだろう？　彼が、これまでベスが知っていたような男性とはまったくちがうということを、どうして忘れていたのだろう？

彼は危険だった。

ベスのうちの過激な自分が、ルシアンに対抗すると決心したではないかと告げていた。用心深い自分は、ひとりの力では太刀打ちできないとささやいている。しかも、ここは寝室だ。

「なにをするつもりですか？」ベスは言ったが、声が上ずっていた。

彼はふれてはこないが、威圧的にすぐそばに立っている。ベスはつい後ずさりしそうになるのを我慢した。「取り決めを思いださせてやる」そっけなく言った。「今晩は、行儀よくふるまうつもりがあるのか？」

なんていう言葉を使うのだろう。ベスは取り引きを尊重するつもりでいたが、行儀よくしろと言われるのは気に食わなかった。「わたしが孔雀のように着飾っている姿が見えないのですか。先祖伝来の宝石をぴかぴかとくっつけて」

「それが問題の本質でないことは、わかっているだろう」

ベスはせせら笑った。「ご友人や近所の方々の前で、あなたのことを猿と呼ぶつもりはありませんから」

相手の口もとに力がはいった。「それだけじゃ足りない。説得力のある結婚の理由となりうるのは、僕らが恋に落ちたということ以外にない。熱烈で、狂おしいほどの恋だ。育ちのよいわれわれは、ありがたいことに、これ見よがしにふるまう必要はないがね」彼は一歩うしろにさがったが、ベスは気を抜けなかった。その距離を利用して、蔑《さげす》むような目でじろじろとながめてきたのだ。

自分の顔が赤くなるのがわかる。

「だが」彼はつづけた。「たがいの視線に、なにかがあらわれていないといけない。そう思わないか？」

ベスは無理になにげなく肩をすくめ、おなじように、軽蔑的な目で舐《な》めるように相手を見た。「大変そうですけど、努力してみます」

歯のあいだから鋭く息がもれるのが聞こえた。ルシアンはふたたび一歩近づいてきて、あごに指をあてて顔を自分にむけさせた。「ああ、そうすることだ、エリザベス。さもなければ、必ずや不名誉な借りを返してやる」

「あなたこそ、なんの努力もしていないじゃない」ベスは激しく抗議して、彼の手からベスはこぶしをにぎって、反対の手のひらに打ちつけた。こんなに荒々しい気持ちに儀よくしていれば、こっちにも鞭をふるう理由はない。そうだろう？」

「そんな兆候はちっとも見られない」恐ろしい口調のままだった。「だが、そっちが行ていられると思います」休戦の提案のつもりだったが、彼には通じなかった。

位にいることを、つねにわからせようとするのをやめれば、わたしもずっと行儀よくしに負えないところまでいってしまう前に、なんとか冷静になろうとした。「あなたが上物といっしょで、わたしも鞭で打たれるのは嫌いです」大きく息を吸い、この口論が手

身体がわなわなとふるえたが、恐怖からか怒りからかわからなかった。「ふつうの動「前に率直な物言いを好むと言ったね。ならばそうしてやるよ。行儀よくふるまえ」

「ずいぶんな言い方だわ」ベスは正確すぎる分析に戸惑っていた。

まってるひまはない」

は、今夜の会で醜聞が持ちあがらないことだけを単純に願っている。きみの気持ちにかば拒絶される。気ままにさせれば、とげとげしい言葉をあびせてくる。ともかくいまりのやり方で親切にしたつもりが、きみはそれを投げ返してきた。キスをしようとすれ

彼はいったん離れ、ふり返って片眉をあげた。「じゃあ、どうしたらいい？　自分なからないのですか？」

強く身を引いた。「こんなやり方では、わたしをご自分の望むとおりにできないと、わ

「でも、いつも鞭がそこに見えているんです！　あなたの力が意識されないことは一瞬たりともないの！」

ルシアンは肩をすくめ、ベスには、彼がいまの言葉に本当に戸惑っているのがわかった。「世のなか、そういうものなんだよ、エリザベス。きみも、僕自身も、それを変えることはできない。今後、きみに物事を強要はしないと約束したとしても、僕にその力があるという事実は変わらない。それにおそらく、すべての法は僕の味方だ」

彼の顔に笑みがうかんだが、純粋に優しくしようと努力をしているのだと、ベスにはわかった。

「こんなに大事《おおごと》にするような話じゃない。僕は口うるさい夫にはならないだろうし、それに」冗談めかして言い足した。「愛らしい妻にとっては、夫をコントロールするのは、さほどむずかしくないはずだ。知り合いのなかにも、女の尻に敷かれているのが何人もいるよ」

ふたりのあいだに大きな溝があるか、そうでなければ、べつべつの言語を話しているかのようだった。身体から怒りが抜けて、悲しみだけが残った。「そのような事態を心配する必要はありません」ベスは静かに言った。「わたしは女の武器を使って、あなたを支配しようとは思いませんから」

そう言って扉のほうへ歩いていったが、ルシアンがドアをあけてくれるのを律儀に待った。

ルシアンはベスを先に通した。「そのうちにわかると思うが、僕はいま、当然の反論をこらえている」

軽い口調だったので、ベスもおなじく気安く返した。「つまり、女の武器を使ってほしいということ？　だとしたら、がっかりするわ、アーデンさま。わたしはひとつも持っていませんから」

「それはよかった」彼は悠長に言った。「僕がふたりぶんの武器を持っているから」

それぞれがすこしでも調和を取りもどそうとして、けなげにがんばっているのだ、とベスは思った。だが、罠《わな》や災難に満ちた晩がこれから待ち受けている。

あけはなたれた客間の扉の近くに来るまでは、ふたりは無言だった。部屋からはがやがやとした話し声がもれ、ときおり楽しそうな大声や笑いがあがる。ドアのむこうには、着飾ったたくさんの人の姿があり、陰になったところにも、もっと大勢がいるのだろう。彼が外見を気遣う理由がここへ来てわかった。ふたりはいまから、この国の最上層の人の前で舞台にあがるのだ。

足を止めて侯爵を見た。「聞きわけがないことを言ってしまったのだとしたら、ごめんなさい。善悪も、常識も非常識も、最近では区別がつかなくなってしまって。こうした未知の領域で溺《おぼ》れないように必死になっているときには、人のことを気にする余裕がなくなるものでしょう」

　真剣な目でまじまじと見つめられ、ここでも、少なくとも彼がベスの考え方を理解しようとしているのだという印象を受けた。ルシアンは口をひらきかけたが、ベスの後方に目をやった。「僕らは見られている。エリザベス、いまからごく軽くキスをする。そうすれば、ふたりが熱い恋愛中だという噂の足しになるし、そのうえ」彼は淡々とつづけた。「切なそうに見つめあう回数も減らすことができる」

　逃げだしたい衝動があったが、ベスはじっとこらえて、肩に手をおかれて唇と唇がふれるのを待った。言ったとおり、優しくて不安を取り除いてくれるようなキスだったが、ベスは動揺をまぬがれなかった。ふたりにとってはじめての本当のキスで、そこには、ごく小さな、価値のあるなにかがあった――たぶん気遣いか、それか、もっとあたたかな、友情の芽生えのような感情でさえあったかもしれない。それが貴重なものだということを意識して、ベスは、彼の美しい顔の片側をそっと手でさわった。

　すぐに、怪訝そうな視線が返ってきた。ルシアンはその行動を、初々しさのない証拠だととったらしい。またしても、流砂に足もとをすくわれるようだった。

　そうはいっても、ベスはすぐにぽっと顔を赤らめる女学生とはちがうのだ。いい大人で肝も据わっていて、男性については、最低限、本から得た知識を持っている。にもかかわらず、自分が言った愚かな言葉のせいで、一瞬でも気を許すと、ふしだらな女だと思われてしまう。ため息をつき、ふたたび彼の腕に手をのせ、導かれるままに虎穴に踏み込んでいった。

広々とした金の装飾の客間には、柱を模した装飾で仕切られた壁に、巨大なゴブラン織りのタペストリーがいくつも垂れている。青、赤、金のド・ヴォー家の紋章が、天井までこれでもかとくり返され、また、あたりを照らしているまばゆいシャンデリアの何百本の蠟燭は、人々のきらめく宝石や熱烈な瞳の光を受けて火花を散らしているようだった。会話がやんだ。何百組もの目がこっちをむいているような気がした。

ベスはルシアンの腕をにぎった。

公爵夫妻がやってきて、ふたりの両側に立った。それから、公爵がベスを紹介した。友人や隣人からいっせいに拍手喝采《かっさい》があがったが、不信そうな目や、嫉妬の表情が見えたのはまちがいない。招待客たちは顔をもどして会話を再開したが、今度は自分が話題の的になっているのだとベスにはわかった。

話が聞こえてくるようだ。〝ぱっとしない相手じゃない〟、〝平凡な女だわ〟、〝まったくつりあわない……〟。

ベスは自立の精神を放棄して、侯爵がとなりにいるのが当然のいまの状況をありがたく思った。そうでなければパニックを起こしそうだ。まだ晩餐から招待された人しかいないというのに、ここに集うあまりの人数と、侯爵とふたりで客のあいだをまわって会話するときの彼らの目つきに、ベスはすっかり怖気づいた。不躾《ぶしつけ》な質問の数々。大勢の若いレディとその母親たちからの嫉妬の眼差し。うわべだけの親しげなおしゃべり。あまりに大勢が媚を売りにくるので、ベスは驚き、戸惑った。自分は、ただの学校教師のベス・アーミテッジなのに。

ただし、ロンドンから連れられてきた三人の若者は、ふたりの結婚を自然に受け入れているようだった。ルシアンはなんて説明したのだろう。彼らはルシアンと親しいはずだ。

アムリー子爵はコン・サマフォードは黒髪の美男子で、生き生きとした灰色の瞳の持ち主だった。情熱的か、それをとおりこして気性が激しいようにも見える。

ダリウス・デブナム卿は、薄茶色の髪に青い瞳をしている。けしてハンサムとはいえないが、はつらつとした表情には、人を惹きつける陽気さがある。たしかに、シャンパンタワーをつくりそうな人物に見えた。

ミスター・ハル・ボーモントは身体のつくりはルシアンと似ていて、顔立ちは、黒髪に黒い瞳というちがいはあるが、ルシアンにもほとんど引けを取らない。ベスはからっぽの袖に気づいて、胸が痛んだ。

彼らはふたりの地元の男性と話をしていた――ミスター・ペダズビーとサー・ヴィンセント・フックで、ふたりとも血色のよい顔をして、声が少々大きかった。

紹介がすんだあと、ミスター・ボーモントが前に進みでた。「ミス・アーミテッジ」ベスの手を取って、女慣れしたようすでキスをした。「アーデンの秘密の宝は、あなただったんですね。お会いして、それがよくわかりましたよ。まちがいなく、人とはちがう女性だ」

ベスは嫌みを言っているのかたしかめようと、急いで目をあげたが、もしそうだとしても、うまく隠されていた。「ありがとうございます、ミスター・ボーモント。大勢の群れのなかのひとりになろうと思ったことは、一度もありません」

「ですが、あなたはその群れのなかの先頭だ」サー・ヴィンセントが遠慮なく笑いながら言った。「哀れなアーデンを狩ろうと追いかけていた、美人の集団のね」

ベスは助けを求めてルシアンをふり返ったが、彼はダリウス卿のなにかの発言に笑っているところだった。ベスは誘惑に負けて、手近な目標をいらだちのはけ口とした。「群れ《フロック》ですって？」冗談めかしてたずね、扇子をひらひらとさせた。「ということは羊かしら？　ですが、羊は狩りはしません。では、むく鳥？　どうか教えてください、サー・ヴィンセント。群れで狩りをする鳥はなんですか？」

「え、ええと……」丸々としたサー・ヴィンセントの顔がさっきよりも赤くなり、魚のように口をぱくぱくとさせている。「これは、ものの喩えで……」

「きっと、狼《おおかみ》のつもりでおっしゃったのね」ベスはいかにも学校教師らしい口ぶりで、親切に言った。「でも、狼が集まったものは群れ《パック》ですし。ではライオン？　だとしたら群れ《プライド》？」

気づくと、ルシアンもほかの人も、ベスを見ていた。

「ここを動物園にしようというのかい」ルシアンが穏やかに言った。「ライオンの群れ《プライド》？　そうじゃなくて、公爵の群れだ」

ベスは思わず笑った。「それか侯爵のね。では、ひよこのピーピーうるさい群れ《ピープ》は？　乙女の群れと言い換えられるわね」

「鵞鳥のガーガーうるさい群れ《ガグル》は、未亡人の群れだ」にやりと笑って返した。「いや、いまいちだな。もっといいのを思いついた。のびのび跳ねる豹の群れ《リープ》は、道楽者の群れ」

「その群れはちょっと〝観察《ピープ》〟しておいたほうがいいかしら？」とんちの利いた意味のない会話が楽しかった。「では、小ざかしい猿の群《シュルードネス》れは、なにに言い換えるの、アーデンさま？」

「学校教師の群れだよ」彼は勝ち誇ったように言った。「ほら、僕らはお客さんをそっちのけにしてしまっている」

五人の男たちは、それぞれの驚きを顔に出して、ふたりを見ていた。つかの間、ベスは自分のおかれた状況を忘れて、そこに貴重なものを見つけた。こんなふうにだれかと互角の冗談の言い合いをしたのは、記憶にあるかぎりはじめてで、楽しくてくらくらしそうだった。はにかんだ視線を投げると、ルシアンも似たような眼差しで返してきた。彼もまた驚いていたのだ。

アムリー子爵が沈黙をやぶった。「ミス・アーミテッジ、オールマックスで婿狩りに精を出す獣のような集団を表現するには、とても特別な言葉がいりますよ」

ベスは顔立ちのいい青年に笑いかけた。この人物は、まちがいなくあの社交場でしつこく追いまわされているくちだ。「獅子《しし》奮迅の母親たち？」ベスは言った。

「猪突《ちょとつ》猛進のデビュタントたちだ」ルシアンがさらりと言った。「ここらでやめておこう、エリザベス。さもないと、ふたりとも頭でっかちの烙印《らくいん》を押されてしまう」友人たちにむきなおった。「内輪で楽しむためにここへ呼んだわけじゃないぞ。土地のデビュタントたちの気を鎮めるために来たはずだろう。あなたがたもだ、ペダズビー、サー・ヴィンセント」

男たちは機嫌よく行軍命令にしたがって、親のそばでひっそりとすわっている若いレディたちに挨拶にいった。

軽妙なやり取りのあとでいまも気分がなごんでいたベスは、だんだん軽率になった。「独身に未練はないんですか、アーデンさま」

彼は冷たい目で見おろしてきた。「そんなことを聞いてなんになる？　われわれの陥った状況は、きみのせいじゃない」ふたつの代名詞をかすかに強調して言った。

自分のいる場所も忘れ、ベスはふたたび怒りを燃やした。「お言葉ですけど――」

ひじを強くつかまれて、腕に痛みが走って息を呑んだ。気づくとベスは椅子の上に腰をおろしていた。

「具合が悪いのか、エリザベス？」ルシアンが優しそうに言った。

公爵夫人があわててやってきた。「どうかしたの、エリザベス？」

ベスはショックを隠して、頭をふった。「なんでもありません。突然痛みが走って」

顔をあげて、婚約者の冷たい目つきを見た。「足首です。去年くじいてしまって、いまもたまに痛みがぶり返すんです」

「ダンスができないほどじゃないといいんだけど」夫人が言った。

ベスは立ちあがった。「大丈夫です。アーデンさまが必要以上に心配して、無理にわたしをすわらせただけですから」

ちらりと目をあげると、ルシアンとはまたしても対立関係にもどってしまったのがわかった。ちょうどそのとき食事の合図があり、ベスは婚約の宴である以上しかたなくルシアンの腕に手をのせ、大勢の先頭に立って正餐の間へ移っていった。

「なかなかたいした嘘つきだ」彼は冷ややかな褒め言葉をかけてきた。

「ええ、そうでしょう」ベスはいまの強引な支配的な態度に腹を立てていて、言葉を選ぶ気すら起きなかった。

　ふたりは無言で十歩ほど進み、ベスはどうしても気になって相手の顔を見た。きつく結んだ唇に、冷たい目をしている。

「思慮が足りなかったと思うだろう？　エリザベス、僕と争えば、きみは負けて、おまけに傷つくことになる。自分の気持ちにかまってもらえるなどと、期待するな」

「休戦はどうなったのですか？」ベスは声をひそめて必死にたずねた。

「きみが行儀よくふるまっているかぎりは、有効だ」

　ベスは怒りの反論を呑み込んで、ふたたび前をむいた。自分の状況を思うと、敗北が決まって希望を失った兵士たちのことが連想される。生き延びる見込みのないままに、勇敢に、向こう見ずに、敵に突撃していくのだ。ベスにできるのは、服従して捕虜にされるか、戦って敗北するかのどちらからしい。

　だが少なくとも名誉の死をとげることはできる。火花を散らしてやりあうのはもってのほかだったので、ベスは席につきながら、もっと、皮肉な武器を手に取った。「約束します」愛らしく言った。「わたし、あなたが受けるに大変にふさわしい花嫁になります。それはもう高潔な花嫁に」

　ルシアンは一瞬驚いた顔をしたが、すぐにおなじように恋人どうしらしい物腰をまとって、ベスの手を取って、長々とキスをした。その行動は周囲から抑えた笑いと優しい眼差しを誘い、そんな雰囲気のなかで食事がはじまった。

「〝相応のあつかいを受けるとなれば〟」ルシアンがつぶやくようにシェイクスピアを引用した。「〝人間だれだって鞭をまぬがれまい〟」

ベスは眉をあげた。「貴族のだれかが鞭打ちの刑にあったという話は、最近では記憶にないわ。それでも」ベスは愛想よくつづけた。「聖書は〝人は自分の蒔いたものを、刈り取ることになる〟と言っていますけど」

「だが、僕は野の百合だ」ルシアンは反論した。「蒔くことも、刈ることもしない」

「あら！」ベスは声をあげた。「句をまぜこぜにしています。野の百合は、働きもせず、紡ぎもしない。蒔くことも、刈ることもしないのは、空の鳥です。たぶん」ベスは穏やかに口にした。「ご自分が鳥類のなにかに喩えられるのが、いやなのね」

「ご明察」ルシアンは微笑んでベスの勝利を認めた。だが、すぐにその笑顔が勝ち誇ったような笑いに変わり、ベスは用心深くその先を待った。「要するにきみは、僕はただの雄鶏だと言いたいんだな。軽率なレディだ……」

雄鶏という言葉の持つ、男性をさす卑猥な意味とかけているのだとわかり、顔が赤くなった。けれども同時に、その言葉と彼のきわどい目つきのせいで、ベスの身体のうちが熱くざわついたのも事実だった。ベスはなんとかこらえた。

「ことわざに、雄鶏は自分の糞の上で得意げだ、というのがあるわ」安全地帯にもどれることを期待して、ベスは言い返した。

明るい青い瞳が陽気な笑いで光った。「ぴんと上をむいて?」

冗談合戦はベスの手に負えないところまできて、意味もよく理解できなかったが、このへんでやめにすべきだということはわかった。最初に頭にうかんだシェイクスピアの文句でにごした。「〃小事で得意げになるのは、賤《いや》しき者のならい〃」そう言って、いつの間にか前におかれていたスープに意識を集中した。

最初の一口を飲み込むのが苦労だった。左側から、なにやら危険な気配が感じられたのだ。

そっと、となりをうかがった。ルシアンは自制が利いていて、そつのない愛想のいい顔をしていたが、目には怒りが燃えていた。ベスは、うっかりしたことを言ってしまったかもしれないと思い、自分の頭のなかで言葉を巻きもどした。ああ、なんてこと。賤しき者。その言葉だ。自分の生まれのことを言われたと思ったのだ。

「ごめんなさい」近くにいる人の手前、なにげない口調と態度を装いつつ、真心がこもって聞こえるように意識した。「そんなつもりでは……どんなつもりもなくて……あなた個人のことを言ったんじゃありません」

その言葉が、かえって火に油をそそいだようだった。「ということは、自分が言ってる言葉の意味を意識していたんだな」おなじようになにげない口調で、だが、力のはいった歯のあいだから言った。「もっと個人的な状況になったときに、僕の天与の持ちものについて、是非にも意見を聞かせてもらおう」

なんのことを言っているのか、さっぱりわからなかったが、ベスは唯一の賢い選択として、スープにむきあった。

六種の魚料理が供されるころには、ベスは勇気を出してあたりさわりのない話題を持ちかけ、ルシアンのほうも、それに応じるほどには怒りから回復していた。黙っていては妙な噂を招くことになりかねないと、たがいにわかっていたので、ふたりは会話をはじめ、すこしずつではあるものの、さっきまでの楽しくふざけあうような調子を取りもどしていった。だが、ふたりとも表情は笑顔でも、今回は慎重だった。

ルシアンが心のこもらないお世辞を言い、ベスもおなじように返した。対立してはいたが、しだいに互角の知恵を楽しむ余裕が出てきた。とはいえ、注意は忘れなかった——見えない罠が点々とひそむ場所を歩くように、あくまで慎重だった。

ときおりルシアンの目のなかにも本物の楽しさが見えたように思えたが、さっき冗談を交わしたときのような、無防備な親しみはなかった。やがてあるとき、ベスの瞳についてお世辞を言ってきたので、お返しに、積極的に彼の瞳を賞賛すると、ルシアンが小声でささやいてきた。「にこにことはにかんでいるだけのほうが、よっぽどレディらしい」

すでに三杯以上ワインを飲んでいたベスは、無邪気に目を丸くして言った。「本当に？」

ルシアンは顔を伏して笑った。またしても、周囲から微笑ましそうな目をむけられた。ルシアンは本気でおかしがっているように見えた。だが、そういえば、彼のほうもすでにワイングラスを何度もからにしていた。

美味しい食事とワインのおかげで、会場全体が打ち解けた空気につつまれていて、挨拶の言葉がはじまると、下品な冗談や、上品な野次がとんだ。摂政王太子と王室の全員のために杯が挙げられた。陸海の軍人のためにも、おなじく乾杯が行なわれた。

それがすむと、公爵が立ちあがった。「友よ。これはわが家族にとってまことに喜ばしい出来事であり、今日、みなさんとその喜びを分かち合うことができ、大変うれしく思う。どんな家族も、これほどの幸運にはなかなか恵まれますまい。われわれは、まるで娘のような花嫁を家族に迎えることができたのだ」

ベスはつい目を大きく見ひらいたが、不安の表情でルシアンを見ることはなんとかこらえた。彼は愛情を示すようにして手をベスの手にのせたが、おそらくは、安心させるためだったのだろう。そうでなければ、ベスを抑えるためだ。

「妻とわたしは、アーデンがいつになったら花嫁を選ぶのかと心配だった。最近の若者のなかには、惜しいことに、結婚の必要を感じない者も多いようだ。われわれとしては、アーデンが気に入った相手ならどんなお嬢さんも歓迎するつもりだったが、エリザベスを選んだ息子には、ただ、ありがとうと言うほかない」

全員がいっせいに杯を挙げ、今度はルシアンが立ちあがった。「若者のなかには」彼は自分の友人たちのほうに目をやった。「人生のなかで結婚に重きをおかない者もたしかにいます。ですが、言ってやりましょう、きみたちは、まちがっている、と。エウリピデスは〝男の最良の所有物は、心通じる妻である〟と言っていませんでしたか？」

〝所有物〟という言葉をわざと使ったのがわかって、ベスは身をこわばらせたが、表面上は笑顔を保った。「エウリピデスは正しい。花嫁がいるおかげで、早くも人生に活気が出てきたし、今後ももっと大きな喜びに恵まれるだろうと、楽しみにしています」

言葉に悪い意図はなかったが、言ったなにかのせいで、忍び笑いや大笑いが起こった。ベスは顔が赤くなるのを感じたが、四分の一は恥ずかしさで、四分の三が腹立ちのせいだった。どうして上流階級では男だけが演説をすると決まっているのだろう？　ベス自身、賢い台詞を投げてやれる機会があればせいせいするのに。

「名門一族の跡継ぎは」ルシアンはつづけた。「独身をつらぬくことは許されませんが、僕は、あせって花嫁を選ぶつもりはありませんでした。ところがどうでしょう、僕は突然、エリザベスに気を引かれてしまった。この縁組に際し、エリザベスが財産や高貴な血筋を持ってきたのではない、ということは、秘密にするつもりもありませんし、僕はそのことを喜んでいます。なぜなら、こうなれば、だれも疑わないでしょう。僕らを結びつけているものが、とても強いどうにもならない力、すなわち……」

強調された言葉に、ベスの背筋に寒気が走った。待ちきれないほどの空白ののちに、やっとその先がつづいた。「愛であると」

顔をあげると、ルシアンが真正面から見つめていた。「人を好きになるということには、言葉にできない魅力的ななにかがある」彼は陽気につづけた。「孤独な独身男たち全員にも、おなじものを勧めたい」

ベスは皿に目を落とし、このうちのどれだけの人が、これがモリエールの言葉であることに気づいているのだろうかと考えた。この言葉の先には、すべての愛の楽しみは、愛がやがて終わるという前提の上にある、とつづくのだ。けれど、少なくともベスとルシアンは、手に入れていないものを失う心配をする必要はない。ふと気づくと、ベスは挨拶のいくらかを聞き逃していたが、あのままの調子でつづいていたのなら惜しいことはないと思った。

ルシアンがしめくくりに言った。「もう一度エリザベスのために乾杯をお願いします。そして家族のために、それから愛のために」

全員がこれに声高に応じ、会場の笑顔にはなんの迷いも見られなかった。きっと、人々は、予期していたとおりの言葉を聞いたのだろう。あるいは、シェイクスピアが言ったとおり、〝この世界はすべて舞台、男も女も、その役者にすぎない〟ということなのかもしれない。

10

食事の余韻を楽しむ時間はなかった。舞踏会のために、ぞくぞくと新たな客が到着しはじめ、主催者側は一列にならんで歓迎に出なくてはいけない。ベスは、つぎの幕を演じるために移動する役者になったような気分だった。

ベスは公爵とルシアンのあいだに立ち、何百人とも思える人々と手をふれあった。ここでも驚きの視線や、憶測や嫉妬の眼差しを受けることになった。何人かの年配の婦人は、まちがいなくベスの腰まわりをじろじろと観察していた。

ダンスの時間がはじまったときには、ベスはほっとした。これで、やっとせんさくから逃れられる。最初のメヌエットのためにルシアンに導かれてフロアに出ていったが、他人の耳を気にせずにすむ場所に来たのは晩餐の席で声を潜めてやりあって以来だった。ベスは、愛想のいい口調で辛辣な発言が出てくるかと思って身構えた。だが、それはなかった。

「緊張しているようだね。ステップを忘れてないかい」

「アーデンさま」ベスは言い返した。「わたしは女学校で育ったんですよ。小さいときからずっと踊るのを見て、学んで、教えてきたんです。メヌエットなら、眠っていても踊れるわ」

「なるほど」ルシアンは意地悪に目を輝かせて言った。「でも、男とそれを踊ったことは？」

舞踏会の皮切りとなる正式なメヌエットを四組で踊るために、ほかの男女のあいだに場所を取り、舞踏の間の正面奥にいる公爵夫妻のほうをむいた。「もちろんあります。いつも踊りの先生のムッシュ・ド・ロウと組んで、手本を見せていたから」

「ふたりのメヌエット《メヌエット・ア・ドゥ》？」

「ときには」ベスは彼の口調に対して怪訝そうにこたえた。

「それこそ、多感な若いレディがダンス教師と恋に落ちるきっかけだと、一般に考えられている。目と目をしっかりと見つめあわせるからね」

「わたしはそんな――」ベスの抗議は、音楽の最初の音が鳴ってさえぎられた。ほかの踊り手たちといっしょになって、ベスは公爵夫妻に深々とお辞儀をした。右のつま先を立て、左足に重心をのせてゆっくりと腰を落とし、ふたたび立ちあがりながら、ベスはルシアンのお辞儀がとても優雅なことに気づいた。負けず嫌いの性格が刺激された。彼は上品な作法をしっかり身につけているかもしれないが、ベスのほうは、教える専門家なのだ。

今度はペアでむきあった。注意深く観察する。予想のとおり、ルシアンは深々と丁寧なお辞儀をしたので、ベスは、視線はじっと彼の目に固定したまま、スカートの許すぎりぎりまでひざを折って、低く腰を落として宮廷用のお辞儀をした。それから、ゆっくりと、バランスをくずさずに立ちあがる。助けなしに立てることを全員に示すために、差しだされたルシアンの手には、最後の瞬間まで手をおかなかった。

舞踏の間に、拍手がひろがった。

ルシアンは笑顔をうかべ、わずかに首を傾けてベスに勝ちをゆずった。それから両手を取って、じっと視線をからませたまま甲にキスをした。さっき言われたことが、だんだんわかりはじめた気がした。メヌエット・ア・ドゥ。片時も目をはなさずにパートナーと視線を合わせていれば、若い娘たちはすぐにのぼせてしまうだろう。自分がもはや若い娘ではなく、また八人で踊っていることは、幸いというほかなかった。

前奏につづき本格的な演奏がはじまって、やっと目をはなすことができた。ベスはほかの女性たちとともに、ゆっくりと優雅なメヌエットのステップを踏みながら中央に出て、手をつないで輪をつくった。淑女の輪が右に、紳士の輪が左にできた。

つい最近まで教師をしていたせいで、ベスはつい、ほかの人の踊りを評価しないではいられなかった。名前は思いだせなかったが、そのひとりの娘とフロッグモートン嬢は、うまく踊ってはいたが、求められる流れるような動きではなく、カントリーダンス風の縦に跳ねる動きが少々目についた。四人目の女性はフィービー・スウィナマーで、彼女は白鳥のごとくすべるように踊れていた。けれども、ところどころでしなをつくる癖があり、流れがとぎれてしまっている。

女たちは輪を解いて、ふたたびパートナーと組み、左手と右手を合わせて円を描くように一歩進み、その流れのまま両手をつないで、目を合わせていっしょにまわった。

「ムッシュ・ド・ロウはすばらしい先生だったようだ」ルシアンが褒め言葉を口にした。

「あなたの先生もおなじでしょう」ベスも心から言った。「でも、もうすこしつま先立ちになってもいいかもしれないわ」

眉があがった。「踵《かかと》をつけていると、身長が足りないとでも?」

ベスは笑いを噛み殺した。ふたりは片手をはずし、ぎりぎりのところまで目をじっと合わせつつ、つぎの動きにはいった。フィービー・スウィナマーは不愉快な顔をして、ステップを踏みそこないそうになった。

ダンスを教えたり、ムッシュ・ド・ロウと見本を披露したりした経験からは、こうした厳かなダンスのなかに男女の戯れがひそんでいることに気づかなかった。ちがう、戯れではない。これは誘惑だった。

淑女と紳士は、たがいのまわりを動くが、けして遠くへはいかず、つねに意識は相手にある。男女は手と目をからませていっしょになり、つぎのステップに気を取られない熟達者の場合は、ゆったりとした動きのおかげで、長いキスのようにたがいをたっぷりと堪能するのだ。

妙な考えが頭からはなれず、ベスはルシアンのまわりをゆっくりとまわりながら、上目遣いに相手を見た。こんなことを考えてしまうのは、彼の眼差しのせいだ。

「結婚の舞踏会のときには、メヌエット・ア・ドゥを踊ることとなる」

「いやです」ベスはとっさに言った。

「そうはいかない。しきたりだ！」

ダンスの動きによって、ふたたび引きはなされた。まるで、ふたりの人生のようだ。つかの間のふれあいがあり、そして、必ず距離が生まれる。メヌエット・ア・ドゥは、自分たちの結婚生活のスタートとしてはぴったりだし、怖がるのはばかな話だ。それはたんに、ふたりで歩む人生という、より大きな試練の第一歩にすぎないのだから。

メヌエットが終わると大勢が加わってきて、踊りも格式ばらないものに変わった。ベスは公爵といっしょにカントリーダンスを踊った。それから、つぎつぎに踊りの相手が入れ替わるダンスとなり、ベスは、好奇の視線の的となることなく踊りに没頭できるのがうれしかった。若い独身男たちは、公爵夫人にうながされて壁の花を相手に義務を果たしていたので、ベスはもっぱら年上の男性と踊ることになったが、かえって、ちょうどよかった。

ただし、問題がひとりだけいた。デヴリル卿という人物だ。青白い骨ばった顔をしていたが、あごと手だけは野獣のようなたくましさを感じさせる。それに、独特のにおいがした。身体を洗っていないというのとはちがうのだが——いまだに清潔の習慣を取り入れていない人は、会場にもたくさんいる——デヴリル卿の場合、すえた、かすかに腐ったようなにおいがするのだ。原因は主に歯にあるのだろう。めったにないが、彼が笑顔を見せると、ぼろぼろの歯がのぞいた。

「おのれの身を幸運と思うべきだ」デヴリル卿は意見を述べて冷たく笑った。「財産のない平凡な娘が、こんな引き立てを受けることはめったにない」

あまりに失礼な態度だったので、ベスは好きに反論しても許される気がした。「その逆です。幸運なのはアーデン侯爵のほうです。知恵のある女を見つけられる独身男は、多くありませんから」

彼は黒い歯を見せた。「知恵なんか、あってどうするのだ。脳みそが、ベッドでどんな役に立つ？」

ここまで下品な発言をされれば、ふだんなら立ち去るところだが、波風を立てたくはなかったし、この不快な男もいちおうのところ客なのだ。「デヴリルさま、そのような話は、わたしの前ではひかえていただきたいと思います」ベスは冷たく言った。

「そうきたか。だが、知恵のある女だと言ったな。だったら、結婚の目的は理解しているんだろう？　結婚の誓いのなかでも、はっきりと謳《うた》われる」

ベスは黙り込むことで身を守り、ダンスが早く終わることを祈った。少なくとも立ち位置を変えるタイミングが来たので、しばらくは会話をせずにすんだ。

けれども、ふたたび、なすすべもなくパートナーのところにもどった。

「大変すばらしい気候ですわ」ベスは相手に話題をつづけさせないために、きっぱりと言った。

「すばらしい春だ。巣につがう鳥を見れば、おのずと結婚のことが頭にうかぶ。じつのところ、わたしには正式な跡継ぎがなく、遠い親戚の子もいない。アーデン侯と同様、おのれの義務を受け入れて、長く冷たい晩のために、自分用のサテンの枕を選びだしたところだ」

ベスは沈黙で相手を懲らしめ、音楽の終わりがくるとほっと胸をなでおろした。

ベスをフロアの外へ導きながら、デヴリル卿が言った。「鳥の話で思いだしたが、アーデンに、ドルリーレーンの鳩について、聞いてみるといい」

この男の指示でルシアンになにかを質問する気はベスには一切なかったが、純粋に守ってくれるだれかがほしくて、彼のことを目でさがした。毒にふれたような気分だった。

ルシアンが指をあげると、ベスのためのシャンパンが運ばれてきた。ベスはすっきりしたくて、それをごくごくと飲んで、むせた。「レモネードのほうがよさそうだわ」

「そんなふうに一気に飲むなら、僕もそう思うね。顔が暑そうだ。よければテラスを散歩しよう」

ベスの怪訝な目を見て、ルシアンは笑った。「心配はいらない。僕らだけじゃない。ほかにも、何組もの男女が冷たい空気にあたっているよ。おいで」

外は気持ちよく、ルシアンの言ったことは本当だった。じゃまにならない程度にまばらに散っているが、たしかに人がいる。

「初の舞踏会を楽しんでいるかい」ルシアンが聞いてきた。うわべだけではない親しげな感じがした。キスのときに感じた一瞬の喜びや、冗談合戦をしていたときの、めずらしく息の合ったようすを思いだして、ベスは希望を持ちはじめた。

「じゅうぶんに楽しんでいるわ。デヴリル卿だけはべつですけど」

ルシアンは眉をひそめた。「あんな男はここにいるべきじゃない。レディ・ゴーグロスが連れてきたんだが、追い返して騒ぎになるのは避けるべきだと判断したんだ。どうしてあんなやつのダンスに応じたんだ」

そういえば、ベスに紹介してきたのもレディ・ゴーグロスだった。「すべての誘いを受けたんです」ベスは白状した。それから肩をすくめて言った。「全員、品のあるきちんとした方なのだと思っていたから」

ルシアンが態度を硬くして真剣な目をした。「ならば、あの男はちがったということだな。決闘を申し込むべきか？」

彼は本気だった。「ばかなことを言わないでください」ベスは反論した。「上流階級にはおかしな習慣がいろいろあるけれど、その最たるものが、男たちがどうでもいいことですぐに争うことだわ」

氷の表情になった。「なるほど。きみは自分の名誉をどうでもいいものと思っているのか。だったら、なにが気にさわった？　メアリ・ウルストンクラフトのことを売春婦とでも言われたか」

ベスは非難をあびせようと口をひらきかけたが、近くに人がいてできなかった。頭がひどくがんがんして、目を閉じた。

「エリザベス？」

「ひとりにして」

「具合が悪いのか」

「頭痛がするんです」

「だったらいって、ママンをさがそう。きみの世話を頼むから。たぶん、部屋に引きあげたほうがいい」

ベスは目をあけた。心から心配している声に聞こえる。またもや、謎解きの材料が増えた。「そんなことはできません。みんなに、どんなふうに思われるか」

「激しく踊りすぎて、おそらく、少々、酒を飲みすぎたと思われるだけだ。さあ、おいで」そっと背中に手をあててうながされたが、ベスは抵抗した。

「食事の前にふらついて、宴が終わるより前に部屋に引っ込む。きっと、わたしたちが結婚するのは、必要に迫られてのことだと思われるわ」

ルシアンはベスをふり返って、顔をのぞきこんだ。「そうなのか？」

ベスは地面の下に呑み込まれたいと思った。ああ、どうして、まさにこのおなじテラスにいたとき、あのような許しがたい言葉を軽率にも口にしてしまったのだろう。「わかっているでしょう」ささやくように言った。

「きみも僕の言っている意味をわかっているはずだ。妊娠しているのか？」

「まさか、ちがうわ」ベスは強く言い返した。「もうあのばかな話題には二度とふれないと言ったじゃありませんか」

「もし妊娠しているなら婚約を破棄する理由となる。そうなれば、父でさえ考えるだろう」

ベスはなんとかルシアンの顔を見た。「残念ながら、そういう逃げ道には貢献できません。それに、あなたには好都合かもしれませんけど、そうだとしたら、わたしにはとんだ自由だわ。私生児というこぶつきなんだから」

ルシアンは笑顔をつくったが、無理をしているのが見えるようだった。「おたがいに頭に血がのぼってきている。僕らが夫婦《めおと》の鳩のように仲睦まじい恋人どうしだということを、忘れないでくれ」

舞踏の間にもどりながら、ベスは単純に意地悪な気持ちになって言った。「ひょっとして、ドルリーレーンの鳩みたいに？」

ルシアンの顔が怒りで赤くなったのを見てびっくりしたが、またしてもべつの踊りの相手がやってきて、ベスをダンスに誘った。頭痛をこらえて笑顔をうかべ、切ない目をして許婚《いいなずけ》をふり返った。

ルシアンから離れると、頭痛がおさまってきた。このようでは、ふたりの先行きが思いやられる。

とうとう軽食前のワルツの曲が流れ、ふたたびルシアンと踊る時間となった。さっきの喧嘩のつづきがはじまるのだろうか。ベスは不安でいっぱいのまま彼と組んだ。それに、自分の上手なダンスが保てるかも心配だった。ワルツのような大胆な踊りはミス・マロリーの学校では教えられない。

けれども、すべてはうまく運んだ、ルシアンはさっきの会話にはふれなかったし、このところのレッスンのおかげで、うまい相手がリードしてさえくれれば、ベスの実力でもじゅうぶんに通じることがわかった。

このきわどいダンスは、想像していたほどのものではなかった。おなじパートナーと一曲をとおして踊るのは、たしかに目新しくて親密な気分になるものの、こうした狭い会場で踊る場合には、おたがいの肩の先だけを見て、ほとんど会話をせずにいることもできる。ちょうどベスたちのように。

軽食の時間になると、ふたりは大きなテーブルにつき、ベスの反対のとなりにはミスター・ハル・ボーモントが来た。ベスは彼にはとても好感を持っていた。話しかけやすい雰囲気があり、ひねくれたユーモアのセンスがあり、それにもちろん、怪我に対する同情の念もあった。ルシアンとおなじくらい長身で屈強そうだが、彼のことは、一度も怖いと思わなかった。たぶん、日焼けした顔の輪郭がいくらかやわらかなせいか、黒い目にうかぶあたたかみのせいだろう。

フィービー・スウィナマーがおなじテーブルにいたのは、あまりうれしくはなかった。手近な鋭い凶器でベスを刺したがっている気配を、つねにこの若いレディから感じるのだ。彼女の食事のパートナーはダリウス卿だった。ベスは、この公爵の息子である青年が、彼女の自尊心をすこしでも満足させられるといいと思った。ただし、ダリウス卿が爵位の後継者ではないという事実は、彼女にとって、ものすごく重大なことかもしれない。そうした人物を一度は手に入れかけたと思っていたのだから。

ベスはミスター・ボーモントのほうをむいた。「アーデン侯とはむかしからの友達なんですか、ミスター・ボーモント?」

「ハロー校時代からです、ミス・アーミテッジ」彼はそう言って笑った。「あいつが秘密にしたい学校時代の過去を、教えてあげることもできますよ」

彼の態度からして、ベスが不快に思うことを言うつもりではなさそうだったが、ルシアンが話を聞きつけて割ってはいってきた。「なにを企んでる、ハル?」

「なにって、きみの恐ろしい秘密を未来の妻に伝えないのは、公正じゃないと思っただけだ」

「大女のことじゃないだろうな」警戒して言うルシアンを見て、ベスは眉をあげた。

「まさか、ちがうよ」ミスター・ボーモントがまじめくさった顔でこたえた。

「呼び鈴の話か?」ルシアンが不安そうに言った。

「あんなのは、罪のうちにはいらない」はらうようなしぐさをして言った。「というより、自分では自慢に思ってるだろ」

ルシアンはしゃべりながら笑顔をうかべた。「たしかにそうだな。ひとくちに呼び鈴をつないでいるワイヤーを混線させるといっても、学校の使用人全員の分となると、なかなか頭が要ったからね。ただし、この屋敷でやろうと思ったのは、いい考えじゃなかなかったな」

ミスター・ボーモントは笑ってはやしたてた。「まさか、やったのか！」

「ああ、やったよ」ルシアンは後悔の顔で言った。「自分で全部もとにもどすはめになって、そのあと父に――」そこで、声に引っかかりがあったことに気づいたのは、たぶん、ベスくらいだろう。「くだらない用事をいくつも頼まれて、屋敷じゅうを走らされた。使用人の余計な仕事を増やさないことを学ばせるために」

「なんて妙な話かしら」ミス・スウィナマーがのんびりと言った。「正しい呼び鈴が鳴ろうと鳴るまいと、使用人にとってはどうでもいいでしょう？　いつだって、仕事をするためにひかえているんですもの」

「そう言うなら」ダリウス卿がそっけなく言った。「お客の立場になってみればいい。朝食がほしくて呼び鈴を鳴らしても、使用人はべつの部屋で鳴らされたと勘ちがいして、朝食が運ばれてこない」

「あら、そうね」若いレディはあたたかな微笑をパートナーにむけた。公爵の息子がそばにいることになにがしかの意味を感じているのは、明らかだった。「それでは困ります」

「しかも、まちがいなく、使用人はこってりとしぼられる」

「ええ、もちろんだわ、ダリウスさま」彼女は愛想よく言った。「首にされないだけ幸運だというものです」

ダリウス卿が彼女を見た。「すべて、たちの悪いいたずらをした男の責任だとしても？」

「わたしのママは、仕事ができなかった使用人の言い訳を許してはいけないと言っています。そうじゃないと、いつまでたっても、責任逃ればかりするから」彼女は周囲を見まわし、おそらく一同が自分に賛成していないのを感じ取ったようだった。「もちろん、いたずらをした人も、たっぷり鞭で打たれるべきだと思うわ」

「これはこれは、フィービー」ルシアンが言った。「僕を鞭打ちにしたいということだな」

哀れなフィービーは、そもそもの話がなんだったのか、見失ってしまったようだった。周囲が笑いをなんとかこらえ、あるいは失笑しつつまじめな顔をつくっているなか、彼女はぽかんと口をあけるばかりだった。

ベスはあいだにはいってやるべきだと思った。「いまの話を聞くかぎり、したことに対しては、じゅうぶんな罰を受けたようですね。わたしは公爵の教育のしかたに賛成だわ。わたしの持論ですけど、体罰は、乱暴者を育てる以外に、ほとんど意味がないと思うの」

ルシアンがダリウス卿とミスター・ボーモントのほうを見た。「僕らのことを、乱暴者だと言っているように聞こえるな」ベスを横目で見た。「たぶん、全員、猿だと言いたいんだ」

「猿？」残りのふたりが声をそろえた。

ベスは自分の頬が赤くなるのがわかったが、ルシアンにきつく顔をしかめた。「この人はからかっているだけです。わたしが言いたかったのは、子供たちは、ただたたかれるよりも、なにがいけなかったのか説明されたほうが、いいことと悪いことの区別をはっきりと学ぶということです」

ルシアンがにやりと笑った。「鞭打ちの罰も受けたが、その話はしてなかったかな？説明も大変に丁寧にされたけどね。この先、僕らは、子育てをめぐって言い争うことになりそうだな、エリザベス」

子供と聞いただけで、ベスは無難な話題に逃げたくなって、ミスター・ボーモントのほうをむいた。「そのときに備えて、武器を手にしておくことが必要だわ。さっき言いかけていた恐ろしい秘密とは、いったいなんだったのですか？」

ミスター・ボーモントは笑顔をうかべた。「それはもちろん、この男がもっとも必死になって隠してきた秘密のことだ。それをどうやって武器にするのかは、僕にはわからないけど、あなたならその方法を見つけられるでしょう」ダリウス卿と冗談を言い合っているルシアンを、わざとらしく用心深く盗み見たあと、共犯者のように声をひそめて言った。「あいつは成績優秀だった。学年で一番だったんですよ」

一瞬の驚きのあと、ベスは笑いだした。「そんなことじゃないかと疑いはじめたところだったけれど……。でも、どうして秘密にするんです？」

「まさか、それを本気で聞いてるんじゃないだろうね！　秀才くんとして知られるんですよ。あいつは経験不足のせいで、いっとき、判断を誤ってしまったんだ。ケンブリッジにあがったころにはもっと賢くなっていて、大学にいるあいだは、注目を引くことなく最後までなんとかのりきった」

ベスは、ばかげていると反論しようとしたが、おおいに本当のことなのだという気がして、首をふった。「あなたは、どうなんですか、ミスター・ボーモント？　頭の切れる天才でした？」

「ぜんぜん、そんなんじゃない」彼は力を込めて言ったが、楽しそうに目が光っていた。「みごとに中の中だ。誓ってもいい」

「では、中の中の能力を使って、これまで、どんなことをしてきたんです？」相手が愚かなはずはないと知りつつ、ベスは質問した。

「軍にはいって、ごくふつうにすごしてましたよ」

「それこそ嘘だ」ルシアンがふたたび会話にはいってきた。きっと、ずっと聞き耳を立てていたのだろう。「肩書きはもう使っていないが、少佐の地位にまでのぼりつめた。

何度も軍報に手柄が載って、近衛騎兵の人間は、名前を聞くのもうんざりするほどだった――」

「よくある話じゃないか」ミスター・ボーモントがあわててさえぎった。「戦争にいって、ときどきでも注目されなかったら、それこそ不幸だ」

「今後は気をつけることだ、ハル」ルシアンは戦争ではなく、人の秘密をもらしたことについて言っているらしい。

「わかったよ。でも、ミス・アーミテッジは、きみが頭を使うのが好きだと聞いても、悪くとらないと思うな」

ルシアンは思案するような顔でベスのことを見た。「さあね。彼女自身とても頭がいいから、ときどき、自分のほうが賢いと思っていたかもしれない」

ベスはこの見解に顔を赤くした。「いまでも、そう思っているわ」生意気そうに言った。「ときどきですけどね」

「挑戦状だ！」ミスター・ボーモントが言った。「どっちが勝つか、僕は賭ける気はないよ」

「わたしは賭けます」ミス・スウィナマーがベスに意地悪な目をむけて、満足そうに言った。「レディは男の人を負かしても、得をすることはない、とママは言うもの」

「ミス・スウィナマー」ベスは感じよく言った。「あなたは、その方面でママを心配させるようなことは絶対にないでしょう。そのことがわかって、わたしたちもうれしいわ」

ルシアンは口にふくんだワインを喉につまらせた。スウィナマー嬢は、ルシアンとベスがテーブルを離れるときもまだ、妙な意見に戸惑っていた。

「彼女に結婚を申し込もうとしていたことを思いだすと、ぞっとする」いまも必死に笑いをこらえながらルシアンが言った。

「どうして、共通するものがほとんどないような相手との結婚を考えたの？」

ルシアンは肩をすくめた。「結婚は僕の義務だが、自分はだれかと恋に落ちるような男じゃないと思った。フィービー・スウィナマーは、僕が結婚すると期待されている種類の娘だ――家柄がよく、持参金にもめぐまれ、美人で……愛想がとてもいい」

「そういうふうに教育されているからだわ」ベスは辛辣に言った。いま挙げられた基準に照らすと、ベスの得点は零点になる。

ルシアンが首をふって笑った。「おたがい承知のとおり、そうした点がきみに欠けているわけじゃない」

「わたしだって、本当はものすごく愛想がいいんです」ベスは言い返した。「悪くなる理由さえ与えられなければ」

「きみはじゃじゃ馬だ」いまもおかしがっているせいで、表情が穏やかだった。「怒らなくてもいい。僕はそこのところが、だんだん気に入ってきたんだ」そう言うと、ルシアンはつぎの踊りの相手にベスをわたし、わずかならず動揺しているベスを残して去っていった。

宴はようやく朝の四時に幕を閉じ、ベスはやっとベッドにはいることができた。ぐったりとしてシーツのあいだにすべり込み、その日の晩の記憶をつらつらとたどったが、結局わけがわからなくなった。気の合う瞬間が何度もあり、いがみ合う瞬間が何度もくり返されて――。

ドアのほうへ去っていくメイドに、ベスは声をかけた。「レッドクリフ、ドルリーレーンの鳩について、なにか聞いたことはある？」

「いいえ。ロンドンへいった経験は一度だけで、劇場にははいっていません。きっと、籠に入れて、飾りのようにならべてあるんでしょう」

「そうね。それも妙だけど」ベスは眠りに落ちていきながらつぶやいた。

レッドクリフは、たまたまこの奇妙なやり取りを翌朝の上級使用人の朝食の場で口にした。あとになり、侯爵本人の従者であるヒューズにわきに呼ばれて、メイドは驚いた。

「僕ならドルリーレーンの鳩のことは口にしないように、ミス・アーミテッジに釘を刺しますよ」

「どうしてです、ミスター・ヒューズ?」

彼は口をすぼめた。「侯爵はドルリーレーン劇場の〝白鳩〟をとくに贔屓にしている、とだけ言っておきましょう。意味はわかると思います」

メイドは顔を赤くした。「ええ、わかります。かわいそうに! でも、いったいだれが、そんな言葉をミス・アーミテッジに吹き込んだんでしょう?」

「僕が考えていたのも、まさにそこです。侯爵の耳にはいれば、やはりおなじことを疑問に思うはずだ」


しかし当のルシアンは、ベスの発言のことは忘れていた。彼はもっとべつのことに気をとられていて、ベッドに倒れ込む前に、机の前にすわってニコラス・ディレイニーに宛てて短信をしたためた。

ニコラスへ
デヴリルが婚約披露の舞踏会に来た。マダムと逃亡したと思っていたが、おそらく、政府とうまく折り合いをつけたのだろう。いちおう知らせるべきだと思って、これを書いた。相変わらず不快なやつだ。
L de V

この手紙が、ニコラスの双子の兄、ステインブリッジ卿の屋敷のあるグラティングリーに急いで送られるように手配した。

卑しい嗜好《しこう》を持つ極悪人であるという事実以外に、デヴリルの登場のなにこれほど不安をかきたてられるのか、自分でもわからなかった。そういう男を家に寄せつけたくないと思うのは自然な感情だが、どうも、それ以上のものがある。

デヴリルはマダム・テレーズ・ベレールと結託して、ナポレオン支持者を騙して金を巻きあげる詐欺を働いた。それに、エレノア・ディレイニーがろくでなしの兄の家に住んでいたかつて、彼女とも、なにかがあったのではないかという印象がある。ニコラスとデヴリルのあいだには、当然ながら、ただならぬ感情があるはずだ。

デヴリルはテレーズ・ベレールとともに逃避行し、汚い金で楽しくやり、堕落した共通の趣味を満足させているのだろうと、だれもが思っていた。その男がふたたび姿をあらわしたとなると、不安な疑問がいくつもわいてくる。

11

翌朝、ベスはぐったりとして目を覚ました。頭はがんがんし、口のなかには不快な味が残り、前の晩のいやな記憶ばかりが、頭の一番手前に居座っている。どうして自分は無邪気にふるまえないのだろう。きっと、スウィナマー嬢のママの教育を受けたほうがいいのかもしれない。どうしてルシアンは、ベスに闘志があって少々世慣れているからといって、それがふしだらな女の証拠ではないとわかってくれないのだろう?

じゃじゃ馬だと言われたときのことを思いだした。ルシアンが本当にじゃじゃ馬が好きなはずはない。信頼していない相手を好きになれるはずはないし、結局、まだ信用を得たわけではないのは、テラスに出たときに明らかになった。

ベスはほろ苦いため息をついた。彼の言ったとおりかもしれない。一度口から出た言葉は、それ自身の命を持つ。取り消すことはできない。ベスとルシアンの緊張が高まると、必ず、前にテラスですごした恐ろしい晩のことがよみがえってきて、ふたりに取り憑《つ》くのだ。

みじめな思いに加えて、腹立ちもあった。彼のほうは、自分の潔白についてはなにひとつ弁明しないのに、それにもかかわらず、ベスの実際あったかもはっきりしない罪を、容赦なく責める気になれるのだ。彼なりの行動基準があるのはわかるが、こっちからも非難をつきつけたいという誘惑は、ものすごく大きかった。

その上でじゃじゃ馬と言われるのなら、文句はない。

公爵夫人が使いをよこして、自分のところで遅い朝食をとらないかと誘ってきたので、ベスはいかないわけにはいかなかった。トーストとコーヒーを口に入れると気分はよくなったが、夫人の楽しげなおしゃべりに応じるのは、楽ではなかった。

「あなたとルシアンがとても気安くしているのを見て、うれしかったわ。期待のとおり、数日ロンドンにいってきたのがよかったのね。だいぶ、いつものルシアンにもどったし、あなたも、やりやすくなってきたでしょう。それに、見世物にされて我慢するのも、あといくらもないわ。一週間、祝宴をつづけて、地元をあげての披露宴という大仕事さえすめば、ロンドンに移りますから。そしたら、結婚式までは、もう二週間よ」

二週間。バターをぬったトーストが口のなかでおがくずに変わった。日取りは知っていたものの、あらためて考えてみると、恐ろしいほど間近に迫っている。「なにもかもが、ばたばたとして慌しいですね」ベスは愚痴をこぼした。「きっと、陰でなにか言われるわ」

「そうね。でも公爵は、ともかくすませてしまいたいと思っているの」申し訳なさそうに言った。「それに、最初の子供が九ヵ月後に生まれたら、そうした憶測にも終止符が打たれるわ」

ベスが息をつまらせると、夫人が探るような目で見つめてきた。「結婚にまつわることについては、知っているのでしょう？　なんだか、あなたの母になったような気分よ」

「それならよく知っています」ベスがあわてて言うと、夫人の目に衝撃の色がうかんだ。「つまり、幅広く本で読んだということです」

「ずいぶんと特別な本があったものね」夫人は感想をもらした。「それでも、こうした事柄については……勘ちがいに陥りがちでしょう。上の娘のマリアは、男の人といっしょにベッドで眠ると、赤ちゃんができると思っていたの。わたくしが話して聞かせたときには、自分はいびきをかくから寝室をべつにしてほしいと言って、夫となるグラヴィストンを説得したあとだった。それで、問題は解決したものと思っていたの」

ベスは仰天した。「どうして、そんないやがる結婚を、無理にさせることができたんです？」

「いやがる？」夫人は言った。「まさか。あれは恋愛結婚よ。でもマリアは十八歳と若くて、まだ子供はほしくなかったの。〝いっしょに寝ること〟で赤ん坊ができると聞いていたものだから」夫人はおかしそうに目を輝かせて説明した。「グラヴィストンのキスやそのつづきは、あと先のことを気にせずに、受けていいんだと思っていたのよ」

ベスは、キスやそのつづきをしないで赤ん坊ができる方法がないか、ものすごく聞きたかったが、そのまま目を伏せた。

夫人はベスをしげしげと見た。「エリザベス、どのみち、すこしばかりお話ししたほうがよさそうね。本というのは、とてもあてにならないこともあるから」

そう言って、説明をはじめた。

ベスは目を丸くして聞き入った。〝ねちっこい〟のは、このことだったのだ。聞き終えたベスは、頬を赤く染め、ヴィーナスとマルスの絵を頭にうかべつつ、抗議した。「でも、もちろん、そういう、その……睦みあいは、なくてもいいんでしょう?」

「ええ、なくても大丈夫よ」夫人は穏やかに言った。「でも、もしもルシアンがそうした礼儀を無視するようなら、わたくしとしてはとても許せないわ。楽しいかどうかはべつとして、あなたが心地よくすごすためには不可欠なことよ」

冷たい態度で胸の先を親指でなぞられたときのことと、それがもたらした影響を思いだして、ベスは火照る頬に手をあてた。「ああ、できればないほうがいいわ!」

夫人がやってきて、ベスを腕に抱いた。「エリザベス、あなたを苦しめることになって、胸が痛むわ。さっきも言ったとおり娘たちは恋愛結婚だったから、多少の緊張はあっても、初夜のベッドに恐れることはなかったわ。あなたとルシアンの場合、それがちがうのはわかります。唐突に、無理にくっつけられることになって」

ベスの肩をぽんとたたき、軽い声を出した。「でも明るいところにも目をむけてみて。ルシアンはとてもハンサムで、礼儀をよく仕込まれているでしょう。すこしは魅力的だと思わないこと？」

ベスは首をふった。否定というよりは、絶望のしぐさだった。彼のまぎれもない肉体的魅力は、ベスにとってまったく歓迎されるものではない。

夫人はため息をついた。「では、あの子にとってもおなじだと考えてもらえないかしらね」ベスが驚いて目をあげると、夫人は先をつづけた。「もちろん、息子にとってははじめての経験ではないけれど、恋愛感情のない相手のところへいかなくてはならないのよ。ときどき、冷たい態度をとるとすれば、それは、あなたとおなじように神経が張りつめているせいだということを思いだしてほしいの」

ベスは自分がしてしまったことを公爵夫人に打ち明けて、相談にのってほしかったが、きっと、衝撃が大きすぎる。話すのはどう考えても無理だ。

それに、夫婦がどんな親密なことをするのか、露骨な説明を聞いてしまったいままでは、いずれそうなる相手と顔を合わせるのも無理だった。ベスは頭が痛いと言って、べッドにもどった。

その後の数日は、務めを従順に守って数々の催しに顔を出し、新しい場所に移動するたびに、アーデン侯爵の横にならんで、代表者の挨拶に耳を傾けた。一様に、将来を祝福するあたたかな言葉があり、さらに祝辞には、ベルクレイヴンに一刻も早く跡継ぎが生まれるようにという願いが必ずそえられた。あの気味の悪いデヴリル卿が言ったように、結婚の目的はだれの目にも明らかなのだ。

ベスは、跡継ぎをもうける方法ばかりに頭がいった。

こうした催しのひとつが終わったとき、屋敷の自分の区画に逃げ帰ろうとするベスを、将来の夫が待ち伏せしていた。「きみのおかげで、僕の評判に奇跡が起こったよ」笑顔でそう言って、曲げた腕にベスの手をおいた。「ああいうお偉いさんは、見ただけで立派な女性かどうかわかるんだ。いままでは、僕には、その手の分別が備わっていないと思われていた」

親切にしてくれているのはわかったが、神経がどうしようもないほど過敏になっていて、ベスは身を引こうとした。

ルシアンははなさなかった。「いっしょに歩こう」優しいけれど、有無を言わせない口調だった。

なすすべもなく、連れ立って櫟《いちい》の小道のほうへ歩いていった。

「僕を怖がる必要はない、エリザベス」彼はぶっきらぼうに言った。

「それは命令ですか?」軽い口調で言うつもりが、とても深刻な声が出てしまった。ベスは不安になって目をあげた。自分の意思と言葉は連携を失ってしまったようだ。

ルシアンはわずかに顔をしかめていたが、それは戸惑いで、怒りの表情ではなかった。「このところ、どうしてしまったのかと思ってね。まるで、鞭を怖がる馬だ。だれかになにかをされたり言われたりして、不安になったのか?」

「いいえ」こたえるまでの間が短すぎた。結婚の営みについて公爵夫人から説明を受けたということだけは、絶対に言いたくない。ベスは話題を変えようとして質問をした。「鞭を怖がるようになった馬は、どうするのですか?」

「犬の餌にする」

「なんですって!」それから、目にからかいの表情がうかんでいるのを見た。

「冗談だ」ルシアンは言った。「もちろん、まずは、なんとか回復させられないかやってみる」足を止めてベスにむきあい、片手で頰をつつみ込んだ。

ベスは首を縮めて逃げようとしたが、ルシアンのつかむ手に力がはいった。「頼むから、その態度をやめるんだ! いったい、なにが問題なんだ?」

問題は、親密なふれあいのたびに、ヴィーナスとマルスが頭にうかんでしまうことだ。そうしたふれあいに、どう感じよく応じていいのか、さっぱりわからないし、その先どんなことになるのかと思うと、恐ろしかった。「ふれられるのが好きじゃないの」

ぎこちなくこたえた。首のわきにおかれた彼の手が、焼きごてのように燃えている。

「どうして？」

ベスは目をあげた。「もちろん、ふつう、みんなそうでしょう――」

「いや、ふつうじゃない。きみはじゅうぶんに賢いから、緊張のないいい関係を模索すべきだと頭で理解しているはずなのに、努力をしようとせずに――」

「残念ながら、大変な努力が必要なもので」ベスは言い返した。

ルシアンはいらいらと息を吸ったが、ともかく手をどけた。「あの晩、僕があんなふうに接したせいか？」

ベスはごくりと唾を呑んだ。「ええ」嘘だった。あの経験のせいで、夫人の話が生々しい説得力を持ってしまったのはたしかだ。でも、問題の本質はそれではない。

ルシアンは落ち着かないようすをして、やましささえのぞかせた。「だとしたら謝る。あのときはああするのが必要だと思った。だが、許されることじゃなかった。たとえ、きみがどんな……」用心深く息を吸い込んだ。「今後は、二度としない。約束するよ」

ベスは、希望と失望の両方の入り混じったものを感じた。「もう、あの場所はさわらないということですか？」

「ちがう意味で言っているのは、わかっているだろう」

またしても、ベスの男性経験が豊富だとほのめかされているようだった。「わたしにわかるのは」ベスは乱暴に言った。「あなたに嬲《なぶ》られるのに正式に耐える義務が発生するまでは、あなたは手を引っ込めておくべきだ、ということだけです！」そう吐き捨てると、ベスは、背後から聞こえてくる悪態を無視し、反撃に対して神経をとがらせながら歩き去った。

けれども、ルシアンはベスをそのままいかせ、その後の数日は、ベスは用事の合間には干渉されることなくひとりになることが許された。

やがてある日、村の学校を訪問した帰りに、ベスはうっかりルシアンと馬車でふたりきりになってしまった。出かけるときは公爵夫妻もいっしょだったのだが、彼らは牧師のお茶の誘いを受けることになった。こういう結果になって、ようやく、最初から入念に計画されたことだったのかもしれないと思いいたった。

ルシアンはゆったりと座席にもたれて――いらついていたとしても、見た目にはわからない、とベスは意地悪く観察した――、子供たちから進呈された贈りものを、じっくりと見ていた。丹念に磨きあげた板に真鍮《しんちゅう》の鋲《びょう》で装飾をほどこしたものだ。ド・ヴォーの紋章と〝E〟〝L〟のふたりのイニシャルで飾られている。「これは、どうしたらいいだろう。なにか案があったら教えてほしいね」のんびりと聞いてきた。

「ドアの上に飾っては？」ベスは、ベルクレイヴンの正面玄関の扉の上に、花崗岩《かこうがん》を彫ったド・ヴォーの紋章があるのを知ったうえで、あえて言った。

「それか、僕らのベッドの上にでも？」

ベスは、ぎょっとした。

「ほら、またその態度だ」彼は言った。「いずれにせよこの数日のうちに、その問題ともむきあうことになる」

頬が赤くなるのが自分でわかった。ベスは御者と下男《グルーム》をそわそわと見やった。「わたしはもともと神経質なんです」

「あるいは、僕になにかを発見されることを恐れているんだろう」

ベスは相手の顔を見た。彼が思っていたのは、そのことだったのか？「その話は、二度と持ちださないと約束したじゃありませんか」

目と目が合った。「それについては謝る。だが、きみの反応は、おかしな精神状態を物語っている。勘ぐりたくなるのはしかたないだろう」

ベスはもう一度、使用人のほうに目をむけた。このくらい静かな声で会話をすれば、聞こえないとわかっているのだろうか、それとも、たんにド・ヴォー家特有の傲慢さで、気にしていないのだろうか。ルシアンの発言には、ひとこと返さずにはいられなかった。「たぶん、わたしがふつうの乙女の恥じらいを感じて悶々としていると言いたいのですね」

「おそらくね」彼はまったく説得力のない、気のない言い方をした。

「なんて不快な男！」高飛車に言うと、下男がたしかにびくっと身じろぎしたのが見えた。このようすでは、ベルクレイヴンの使用人たちをうまく騙せているのか、わかったものじゃない。

「不快に嬲る不快な男だよ」ルシアンはまだくつろいだようすで、のんびりと言った。けれども、怒っているのはわかった。

その後の道のりは、まったくの無言のうちにすぎた。

通用門のところで手を借りて馬車を降りると、ベスはその場から離れたくて、そそくさと逃げようとした。ルシアンが腕をつかんでベスを止めた。「急ぐな。取り決めを忘れたのか」

ベスは馬車に目をやり、そのまま手をふりほどいた。「彼らを騙せていると思ってるとしたら、あなたは思った以上に愚かだわ」

「一度も僕を愚かだと思ったことはないくせに。使用人は多くを見聞きしているにちがいないが、だからといって、乱暴にふるまっていい理由にはならない。人の目のあるところでは演技をすると約束したはずだ」

ベスはふり返った。めずらしいことに、幸い、見えるところに使用人の姿はない。

「あなたは、わたしが正しい女だと信じると約束したじゃない」

「微妙にちがうな。そういう女だと仮定して演技すると約束したんだ。ならば、きみを、うぶで愚かな娘だと信じろというのか？　古典文学を読む女を？」

「脳みそのない間抜けと、ふてぶてしいあばずれの、どっちかじゃないといけないんですか！」

「どっちにも属さない」考えるように言った。「まだ、そう言いたいのか？」

「わたしはなににも属してないわ」

「きみは僕のものだ」

「ちがうわ。わたしは自分自身のもので、この先もずっと変わらないの」

ルシアンの目が光り、両手が首に伸びてきた。「なにをするの――」

「こんなふうにして首を絞めたい衝動を感じる」自分の思いを見つめているような、奇妙な口調だった。「ニコラスが言ったことは、正しいのか」

ベスは呆然と相手を見つめた。この人は、頭が変になってしまった。神経質に唾をごくりと飲み込んだとき、首の前側に押しつけられた親指の力の強さが意識された。あとすこしでも力がはいれば、命の危険さえある。いつでもどこにでもいるはずの使用人たちは、いったいなにをしているの？

と、親指が上にすべっていって、あごのところで止まり、小さく円を描くように骨をなでた。ベスは、甘くとろけるような感覚に無抵抗になりかけたが、こらえた。顔が近づいてくる。
「やめて」懇願したが、ルシアンは無視した。

ルシアンの唇は、しっかりとして、温《ぬく》もりがあって、優しかったが、それでもベスには怖かった。身をよじって逃げようとしたが、両手がベスをしっかり押さえつけている。濡れた唇から、もてあそぶように舌が伸びてきた。抗議の声をもらしたが、同時にとろけるような感覚が身体にひろがって、力が抜けるのがわかった。

ゆっくりと唇が離れ、それがあった場所に空虚が残った。ルシアンがベスのふるえる唇を親指でなぞった。「たぶん、ニコラスは正しかった。ともかく、もう一度謝ろう。きみを怯えさせたいとは思っていないし、それに、さっき言われたとおり、まだ不快に嬲っていい時期じゃない、そうだろう？ ああ、トーマス……」

ベスがはっとしてふり返ると、すぐ近くに、ひとりの従僕《フットマン》がじっと石のように立っていた。いつからそこにいたのだろう？

「ミス・アーミテッジを彼女の部屋までエスコートしてくれ」ルシアンは告げてから、ベスを見おろした。「あらためて協定を結ぼう」

ベスは息を呑んだ。いまのキスは不快でもなんでもなかった。それより、ベスの発言を憶えていたということは、きっと、その言葉で彼を傷つけてしまっていたということだろう。公爵夫人は息子は神経質になっていると言っていたが、たぶんそのとおりなのだ。

「わかりました」ベスは言った。「新しい協定ね」

フットマンのあとからいったん歩きだしたが、ベスはふり返った。ルシアンは顔をしかめて、いまもベスをじっと見つめている。怒っているのだろうか？　それとも、ベスとおなじように、不安で自信がないのだろうか？

ルシアンは婚約者がふり返ったときの、不安で戸惑った視線を見た。エリザベスには困惑する理由もあるだろうが、彼女自身、男の心に変調を来すだけのものを持っている。エリザベスは公然と反抗し、挑みかかってくる。全本能は、彼女を打ち負かし、ひざまずかせろ、と声高に叫んでいる。

力ずくで支配することもできるだろうが、本気になれば口説き落とせる自信もある。

妙なのは、自分からなんの手出しもできないように感じることだ。エリザベスを傷つけると思うと、たとえ強引にキスを奪うというような些細なことにさえ、抵抗をおぼえる。

たしかに首を絞めたいと思ったが、それはエリザベスをものにしたい、耳年増の頭が思い描く幻ではなくて、自分自身を見てほしい、という欲求なのだ。キスをしたときも、おなじ思いを感じた。誘惑し、自分のものにし、彼女の賢くて辛辣な思考のすべてを頭から追いだし、ついには、したがわせ、ルシアンを求めさせたいと思った。女に対してこんな気持ちをいだくのははじめてで、自分でもこれが健全なことなのか、まったく自信がなかった。

悶々と悩んだあげく、ルシアンはベスに倣ってひとりになることにし、撞球室《ビリヤード》へいって、意味もなく玉をポケットに落としていった。

ハル・ボーモントがやってきた。「ふさぎの悪魔に取り憑かれたか?」

ルシアンは顔をあげた。「結婚式は地獄だ」

ハルは笑った。「駆け落ちすればよかったな」

「前にエリザベスにもおなじことを言われたよ。彼女の提案にはもっと耳を傾けるべきだ」

「たぶんね。賢そうな女性だ」

ルシアンはキューをビリヤード台においた。「いまはちがう。聞きわけがない」

「きみだって、似たり寄ったりじゃないか。地獄へ堕ちろと言うだろうが、聞かせてもらうよ。なにが、どうなってる?」

「地獄へ堕ちろ」ルシアンは愛想よく言った。

ハルは肩をすくめた。「なんとでも言え。僕は地獄までいきかけて、もどってきたんだ」ルシアンの顔にどんな表情を見たのかはわからないが、ハルは顔をゆがめた。「謝るよ。意地の悪い発言だったのは認める」ため息をついた。「死と隣り合わせの経験をしたせいで、いろいろ見方が変わってね。愚かな過ちを犯そうとしている人間を見ると、許せないんだ。きみが意味のない結婚をするのも見たくない」

「こっちこそ、ごめんだ」ルシアンは乱暴に言った。あたりを見まわした。ビリヤード台は広々とした回廊にすえられていて、周囲の壁には、いまも中世からのさまざまな武器が飾られている。「べつの場所にいこう。こんなところにいるから、憂鬱な気分になるんだ。ひとつでも留め金が壊れたら、僕らはずたずたに切り刻まれる。もっと気持ちのいい場所をさがそう」

ハルの力強い右手ががっちりとつかんだ。「なぜなんだ、ルシアン？　まちがったのなら、そこから抜けだす道があるはずだ。ミス・アーミテッジが結婚したくてきみを逃がすまいと必死になっているとは思えない」

ハルに嘘をつくのは、あらゆる正しい感覚に反している。ルシアンは真実を一部だけ話すことにした。「この結婚は見合い結婚だ。エリザベスは親が選んだ相手だ」

ハルはその言葉からたくさんのことを読み取ったようだった。すこしして、手をゆるめた。「だったら、結婚を成功させろよ。彼女は知性とユーモアを持った、あたたかい女性だ。ふたりはぴったり合うと思う」

「精神病院と拘束服の組み合わせのようにね」ルシアンは言い捨て逃げだした。ハルは賢い男として、そのまま友をいかせた。

翌日は、地元民を招いての披露宴が行なわれた。郷紳《ジエントリ》などの土地の名士は、舞踏の間でワインとご馳走とモーツァルトでもてなされた。ほかの身分の劣る小作人や村人たちは芝生にいて、そこでは肉の巨大な丸焼きがいくつも焼かれ、エールのジョッキはつねにいっぱいに満たされ、楽隊が踊りのための音楽を奏でていた。

ベスはルシアンと腕を組んで、その両方の場所を歩きまわった。医師や、法律家、豪農と社交辞令を交わした。小農や農場の働き手の妻たちと堅苦しい会話をした。自分のほうが身分が上だというつもりはなかったが、明らかに彼らはベスを畏れ多いと感じている。新しいきれいな服に身をつつもうが、中身は彼らとなにも変わらないということが、わからないのだろうか。

事実は単純だ。学校教師のベス・アーミテッジと一日いっしょにすごしても、なにも感じないが、未来の公爵夫人とは、わずかにでも言葉を交わすことがうれしいのだ。ばかばかしいとは思うけれど、ベスには彼らの喜びを否定することもできなかった。骨の折れる野良仕事に追われる暮らしのなかにあって、この祝宴は彼らにとっての祭日なのだから。

子供たちとの交わりは楽しかった。子供はもっとふつうに接してくれる。ベスは小さな子供の輪のなかにすわって、数え歌を教えた。

ルシアンはそばに立って見ていた。ようやくベスが輪から抜けだすと、声をかけてきた。「教え方がとてもうまいね」

「それが仕事ですから」

「いまは、もうちがう」

ベスは反論しなかった。「親たちといっしょにいるより、気楽なんです。どうしても落ち着かなくて、演技をしているみたいな気分になるから。〝舞台上手《かみて》より、未来の公爵夫人入場〟という感じにね。むかしから、こういうことはあまり上手じゃなくて」

「ばかな。みんなに好かれてるよ。きみは、話しかけるだけじゃない。ちゃんと話に耳を傾ける。一瞬でも、自分たちとおなじ仲間だと感じさせることができるんだ」

ベスはルシアンの顔を見た。「だって、おなじ仲間ですもの」

ルシアンは足を止めた。すこし考えたあとで首をふった。「いまは、もうちがうよ」

どこか謝罪のような響きが聞き取れた。

「わかってるわ」ベスはため息まじりに言った。「でも少なくとも、そうだった記憶は残ります」人でにぎわう芝生をながめた――おしゃべりをし、踊り、飲んで食べている。「想像できるかしら、もし自分が、あのなかのひとりだったらって? 食卓にあがる食べものや、家の屋根や、病気の子供に与える薬のことで気をもむのが、どんな気分か」

「できないね。だが必要なら、僕が彼らの食卓に食べものをのせ、家の屋根を葺き、子供のために医者を送ってやる。最終的に、より大きな心配をかかえているのは、どっちだ？」

こたえる前に、彼の視線がベスの肩のうしろに移った。「きみとおなじ平民が来たぞ。存分に正義にひたるといい」

ベスはいきなりミスター・ボーモントとふたりきりにされて、おいていかれた。なんだか叱られたようで、しかも、そうされるのが当然な気がした。けれど、それよりも、またルシアンを傷つけてしまったかもしれないと心配になった。そろそろベスは、自分以外の人の感情にも気を配るべきだ。ルシアンは、社会の秩序のなかで自分が高位にいると傲慢にも信じているが、それに伴う責任についても真剣に考えている。

いかないでほしかった。そうすれば、なんとか関係の修復をはかることができたのに。だがこうなっては、自分の役割を演じつづけるしかない。ベスはミスター・ボーモントを相手におしゃべりをし、幸せいっぱいの花嫁に見えるようにがんばった。

「ミス・アーミテッジ」屋敷のほうにぶらぶらともどりながら、彼は言った。「そんなふうに演技する必要を感じないでほしいな」

「え？」

「その必要はないから」優しく言った。「ルシアンから聞いた」

ベスは目を丸くした。「聞いたって、全部ですか？」

ミスター・ボーモントは鋭い目をした。「いや、全部じゃない。なぜあなたが妻に選ばれたのかは言わなかった。ただ、両親の希望だったということだけは聞いた」

「それで、選ばれたのが平凡な十人並みの女で、驚いているんですね？」ベスはとげとげしく言った。

「そうじゃない、とお世辞を言ってほしいのかな、ミス・アーミテッジ？」彼はからかった。「平凡でも十人並みでもないことは、自分でわかっているでしょう」

ベスは驚いて相手の顔を見た。「その逆だわ。鏡は毎日、美人でないことを教えてくれます。それに、お世辞はお世辞だとしか思っていませんから、ミスター・ボーモント」

「きっと、動いている自分を見ていないんだ」笑顔で言った。「たしかに顔立ちはとてもふつうと言っていいでしょうけど、話すと顔が生き生きとするし、いわゆる〝表情豊かな目〟をしている。頭の回転の速さが輝きとなってあらわれているんですよ」

顔が赤くなるのがわかった。「ミスター・ボーモント、そんなふうに言うのはやめてください。本当のことじゃありませんし」

「まさか、ルシアンにそうやって褒められたことがないなんて言わないでしょう？」彼は驚きの顔をした。「あいつはもっと器用だと思っていたんだけどな。というより」彼はおどけた表情を目にうかべて、言い足した。「ルシアンは口説きの達人ですよ。でも、そうか、その得意分野を人に譲る気でいるなら……」

ふたりは屋敷の前のバラ園のところまできていた。花を愛でつつそぞろ歩く特権階級の客であふれていたが、一番近い人からもすこし距離があった。ミスター・ボーモントは花壇からつぼみのバラをこっそり手折って、それでベスの頬をそっとなでた。あたたかな息が耳にかかるほど顔を近づけてささやいた。「どうでしょう、ミス・アーミテッジ。思うに、あなたはルシアンといて自分を無駄にしている。いっしょに駆け落ちしよう」

ベスは笑いにむせた。「ずいぶんと大胆な方だわ！」ルシアンといたときに感じていた萎縮した気持ちから解放されて、ベスはとても楽しんでいた。

彼はうれしそうに笑った。「ええ、知ってますよ。僕だって口説きの達人だ。それで、あなたの答えは？」

口説き上手だと言いきったわりには、戯れではない真剣さが透けて見えて、ベスは驚いた。「無理と知っていながら、どうしてそんな質問をするのですか？」

相変わらず笑顔だったが、切なそうな表情がのぞいた。「ミス・アーミテッジ、宝物は、ひと目見ればわかるんだ。僕は妻をもらいたいと思っているが、まわりを見てごらんなさい。フィービー・スウィナマーや、ルーシー・フロッグモートンみたいなのばかりだ。あなたは、まったくちがう」

冗談がすぎるとは思ったが、正直な気持ちを語っているのはまちがいない。ベスは困りきった。「それは自分でもわかっています。でも……」

「でも、驚かせてしまったね」おどけた色がすべて消えて、誠実な眼差しでベスの目を見ている。「最初に駆け落ちしようと言ったときは、ただの冗談だった。でも、刻一刻、自分のその思いが真剣で魅力的なものに思えてきてしまう。適切なことじゃない。謝ります」

彼は手に持ったクリーム色のバラのつぼみに目を落とした。「僕はここを去って、結婚式の日までは、二度とあなたの前に姿をあらわさないようにする。それ以降は、こんな会話はなかったようにふるまうし、実際、すべきじゃなかった。でも、ミス・アーミテッジ」ふたたび目をあげて、バラを差しだした。「もし結婚式より前に、あなた自身、それが自分のためになると思ったら、僕に知らせてほしい」

ベスは呆然として花を受け取り、歩き去っていく彼を見つめた。もしもこの苦境から抜けだす方法が存在するのなら、ミスター・ボーモントの誘いに心惹かれたかもしれない。婚約者よりも、いっしょにいてずっと居心地のいい相手なのだから。彼となら、流砂に足を取られることも、乱暴な目にあうこともなく、仲良く暮らしていけるだろう。

庭園のほうに目をやると、ルシアン・ド・ヴォーが小作人と笑いあっているのが見えた。明るい色の髪を陽光に輝かせ、くつろいだ優雅な姿をしている。突然、空気が薄くなった感じがして、ベスにとっては、この美しい男のいるこの美しい舞台以外は、すべてわびしい場所なのだとふいに悟った。

急いで、花を観賞しているべつの人の輪にまざった。

すこしすると、ルシアンはふたたびベスのとなりにいて、ベルクレイヴン公爵領を生活のすべてとしているまたべつの人々にベスを紹介した。

いまではベスは機械的に自分の役を演じられるようになり、そうした人々に対してルシアンがどうふるまうのか観察する余裕も出た。

真摯《しんし》な姿勢で自分の仕事にむきあっている。

ルシアンは驚くほど温厚だった。たいていの人物を名前で知っていて、過去のエピソードにふれて相手を喜ばせたりもした。農夫の土地や、それぞれの仕事の悩みに理解があるのは明らかだった。それに、女たちが暇に暮らしているのでないことも承知していて、卵の値段のことや、酪農のこと、子育ての心配事などを話題にした。

あらゆる年代の妻たちを相手に、度を越すことのない、楽しいおしゃべりができるようだった――そういえば、ミスター・ボーモントは彼を口説きの達人だと言っていたが、本当にそのとおりだ。その才能をベスにむけてくれないことを思うと、胸が痛んだ。でも、考えてみれば、そうしようとしてくれたことがなかったわけじゃない。またベスに嚙みつかれると思っているいまとなっては、そんな愚かなことをする気は二度と起きないのだろう。

ベスは、ルシアンが確実に、だがそれとなく自分の存在感を薄くすることができる、ということに気づいた。それゆえ、彼に対して礼を逸した者は、人前で恥をかくことなく自分の過ちに気づかされる。不本意ではあるけれども、自分もそうした手腕を学ぶべきだ、とベスは思った。

というよりも、ベスはすべてのことに驚いていた。ルシアン・ド・ヴォーは自分の務めに長《た》けている。将来は、すばらしい公爵になるのだろう。

「どうして、眉間にしわを寄せてるんだ?」満足した土地の穀物問屋と金物屋を残してつぎへ移動しながら、ルシアンが言った。「またしても、きみの急進的な感情を害してしまったか」

「たぶん、疲れてです」できるだけ従順に言った。「それから、わたしは謝らないといけないわ。あなたは自分の責任を真摯に受け止めているんですね」

「当然だ」ベスの言葉を喜んでいるように見えた。「変わった仕事であることは否めないけどね。まだ見習い中で、当分は自分にまわってくることがないといいと望んでいる。それまでは、多くの時間をもてあますことになる」

「お父さまの公爵は、領地を管理する仕事を手伝わせてはくださらないのかしら?」

目に怪訝な表情がうかんだ。「公爵と手に手を取りあって管理する?」

ベスは彼の出生の問題をすっかり忘れていた。「こうしたことには、訓練が必要だと思ったんです。わたしなんて、公爵夫人の役になじむことがあるとしても、それまでに何年かかることか」

「いつかは慣れる。それより、もう休んだほうがいい。催しはもう終わりだ。明日にはロンドンに移動して、想像するに、きみはそこで、中身の濃い二週間の社交のシーズンをすごすはめになるだろうからね。わずかな体力も無駄にしてはいられない」

実際に、そのとおりだった。翌日には、三台の立派な馬車を連ねて、一家はそろってロンドンへ発った。ベスは公爵夫人といっしょに彼女の四輪軽馬車《チャリオット》に乗った。ベスをチエルトナムから運んできたのとおなじ馬車だ。使用人はほかの二台に分乗した。公爵は二頭立て二輪《カーリクル》をみずからあやつり、ルシアンはバイキングにまたがった。あの少年がうっかり逃がしてしまった例の馬だ。

そういえば、申し訳ないことに、ベスはあのロビン・バブソンのことをすっかり忘れていた。大きな黒い種馬には怪我をした形跡はなく、頑固な気性でルシアンでさえ扱いにてこずっている。子供があんな動物の手綱を引かなくてはならないなんて、考えただけでもおかしな話だ。

休憩となったとき、大勢の使用人のなかに少年の姿をさがしたが、どこにも見あたらなかった。まさか、ルシアンが鞭打ちにして起きあがれないほどにしてしまったのだろうか？　それとも解雇した？　どうしても、知る必要があった。

ルシアンと旅籠のとなりの果樹園にそって散歩をしながら、ベスはその話題を持ちだした。「ベルクレイヴンの厩舎で、小さな男の子に会いました。あなたの馬の世話をしていると言っていたけれど、いっしょには来ていないようね」

「ロビンのことだな。厄介な問題児だ」目をかけているような口ぶりだったが、少年がいないことの説明にはなっていなかった。

「いまはどこに？」

「ロビンはドゥーリを手伝って、ほかの馬を時間をかけてロンドンまで移動させているところだ。なぜ、気になる？」最後の言葉には、いぶかしげな感情が込められていた。

「あの子が気に入ったんです」とベスは説明した。「どうもバイキングのことで、なにか困ったことになっていたみたいね。馬に大事はなくて？」

「ああ、ただし、ロビンは馬丁頭のジャーヴィスに、骨にしこりができたかもしれないといって、ひっぱたかれた」顔をしかめてベスを見おろした。「きみのところに文句を言いに逃げてきたんじゃないだろうね」

「まさか。そのことを知ったのは、ほんの偶然からです」ベスは間をおいてからつけくわえた。「あなたに知れたら、あらためて鞭で打たれるかもしれないと不安そうだったわ」

「そういうことがなかったとは言いきれない」ルシアンはあっさりと言った。「もしも馬が大変なことになっていたらね。ロビンには注意散漫なところがあって、しかも、あの馬は八百ギニーした」

「馬一頭が！」ベスは声をあげた。

「ああ、そのとおり」ルシアンはぶっきらぼうに言った。「馬一頭だ。もしきみが、貴族の贅沢について退屈な説教をぶつつもりなら、まちがいなく僕は鞭打ちの罰を与えよう」

ベスには、それが冗談なのかどうか、まったくわからなかった。

12

安全地帯の馬車にもどったベスは、ルシアンが妻をどんなふうにあつかおうとしているかはともかく、少なくとも、使用人に対して残酷な主人ではないことがわかって、ほっとした。本当なら、ロビンが馬を怖がっていることをルシアンは絶対に知っておくべきだと思ったが、ベスは少年と約束してしまった。この些細な問題をどうにか解決しよう、ベスはそう心に決めた。そうすれば、自分の境遇からも気をそらせる。

けれども、ロンドンに到着したとたんに、ロビンのことはすっかり頭から忘れ去られてしまった。そこはまるで別世界だった。

ロンドンはこれまで二度訪れたことがあって、エマおばさんといっしょにサマセット・ハウスで行なわれた王立美術院の展示を見にいったときには、クイーンズ・パレスのあたりまで散策したが、メイフェアのような高級な地区に来たことはなかった。前の経験から、ロンドンはどこにいっても、騒々しくて汚いという印象を持っていたが、財力のある人たちのためには、閑静で美しい場所も残されているのだと知った。

モールバラスクエアには広場を取りかこむようにおよそ二十の立派な屋敷が建ちならび、錬鉄の柵で仕切られた前庭のある建物もあれば、巨大でぴかぴかの玄関まで立派な階段をのぼっていく建物もあった。広場の中央には、噴水をかこんだ美しい庭園があり、木々は新緑をたたえ、花が咲き乱れていた。

馬車は左右対称の家構えをした大きな屋敷の前につけられた。扉の上に誇らしげにかかげた武器を見れば、ここがベルクレイヴン・ハウスだとわかる。扉が大きくひらいて、使用人の一団が一家の世話をするために群がってきた。いまでは、その一家のなかにベスもふくまれるのだ。

ひとつの牢獄からまたべつの牢獄へと、丁重にエスコートされているような気分だった。

モールバラスクエアの屋敷に移ったあとは、ひとりきりになれる時間は一切なく、ロビン・バブソンを見かける機会があるとも思えなかった。くたくたになるまで買いものに連れまわされ、服の寸法合わせが終わりなくくり返され、毎晩、社交の催しをいくつもはしごした。社交シーズンは、まだほとんどはじまっていなかったが、ベルクレイヴンの跡継ぎとその花嫁をお披露目する集いの場は、いくらでもあるようだった。

ベッドに転がり込めるのは、たいてい、明け方の三時か四時だったが、上流階級のほかの人々のように昼まで眠りをむさぼるということは、ベスには許されなかった。午前には起きて、宮廷の礼儀作法と下級の人への接し方についてのレッスンを余計に受けなければならないからだ。もうすぐ王侯以下の人間はすべてベスの下級となり、いかなる接し方のまちがいも災難を招くのだ、という考えを公爵夫人によって徹底的に植えつけられた。

ベスには、家女中と車座になって現代社会の女性の地位について議論したい、という反抗的な欲求があったが、そんなことをすれば、公爵夫人だけでなく、メイドたちのことも苦しめると知った。

午餐のあとには、ふたたび昼の訪問があり、サロン、公園での馬車遊覧、贅沢な晩餐、観劇、ソワレ、舞踏会もしくは大夜会というサイクルがくり返された。だれもがベスに注目した。人々の口から出てくるのは、判で押したような退屈な内容ばかりだった。ナポレオンの戦略や、オーストリアがナポレオンの義弟でナポリ王のミュラをくだしたといった興味深い話題も、深みのない会話としてばかのひとつ覚えのようにくり返される。ベスは、これが終わったら、人生で二度と社交の催しに出たくないと思った。

たいていルシアンがいっしょだったが、ふたりきりになることは一度もなかった。要するに、関係を深める時間もないが、少なくとも喧嘩をする機会もないということだ。その結果、ルシアンは恐れる存在ではなくなって、ときには、ベスの支えにもなってくれた。彼はぬかるんだ足場にしっかりと立っていることができ、ベスがよろめいたときには、たとえいまいましいド・ヴォーの誇りを守るのが目的であるにしても、必ず助けてくれた。知的なやり取りをしているときに助け舟を出してくれることもあった。もっとも、戦争のことを話題にするにも、深刻すぎる会話は社交上好まれないようだった。ベスはだれか友達にばったり会うことがないかとつねに期待していた。ミス・マロリーの学校では上流階級からも多少の生徒をとっていて、ベスもかつて、同年輩の少女たちと友達になった。人生がべつべつの方向へ――ベスは勉強と指導の道へ、友人たちは社交生活や、結婚して母になるといった道へ――進むとともに、交流も失われていったが、ベスがこちらの世界にはいってきたいまでは、友情を復活させられる相手もいるはずだと、強く信じていた。けれども、だれひとり見かけることもなく、また、友人の結婚後の苗字や住んでいる場所を必ずしも憶えていなかった。

新しい友達をつくろうとしても、うまくいかなかった。見世物として好奇の目にさらされているような、こんな不自然な環境では、心から理解しあうためのきっかけはほとんど得られない。

そうした問題のうちのいくつかは、フィービー・スウィナマー嬢に帰せられるのではないかと、ベスは確信していた。あの別嬪《べっぴん》さんとその母は、一足早くロンドンに出てきていて、彼女は恋人に捨てられたという傷ついた雰囲気をそれとなくかもしていたのだ。あの娘が周囲にどんな筋書きを語っているのかは想像もつかないが、ルシアンが足を止めて、彼女に、こんばんは、と声をかけようものなら、部屋じゅうが息をつめ、耳をそばだてる。あるときには、いつの間にかルシアンが彼女のダンスの相手をするはめに陥っていて、ほかの踊り手たちは、彼の表情の逐一を見逃すまいとして、足をもつれさせたほどだ。

そのときに周囲がなにかを目撃したとすれば、それは、ルシアンがベスにむけたわざとらしい絶望的な眼差しで、ベスはその顔を見て笑いたくなった。心地いい関係のふたりとはいえないが、ルシアンがべつの相手に魅了されない姿を見ると、ほっとする。そういえばルシアンは、ああいう見てくればかりで中身のない相手と結婚することを想像しただけで恐怖していた。哀れなフィービー。

もっとも、自分がうっかり彼女と会話をする状況になったときには、ベス自身もおもしろがってばかりはいられなかった。まわりは、ふたりの一言一句に耳をすましているのだ。

「ミス・アーミテッジ、こんなにあわてて結婚式を挙げなくてはいけないなんて、さぞかし、心残りでしょうね」娘は優雅に言った。「わたしは――」言葉を切って、まぶたを伏せた。自分で制御できるものなら、きっと頰をピンクに染めたことだろう。「わたしなら絶対に」と甘ったれた口調で言いなおした。「たっぷり時間をかけて、すべての面で、ちゃんと準備をしたいと主張するわ」

何度も練習してきた言葉であるのはまちがいなかった。小娘に同情する気は失せた。

「そうなの？　きっと夫となる人は、あなたが妻になりたいというより、派手な披露宴や式をすることに重きをおいていると知って、喜ぶでしょうね」

フィービーは理解していない目をしたが、すぐに気を取りなおした。「わたしはただ、式はきちんとしていたほうがいいと思うと言っただけです」

「それはご親切に」ベスは笑顔で返した。「公爵夫人はあなたの助言をありがたく受け止めてくださるでしょう。どうぞいって、あなたが今度の結婚式に足りないと思うものを、教えてあげてくださいな」

フィービーは台本を見失い、冷静さをなくしそうになった。つまり、彼女の場合には、非の打ちどころのない顔立ちに感情によるかすかな乱れがあらわれるだけなのだが。「あら！」小さく笑って言った。「やりこめられちゃったわ。ですけどね、あなたみたいな賢い人のお相手をするのは、とても骨の折れることでしょうね。ミス・アーミテッジ、あなたもいやでも気づくでしょうけれど、わたしたちの世界では、婚約から結婚までは、もっと長い期間をおくのがふつうのことなんです」

明らかにその〝わたしたち〟にベスははいっていなかった。ベスはとどめの一撃となり、なおかつ、言っても差し支えない台詞を考えようとしていたが、気づくと、横にルシアンがいた。「ああ、ミス・スウィナマー、きみなら知っているだろう」いかにも含みがあるような言い方をした。「僕がふつうのことをどれだけ軽蔑しているか。それに、いつの日か、男がその美しい罠に落ちたときには、きみを教会の祭壇にただちに連れていこうとするだろうね。僕がエリザベスにしているみたいに」

このうまい切り返しは、けっこうな点をかせいだようで、周囲からひそひそ声が聞こえてきた。つかず離れずの場所にいたミセス・スウィナマーがあわててやってきて、娘を連れ去った。母親は動揺して怒っているようだったが、フィービーのほうは、ごくかすかに眉をひそめているだけだった。一度だけふり返り、絶妙の困惑の表情をうかべたところからすると、ルシアンが自分の美しさにじつは魅了されていなかったという事実に、いまのいままで気づいてなかったらしい。

「正直に言って、ちょっとかわいそうに思うわ」ベスとルシアンは聞き耳を立てている周囲から離れて、軽食の間に移動した。

「その必要はない」ルシアンはきっぱりと言った。「彼女は、いわば蜜《みつ》の罠だ。徹底的に避けるにかぎる」

ベスは指摘した。「あなたが最初から避けていれば、わたしたちがこんなふうに、甘い待ち伏せ攻撃を受けることはなかったでしょうに」

ルシアンは、ベスを比較的静かな隅のほうへ導いてすわらせた。「ワインは？　ここにはニーガス酒やオルジェーもある」

「ニーガスをお願いします」

ルシアンはそばにいるフットマンに合図を送り、命令を伝えた。「文句があるなら、母に言ってくれ。美しいフィービーを近づけてきたのは、母なんだ」

「あなたにふさわしい妻だと考えていたのかしら?」ベスは不思議に思った。公爵夫人は見る目のある人だと思っていた。

「候補になると思ったんだ」ルシアンはベスを訂正した。「それに母は、貴族として、自分にできることをしようとしていた」フットマンがもどってくると、ルシアンがよく冷えた飲みものを手渡してくれた。「白状すると、僕にも非がある。フィービーは不屈の姿勢で迫ってきて、こっちは危うく罠に落ちるところだったからね。美人だからというんじゃなく、表面のめっきのせいだ。あれをどうしても壊したくて、だんだん居ても立ってもいられなくなった。正気を取りもどして、彼女の前から完全に逃げていなければ、まったく、取り返しのつかないことになっていたよ」

何度かこんなときがあったが、ルシアンは自分と対等な人間と、そしておそらく好意を持っている相手と話をしているような、くつろいだようすをしていた。

ベスは飲みものをひとくち飲んだ。「フィービーだって、寝起きのときには髪がもつれて、ほっぺたにはシーツの跡がついているでしょう」

「なるほど、そうか」侯爵はのんびりと言った。「じつは、僕がどうしても知りたかったのは、こういうことだ。フィービーは結婚初夜のあいだじゅう、あの完璧な仮面を保っていられるのか」

ベスは凍りついた。ニーガス酒が妙なところにはいって、喉が詰まって咳《せ》き込んだ。緑色の絹のドレスに中身がこぼれる前に、ルシアンがグラスを取りあげた。ベスはようやく息をついた。

「大丈夫かい。そこまでおもしろいことを言ったつもりはなかったが」

ベスは席を立った。「もう、すっかり平気です」そう言うと同時に、小さな咳が出て嘘がばれた。「わたしと踊るのを待っている人がいるはずだわ」

ルシアンはグラスをテーブルにおき、立ちあがったベスの腕をつかんで引き止めた。「その前に、僕と踊ろう。どうした？」一瞬、ベスの表情を観察して、言った。「なるほど、恐怖の初夜のことを想像したわけだな。またしても、乙女の恥じらいか」ふたたび、あのとげとげしい嫌みな声がもどってきた。

「べつに、おかしなことではないでしょう」

「非常にやりにくくてしかたない。どっちかに決めてくれないか。か弱い花のようにあつかわれ、あらゆる下品な言動から保護されて、自分の頭で考える必要さえ——いや、とりわけその必要を——まぬがれるほうがいいのか。それとも対等な立場であつかってほしいのか」

「対等な立場よ」ベスは間をおかずにこたえた。「でもだからといって、多少の乙女の恥じらいが許されないはずはないでしょう、アーデンさま。男の人は、未経験のことをする前に、すこしも不安におそわれないというんですか？　たとえば決闘の前とか」

彼はベスの意見をすんなり受け入れた。「僕も決闘は未経験だ。きみは結婚の契りのことをそんなふうに考えているのか？　二十歩歩いて、ピストルを撃つというように？」ベスにとってもすっかりなじみとなった、いたずらっぽい光が目に宿った。「それよりはレスリングといったほうが近いな」独り言のように言った。「それか、剣術か」

ベスは顔が熱くなったが、文句を言える立場にないこともわかっていた。自分から対等を求めたのだ。「わたしは争いではなく、平和をもって初夜を迎えたいと望んでいます」

ルシアンはふたたび真剣になった。「自分で主張しているとおりきみが潔白なら、初夜は血をもって迎えることになる。血というのは、必ずしも平和の産物じゃない」

それまで赤い顔をしていたとすれば、ベスは今度は青くなった。彼の言っているのはたしかに事実だが、どこか乱暴で、いまも疑念が胸にわだかまっていることを想像させる。

ルシアンはため息をついて、ベスの手を取った。「申し訳ない。どうも、うまくできない。僕は女に対してはひとつの扱いしか教育されていないが、きみは、それとはちがうものを求めてくるんだ。どれだけたくましい草花を目指したいのかは知らないが、たぶん、あともうすこしだけは、か弱い花として接したほうがいいだろう。きみは鋼ででできていたとしても、こっちの神経がもちそうにない」

舞踏の間にはいると、いつでも気軽にまじることのできるカントリーダンスが進行中だった。ふたりはルシアンのリードで器用に踊りにとけ込んだ。

「あともうすこしだけは……」そのときが来れば、ベスの抑制は容赦なく激しい欲望のうちに呑み込まれ、血がこぼれ、ついに疑念が晴らされて、初夜が終わる。

ベスは明るい笑顔を顔に貼りつけて、頭を無にして踊りに没頭した。

これ以降、ルシアンは優しい礼儀正しさでベスに接するようになったが、同時にそれは、恐ろしいほどの他人行儀な態度でもあった。肩の力を抜いて言葉を交わしたつかの間のときが懐かしかったが、ベスとしても、流砂に足を取られるよりは、そうしたひときを放棄するほうを喜んで選んだ。

フィービー・スウィナマーはついに敗退を決めたようで、今度は若きボルトン伯爵に狙いを定めた。やはり、彼女とおなじような、おもしろみのない愚鈍そうな人物だった。

このおかげですこしはベスの肩の荷がおりたものの、相変わらず、娯楽の予定の詰まった日々が、終わりなくつづいていた。そして、そのあいだじゅう好奇の目にさらされ、つねに結婚を目前にした恋人たちらしく、仲睦まじくふるまうことを強いられた――もちろん、とても上品で奥ゆかしいやり方で。

　ルシアンはときどき抜けだして社交クラブにいったり、友達とすごしたりしていたが、ベスにはそうした息抜きがなかった。ある晩、これから劇場へ出かけようというときに、突然わっと泣きだして、周囲を困らせた。たんに一番近くにいたという理由で、ベスはルシアンの腕に抱かれた。

　ルシアンはベスをソファにすわらせて、片腕をかけて言った。「ママン、こんなことは、もうおしまいにしましょう」

　公爵夫妻は目を見交わした。

「ミス・アーミテッジは、こうした暮らしに不慣れなんだ。僕にとってさえ負担だが、彼女にしてみればその比ではないでしょう。四六時中、知らない他人にかこまれているんだ。結婚式までは一週間を切りました。もう、休ませてあげるべきだ。みんな、理解してくれるでしょう」

「でも、病気がちだと思われたら……」公爵夫人が賛成しきれないように言った。

「いくつかの催しを欠席するより、人前で倒れるほうがいいんですか？」

　そのころまでには、ベスもなんとか自分を取りもどしていた。「気にしないでください」ルシアンの気遣いがとても胸に染みた。「もう、平気ですから」

「平気じゃない」ルシアンが乱暴に言った。「顔が真っ青だし、目の下に濃いくまができている」彼はすこしだけ冗談をまぜて言い足した。「そんな顔をしていたら、恋人としての僕の評判が危うい。身体を休めるんだ。世間には風邪《かぜ》だと言っておけばいい。風邪くらい、だれだってひくんだから」

ベスは薄いレースのハンカチを出して鼻をかんだ。「まるで、ほんとに風邪をひいたみたいね」鼻をすすって言った。

「ああ、そうだね」ルシアンはもっと大きな実用的なハンカチをわたしてくれた。「明日、訪問客を受けるのはいいが、たくさん鼻をかんで、また部屋に引っ込むんだ。鼻を赤く染めてそれらしくしておけば、きっと最低でも二日間の休みと平安をかせげるよ」

ベスは、ついこらえきれずに笑った。「なんていう嘘の達人かしら」言ったとたんに、急に部屋の温度がさがったように感じられた。

「そうでない人間がここにいるか」彼は冷ややかに言って、呼び鈴を鳴らした。ベスをメイドに引きわたして面倒を頼むと、ルシアンと公爵夫妻は外出していった。

残されたベスは、みじめな気持ちでベッドに横になった。どうして、打ち解けた友好的な空気が流れたかと思うと、すぐにことごとくこじれて険悪になってしまうのか。ふたりの将来に、いったい、希望はあるのだろうか？

ともあれ、ルシアンの計画のおかげで、念願だった休息をとることができた。ベスは二日間、自分の部屋で読書をしたり身体を休めたりして、ゆっくりとすごした。〝風邪が治った〟ときには、結婚式まであと二日を残すのみで、公爵夫人はそれを口実にして、一家の社交の活動を打ちきった。

それでも、ベスには自由になる時間はなかった。準備の監督をする公爵夫人を手伝うことを期待されていたし、ウェディングドレスの最終的な寸法合わせもある。さらに、驚くほど大勢の親戚がぞくぞくとロンドンに到着し、全員が挨拶にやってきた。それについて唯一よかったのは、ルシアンがあっさりしたことに、親戚のことは揺りかごのときから知っていて紹介される必要がないと言って、挨拶の場に出てこなかったことだ。会わない時間がベスの恋心をかきたてることはないにしても、険悪になるひまが減るのはたしかだとベスも納得した。

こんな調子でふたりの今後がどうなるのか、ベスは考えたくもなかった。

ベスの休息のあいだは、ルシアンも解放された。花嫁が引きもきらない社交の催しを欠席するならば、彼にとっても出席する意味はあまりない。無頼同盟《カンパニー・オブ・ローグズ》がコンとデアの送別のために集合していたことから、楽しみには事欠かなかった。ふたりはルシアンの結婚式のあるちょうどその日に、ウェリントン公爵の軍に合流するために出立する予定だった。同盟の活動拠点は、いつもながらローリストン街のディレイニー家だった。ニコラスとエレノアは、家族の地元であるグラティングリーを訪問して帰ってきたところで、家はつねに友人たちのために開放されていた。

ルシアンは、夜のうちのほとんどをそこですごした。

結婚式の三日前、エレノアは大胆にも意地悪に質問してきた。「アーデン侯爵さま、家でエリザベスといっしょにすごさなくて、よろしいの？」

「ゴドリックとゴドギヴよろしく、仲良く炉辺でくつろいでいろと？　エリザベスはいまは休んでいるし、それに高貴なわれわれは、どのみち、この先もそういう生活はしないよ」

エレノアがその口調にかすかに顔をしかめたので、ルシアンは自分の辛辣な態度を後悔した。だが、なにを言いつくろう間もなく、エレノアは夫を呼びつけた。「ねえ、ゴドリックとゴドギヴというのは、だれのことだったかしら？」

ニコラスは好奇心を引かれたようだったが、まずはこたえた。「もともとは、ヘンリー一世と妃のマチルダのことを、ノルマン人がばかにして、そうあだ名したんだ。夫婦円満と、宮廷をイングランド風に変えようとしたことを揶揄《やゆ》して、アングロサクソン人のありふれた男女の名前で呼んだ」ルシアンのほうをむいた。「エレノアは百科事典を買おうとしないで、いつも僕を侍《はべ》らせてる」

「夫も、なにかしら役に立つ必要があるからね」ふたたび、つい苦々しさが声に出て、ルシアンは顔をしかめた。

「考えてもごらんなさい」エレノアがその場をとりなして、ニコラスに話しかけた。「わたしの学校のミス・フィチャムが、生徒たちに本気でものを教えようという先生だったら、まちがいなく、あなたは無用の長物だったわ」

「本当に無用の長物かい？」ニコラスはのんびりと言った。

エレノアは顔を赤くして立ちあがった。「大きく出るつもりなら、わたしはいまのうちに逃げておくわ」ふり返って、ルシアンに捨て台詞を言った。「イングランド国王がそうだったなら、あなたがおなじことをしたって恥ずかしいことじゃないはずね」

「これは、やられたな」ルシアンは笑って、エレノアの勝ちを認めた。ニコラスのほうをむいた。「頭の切れる女性と暮らすというのは、どんな感じだ？」

「毎日が楽しさの連続だ。それだけでなく、エレノアはあたたかい心の持ち主だ。エリザベスは冷たいのか」

これは真正面からの攻撃だった。「さあね」ルシアンはようやく言った。

「ルース。きみは金持ちで、男前で、イングランドでもっとも口達者で、もっとも不埒《ふらち》な口説きの達人だ。僕の目の前で、エレノアの心を奪ったことさえあった。そんな男が、自分の花嫁があたたかいか冷たいか、なぜ、わからないんだ？」

考えてみれば、エリザベス・アーミテッジ相手には、一度もそうやって口説いて戯れたことがない。攻撃はした。脅して、ののしった。だが、そうした楽しみがあったか？　一度もない。これは、たとえ相手がニコラスであっても話せないことだ。「なぜ、わかるはずがある？」おどけて相手の言葉を一部くり返した。「彼女はとげとげしいサボテンで、こっちはうぬぼれと高慢でふくらんだ風船だ。どんなことになるか怖くて、そばまで近づけない」

ニコラスの唇がひくついた。「たぶん、ド・ヴォーの次世代が出てくる」

「ああ」ルシアンは応じた。「ド・ヴォーの跡継ぎは出てこないと困る。こっちがぐんにゃりして、使いものにならなくなったとしても……」自分の言葉にルシアンは吹きだした。

「自然なことだ」ニコラスはにやりと笑って同意した。「すぐに回復するだろうがね。たしか、取り巻きが、きみのうぬぼれを毎日せっせと手押しポンプでふくらましてくれると言ってなかったか？　やんごとなき人々の床の風習については、まだまだ知らないことが多いな」

「慎みたまえ」ルシアンはたしなめつつ、いまも必死に笑いをこらえていた。「白状すると、僕も両親がなにをしているのか、小さいころは興味津々だったが……」

「みんな、そんなものだ」

両親のことに頭がいったことで――といっても、父は父ではないのだが――一気に笑いからさめた。「跡継ぎを残す責任を負ってないことを、ありがたいと思うことはないか？」

「兄が結婚を拒否しているから、おそらく、その義務は僕にある。べつに、大変なことだとは思っていない」ニコラスは顔をくずした。「ただし、僕はうぬぼれでふくらんでいるわけじゃないから」そう言うなり吹きだした。「その言葉を聞くと、おかげさまで、反射的に露骨な場面がうかぶようになりそうだ」首をふった。「エレノアはじゅうぶんな頻度で僕をぐんにゃりさせるが、棘《とげ》は寝室の入口においてきてくれる」

「エレノアに棘はないだろう」

エレノアを溺愛している夫は陽気に叫んだ。「棘がないって！　きみが知り合ったとき、すでに人生の波にもまれて、多少丸くなっていたというだけだ。子供のころ、しょっちゅう鞭でたたかれていたのも納得だと、本人にも言ってるよ。驚くべきは、そうした鞭打ちに、ほとんど効果がなかったことだな」

「だったら、どうやって手綱を締めるんだ？」

ニコラスの顔が、友人なら区別のつく、真剣な表情をおびた。「なんのために？」

これは詰問であり、ルシアンは身を硬くした。「適切なふるまいをさせるために」

ニコラスのあたたかな茶色い瞳が、明らかに冷たくなった。「自分自身がいつもはみだしているんだ。他人に適切なふるまいを押しつける理由がわからない」

「彼女は自分の妻だろう」

ニコラスは首をふった。「彼女はエレノアだ。僕は自分以外の大人の保護者になりたいと思ったことはないし、運にめぐまれたおかげで、自由を理解できる妻を与えられた。きみはこの先、ずっと、エリザベスの手綱をにぎっているつもりか？」

すでに、それを試みている。だが、自由にしたらなにをするかわからない女の場合、ほかに、どうやりようがある？　野放しにしたらどうなるのか。みすぼらしい服を着る、使用人とひざを交える、改革を説く。さらには、トムだかディックだか、ハリーだかに身体を捧げるか？　考えてみれば、それ以外のことはどうでもいい。大事なのはそこだ。いまも処女を守っているとしても――あるいは、そう主張しているにしても――それを失ったあとは、なにが歯止めとなるのか？　メアリ・ウルストンクラフトの教えを受けた者がどうなるかは、駆け落ちした娘を見ればよくわかる。

「エリザベスはエレノアじゃない」ルシアンは言った。

「ああ。エリザベスのほうが高い教育を受けているようだ」

「ウルストンクラフトの不道徳な教えが、頭にいっぱい詰まってる」

「読んだことは？」

「ないね」

「来たまえ」ニコラスは立ちあがって、部屋の外へ導いた。ルシアンは廊下に出てはじめて、この世には、自分がニコラス・ディレイニーの指図にしたがわなくてはならない理由など、ひとつもないはずだと気づいた。それがニコラス・ディレイニーであるという一点をのぞいては。

ふたりは書斎にはいった。ニコラスはランプをともすと、ぎっしりとつまった棚から、簡単に二冊の本を見つけて取りだした。メアリ・ウルストンクラフトの『人間の権利の擁護』と『女性の権利の擁護』だった。

ニコラスは二冊目を軽くたたいた。「内容を知っておくためだけでも、すべての男はこれを読むべきだ。きみの場合は、熟読したほうがいい」

ニコラスまでもが神経を逆なでしてくるとは。「急進的な男女同権主義者に宗旨変えしろというのか?」

ニコラスは笑いをこぼした。「もし、そんなことが実現したら、地球がひっくり返るな。ともかく、最低でも、ふたりはおなじ言語で話せるようになる」

「エリザベスのほうが僕の言語を学ぶべきだ。娘のメアリ・ゴドウィンとパーシー・シェリーの駆け落ちについては、どう思う?」ルシアンは挑みかかった。「シェリーは妻とふたりの子を捨てていった。しかも駆け落ちには、退屈しないように愛人の友達もいっしょに連れていった」

「もしも」ニコラスが真剣な面持ちで言った。「もしも僕自身、妻がある身としてエレノアと出会ったら……。いや、自分にあてはめてみてもしょうがないな。彼らは――妻も、愛人も、愛人の友人も、詩人のシェリー本人も――そろって頭のおかしな変人だ」肩をすくめた。「そんな奇妙な詩人のおふざけは、まともに取りあう気がしないね。僕は、世間の問題から離れてせいせいしたいと、必死なんだ。当然、エレノアもおなじだろう」

話題を変えさせることに成功して、ルシアンはほっとした。「ナポレオンのことも?」話が正しい方向へ流れていくように、誘導した。

「ああ、忘れたいね」

「デヴリルは?」

その名前を聞くと、ニコラスはうなずいた。「あの男には貸しがある」これ以上期待できないほどの危険な顔をして、冷静に認めた。「だが、深追いする気はない。そんなことをしても、いいことはないからね。せいぜい復讐になるだけだ」

「復讐は、ときに甘美なものだ」

「そんなふうに感じたことは一度もないよ」

「ハロー校でやったことはどうだ?」ルシアンは手に持っていた二冊の本をおいた。

「あれは、復讐じゃないだろう。少年なりの戦略だ」ニコラスは本を取って、ルシアンの手にもどした。

視線がぶつかりあって張りつめた一瞬が流れたが、ルシアンは譲った。ただし、話題が用件からそれないように気をつけた。「デヴリルがイングランドにいるのを見て、目を疑ったよ。テレーズ・ベレールといっしょに逃亡したとばかり思っていたが」

「テレーズは、逃亡なんていう不名誉な言葉は、絶対にいやがるだろうな」ニコラスはランプを消しながら言った。「だが、そのとおりだ」ふたりは部屋を出た。「デヴリルもいっしょだった。最高に不快な旅仲間だ」ニコラスの顔になにかがよぎり、ルシアンは、ニコラスがマダム・ベレールに誘拐されて連れていかれた奇妙な旅のことを思った。囚われの身として何日も連中といっしょにすごし、その後、ケープ植民地行きのべつの船に移された。そこから故郷にもどるのに四ヵ月近くもかかり、その間、大勢の人たちがニコラスの死を覚悟した。

「デヴリルがもどってきたとすれば」ニコラスがつづけた。「テレーズが追い返したんだろう。ふたりは、そもそも愛人でもなんでもない」

廊下には、ほかにだれもいなかった。あの冷血の高級娼婦《しょうふ》に対して病的な関心をぬぐえないルシアンは、思いきって聞いた。「要するに、あの男は彼女のなんだったんだ?」

ニコラスは肩をすぼめた。「たぶん、共通の趣味を持つ相手といったところだ。汚れたものは、いっしょにくっつく性質があるだろう。デヴリルは緻密《ちみつ》ではないが、たくましい想像力の持ち主だ」ルシアンが感想や質問を思いつく間もなく、ニコラスがよどみなくつづけた。「欲深い男で、テレーズの計画にも並々ならぬ興味を示した。いっしょに船に乗ったのは、自分の分け前を確実に手にするためだろう」

「それに成功したようじゃないか」ルシアンは言った。「もとから、けして貧しくはなかったが、金をうならせてもどってきた――悪銭をうならせてね。だからこそ、ふたたび上流社会にもどれたわけだ。金さえあれば、つねに門戸はひらかれる」

ニコラスが警戒の目をむけた。「うなるほどの金？　そこまでの金を得たはずはないし、ほとんどは、テレーズが自分で使う気でいた」

「ひょっとしたら、金があるふうに見せているだけかもしれない。だが、事実として一等地のグローヴナースクエアに家を借りている。それに、馬も相当上等なやつを所有している――僕の鹿毛より高価な馬で、あいつが乗っている姿を見ると、腹が立ってしょうがない。乱暴な乗り手だ。噂では、妻さがしをしているが、遺産つきの娘を求めているわけじゃないという話だ。自分の趣味に合うものを、金で買うような感覚なんだろう」

ニコラスが顔をゆがめた。「あんなやつに子供を売る親が、どこにいる……。だが、ルース、その金がいったいどこから来ているのか、気になるな。というより、テレーズのゲームに参加して、彼女を出し抜いたのか知りたいね」

「マダムを欺いて、利益をかっさらったと？」ルシアンはにやりと笑った。「復讐は甘美じゃないというかもしれないが、もしそうなら、胸がすくね」

「正義だ。復讐じゃない」ニコラスもおなじ顔で笑った。「フィアト・ユスティティア・エト・ペレアト・ムンドゥス――正義は行なわれるべし。たとえ世界が滅ぶとも。だが、まだ完全じゃない。デヴリルが不正で得た金でいい思いをするのは、許せない」

「まったく同感だな。われわれは、なにをしたらいい？」

ニコラスがルシアンを見た。「いまは、なにもしない。デヴリルはいまのまま。きみは結婚をする。結婚とは、相当、本腰を入れてかからないといけないようなことだ。そのことは身をもって経験したよ。それに読書もしないといけないだろう」

ルシアンは本に目をやった。「これでなにかが変わると思っているのか。僕はエリザベスのことは、すっかり理解しているつもりだ。ただ、賛成していないというだけで」

「きみのことは、賢い男だと信じている。なあ、人が自分以外を理解することはあり得ないし、理解したと思うのは、もっとも危険な幻想だ」ニコラスは真剣そのもので、そういう状況のときには、ともかく耳を傾けたほうが賢明だった。「こんなことなら」考え込むように言った。「もっと早くもどってきて、きみのエリザベスに会っておくべきだった。そうすれば、彼女はひとりふたりの友人を、あてにできたかもしれない」

ルシアンは、婚約者に友人がいないことを考えてやらなかった自分に、罪悪感をおぼえた。「そのうちに連れてくる」

「もちろん歓迎する。だがロンドンでの結婚披露宴までもう三日だ。彼女としては、これ以上知らない人と会わされるより、静かにしているほうを望むだろう。ハネムーンのあとに連れてくるといい。デヴリルの件もあるし、僕らもあと数週間、ロンドンにとどまろうかと思う」

ふたりは客間の扉のほうへ歩いていったが、ドアノブに手をかけたところでニコラスが足を止めた。「ルース、助言というのは、往々にしてお節介なものだが、これだけは、どうしても言わずにはいられない。きみとエリザベスのあいだにどんな問題があるにしろ、初夜の床には、それを持ち込むべきじゃない」目と目が合った。「喧嘩の必要があるなら、そうすればいい。ただしベッドではひたすら愛する。それができないなら、できるようになるまで待つことだ」

13

結婚の祝宴はベルクレイヴン・ハウスの舞踏の間で行なうことになっていて、その前夜、ベスはなんとなくその場所に足をむけた。金の装飾の柱と丸天井の広い空間を照らすのは月明かりの冷たい光のみで、壮麗な堂々たる表情も、銀色と灰色の影と化している。花の準備もすでに終わっていた——巨大な壺に、格子に、壁に飾られている。湿った芳香が重く空気を満たし、息苦しいほどだった。

めずらしく、ひとりきりだった。使用人はそれぞれの仕事を終えてベッドにはいり、翌日の長くきつい一日にそなえて、身体を休めている。

ほの暗いなかだと、ここはむしろ礼拝堂のようにも見えたが、ベスは教会で結婚式を挙げないことを喜んでいた。こんな強引な縁組に、神聖なところはひとつもなかった。文明的な作法でつくろってはいても、野蛮という意味では、計画的に妻をさらってくる、大昔の結婚となんら変わりがない。女の気持ちなどまったく顧みられず、見えているのは女といっしょについてくる財産だけなのだ。

「しかも、わたしの唯一の財産は私生児としての血」ベスはつぶやいた。「ド・ヴォー一族にとって、それが計り知れない財産だなんて」

ルシアンがこの数週間、たいていの場合、親切と思いやりで接してくれているのはたしかだった。この何日かは、とくにそう感じる。それに、ベスは彼の魅力に対して、まったく鈍感でもいられなかった。彼は美男子で、芸術品として見ているだけでも、目の保養になる。それに知的で、彼なりにではあるけれど繊細だった。こんな最悪の状況におかれているのでなければ、いっしょにいて好ましい相手だったかもしれない。

だが、そもそも、こういう最悪の状況におかれないかぎり、彼とふたりですごすときを知ることはなかった。ベスは、ふいに気づいて息が詰まった。もし、もどれたとしても、かつての自分の生活のなかに、もはや、満足を見出すことはできないだろう。ルシアンのいない生活のなかには。

ルシアンにはベスを揺さぶる力があった。儀礼的に手をおかれたときも、ただ、ふれられた以上のものを感じることが多かった。近くに身体があるというだけで、息が止まることもある。眼差しひとつで、ベスの肌をぞくぞくさせることもできる。

たぶん、結婚を目前にして恐怖を感じるのは、なによりもこうした事実のせいなのだ。明日のいまごろには、ベスは完全に彼の手に落ちて、そうした淫らな感覚に支配される。にもかかわらず、彼のほうはなにひとつ感じないのだ。

ふるえが走って、自分を腕で抱いた。公爵夫人からなにも聞かされることなく、ルシアンの力がベスをどんなところへ導くのか、はっきりと知らないままでいられたら、どれだけよかったか。ベルクレイヴンのテラスでの恐ろしい一幕が思いだされる。ベスの身体に火をつけておきながら、彼の表情は、氷のように冷たいままだった。そしていま、彼が血も涙もなくベスをあやつって無我夢中の境地に狂わせる映像が、しつこく頭に取り憑いてベスを苦しめる。しかも、その経験をするときは、ほんのすぐ先に迫っていて……。

公爵夫人が燭台《しょくだい》を持ってはいってきた。揺れる火が、赤い壁と金の装飾を照らしだして、躍らせた。部屋はもはやミステリアスではなく、陽気な空間となった。

「どうかしたの、エリザベス？」

「いいえ」こんな暗い場所でたたずんでいたことの言い訳は、思いつかなかった。夫人は蠟燭をおいて、そばに来てベスを腕で抱きしめた。「かわいそうに。どうか怖がらないで。ほんとよ、ルシアンに関しては、なにひとつ怖がることなんてないの」

「なにひとつ？」ベスは心地よい腕のなかから出て、質問した。「なにひとつ？　明日さえすめば、わたしを打ち据えて半殺しにすることもできて、しかも、そうなっても、だれひとり気にしないんだわ！」

「なんですって？」夫人が声をあげた。「あの子、あなたに手をあげたことがあるの、エリザベス？　そうなら、このわたくしが打ってやるわ！」

「それはありません」夫人が本当に激怒したので、ベスはあわてて言った。二度ほど、そう脅されたことがあると言いたいのを、ぐっとこらえた。

「それを聞いて安心しました」夫人は言って、落ち着きを取りもどした。「ルシアンに、どこか荒々しいところがあるのはたしかね。でも、男の人は、たいていそうした性質を持っているのよ。はっきりと言えば、身を守ってもらうときには、女はそうした性質をありがたいと思うんじゃないかしら？　それに故郷のために戦ってもらうときも。大勢が、じきにそうなる運命でしょうけど。でも、ルシアンは紳士だし、自分を抑えることもできる。怖がることはないわ。もし、傷つけられるようなことがあれば、わたくしにおっしゃい。あの子はそれを、とことん後悔することになりますから」

　話を聞いていて多少の安心を得たが、ベスは、驚きの念とともに、自分の揺れる気持ちに気づいた。他人の助けを排除したい思いがあって、ルシアンとの対決は、ふたりだけの心と心のぶつかりあいであってほしいと望んでいるのだ。なんて奇妙なのだろう。

「ねえ、エリザベス」夫人が言った。「なぜ、そんなふうに笑っているの」

「自分でもわかりません。なにもかもが、とてもばかげていて。こんなこと、ひとつも望んでいなかったのに」首をふった。「たぶん、そろそろベッドにはいって休んだほうがよさそうです」

夫人は去っていくベスを目で追って、ため息をついた。息子と花嫁を観察してきて、すっかり混乱していた。ふたりは、うまくやっているときもあれば、無視しあっているときもある。話をしていて、ときどきは、とても気が合っているように見える。自分の知的な息子が、上流の友人たちの愚鈍な言動に付き合うのではなく、頭を回転させているようすを見るのは、気分のいいものだった。けれども、たがいへの憎しみが透けて見えるときもあり、いまの話では、エリザベスはルシアンを怖がっている。

ルシアンと直接話をすることも考えたが、執事のマーリーによると、友人のところへ出かけているらしい。今日もまた。夫人はあきらめて、公爵に会うために書斎を訪れてみた。

公爵は、夫人がむかいの椅子に腰をおろすまで、律儀に立って待っていたが、目は用心深くこちらを観察していた。思えば、自分からこんなふうに夫に会いにきたことは、過去に一度もないのだ。そうやってあらためて考えてみると、ルシアンの誕生以来、ふたりの生活は、理不尽なまでにねじれたものになっている。夫人は、自分が結婚の話をしにきたことを忘れた。

「どうしてなの?」そっと聞いた。「どうして、わたしたちは、こんなことを自分たちに課しているの?」質問を受けた公爵がひるんだのが見えたようだった。「ウィリアム、どうして、小さな過ちが人生を壊すのを見過ごしにしているの?」

「小さな？」つっけんどんな答えが返ってきた。「自分の息子ではない子を跡継ぎに持つことは、わたしにとって小さなことじゃない」

彼女は礼儀正しさという盾のうしろに引っ込もうとしたが、気持ちを強く持った。

「でも、よそにもない話ではないでしょう。メルバーンの跡継ぎはじつはエグルモント卿の息子だということは、世間では知られたことだし、おなじような問題を背負った家は、ほかにもあるわ。みんなが、わたしたちみたいに崩壊してしまっているわけじゃないでしょう」

公爵はいきなり席を立った。「崩壊などしていない。きみには敬意をもって接してきた。アーデンのことは、あらゆる面で実の息子と同様にあつかってきた」

「あらゆる面で？」

公爵がふり返り、夫人は彼の眼差しにあらわれた感情を見て、はっとした。「ヨランダ、わたしはアーデンを愛している。無知のままいられればよかったと、何度思ったことか。アーデンには腹の立つこともある」かすかに微笑んだ。「だが、子供とは、そういうものだろう。それどころか、これ以上立派な息子はないと思うときさえある」

「だったらどうして、わたくしを許せないの」夫人は訴えた。

公爵はすぐにそばにやってきて、椅子のとなりで片ひざをついた。「許せないだと？ わたしは打ち明けてくれたそのときから許していたよ、ヨランダ。一度として、責めたことがあるか？」

妙な気持ちだった。自分は本当に五十を過ぎた女なのだろうか？　娘時代にもどったようにおろおろとしている。手を伸ばして、夫の髪にふれた。指先で、やがて手全体でふれて、なでた。「いいえ、あなた」小さく口にした。「一度も責めたことはないわ。でも、わたくしにふれることには、我慢ならなかった」

公爵が手をつかんで、手のひらに燃えるようなキスをした。「ヨランダ、痛いほど求めていたよ。これほどつらいことだとは、思ってもいなかった。眠れぬ夜がつづいた。何度もきみの夢を見て、あまりに現実じみていて、恐怖で目覚めることもあった。もしかして、本当にいっしょにいたのかもしれないと……」

「恐怖？」ヨランダは夫の手を両手で強くにぎり返した。「恐怖ですって？」

「こんなことを話せば嫌われるだろうが」公爵は静かに言ったが、顔をあげてしっかりと目と目を合わせた。「もしも、きみとのあいだに新たに息子が生まれれば、わたしはアーデンを殺していたと思う」

力が抜けたが、ヨランダはにぎる手をはなしはしなかった。「ウィリアム、あなたにそんなことができたはずはないわ」

公爵は手をふりほどいて立ちあがり、部屋の反対のほうへ歩いていった。「たぶん、そうかもしれない」張りつめた声で言った。「だが、あいつの失踪《しっそう》を画策したのはまちがいないだろう。公爵の位と領地はド・ヴォー家のものだ。皮肉だが、ルシアンはそのことを理解してくれただろう。きみが理解できなくとも」

ヨランダは、自分の顔に笑みがうかび、目に涙があふれているのを感じた。軽やかに席を立ち、夫に近づいていって両腕をまわした。「いまさら、そのことで悩む必要がないのは、まちがいないわね、愛しのあなた」

公爵の両腕が、それ自身命を得たかのように自然に夫人に巻きつき、顔には驚きの表情がうかんだ。「ヨランダ？　こんな話をしたのになぜだ？」

「もしかしたら、あなたは本当にそうしたかもしれない。でも、いまとなっては、わからないわ」そっと手をあげて、頬にふれた。「わたくしも求めていたの」声が揺れた。指でそっと唇をなぞった。「ねえ、いま、ルシアンと呼んだわね」

公爵はヨランダの指をつかまえて、自分の手のなかに閉じ込めた。「わたしがどうしたって？」

「これまでは、一度としてあの子をルシアンと呼んだことがなかった。いつもアーデンと言ったわ。赤ん坊のときでさえ。エリザベスに感謝しないと」もはや、ごまかしの言葉などいらない。もっとも単純なひとことが、ヨランダの口からこぼれた。「愛してちょうだい、ウィリアム」

夫の目が細まった。「ヨランダ。あまりにご無《ぶ》沙汰《さた》だ」

二十年以上のあいだ抑えられていた火が、身体の奥で燃えあがる。「やり方を忘れてしまったの?」ヨランダはからかった。「心配しないで。わたくしが憶えているから」

「まいったな。わたしも憶えている」そう言うとともに、唇が近づいてきた。幾年もの月日が消え去り、若いときがよみがえったような空気につつまれた。ヨランダの手が夫の上着のなかに忍び込み、かつてと変わらない引き締まった背中の線をたしかめる。舌が、彼独特のかけがえのない甘い味をむさぼる。ヨランダの身体は、記憶に刻まれたウィリアムの凹凸をすぐに思いだして、そこに自然になじんだ。

離れた夫の唇が、今度は首すじにおりてくる。ドレスのひだを寄せた襟のところで止まった。「いつから、こうした襟の高い服を着るようになったんだ」不満げに言った。

「四十のときからよ」ヨランダは喜びでくらくらしながら、笑い声をあげた。「少々メイドとともにお時間をいただければ、出直してくるわ」

公爵は繊細なデミティ地の身頃の上から手をすべらせて、胸をつつみ込んだ。「メイドの仕事なら、わたしにもできる」声がかすれていた。「記憶がめきめきと回復してきた。何度も脱がせた経験があったことを思いだしたよ」

そう言うとヨランダをすばやくうしろ向きにして、背中の小さなボタンを一個ずつ下まではずしていった。指のたどったあとを、唇が追いかけていく。

ヨランダはわれに返った。「ウィリアム、ここで? そんなことは無理です」

「ここで。いまだ」動いていた指が止まり、公爵はヨランダをつかんで、自分の身体に強く押しつけた。「これは夢なのか、ヨランダ？　もしそうなら我慢できない」

夫人は首をうしろにひねった。「いいえ、あなた。わたくしもいっしょに夢を見ているのでなければ、これは夢じゃないわ。もしそうだとしても、約束します、目が覚めたらすぐに、あなたのベッドへいきますから」

公爵はヨランダの巻き毛に顔をうずめて笑った。「こんな幸せであっていいはずがない」手がさまよいだして、指がそっと乳房をなぞる。めまいのするような欲望の波が走って、ヨランダの身体がふるえた。

「ウィリアム！」ヨランダはあえいだ。

「ああ。だが、わたしも年を取ったようだ」彼は微妙な愛撫《あいぶ》をつづけながら言った。「ベッドというのが魅力的な考えに思えるな。思いだしてみると、床で愛を交わすのは、ひどくやりにくかった」

夫人はしぶしぶながら賛成したが、上の階にいくまで、脚が自分の身体を支えてくれるか自信がなかったし、夫と離れるのもいやだった。この瞬間が、霧と消えてしまうのではないかと怖かった。けれども、彼の手から身体をほどいて、言った。「支度をするまで、いくらもかかりません」

公爵はふたたびヨランダを腕に抱いた。「いっしょにいこう」揺れる指で顔をなぞり、むさぼるようにキスをした。すこしして、身を引いた。

「トーマス！」声をあげると、従僕《フットマン》がすぐに部屋に姿をあらわした。「わたしの従者《ヴァレット》と夫人のメイドに、いまは下がっていいと伝えにいってくれ」

「かしこまりました」フットマンはこたえたが、彼の目は、服の乱れた公爵と夫人がからみあっている姿を見てまん丸になっていた。

フットマンが出ていくと、夫人はおかしそうに笑って、公爵の肩に顔をうずめた。

「彼らはどう思うかしら？」

「どうだっていい」両手を下からあてて豊かな胸を持ちあげ、ゆっくり慎重に口を近づけて、片方の胸の先端に、それから反対側に唇でふれた。布の下でふくらんだそれを、歯でそっとくわえられると、夫人は声をもらして夫にしがみついた。

「言っただろう、記憶がめきめきと回復している」公爵はにっこりと笑った。「さあ、わたしの心の姫よ、ベッドへ参ろう」

ルシアンがモールバラスクエアにもどったのは、比較的早い時間だった。今夜はコンとデアの送別会だったが、同時に彼にとっても、独身の自由な日々と別れを告げる夜だった。

楽しい会ではあったが、エリザベス・アーミテッジとの床入りについての友人たちの卑猥な冗談にしだいに嫌気がさし、助言の度が過ぎるように思えてきた。二度ほど、話が露骨になりすぎたときに、ニコラスが話題を変えようとしたが、ふだんならニコラスが気にするほどの内容ではなかった。

だが、とうとうルシアンはこっそり抜けだして、頭を冷やすために家まで歩いてもどった。どのみち、正気の頭で明日を迎えるというのは、悪い考えではない。

今晩、はじめて気づいたのだが、ルシアンはこれまで、自分から乗り気にならないかぎり女を抱いたことが一度もなかった。つかの間の欲望だったこともあれば、例えばブランチとのときのように、もっと深い思い入れがあったこともある。だがともかく、そこにはつねに強い欲望が存在した。

エリザベス・アーミテッジに欲望はあるか？　とくに感じたことはない。彼女の元気なところや知性に好感を持っているのはたしかだ。生き生きとしているととても愛らしくも見えるが、熱い情熱をかきたてられることはない。怒りでかっとしているとき以外は。

一度キスしたときには、たしかになにかを感じたが、唇をはなすことにためらいはなかった。残ったのは、望まない相手から無理にキスを奪ったという後悔だけだ。もし、彼女が結婚の契りを拒否してきたら、自分はどうするだろう？　強引に推し進めることができるかは、自信がなかった。

だが、たとえ従順な態度を示されたとしても、欲望を感じる保証もないのだ。万が一、男として機能しなければ、不名誉きわまりない。

家にはいった。「みんなは、もう床についているのか、トーマス？」夜勤のフットマンにたずねた。

「はい、ご主人さま。公爵ご夫妻は、ずいぶん前に部屋におはいりになりました」

ルシアンは階段をあがりながら、フットマンが聞きもしないことを言ってきたことに、多少の驚きを感じた。そういえば、声の調子も妙だった。お仕着せに身をつつみ、髪粉で髪を白くしたフットマンをふり返った。彼は夜のために与えられた椅子に腰かけ、ぴんと背筋を伸ばし、注意をはらっている。よい使用人がそうであるべきとおり、顔に個人的な感情は出ていなかった。

その若いフットマンが、ベルクレイヴン公爵夫妻という雲の上の人たちが、それも、あんな年齢のふたりが、服を乱して笑いながら身体に腕を巻きつけあって、ふたりだけで階段をあがっていくのを目の当たりにして、いまも驚きから覚めやらずにいるということは、ルシアンには知る由もなかった。

たぶんまだ起きているだろうから、母のところに話をしにいこうかと考えた。ルシアンは妙に気分が落ち着かず、なにかを求めていた。けれども、戸口までいったところでかすかな声が聞こえてきて、ノックをしようとした手を止めた。

いっしょにいるのはメイドか？　いや、あれは男の声だ。公爵とはとくに顔を合わせたいとは思わない。ルシアンは背をむけたが、そのとき、悲鳴があがった気がした。あわててドアのところにもどったが、すぐに笑い声が聞こえてきた。

頭が混乱し、ドアのマホガニー材を見ながら立ち尽くした。なにも知らなければ、なかで男女の戯れが行なわれているのだと思ったことだろう。

だが、母といったいだれが？　それを思うと胸がさわいだ。そんな妙なことを考えるのは、エリザベス・アーミテッジと、彼女の怪しい急進的な道徳観のせいだ。

ルシアンは急いで、角を曲がったところにある公爵の部屋にむかった。ノックをしたが、だれも応じないので扉をあけてみた。続き部屋になっている三つの部屋のどこにも、公爵の姿はなかった。ベッドはシーツを折り返してあって、ナイトシャツは着るだけにしてひろげてあり、顔を洗う湯は、使われないまま冷たくなっている。

ルシアンはふたたびゆっくりと母の部屋の前をとおり、恥も外聞もなくもう一度聞き耳を立てた。音はかすかだが、まちがいない。顔に笑いがひろがった。よかった。むかしからずっと思っていたのはまちがいだったのだ。妙なことかもしれないが、両親が――こんな言葉はどうかと思うが――いちゃついている、という事実が、自分の結婚に希望を与えるような気がした。

ルシアンはほどなくして夢のない深い眠りに落ち、一方、大きな屋敷のべつの場所では、公爵と夫人が、ほとんど眠らない長い一夜をすごした。

翌日、結婚の日を迎えたベスは、人形にでもなった気分だった。人の手で移動させられ、席につかせられた。夕方の結婚式の前までは、花婿に会うことが許されないために、ずっと自室に閉じ込められていた。彼のほうは、ひとりで好きに動きまわっているにちがいないと思うと、多少、不満をおぼえないではなかったが、かえって好都合な面もあった。ベスはとんでもなく神経質になっていたため、おそらく、人前で恥をかくようなことをしてしまったことだろう。

公爵夫人とは、午前中のひとときをいっしょにすごした。彼女は見た目に疲れていて、一度、あくびまでしたが、いつになく陽気なようすだった。ルシアンの姉のひとり、レディ・グラヴィストンの短い訪問も受けた。結婚前はレディ・マリアの名で呼ばれていた小柄な女性で、頭がとてもいいわりには、あまり分析的な性格ではなかった。彼女は弟が選んだ花嫁をなんの疑いもなく受け入れたようで、言うべきことを述べると、その後は二十分ほど、自分の三人の元気な子供のことをしゃべった。それからベスの頰にキスをして、結婚式で見られた姿をするためには、そろそろ引きあげないといけないと言って、去った。

ルシアンのもうひとりの姉、レディ・ジョアン・カスバート＝ハービーは、現在〝出産をひかえている〟といって、丁重な欠席の知らせを送ってきた。五人目の子供だった。子沢山の家系であると知ったところで、ベスの神経はちっとも休まらなかった。

公爵も顔を見せた。彼もまたやけに明るかったが、自分が計画したことの成果をこうして目の当たりにしているのだから、当然といえる。公爵はついでに、ルシアンから花嫁への贈りものを持ってきてくれた。みごとなダイヤモンドを使った宝飾品のひとそろいで、前に断わったものよりもはるかに立派だった。揺れる石がきらきらと光を反射するダイヤのティアラもあった。できればつけたくなかったが、ベスの身分にふさわしいものだといって、たちまち説得された。ベスは、来るべき夜のことで頭がいっぱいで、小さな闘いに立ちむかう気力は残っていなかった。

駆けつけてくれたミス・マロリーも、あまり慰めにはならなかった。いまや、ふたりのあいだにはあまりに大きな隔たりができている。下手につくろうと、さらにそれがひろがっていくようで、いっしょにいても支えというより苦痛だった。

「白状すると」ミス・マロリーはお茶をすすりながら言った。「あんな快適な旅ができて、うれしかったわよ。わたしひとりのために、馬車を一台さしむけてくださるなんて、公爵は親切だこと。それに、この家はとても美しいわ」

「いつかベルクレイヴン・パークのほうへも訪ねてきてね、エマおばさん」ベスは言ったが、どこか心がこもっていなかった。

ミス・マロリーは気づいていないようだった。「有名な場所なんですってね。ベス、とても元気そうね」そう言ったが、彼女は富にかこまれようとも自分の思想をすっかり忘れるわけではないことを示した。「あなた、幸せなの？　もし自信がないなら、まだ考えを変える時間はあるわ」

　自信がない――ベスはそのことを考えた。自信がないというのは、言葉としては足りなすぎる。それでも、おばさんのためにベスは笑顔をつくった。「すごく幸せよ。侯爵とは、とても仲良くやっているの」

「それならいいのだけど。ベルクレイヴン公爵の困った立場も理解はできたけれど、解決の仕方が気に食わなかったし、それに、あなたがあまりにあっさり同意してしまったので、驚いたのよ。ひょっとして、お金に心を動かされたんじゃないかと、心配したわ。それか」周囲にはだれもいなかったが、ささやき声で言い足した。「情欲に負けた」

　ベスは顔を火照らせた。「そんなわけないでしょう！」

「ええ、ええ、そうでした」ミス・マロリー自身も顔を赤くした。「侯爵のきめ細やかな感情を買っていたものね。あなたのほうがわたしより賢いわ。美男や美女というだけで、すぐに、浅はかで思いやりがないと決めつけてはいけないわね」

　ベスは自分の結婚の話をこれ以上つづけるのが耐えられなかった。「学校はどう？　とても懐かしいわ」そう言ってから、あわててつけくわえた。「いまがとても幸せだとしてもね」

「みんな淋しがっているわよ、ベス。あなたの後任を見つけるのに、ずっと苦労してたの。応募してきたのは、とても愚かか、性格がきつすぎるかのどっちかばかりよ。でも、ようやく、よさそうな人が見つかったわ。あとは、変わったことといえば、クラリッサ・グレイストーンがとうとう退学したことくらいかしら」

「そうなの。でも、いったいどうして?」

「一家の金回りがよくなったという話よ。いまごろは、このロンドンにいて、社交界に出ているんでしょう。あの愚かな娘は、ああだこうだと大騒ぎをしたあげく、学校を出るときには、ずいぶんとめそめそしているようだったわ」彼女は立ちあがった。「さて、自分の部屋になんとかたどりついたら、ご大層な会にそなえて準備をしないと。摂政王太子その人が花嫁の付き添いをすると公爵夫人から聞かされて、耳を疑いましたよ!」

「ほんと、信じられないでしょう?」ベスは話を合わせたが、もうずいぶん前から、なにを聞いても驚かなくなっていた。この部屋にドラゴンがやってきてミス・マロリーをひと呑みにしていっても、たぶん、まばたきさえしないだろう。

彼女の目が輝いた。「これで、自分と王族とのあいだに親戚のつながりができたんだって、思ってるわ。公爵がつくりあげたあなたの生い立ちが、通用するといいんですけどね、ベス。さもないと、王族を巻き込んでのとんでもないスキャンダルになるから」

「つくりあげた?」ベスは聞き返した。

「あら、知らなかったの？　きっと、あなたはもうじゅうぶんに手いっぱいだと思われたのね」

ミス・マロリーはふたたび腰をおろすと、顔を寄せてきた。「ベス、あなたをメアリ・アーミテッジの娘とすることはできないの。メアリにはほかに五人子供がいて、親戚も多いけど、だれひとり、あなたのことを聞いたことすらないんですからね。出生日からたどれば、私生児だということがすぐに知れるでしょう。でも幸い、メアリの夫、デニス・アーミテッジには、あちこち放浪しながら適当に生きてきた風来坊の弟がいた。どうしようもない変人よ。このアーサー・アーミテッジという男は、リンカーンシャーの副牧師の娘と結婚して、彼女を捨てた。公爵は、どうやらすべての記録を改竄《かいざん》して、その捨てられた妻――名前はなんだったかしらね？――そうそう、マリアンナだわ――そのマリアンナが出産したことにしたようよ。それで、筋書きとしては、メアリが生まれた姪《めい》をわたしに託して、育てるための費用を支払った、と」

「それで、わたしのその〝両親〟はどうなったの？」ベスは、新たな創造の物語を快く思わなかった。

「マリアンナ・アーミテッジは、あなたが二歳になるまえに熱病で命を落とした。アーサーは酔ってウォッシュ湾に落ちて溺死した。たしか、十年くらい前に。すべて、ぬかりはないわ」

「ねえ、エマおばさん」ベスは静かに言った。「人生を自分の思いどおりにつくっていくことに、いつかは慣れるのかしら。彼らがしているみたいに」

「彼ら？」

「わたしたち」ベスは言いなおして、無理に笑った。「金持ちの人たち。特権階級の一番上の位にいる人たちのこと。さあ、いって、きれいにしてきて、エマおばさん。王太子さまに、まちがいなく握手を求められるでしょうから」

ミス・マロリーはその言葉にはっとして、あわてて出ていった。

ベスは上品に生けたデルフィニウムの花を観賞しながら、椅子の上でじっとしていた。このところ頭のなかで考えていたことは、やはり真実だった。対等に、そして正直に向き合える相手は、いまでは、この世にひとりしかいないということ。ルシアンただひとり。

それはすばらしい結婚の土台かもしれないが、ベスはものすごく孤独だった。

やがて、ベスは子供のように身体を洗われ、拭かれ、香りをつけられた。それから、ティアラが最大限美しく見えるように、髪を切りそろえた。白いサテンのドレスを着て、その上から、うしろに長く裾を引く、スカロップの縁のついたヴァランシエンヌ・レースのオーバードレスをまとった。ダイヤモンドを首と手首に巻き、胸の谷間にはブローチをつけ、垂れて涙の粒のように揺れるイヤリングもはめた。髪のカールの上に、美しいティアラで極薄のヴェールを固定した。

自分の姿をながめてみると、よくある魔法の成果があらわれていた。すべての花嫁たちとおなじで、ベスは美しかった。公爵位を継ぐ跡取りにふさわしい花嫁にさえ見えた。気持ちの上でも、そう思えるといいのに。

公爵夫人と、付き添い役《ブライズメイド》の大勢の名門の親戚たち――ほとんど知らない娘ばかりだった――に伴われて、ベスは下の階へおりていった。摂政王太子の前でお辞儀をし、みごとに冷静な態度で、王太子のしつこいほどの賛辞の言葉を受けた。

オーケストラの演奏に合わせ、ベスはとんでもないお偉方とならんで、人であふれる舞踏の間にはいっていった。ほとんど緊張はしなかった。夜のことが恐ろしくて、ほかの問題に対して無感覚になっていた。

摂政王太子のおかげで、人々はみな通りすぎるベスたちに深々とお辞儀をし、宝石もまばゆい揺れる人垣が、ルシアンの待つ部屋の奥のほうまで伸びた。そのルシアンは、哀れなベス・アーミテッジにはどうやっても太刀打ちできないほどの、堂々たる姿をしていた。

彼の婚礼の衣装は、ベスのものとおなじくらい美しかった。ひざまでのズボンは白いサテン地で、ジャケットはクリーム色と金色の紋織りの生地でできている。ボタンは金にダイヤを埋め込んだもので、クラヴァットの折り目のなかからは、青みのある大きなダイヤが燦然とした輝きを放っていた。けれども、そうした装飾品よりも、彼自身のほうが輝いているといってもいい。何千という蠟燭の光の下で、髪が金糸のように光り、瞳はまるでサファイアだった。王太子からベスの手を受け取ると、ルシアンはその手にキスをした。式典のあいだじゅう、その場所には温もりが消え残った。

ベスはしっかりと誓いの言葉を述べ、ルシアンも同様にした。ベスがそうだったように、美しい言葉を言うのにむせそうになったりしないか、となりで心配になった。自分たちのしていることが、神への冒瀆《ぼうとく》のようにも思えたが、愛ではなく利害に基づいた結婚がめずらしいことでないのもわかっている。

「わが身体をもって汝《なんじ》を崇拝し……」ルシアンが自分の身体をもってするのは崇拝とはべつのことで、この場に集まっている全員がそれを知っている。気色の悪いデヴリル卿が参列していて、この虚飾の裏にある現実を、あらためて指摘してこないことを願った。

それから、また客人を迎えるために式の主催者側が一列にならんだが、いままでは、ベスは高貴なひとりだった。アーデン侯爵夫人。笑ってしまうほど信じられない。世界じゅうの人と手をふれあったのではないかと思えるような時間のあとは、乾杯と踊りまで、すこしの休憩があった。ルシアンはシャンパンを二杯持ってこさせて、身体が欲していたかのように自分の分を飲んだ。ベスもおなじようにした。いままでは、一気に飲み干さないだけの分別があったが、あっという間に空になって、自分でも驚いた。ウェイターがそばで止まったとき、空になったグラスをおいて、新しいものをもらった。ルシアンは驚いた目でベスを見たが、すぐに自分も一杯取って、グラスをあげた。

「結婚に」

ベスはグラスをあげて、挑むように言った。「対等な関係に」

ルシアンはため息をついた。ベスがその一杯も飲み干してしまうと、ルシアンは言った。「なにか口にしてきたんだろうね」

「部屋に運んでもらったわ」ベスは正直そうにこたえた。ほとんど一口も喉をとおらなかったことは、伏せておいた。だが、それとない警告を受け入れて、もう一杯飲みたいのをぐっとこらえた。早くもお酒がすこし効いてきている。気分がよくなるのはたしかだが、節度は守りたい。新しい侯爵夫人が顔からばったり倒れ込む図を思いうかべて、ベスはくすくすと笑った。

ルシアンがかすかにうなったのが聞こえた。彼はベスの手を取った。「さあ、こっちだ。乾杯のために、部屋の一番前のほうにいないといけない」

ルシアンが手と手をつなぐという昔ながらの流儀でベスを導いていくと、人波がふたりの前で紅海のようにふたつに割れて、道ができた。ここでも祝福の声をかけられ、結婚式につきものの台詞――〝きれいなお嫁さん〟、〝なんてハンサムな〟、〝幸せそう〟、

〝えらく金がかかってる〟――がささやかれた。

「えらくお金がかかっているのは、どれ？」ベスは声をひそめた。「わたしのドレス？あなたの上着？」

「きみのダイヤモンドだ」

「そうなの？」きらきら光る腕輪に目を落とした。「だったら、貧しい人に寄付したほうがいいかしら」

ルシアンは反論しなかった。「そうなれば、また、新しいのをひとそろい買うだけだ。また寄付したら、また買って、そうやっていくうちに、最後には自分たちが貧民窟《くつ》にいる」

横目で見ると、彼はどこか真剣だった。ド・ヴォーの誇りとしては、淑女を高価な宝石で飾らないでは許されないのだろう。「それなら」ベスは考えた。「わたしたちと貧乏とのあいだには、ダイヤの宝石いくつぶんの隔たりがあるの？」

「実際にやってみれば、答えはわかるだろう。それに」ルシアンは笑顔で言った。「ようやく、家族の一員という気になってくれたようだね」

ベスは〝わたしたち〟という言葉が、いともすらすらと自分の口から出たことに恐怖をおぼえた。でも、いつまでも現実と闘いつづけるのも、ばかげている。

摂政王太子と公爵夫妻とならんで、ひな壇のところに自分たちの席が用意されていた。着席すると、儀礼的に国王に捧げる乾杯が行なわれ、結果的に、ベスはさらにシャンパンを口に入れることになった。乾杯が自分にむけられる番になると、ベスは飲むことはしなかったが、だんだん、気分がよくなってきた。

音楽がはじまり、ふたりのメヌエットのための演奏がはじまったころには、緊張はすっかり消えていた。

最初の数小節で、ベスとルシアンは、王太子にむかって深々とした最敬礼のお辞儀をした。それから、おたがいにむきあった。新しい夫にひざを折ってお辞儀をしながら、このダンスのことを彼がわざわざ警告してきたことを思いだし、おかしな話だと思った。何百人もの目の前で踊るのは、ふだんあまり経験しない状況ではあるけれど、結局のところ、ただのダンスなのだ。

でも、はじまってみると、それはただのダンスではなかった。

ふたりで踊るメヌエットが、どれだけ濃密なものか忘れていた。ダンス教師のムッシュ・ド・ロウには、踊りのあいだじゅう目を見つめられていても、なにも感じなかった。けれども、これからルシアンと目をしっかり合わせていないといけないと思うと、胸の鼓動が走りだす。

厳かな動きをしながらたがいのまわりをまわり、場所を交代して、位置を変え、流水に浮かぶ木の葉のように流れていって手をふれあったかと思うと、ふたたび離れて回転するそのあいだも、つねに、彼のきらきらとした青い瞳がベスの目に秘密を語りかけてくる。呼吸が浅くなり、神経があまりに過敏になって、絹のスカートが肌にこすれただけで、ぞくぞくとしたふるえが走った。いっしょに組むと、彼の指があたたかにベスの手をつつみ込み、ふたりは、ひとつにつながりあったかのようだった。離れていくと、ひとつのものが引き裂かれるようだった。

こんな世界は知らなかった。ベスは怖かった。

とうとう、ダンスが終わった。お辞儀をすませると、あとは目をそらすことができた。けれども、ルシアンは立ちあがったベスの手を取って、あたたかな、というより熱い唇を甲に押しつけてきたのだ。いま、この場で、奪われてしまうのではないかという気にさえなった。顔が火照った。とたんに、初夜のことが思いだされて、頭から離れなくなった。

つぎの踊りの相手は公爵で、この機会にベスは外見の落ち着きだけは取りもどすことができた。さらにシャンパンを一杯お代わりすると、大胆さがもどってきたようだった。ベスはデヴォンシャー公、ヨーク公と踊った。たぶんアーデン侯爵はべつだが、公爵よりも位の低い相手と組むのは、自分を貶《おとし》める気がしたのだ。そのことを考えると笑いが止まらなくなり、ヨーク公爵が微笑ましそうに頰をつねってきた。さらにシャンパンを口にすると、夫とパートナーを組んでも、なんの緊張も感じなかった。

つぎに、ベスは一気に世のなかを転落した。ルシアンがつぎの踊りのパートナーにと紹介してきた相手は、爵位のない、ただの平民だった。

「ミスター・ニコラス・ディレイニー」ルシアンが言った。「それに妻のエレノアだ。ふたりは僕の大親友だ」

ふたり？ 凛《りん》とした女性を見ながら、ベスは怪訝に思った。けれども、ニコラスとエレノアのあいだに流れるなにか特別なものが、疑念を晴らしてくれた。ルシアンがミセス・ディレイニーの言ったことに笑い声をあげながら、彼女を踊りの輪へ導いていったときにも、嫉妬は感じなかった。

ニコラス・ディレイニーはルシアンのようなハンサムではなかったが、女が愛したくなる人物であることは、すぐにわかった。すこし乱れた暗い金髪も、日焼けした精悍《せいかん》な頬も、流行とはいえないかもしれないが、とても魅力的に見えた。シェリーブラウンの瞳には、心ひらかせる、あたたかな表情があった。

彼はベスをフロアに誘導しながら言った。「僕に言わせれば、こういうことは文明的じゃないな」

ベスは警戒して相手の顔を見た。ルシアンが結婚の理由を話してしまったのだろうか。

ベスの用心深い顔を見て、彼は眉をあげた。「こういう結婚についてまわる儀式のことですよ。僕とエレノアは、ひっそりと結婚式を挙げたんだ。すべてがすんだあとは、あなたには、休暇というよりは休養としてのハネムーンが必要になりそうだ」

休暇ですって？　ベスはこの先やってくる悪夢、ルシアンひとりがベスを完全に手中にするハネムーンを、そんな楽しいことだと想像したことはなかった。そういえば、ロンドンにとどまるのかベルクレイヴンにもどるのかさえ聞かされていない。きっと、もどるのだろう。「田舎の生活は、気持ちのいいものです」ベスは言った。

「そのとおりだ。エレノアと僕も、できるだけ多くの時間をサマセットのわが家ですごすようにしていますよ」

場所と時がちがえば、この人物とならまともな会話ができそうな気がしたが、さしあたりは、どうでもいい言葉しか思いつかなかった。「わたしたちは、つい最近までベルクレイヴンにいたんです」

彼は笑った。「わが家の〝レッド・オークス〟は、ベルクレイヴン・パークとはまったくちがいますよ。ベルクレイヴンは田舎じゃない。あれは、塀に囲まれた街だ」

ベスは驚いて、つい笑った。「まったくそのとおりだわ。わたしは、本当はもっと小さな家に住みたいんです」

「手入れがずっと楽だからね。またロンドンにもどってきたら、是非、わが家を訪ねてください。ローリストン街に小さな家がある」彼はベスににやりと笑いかけた。「大変に格式ばらない家でね」

ベスは笑顔で返した。「すてきそうだわ」

この人は魔法のこつを知っているにちがいない。いつの間にベスの緊張を解いていて、ベスは一瞬、平凡で、ごくふつうの、正気の自分にもどったような気がした。けれども、すぐにふたりは元気のいいカントリーダンスに呑み込まれて、それ以上話をする機会はほとんどなかった。

あとになり、ニコラス・ディレイニーはふたたび妻といっしょになった。「彼女とは、もっと早くに友達になっておくべきだった」

「どうして？」エレノアが聞いた。

「怯えていて、孤独に苦しんでいる」

エレノアは、新郎とその両親とならんで立っている花嫁に目をやった。笑顔をうかべていて、一見したところでは、ふつうに幸せそうに見える。けれども夫の判断を疑うことはしなかった。彼には人を見る才能がある。「裏になにがあるのか、知っているの？」

「いや。だが、どこか……危なっかしい。女どうしなら、それも、とくにきみなら、助けになってあげられただろう。でも、もう遅い」

「結婚すべきじゃなかったということね」

エレノアは疑問として言ったつもりはなかったが、ニコラスは首をふった。「ふたりが、おたがいにチャンスを与えさえすれば、とても気の合う夫婦になるはずだ」エレノアににっこりと笑いかけて、手を取ってキスをした。「僕らは、だれよりもよく知っている。やり方ひとつで、幸運への道が簡単に閉ざされてしまうことをね。しかも、僕らは危うく幸せを逃しかけた」

ふたりきりになりたいと思いながら、エレノアは夫に笑顔をむけた。彼らには自分たち以外にだれもいらなかった。娘のアラベルをのぞいて。「ルシアンにひとこと言ってあげることはできないの？」

「言ったよ。でも、僕は、どれほど深刻な事態かわかっていなかった。いまとなっては、手の出しようがない。ルシアンもエリザベスとおなじように、気が張りつめているようだ」

エレノアはハンサムな侯爵をながめた。やはり誇らしげで幸せな花婿にしか見えないが、彼のほうは以前から知っているだけに、エレノアにも嘘は見破れた。強い輝きを放っていて、燦然とした宝石のように見えるが、それは緊張と苦悩の反動なのだ。危険な輝きだった。エレノアは不安な顔を夫にむけた。計り知れない魅力を持つ夫だが、エレノアは男として怖いと感じたことは一度もない。

ニコラスは首をふった。「もはや、言って聞く耳を持つような状況じゃない。生まれ持った優しさが、傲慢で荒々しい性質に勝ることを祈るのみだ。それにきっと、前にあげた本を読んだはずだからね」

ワルツがはじまって、ニコラスはエレノアをフロアに導いた。「本?」エレノアは意外に思って聞き返した。「ルシアンに?」

ニコラスは舌打ちをした。「僕が持っているのは淫らな本ばかりじゃないよ」

「結婚初夜に、男の人の役に立つ本なんでしょ?」エレノアは茶化した。

ふたりはワルツのために場所を取った。「僕らの初夜を思いだすといいが、どう行動すべきか教えてくれる指南書は不要だったろう」

彼の言っている意味がわかった。驚きの出来事の連続と、薬を盛られて手籠めにされた記憶の残存のせいで怯えていたエレノアが必要としていたのは――そして、そこで得たのは――思いやりと優しさだけだった。

「その本は、心の秘儀を説いているの?」

演奏がはじまって、ふたりはくるくると踊りだした。「聖書《バイブル》ってことか?」ニコラスはうっすらと微笑んだ。「コーラン。ヴェーダ。論蔵。バガヴァッドギーター……」

「わたしの無知をあばこうとしているのね」気を悪くしたふうもなく、言い返した。

「でも、全部、宗教の本だということは、少なくとも想像がつくわ。まさか、そんなものをルシアンにあげたというんじゃないでしょうね」

「そのことを、どうして思いつかなかったんだろうな」ニコラスは笑った。「実際にあげたのは、メアリ・ウルストンクラフトだ」

「今晩、女性の権利について議論しろというの?」エレノアは疑わしげな顔で言った。

「とてもいいことだと思うね。でも、そうやって他人のベッドに淫らな関心を持つよりも……」ゆっくりとエレノアを引き寄せ、不適切なほどの体勢で抱き合った。幸い、ふたりは、それまでにさりげなく部屋を抜けて、いまでは人気のない廊下にいた。

待っているエレノアの唇に、ニコラスがキスをした。切なさが癒えるのがわかる。エレノアは、いつも家を求め、ニコラスを求めていた。ニコラスにしがみついた。「ねえ、いま、考えてるんだけど」キスが終わると、ささやいた。「もしも、こんな気持ちで結婚初夜をむかえていたら、どうなったかしら。こうしておたがいを強く求めていたら。そして、その飢えがもうじき満たされるって知っていたら」

繊細な一本の指が、慣れた手つきで首の付け根をさすり、エレノアの身体にふるえが走った。「こんな気持ちで迎える初夜があるとは思えないね。それに、初夜なのに事前に知っているというのも言葉として矛盾している」ニコラスはため息をついた。「エリザベスにも言ったが、こういう儀式はとても文明的だとは思えない。そろそろ失礼しよう。生贄《いけにえ》が石の祭壇に引っぱられていく姿は見たくない」

「家に帰れるのはうれしいわ。サマセットにもどれれば、とてもうれしいと思うの」エレノアは暗に伝えたいことを伝えた。

広々とした階段をおりながら、ニコラスが言った。「僕もおなじだ。ただし、デヴリルの件について調べる必要がありそうだ。無駄な復讐はしないと誓ったかもしれないが、あいつがのうのうとしている姿は見たくない。できれば、泥まみれになってほしいものだ」

「わたしもよ」エレノアを金で買ったのちに、辱めて無理に結婚に持ち込もうとした不快な男を思いだして言った。「でも、デヴリルは危険な男よ、ニコラス」

「僕もおなじだ」ニコラス・ディレイニーは冷静にこたえた。

14

ベスはディレイニー夫妻が帰っていく姿を見て、唯一の味方を失ったような妙な感覚をおぼえた。約束のとおり、ミスター・ボーモントは姿をあらわさなかった。ダリウス卿とアムリー子爵は、おそらく、しだいに緊張の高まる戦争にそなえて従軍するために、すでにベルギーに発ったのだろう。さがせばエマおばさんがいるはずだったが、彼女が助けになるとは思えなかった。

だれも助けにならない。

ベスは勧められるたびにワインを受け取り、おかげで自己と現実とのあいだの、心地いい霧のなかに引き込まれた。

それでも、ベスとルシアンが夜のために部屋にはいる時間は、あまりに早く訪れた。公爵夫妻、付き添い人の娘たち、ルシアンの多くの友人たちの全員が、ふたりについてぞろぞろと寝室までやってきた。

ルシアンの寝室に。

いまから行なわれる営みが、これほど人の目にあからさまに宣伝されるとは、思ってもみなかった。マルスとヴィーナスの絵が頭に大きくひろがって、ベスはこのまま逃げだして、物知り顔や、含み笑いをした人々の前から消え去りたいと本気で思った。結婚というのは、なんて下品で悪趣味な催しなのだろう。

やがて、いつの間にルシアンとふたりきりになっていた。アルコールの酔いがさめてきて、身体じゅうに寒気がして、かすかに吐き気がする。ただ立ち尽くし、じっと相手のことを見た。こんなにも大きく、たくましく……。

すこししてルシアンがため息をついた。「きみは本当に見た目ほど怯えているのか、それともたんに演技をしているのか？」

「ええ」ベスはささやいた。「その、つまり、本当に怯えているの」

ルシアンはベスのために濃厚な赤ワインをついだ。「さあ。飲めばすこしは楽になるだろう」自分もグラスを取って、一息に飲み、お代わりをそそいだ。

彼の言うとおりだと思った。ベスとしても、安らかな酔い心地にもどりたい気持ちはあったが、手がふるえだして、美しい真っ白なドレスに深紅のワインの染みが散った。ベスはグラスをおいて、泣きだした。

ルシアンの腕に抱きかかえられた。ベッドに連れていかれて絹のカバーに寝かされながら、ベスは無我夢中でもがいた。

「大丈夫だ、エリザベス」ルシアンが両手をはなして、そっと言った。「無理やり襲ったりはしない」

ルシアンはベッドに腰かけた。「汚《けが》れていないというのは、本当なんだな」

ベスはうなずいた。

「なんてばかな女だ」本気で怒ったように言った。すこしして、指でベスの涙のしずくをぬぐった。「チェルトナムから連れてきた、勇ましいミス・アーミテッジに、われわれはなんていう仕打ちをしてしまったんだ」

ベスは無理に笑った。「侯爵夫人に変えてしまった?」

彼は手を伸ばして、そっと頭からティアラをはずし、枕もとのテーブルに無造作にのせた。「貴族の栄華はもうたくさんだ。僕は考えた。ここまでは公爵が自分の思うとおりにやってきた。僕らは結婚した。だから、今後のふたりの人生をどうするか、もうこれ以上は口出しさせない。子供を産むことを考える前に、きみは、長い休養が必要だろう」

マルスとヴィーナスは、今日はなし。ベスは救われたと思った。「それでいいの?」

「ああ」彼は優しくこたえた。「かまわないよ」かえってほっとしたような口調だった。ひねくれてはいるが、ベスはすこし傷ついた気分がした。

「でも、あなたはどこで眠るの?」

「今晩はいっしょだ。妙な噂を立てられたくはないからね。男が女といっしょに寝ても、親密なことをしないといけないとはかぎらない」ベスのとなりに倒れ込んで、腕を目の上にのせた。「ああ、すっかり飲みすぎた」

彼の態度がとても気安く自然だったせいで、不安が消えて、ベスは笑いをもらした。

「わたしも、いっしょみたい。シャンパンのせいで、つい、気が大きくなっちゃって」

いまの気分には笑いがぴったり合っている気がして、笑いの発作が止まらなくなった。

「なにがそれほどおかしいんだ、エリザベス?」彼はベスのほうへ寝返りを打って、あたたかい目で微笑んだ。

「ベスよ」笑いを必死にこらえながら、ベスは口にした。

「ベス?」

ようやく、自分を取りもどして、顔を彼のほうにむけた。「わたしの名前はベス」はっきりと、そう言った。

「どうして、それを前に言わなかった?」

肩をすくめた。「しるしだから」

ルシアンは笑顔になった。青い瞳が蠟燭の明かりで躍っている。「いま、僕に話してくれた。それが、しるしというわけだね」

「たぶん――」意識を集中しているのも、目をあけているのもむずかしい。「友達のしるし？」

「友達ね」ルシアンは軽く笑って、ベスをひっくり返し、ドレスの背中のボタンを自分にむけた。「僕はこれまでに、たくさんの友達におなじことをしてきた」

服を脱がされても、ほとんど抵抗を感じないことに、ベスはわれながら驚いた——身体が、頭から離れたはるか遠くにあるような気分だった。けれども、裸になってシーツのあいだにいる自分に気づいて、ベスはふたたびくすくすと笑いだした。「不道徳だわ」

「そんなことはない」ルシアンが陽気に言った。「そもそも、寝巻きを着ているとはだれも思っていないんだ。なんなら、使用人に刺激を与えるために、ちょっと破いてみてもいい」

「でも、とても高価なのに」

「使用人の好奇心に、アーミテッジ家の倹約」彼は口にしたが、一瞬、とても哲学的な響きがあるように聞こえた。「さあ、かわいい侯爵夫人、もう眠るといい」

そう言うと、部屋を出ていった。ベスは彼の助言をもっともだと思い、眠りに身をゆだねた。

ルシアンはグラスを持って着替えの間に移動し、なかにはいるや、ワインを飲み干した。きっと、べろべろに酔ったほうがいいのだ。経験したことはないが、よく、酔うと機能しづらくなるという。プラトニックな初夜を約束したのはいいが、着ているものを脱がせているうちに、とても不純な気分になった。彼女は、驚くほどきれいな身体をしていた——なめらかな白い肌、はりのある大きな胸、すらりと伸びた形のいい脚、キスをして、手でにぎりしめたいと強く思わせる、愛らしい丸い尻……。

ワインをもう一杯飲んだ。

それに、彼女は汚れていなかった。たぶん、じつはルシアン自身、しばらく前から気づいていたことなのだ。だが、彼女はルシアンが知っている女たちとはあまりにちがった——全員、世慣れて経験豊富か、うぶな処女のどちらかだった。エリザベスは頭の回転が速く、知性があり、自分で考える能力をそなえている。これまでは、妻にそういう資質を求めようと思ったことはなかったが、こうしてみると、それがものすごく魅力的なことに思える。

女に関するウルストンクラフトの著作を読んだことで、いろいろと見えてきたのもたしかだ。中身のすべてに賛成するわけではないが、興味を引くだけのものはある。気づいた疑問点について、彼女と議論するのが楽しみだった。

ため息が出た。学術的な議論をする時間なら、おそらく、この先たっぷりある。できることなら、才女の妻にべつの方面の教育をしたいが、彼女にはまだその準備ができていない。彼女は——ルシアンのベスは——傷ついた鳥だった。

もう一杯飲み干しそうになって、グラスをおいた。朝になって、すっかり服を着たまま床で伸びているのを発見されては、うまくない。ルシアンは服を脱いで、妻のベッドにもぐり込んだ。あまりに近くにある、香水のかおりたつ、やわらかで温もりのある身体から慎重に距離をおいて。

朝になって眠りから覚めたベスは、なにかがちがう、とぼんやりと感じはじめた。なにも着ていない。ベスは裸で寝たことはなかった。前の晩のおぼろげな記憶が、わずかにもどってくる。

目を隙間だけあけて、横目で見た。

ベッドにはだれもいない。

ゆうべのことがよみがえった。ベスはすっかり酒に呑まれていた。ただの酔っぱらいだ。招待客にもそれが一目瞭然だったかと思うと、恥ずかしくて顔から火が出た。

そのあとで、ルシアンが服を脱がせてくれた。そのことは憶えている。けれども、彼はそのまま……。

ベスはハッと起きあがり、椅子にすわってこっちをながめているルシアンを見つけると、息を呑んで、ふたたびカバーの下にもぐった。彼は美しい青いダマスク織りのガウンをはおっていて、髪が魅力的に乱れていた。

「おはよう、奥さん」あたたかい笑顔で言った。

「おはようございます」ベスは用心深い目をして言った。

彼はほんのわずかに眉をひそめた。「そんなに怯えた顔をしないでくれ、ベス。以前の勇ましい急進論者でいてくれたほうがいい」

すこしだけ勇気がもどってきた。「裸でベッドにはいっていると、大胆になろうとしてもむずかしいわ」

青い瞳が冗談ぽく光った。「そうか？　それは気づかなかった」

頬が熱くなったが、笑い返さずにはいられなかった。「まったく意地悪な人ね」

「持つべきは、そういう夫だ」ベスの分厚いサテンのガウンを手にして近づいてきて、それをベッドの上にゆっくりと手から落とした。「メイドを下げておいた」ルシアンは一瞬、ベスのことを舐めるように見た。まさか、ガウンをベッドに落としたように、自分もゆっくりとベスの上におおいかぶさって、その後は、ベスの……。けれども、ルシアンは離れていった。「婦人の居間《ブドワール》に朝食を用意させよう。食べたいものは？」

「卵」言われてみると、お腹がすいている。

ルシアンは頬をゆるめた。「ともかく酒に関してだけは気が合うようで、うれしいよ。僕も二日酔いはしない」そう言って、部屋を出ていった。

ベスはすぐさまベッドから這《は》いだして、寝巻きとガウンで身をくるんだ。二枚を合わせると、床に無造作に投げてある、ワインの染みで台無しになったウェディングドレスよりも肌をおおっていたが、それでもまだ、裸でいるような感覚がぬぐえない。そっと自分の着替えの間に忍び込んだが、なにもなかった。もつれた巻き毛にブラシを入れるために椅子にすわった。勇気を出すのに帽子があればいいのに。

それにしてもなんていう結婚式だろう。酔っぱらって、ヒステリックになって、男の手で服を脱がされた。どうせなら、酔っているあいだに〝あれ〟を終わらせてくれればよかったのに。これからは、彼が床入りにより結婚の契りを完成させるのを、日々、待たなければならないのだ。

小さいときからのしつけの癖で、つい、ベッドを整えにいったとき、ベスはショックで息を呑んだ。シーツに血がついている。でも、身体にはなんの違和感もなかった。ベスがちっとも気づかないうちに、彼がすませたということはあり得るのだろうか？

ルシアンがはいってきた。「朝食はここで――どうかしたか？」言ったあとで、シーツに目をやった。「ああ、心配ない。きみの血じゃないよ。結婚が急だっただけに、変に勘ぐられるのもいやだと思ってね。剃刀《かみそり》で軽く切って、シーツに飾りつけておいた」

「気がまわるのね」自分が前後不覚になっているあいだに、彼がぬかりなく手をまわしていたのだと思うと、なぜか腹が立った。

ルシアンのほうも、どことなく、よそよそしくなった。「きみはきっと、高貴な心に偉大な精神を持った、手際の悪いのろまを伴侶《はんりょ》に望みたいんだろうね。だが、残念ながら僕で我慢してもらわないといけない」

「あなたが高貴だということは、だれも疑わないわ」ベスはやり返し、すぐに恐怖をおぼえて口をつぐんだ。

ルシアンは礼儀正しくドアの手前に立って、ベスを先に通した。「いまの発言はなかったことにするのがいいだろうね」

もちろん、望むところだ。またしても、流砂がひそんでいた。一生、この調子なのだろうか？

どちらも口を利かずに、ベスの着替えの間と寝室を通り抜けていって、ブドワールにはいった。テーブルにはクロスと食器の用意がしてあった。ベスはけちのつけようのない卵料理に手を伸ばし、さらに、ほかの盛り皿からソーセージとベーコンを取った。このところは、極度の緊張のせいであまり食べものが喉をとおらなかった。いまの瞬間が、人生のなかでもっとも快適だとはとても言えないが、ほかの多くとおなじで、案ずるより産むがやすしという心境になっていた。

まったく罪のない会話にも、落とし穴があちこちにひそんでいることを考え、ベスは喜んでルシアンに倣って無言で食事をした。けれども、飢えがおさまってくると、しだいに沈黙が重苦しく感じられてきた。

新しい、慣れない結婚指輪を指でいじった。「今後は、いつまでこの家にこもっているんですか、アーデンさま？」

彼は考えるような顔で見つめ返してきた。「僕をルシアンと呼ぶようになるまでだ」

ベスは相手の目を見た。「だとしたら、わたしを挑発するのをやめることを学んでいただかないと、困ります、アーデン侯爵さま。きっと、ふたりして、モールバラスクエアの仙人になってしまうから」

「名前で呼ぶのを拒むのか」

「そんなふうに条件にされたら、拒みます」

ベスをまじまじと見たあと、彼は輝くばかりの笑顔をうかべた。「お願いだ、愛しのベス」優しく言った。「僕をルシアンと呼んでくれないだろうか？」

「ええ、ルシアン、そうすることにしましょう」ベスは最大限に教師らしい声でこたえた。見つめられて脈が速くなったのをごまかしたかった。

ルシアンはテーブルに頬杖《ほおづえ》をつき、両手の上にすっきりとしたあごをのせた。青い目は生き生きとして、いたずらっ子のような表情をしている。「頬の赤いバラよ、こうするのがきみの心への鍵なのか？　お願いだ、僕の香り高き楽園、僕の喜びの天使よ、ここに来て、ひざにのって、キスをしてほしい」

ベスは警戒の目をむけ、いまの言葉のせいで自分が動揺しているのを認めまいとした。「いやです」

ルシアンはため息をついた。「やるだけやってみるべきだと思った。やっぱり、きみから誘ってくるのを待つことにするか」

「そうだとしたら、跡継ぎ誕生という喜びは、ド・ヴォー家には訪れないでしょうね」

「なるようになる」彼は立ちあがって伸びをした。「とりあえず呼び名の問題は片づいたから、すぐにもロンドンを出て、数日間ハートウェルへいこう」

「ハートウェル？」

「心配ない。享楽のルイ十八世がヴェルサイユのミニチュアにしている、バッキンガムシャーの屋敷とはべつだよ。サリーにある僕の地所のことだ。ささやかな場所で、ほんの小さな田舎屋がある。使用人の数もわずかしかいない。牧歌的なひっそりとした場所で、ゆっくりできるはずだ」

「そのあとは？」

「そのあとは、ロンドンにもどって、社交のシーズンの残りに参加することになるだろうね。社交界でのきみの立場を確立しないといけないにしても、母のように、さんざん引きずりまわすようなことはしないと約束するよ」

「ええ、どうかやめてください」ベスも腰をあげた。「お願いですから、わたしを子供のようにあつかわないで、アーデンさ……愛しのルシアン。自分の社交の計画は、自分で立てます」

「ある程度はね。公正に考えるんだ、ベス。社交界でうまくやるには、きみにはまだ指南役が必要だ」

ベスは公正だとは思わなかったが、同意しないわけにはいかなかった。「わかりました。では、そろそろ、アーデ……愛しのルシアン」言いなおして笑いをさそった。「レッドクリフを呼ばないと。今日もわたしのメイドを務めてくださるならべつですけど」

またしても、うっかりしたことを言ってしまった。ベスは相手の瞳に光がうかんだのを見て身構えた。ルシアンはやってきて、ベスのガウンの前についている真珠粒のボタンをはずしはじめ、そうやって一心に作業に没頭した。ベスは彼の美しい顔をぼんやりとながめながら、自分はなにをすべきか、なにを望んでいるのか、考えた。

両手がサテンの内側に忍び込み、肩からガウンを脱がされた。ふれた手が、肌に熱かった。ガウンは雪のかたまりのように絨毯にすべり落ち、ベスは下に寝巻きを着ておいてよかったと、心から思った。いまもまだ、見苦しくない程度には肌が隠れている。深くあいた、胸にぴったりとそった襟の三つのボタンに指が伸びてきた。ベスはあわてて止めた。

彼は顔をあげて、おもしろそうな目で挑んできた。

「メイドはガウンを床に投げたままにしないわ」ベスはあわてて口にした。

「どうしてメイドだと勘ちがいしてるんだ」一度の動きで、ベスの両手をうしろにまわして押さえつけた。あの恐ろしい晩とおなじなのに、なぜだか、まったくちがった。不安で動揺はしていても、恐怖はなかった。

ルシアンは鼻の頭にそっとキスをし、ベスは強く身を引いて、手をふりほどこうともがいた。「はなして！　わたしから誘惑するのを待つと言ったでしょう」

ルシアンは手をはなしたが、両腕をまわされて、ベスは相変わらず身動きがとれなかった。「そうだった。だが、誘惑がどんなものか知っているのか、疑わしいね。もっとも、出だしが驚くほど好調だったのは認める。挑発の言葉というのは、誘いの手はじめとしては最高に効果的で……」

「わたしは、そういうつもりで――」抗議はキスで封じられた。

唇が離れ、ベスはあらためて言いなおそうとした。「わたしは――」またしても封じられた。

つぎに唇が離れたときには、ベスは賢く黙っていた。どっちみち、筋のとおったことを言える自信がなかった。身体全体がこれまで経験したことのない力によってふるえている感じがして、その力が、思考を焼き尽くしてしまうのだ。まるで太陽が朝もやを焼き尽くすように。

「……でもきみは、つぎになにをすべきかを知らないといけない」そう言ったあとで、そっとつけくわえた。「それに、きみが望む褒美がそこにあるということも」もう一度キスするために、顔が近づいてきた。

今度は、ベスの唇を封じただけではなかった。そっともてあそんで唇をひらかせ、ベスは舌と舌がふれあう感触をはじめて知った。うめき声が出たが、抗議なのか喜びの声なのか、自分でもわからなかった。これまで読んだどの本も、こうしたことは教えてくれなかった。

薄いシルク地のむこうから、熱い手の熱が伝わってくる。片手は背中の真ん中に、もう一方の手は、もっと下の腰のあたりにあって、小さく円を描くようになでながら、自分の身体にベスを押しあてている。ダマスク織りのガウンの厚い布が繊細なシルクごしに肌にすれ、そして胸の先端が——ああ、胸の先端はみずからの命を持ってしまったようだった。息を吸うと、石鹸のにおいと、なにかべつの、あたたかでスパイシーで危険な香りがした。

男のにおい。

本能に導かれてベスの口がひらき、さらなる侵入を許した。手があがって髪の毛のなかに指を差し入れられると、背筋にぞくぞくとしたふるえが走って、反対の手の甘い感覚とまじりあった。熱がじんわりと身体じゅうにひろがる。ベスは彼のガウンをにぎりしめて、ぐったりと身をゆだねた。

とうとう、彼の唇が離れていった。くらくらする頭をルシアンの肩にあずけると、髪をなでてくれるのを感じた。

「ベス?」そっと声がした。

15

その問いかけに、身体の一部は、あめ玉を差しだされた子供のように反応したが、頭が待ったをかけた。もしも、そのままベッドに運ばれて抱かれていたら、抵抗はしなかっただろうが、一瞬が過ぎたいまとなっては、もはや、応じられなかった。慣れないことばかりで、訳がわからなかった。多少の正気がもどってくると、ふたたび、いまのような、支離滅裂な自分にもどるのが怖くなった。

彼の肩においた頭をふった。

ルシアンはため息をついて、ベスをはなした。けれども、やがて指と指をからめて、ベスの寝室のほうに導いていった。彼の視線にさらされて、心臓が激しく打つのがわかる。心の一部は、このまま押しきってくれることを望んでいた。

けれども、ルシアンはついにベスをはなした。「メイドを呼ぶんだ。公爵夫妻に挨拶したら、出かけよう。もたもたしている必要はない」

ルシアンは出ていき、ベスは椅子にすわり込んだ。彼の自制がありがたいのか、そう

ベスの心の準備が整うまで婚姻の契りを待ってくれるつもりでいる。ふたりはいまから

の場面はすぎ、夫とふたりきりになっても、強引なことをされずにすんだ。ルシアンは最悪

けれども、ベスはそれよりも自分の気持ちがささくれ立っていることに驚いた。

で、公爵は丸九ヵ月よりも長く待たなければならないのだ。

るのはまちがいない。ベスはひねくれた喜びを感じた。正しい血統の孫が誕生するま

じられて、ベスはそれを壊してやりたくなった。自分の作戦が完璧に運んだと思ってい

公爵からもキスを受けた。「ド・ヴォー家にようこそ」どことなく自己満足の色が感

密な行為を盗み見てしまったかのように、気恥ずかしくなった。

夫人が公爵のほうを見ると、厳格な紳士がにっこりと微笑んだ。ベスはなぜだか、親

の一時《いっとき》をあそこですごしたの」

があなたをハートウェルにさらっていくと聞いてますよ。わたくしたちも、ハネムーン

夫人がベスの頬にキスをした。「とても颯爽として見えるわ、エリザベス。ルシアン

は、公爵夫妻に会いにいった。

着ており、奔放な情熱のひとときが、熱に浮かされた夢だったように思えた。ふたり

ふたたび夫と合流した。彼のほうは、危険を感じさせないふつうの青とベージュの服を

一時間後、クレープ地でできたセージグリーンの新しい外出着で身を守ったベスは、

でないのか、わからなかった。

田舎の小さな家へいって、静かな安らぎのひとときをすごす予定だ。とげとげしい気分でなく、穏やかな気持ちでいていいはずなのに。

ベスはとげとげしくなく、穏やかでいよう、と心に決めた。

贅沢な四輪軽馬車《チャリオット》に乗り――今回は、ルシアンもとなりにすわった――さっそく愛想よくしなさいと自分に言い聞かせた。天候も明るい気分を助けてくれた。郊外へ出ると、遅い春が季節の盛りを迎えていた。

「その地所がどんなところか、もうすこし聞きたいわ。その、ハートウェルのことを」

ルシアンはゆったりとくつろいでいて、ありがたいことに、親密なものを感じさせるところはなかった。「朝も言ったとおり、小さな田舎屋だ。素朴で美しい庭のある、なかなか魅力的な家だよ」口もとがひくついて、笑いがこぼれた。「一口に言えば、つくられた素朴さだ。牧歌的な魅力を保つのに、多大な労力と金がつぎ込まれているが、まあ、魅力的にはちがいない。庭の奥には小川が流れてて、果樹園と鳩小屋もある」

「だったら、わたしはシルクとレースでこしらえた羊飼いの服でも持ってくればよかったかしら?」ベスは冗談を言った。

「小トリアノン宮殿のマリー・アントワネットのように? まさか、やめてくれ。もっとも、ハートウェルの本当の魅力は、好きな服装をしていられることだ」彼はクラヴァットの結び目をほどいて首からはずし、むかいの座席にほうった。「自由、万歳!」

ベスは麦わらのボンネットの紐をといて、頭から引っぱり、クラヴァットの上にほうった。

ルシアンは瞳を輝かせて、シャツのボタンをはずした。

ベスは慎重な目をした。「この競争には、喜んで参加したいとは思いません、アーデンさま」

彼は笑った。「ルシアンだ――言えないなら、いまこの場で服を脱いで裸になってやるぞ」

「ルシアン」ベスはあわてて言いなおした。

「愛しのルシアン?」彼がうながした。

「ただのルシアン。どうせ、はったりでしょ。ここで裸になったりするはずないわ」

「僕を挑発するのをやめることを学ぶべきだ」エリザベスが前に言った言葉をなぞって優しく言った。けれども、すぐに笑い声をあげた。「怒る気はないよ。ともかく僕が出した条件は呑んでくれたんだ。それに、親愛をあらわす言葉を無理強いしたくもない」

ベスは考えをまとめるために、一瞬目を伏せた。「お礼が言いたいわ。とても親切にしてくださって」

「そんな驚いて言うことじゃないだろう」ベスが不安になって目をあげると、ルシアンが半分からかっているのがわかった。「僕は聖人になるつもりはないよ。愛、セックス、夫婦の義務」自分の言葉に顔をしかめた。「呼び方はなんでもいい。ともかく、それは双方にとって、最低限、楽しいものであるべきだと思っているだけだ。半端に妥協する気はない。この先、ふたりきりの人生は長いんだ」

「わたしがベルクレイヴンの跡継ぎを産むことになっているなら、そうでもないでしょう」ベスは揚げ足を取ったが、こんな話題を冷静に話している自分に驚いていた。

彼は一瞬、怒った顔を見せた。「いつまでたっても、そういう賢ぶった口をたたくなら、きみのこの先は、おそらく、とてつもなく短いかもしれない」

ベスは眉をひそめた。「あなたは、のべつ幕なし、暴力的なことを言って脅すのね」

「おいおい、待ってくれ」彼はのんびりと言った。「乱暴じゃないときだって、一度や二度はあったはずだ」

「それで、だれが賢ぶった口をたたくんですって?」

「言われたら、言い返す……」

ベスはつっかかった。「その言葉は、またしても明らかな挑発のように聞こえるんですけど」

ルシアンは否定しなかった。「〝不運な過ちが色恋から生まれ、すさまじい諍いが取るに足りない事から起こる〟か?」

「ポープね。『髪の毛ぬすみ』」すぐさま言った。「取るに足りないわ」ベスは考えてから言った。「〝女は、取るに足りない配慮を受けることにより、意図的に低められている。男は、女に対するそうした配慮を男らしいと考えているが、実のところ、侮辱的なことに、男はそうすることでおのれの性の優位性を確認しているのである〟」

「偉大なるメアリの引用だな」彼はため息をついたが、目はいまも楽しそうだった。「すこしのあいだ考えてから、つぎのようにつづけた。「〝友情は、どちらかの優位性という前提を許さない〟」

ベスは眉を寄せた。「たぶん、聞いたことがないわ。すばらしい意見に思えるし、メアリ・ウルストンクラフトも賛成したと思うけど」

「白状すると、僕もなにが元か知らない。たしか、ニコラス・ディレイニーが前に引用したんだ」ルシアンはベスの手を取った。「ベス、ゆうべ、僕たちは友情を誓いあった。それがいまも有効だと、あてにしていいか？」

ベスは、ほんのわずかなふれあいにも恐しいほど敏感になっていたが、それがばれないように必死につくろった。「わたしたちは、つい、口論してしまう定めにあるみたいね。友情としては、変わった種類だわ」

「無二だ」彼はにやりと笑った。「僕にはこれまで、友人と名のつく相手には必ず目に青痣をつくっている」

「また暴力なの？」ベスは抗議したが、からかう口調で言った。

ルシアンは笑った。「きみの目には青痣をつくらないと約束する」

「引用合戦で、あなたを打ち負かしても？」

「ああ、そうだ」

「ならいいわ」ベスも笑顔をむけた。「〝友情とは、対等な者どうしが利害なく行なう取り引きである〟」「〝恋愛は、暴君と奴隷の卑屈な交流である〟。オリバー・ゴールドスミス」

ルシアンは首をふって、ベスに勝ちを持たせた。彼は無意識にベスの手の甲を親指でなぞりながら、なにを言うべきか考えた。「どっちが暴君でどっちが奴隷になるかで、ちがいは出てくるのかな」

「わたしには、ちがいはないわ。どっちになりたいとも思いませんから」

彼はキスをしてベスの手をはなした。「なら、友情を築くようにしよう。でも、それだって」淡々と言った。「簡単なことじゃないだろうね。〝おなじものを欲し《イデム・ウエレ・イデム・》、おなじものを嫌う、それこそが真の友情である《ノレ・エア・デムム・フィルマ・アミキティア・エスト》〟」

「わたしたちの趣味がかけはなれていると心配しているのね。だとしたら、どうして、それぞれが引用してくる言葉を理解できるんでしょう？　それに、わたしはあなたの友人にも好意を持っているわ」

「それを聞いて希望がわいたね」にやりと笑って言った。「どうやらきみは、無頼の男が趣味なようだ」

ふたりは上機嫌のうちにハートウェルに到着した。聞いていたとおりの肩のこらない場所で、家はささやかな寝室が四部屋あるだけの小さな二階建てだった。気持ちのいい庭のなかにひっそりと建っていて、敷地のはずれには小川もある。侯爵領のうちの塀で区切った外側では、農業をやらせているようだった。使用人はたった五人で、ベスもそれくらいの数なら自分にも使いこなせると思った。

ルシアンと自分に別々の寝室が用意されているのを知ってほっとしたが、両部屋をつなぐ扉には錠はなく、あったとしても鍵をかけるわけにはいかなかった。縁組を強要されたにはちがいないが、ベスはその結婚に——結婚全般に——賛成したのだ。いまさらこのことで大騒ぎを演じるのは、おかしなことだ。

ベスは結婚の親密な面について、考えのまとまらない自分に動揺していた。これまではずっと、実際的な女だという自負があったというのに。ふたりのあいだには新たな調和が生まれたが、ルシアンの存在や、彼との夫婦の床のことを考えると、うっとりとした陶酔と不安の泥沼の渦のなかに投げ込まれてしまう。こんなふうに心乱されるのはうんざりだ。もっと冷静で理性的にむきあえるようになるまで、すべてを先延ばしにできればいいのに。

でも、ルシアンは待ってくれるだろうか？　ベスから誘惑するまで待つとか、喜びが得られるまで待つとか、妙なことを言っていたが、ああした男にそこまで忍耐があるとは思えない。今日一日も、もつだろうか？　ベスとしても、腹をくってしまったほうがいいのかもしれない。

家と庭と離れを案内してくれたとき、ルシアンの態度には男女を感じさせるところはなかった。厩舎に来たときには、乗馬のレッスンの話がふたたび出たが、今回は感情的になることもなかった。ベスのために慎重に一頭の馬を選んで、前もってハートウェルに送ってくれていたことを知って、ベスは心を打たれた。まだら模様の去勢馬だが、ステラという女の名前がついていて、おとなしく、なつっこい目をしていた。

六時になると、こぢんまりとした食堂で、凝ってはいないが丁寧につくられた料理を食べた。メイドが冷たいデザートもふくめてすべての料理をいちどきに運び、あとはふたりきりになって、取り分けて食べた。ベスは、チェルトナムを発って以来、はじめてふつうの食事にありつけた気がしたが、それをうっかり口にするのはやめた。口論の火種になるようなことは、一切言わないにかぎる。

食事中の話題はもっぱら詩についてで、ベン・ジョンソンの、詩は生まれるのみならず、創られるものである、という論と、ソクラテスの、詩は知恵ではなく霊感によって生みださせるものであり、奇跡の贈りものでさえある、という発言をくらべてみた。ベスは自分の意見を揺るぎなく保つのに、頭を必死に働かせなくてはいけないことに驚いた。ハル・ボーモントがルシアンの頭脳について言ったことは正しかったようだ。ベスは不安にさえなった。かつては、この結婚という戦場では、くだらない会話に耐えなければいけないと心配していたのに。

ようやく停戦を迎えると、ふたりは、もうすこし頭を使わなくていい活動——カード遊び——をすることにした。そのあとはベスがピアノを披露したが、演奏はできても才能に恵まれているわけではないことは、自分でもわかっていた。

表面上は、ごくありふれた晩のようだったが、ベスの神経は、演奏している楽器の弦のように張りつめていた。

そんな状況にもとうとう耐えきれなくなって、ベスはそろそろ床につきたいと希望を言った。ルシアンが立ちあがった。ベスは不安になって相手を見た。彼は、ベスのためにドアをあけてくれただけで、手にキスをしてお休みの挨拶を述べた。

どういう考えでいるのか聞きたいと心から思ったが、その勇気がなかった。レッドクリフはベッドの支度をすませると、出ていった。ベスは冴えた目でベッドに横になり、となりの部屋の物音や、ドアのノブがまわる音に耳をすました。夫があらわれたとして、警戒に身構えるべきか、ほっとした気持ちで迎えていいのかわからなかったが、時計の針が進むにつれて、ほっとするにちがいない、という気持ちが大きくなった。こんな緊張には、これ以上耐えられず……。

アーデン侯爵夫人はうとうとと眠りに落ち、そしてよく朝、無垢《むく》のまま目が覚めた。これは、まさしく自分が望んでいた展開で、ベルクレイヴン公爵の計画を妨害するたしかな方法なのだ、と強く自分に言い聞かせた。

ふたりはハートウェルに十日間滞在したが、その後の日々も、初日をなぞるように過ぎていった。毎朝、ふたりは馬に乗り、そこでわかったのだが、ルシアンは驚くほど辛抱強く、思いやりのある先生だった。ベスの乗馬の腕は上達したが、そのかわりに身体に痛みや痣が残った。彼はピケットのトランプ遊びも教えてくれて、ベスから少ない額をかせいだ。チェッカーでは毎回ベスが勝った。ふたりは、大きくはないが申し分のない書斎から本を持ってきて、心地よい沈黙のなかで、いっしょに読書を楽しんだ。そしてその後は、読んだものについて熱い議論を心ゆくまで闘わせ、喜んで意見や考えを共有し、その一方で、ふたりのあいだで日々進行中の知恵の競争で、相手より点数をかせごうとがんばった。

庭を散歩し、野原を活動的に歩きながら、世界の情勢や、打倒ナポレオンのために手を結んだ同盟軍が打ち破られ、ナポレオンがふたたび世界に君臨しようとする可能性について、意見を交わした。ルシアンはナポレンが敗北すると確信していて、開戦を待っている友人たちにまじりたがっているのが、ベスにもはっきりとわかった。

あるときには、シェイクスピアがヘンリー五世に言わせた言葉を引用した。「〝故国イギリスでぬくぬくとベッドにつく貴族たちは／後日、ここにいなかったわが身を呪い／われわれとともに聖クリスピアンの祭日に戦ったものが手柄話をするたびに／男子の面目を失ったようにひけめを感じ――〟」ルシアンは途中でやめた。「戦いがいつ、どこで行なわれるかは、まだ決まってない。十月の聖クリスピアンの日まで持ちこたえるとは思えないけどね」

もし、それで助けになるなら、ベスは芝生に横になり、わたしを抱いてから戦場へいきなさい、と言ってやってもよかった。けれども、一度の行動で目的が果たせる保証もなかったし、最初の子供が息子だともかぎらない。それに、息子だとしても、生きつづけるかわからない。ルシアンは特権階級の義務として、できるだけ危険のない暮らしをし、血筋断絶の危機がなくなるまで、ベスに子種を仕込まなくてはいけないのだ。ニコラス・ディレイニーが言ったとおり、まったく野蛮な話だ。

この一度の内面の吐露をのぞいては、彼は感情的になることはせず、個人的なことや、論争の種になるような話も避けた。もっとも、個人の自由や政府の考え方について、ひかえめに意見を交わすことはあった。ベスは、ルシアンが彼の階級にしてはずいぶん進歩主義的な頭を持っていることに驚いたが、傲慢な視野の狭さを非難してやりたいという誘惑に駆られることも、いまだに何度かあった。

ルシアンが紳士が淑女にふれる以上のやり方で接触してくることはなかった――足場が悪いときには手を貸し、馬から降りるのを手伝い、散歩のときに腕を差しだした。それでも、ふと気づくとベスをながめていることがあって、その目にうかんだ表情を見ると、ベスの身体にぞくぞくとしたふるえが走った。

六月十五日、ハートウェル滞在最終日の気だるい晴れた昼下がりに、ふたりは草の茂る小川の土手にすわって本を読んでいた。ルシアンは着心地のいい、くつろいだ服を着ていた。パンタロンはゆったりとしていて、上着も堅苦しいものではなく、クラヴァットのかわりにネッカチーフを結んでいる。麦わらの帽子が、目もとに影をつくっていた。ベスのほうは、モスリンの服のなかで一番薄くてシンプルな一枚を着て、陽射しをよけるために、つばの大きな田舎風の帽子をかぶった。

あたりは鳥のさえずりに満ち、虫がさかんにブンブンと飛んでいる。ときどき水の跳ねる小さな音がして、魚が餌をとっているのだとわかった。

「ここで糸を垂らしたらどうかしらね、ルシアン」ベスはのんびりと言った。「わたしたちの食事が釣れるわ」

彼はにやりと顔をくずして、本から顔をあげた。

「鯉《こい》やうぐいを食べたいと思うならね。わざわざ捕まえるような魚は、この小川にはほとんどいない」

「放流することはできないの？」

「たしか父が一度やってみたはずだ。ここは、釣るような魚には適してないんだ。日照りになると、ほとんど干上がって……」

ふたりの会話は、わがもの顔の鴨《かも》の一家の鳴き声にじゃまされた。母鴨のあとに子鴨が整然と一列にならんで、一生懸命、水をかいている。ただし一羽だけ落伍者がいて、ぼんやりとしていて遅れをとり、それから、ふと気づいて必死になってあとを追いかけた。

ベスはおかしくなって笑い、餌用に持ってきたオーツ麦の袋に手を伸ばした。「たぶん、あののんびり屋さんには詩心があるのね」ベスは水辺の自分のとなりにやってきたルシアンに言った。「きっと、美しい風景にすっかり見とれていて、水をかくのを忘れてしまったのよ」

「じゃあ、あの一羽をワーズワースと名づけよう」ルシアンは一面に餌をまく妻をながめながら言った。

ベスはボンネットをかぶっていたが、鼻の上に軽くそばかすがういていて、ルシアンはそれを愛らしいと思った。田舎にいて静かな日々をすごしているうちに、だんだんと緊張がほぐれてきたようで、ルシアンの前で、元気と知恵とユーモアを披露してくれるようになった。心がぐんぐん惹かれていくようだった。来る前に聞かれたら、昼は田園を散歩し、夜はたったひとりを相手に本を読んだり話をしたりする日々には、たちまちうんざりするに決まっているとこたえただろう。それがいまでは、ロンドンや社交の場にもどるのがいやだった。

ベスには、どこか不思議な魅力がある。はじめて会ったときは平凡だと思ったが、数々のこと――好奇心を刺激されて、首をかしげるようす、おかしそうにして唇をひくつかせるようす、笑って目を輝かせるようす――が、彼女を魔法の使い手に変えるのだ。ただし、それははかない魔法で、ベスの心が幸せでないときには、すぐに消えてしまう。それをふたたび壊してしまうのがとても怖かった。こうしていま、小さな〝ワーズワース〟を相手にたわいないおしゃべりをし、子鴨のくちばしから餌を横取りした母鴨を叱りつけるベスを見ていると、太陽の下、この草の茂る川べりでベスを腕に抱いて、愛の奇跡について教えてやりたくなる。

顔をあげたベスは、じろじろと見ているルシアンに気づいた。目で質問をした。

「見張っていただけだ。夢中になりすぎて川に落ちないように」

ベスはあわてて鴨をふり返った。こうして自意識過剰に陥る一瞬が、前にもあった。いきなり心が乱れ、胸騒ぎがして、ごくふつうのひとときが壊される。彼もすこしはおなじようなものを感じているのだろうか、それとも、これは単にベスの不安な気持ちのあらわれなのだろうか？

ルシアンがとなりにしゃがんで、あたたかい息が頬にかかった。「泳ぎを教えたほうがよさそうだな。ベルクレイヴンの近くに、じゅうぶんな深さがあって安全な場所がある」

胸がどきどきした。いっしょに水にはいるところなど想像もできない。きっと水のなかで彼の手に支えられ、ふたりして、濡れた服をぴったりと肌にはりつかせるのだ。それとも、男はそうするというが、まさか、ルシアンも裸で水に？ 口がからからに渇き、顔が赤くなっているのがわかった。頭をさげたまま一心に鴨を見た。「あまり気が進まないわ、ルシアン」

彼はチッと舌を鳴らす真似をして、ベスの火照る頬から巻き毛をはらった。「シェイクスピアが言っていただろう――〝真の貴族は恐れを知らぬものだ〟と。侯爵夫人は、なにも恐れる必要はないんだ」

ベスは立って彼のほうをむき、手に残ったオーツ麦をはらった。「それに、たしか、こうも言ったわ――〝やさしい慈悲こそ高潔なもののまことのしるしです〟。お慈悲を、アーデンさま」ベスはふざけて懇願した。「泳ぎの練習は、どうか、勘弁してくださいますよう」

ルシアンは笑って優雅に立ちあがり、指でちょんとベスの鼻をさわった。「この先もずっと、僕の引用をべつの引用で封じてしまうつもりか？ きみは、長い時間、本に埋もれすぎていたようだ」

「花嫁修業としては、とても役に立ったようですわ、アーデンさま」

「相手が僕にかぎった場合だろうね」ルシアンは、本のそばの地面にふたたび腰をおろした。「こっちに来て、となりにすわってくれ、ベス」

さっきまではすこし距離をおいてはいたが、となりにすわるのはめずらしいことではなかった。けれども、いまの注文には、なにか重要なものが感じられた気がした。それに今日は、ここにいる最後の日だった。

心臓がものすごい勢いで打っていたが、ベスは外見だけは落ち着いていることを祈りつつ、ルシアンの要求に応じた。ベスが草にひろげた敷物に腰をおろすや、ルシアンは帽子を脱いで身体を横にすべらし、ベスのひざに頭をのせた。「なにか読んで」そう言って目を閉じた。

ひざに横たわる彼は、まるでたいまつのようにずっしりと重かった。口のなかが渇ききっていて、言葉を発音することができるか自信がなかった。でも、彼をじっくり観察する機会が得られた。祭壇に横たえられた捧げもののように、彼の力、美しさのすべてが、ベスの目の前にある。なめらかな額にかかる金の巻き毛に指をとおし、きれいな鼻すじをなぞって、引き締まった口もとの美しいカーブにふれたくて、手がうずいた。

青い目がひらいて、抗議がうかんだ。「読んでくれないのか」

「いま読みます」ベスはあわてて言った。ルシアンの影響力に抵抗することが、どうしてこれほど重要なのだろうかと考えた。ベスに対し影響力を持っていることは、彼もたしかに意識している。

ベスはミスター・コールリッジによる新しい本をしっかりとした手でつかんで、読みはじめた。「〝ザナドゥにクーブラ・カーンは／壮麗な歓楽宮の造営を命じた……〟」

奇妙な作品ではあったけれども、とても純粋に思えた。少なくとも以前はじめて読んだときにはそう思った。けれど、こうして夫が目の前に身を横たえ、美しい顔が自分のお腹のあたりにおかれていると、詩はまったくべつの新しい意味をおびてくる。読みながら声がふるえた。「〝さながらこの大地が／ぜいぜいとせわしなく喘《あえ》ぐかのようであったが……〟」

けれども、もっとも息を呑んだのは、最後の数行だった。

あいつのまわりに輪を三重に描き
聖なる恐れを胸に眼を閉じるのだ、
あいつは神々の召される甘露《かんろ》を味わい
天国のミルクを飲んだのだから。

ルシアンが目をつむったまま感想を言った。「贅沢をほしいままにした貴族についての、妥当な描写だ。サミュエル・コールリッジが言いたかったのは、べつのことだろうけどね。僕の天女、きみは、ちゃんと目を閉じているか？」

「いいえ」正直に言った。ルシアンの美しさを目で楽しんでいる。

「〝気をつけろ、気をつけろ〟」詩のすこし前の行をくり返した。ぱっと目がひらいて、ベスの瞳を見つめた。「〝なぜなら、きみがわたしとともにいてくれるから。この美しい川の岸辺に。わたしの一番大切な友よ……〟」

ルシアンの視線にとらえられ、ベスは唇を舐めた。「だれの詩かわからないわ」

彼が身体を丸めてなめらかに立ちあがると、いままでふさいでいた場所にひんやりとした冷たさが押し寄せた。「ワーズワースじゃないか。ただし、僕もどの詩だか憶えてない」手を貸してベスを立ちあがらせた。ベスは、自分はルシアンの友達なのかと聞きたかった。ただの友達なのか、と。ワーズワースのべつの詩の文句が、脈絡もなく突然うかんで、頭にこだました。「〝不思議な胸のざわめきが……〟」

ルシアンはベスの手を持ったまま、からかうような口ぶりで、またべつのワーズワースの詩を引用した。「〝理智に富み、情愛も深く、見識もあり、神の手に造られた完《まった》い女……〟」

母親を書き描いているように聞こえる。家庭教師ともいえるかもしれない。「わたしは、そういう女でいたいかは、わからないわ」

「まさか。ウルストンクラフトの理想像かと思ったが。きっとつぎの二行のほうが気に入るかもしれない。〝しかも尚一つの霊で、天使の光明《エンジェル・ライト》のように輝いている〟。そろそろ家にもどる時間だ、天使《エンジェル》さん」

ルシアンはどこかもどかしい気分でいるベスを残し、背をむけて、本と敷物を拾った。

歩いてもどる途中、小説のローラ・モントレヴィルならまちがいなく天に昇るほど喜んだだろうが、ベスは自分がこの友情や徳や、霊や天使の話にがっかりしているのだと、自分に認めた。でも、なぜ？ つねにベスの頭を占領しているのは、もっと卑俗なことだからだ。あとどれだけこんなふうにして、ワーズワースと彼の愛する妹のドロシーのようにすごしていられるのだろう？ 妙な結びつきで家族となったふたりだが、まちがいなく、兄妹ではないのだ。本当に、ベスから行動するのを待つつもりだろうか？ なんて不公平な。ベスにはどうしていいのか、さっぱりわからないのだから。

その夜――ハートウェルですごす最後の夜――ベスは月夜の散歩をしないかと誘った。とても気持ちのいい六月の晩で、ちょうど満月が夜を明るく照らしていた。またしても、彼の弾むような巻き毛は銀色に輝いて、ベルクレイヴンにいたときのことが思いだされた。彼が親指でなにげなく胸の先端をかすめたあのときのことが。ベスはふと身体をふるわせたが、今回は恐怖や嫌悪のせいではなかった。

「寒いのか」ルシアンが心配そうに聞いてくる。

「まさか。きっと、だれかが、わたしの墓の上を歩いている、ということね」

ふたりが歩いているキングサリの小道は、長く連なる黄色い花がまわりにあふれ、香りが空気に満ちていた。ベスはため息をついた。

「ロンドンにもどるのが、そんなに心残りなのか」

「ええ、すこし。こうした素朴な暮らしのほうが、性に合っているの。でも、もどらないといけないことはわかっています」

「社交のシーズンが終わったら、また、こっちに来てもいい」

「例年どおりなら、どうするんですか？」

ルシアンは肩をすくめた。「しばらくはブライトンにいく。ベルクレイヴンにも顔を出す。あとは友達を訪ねる」

「友達と会わないと淋しい？」ベスは興味を引かれた。

ルシアンがにっこりと笑うと、月明かりで歯が白くうきあがった。「いまは新しい友達ができたから」

それについて反応すべきだとは思ったが、ベスは顔をそむけた。「いやではないの？」

「友達を持つことが？」

「ただの友達しかいないことが」

ルシアンは優しい手つきでベスを自分にむかせた。「欲求不満のあまり、頭が変になりそうに見えるかい。女性とふつうに楽しくすごして、その先を求めずにいることくらいできる」

ベスは力なく両手をあげて、落とした。「わたしはなにも知らないの」

ルシアンはそっとベスのあごを持って、顔がよく見えるように自分にむけた「意地悪しているつもりじゃないよ、ベス。僕を求めたくなったら、そう言えばいいだけのことだ」

ベスは目をあげて、彼の表情の奥にある、隠された思いを読み取ろうとした。「自信がないわ」

彼の顔に後悔や不満といったものがよぎることはなかった。ルシアンは微笑んで、そっとベスの唇にキスをふらせた。「その気になったときに言ってくれれば、それでいい」

ベスの手を自分の腕にとおして、家のほうへもどりはじめた。

出口にしてきたフランス窓まで帰ってきたとき、毎晩そうしてきたように、このまま別れてそれぞれの部屋にもどっていくのが、ベスには耐えられなくなった。ふいに、口にした。「キスして、ルシアン」

彼は足を止めてベスを見おろした。口には笑みがうかび、目があたたかくなった。

「下男と女中のように？　ああ、悪くないね」

いったん肩におかれたあたたかいベルベットのような両手が、そっとあがっていってベスの頭をつつみ込んだ。目を閉じて彼の手を感じる。ルシアンは一歩近づきながら、優しさを感じさせる荒い手つきで、ベスのあごの線を親指でなぞっている。身体と身体がこすれあった。

「僕を抱きしめて、ベス」彼はささやいた。

ベスはルシアンに腕をまわし、予想もしなかった欲望に突き動かされて、飢えたように強く引き寄せた。ルシアンが顔から手をどけて、腕でしっかりと抱いてきたので、ふたりはとけあって、見た目にはひとつになった。

ルシアンがベスの顔を傾けて唇にキスをし、そのふれた点が明るい光となってベスの瞳の奥の暗い場所で輝きだした。ルシアンのすべて――彼の腕、彼の身体、彼の精神、彼の心――が、ベスのまわりで、そして、その接触している一点のまわりで、ぐるぐると渦をまくようだった。

唇がそっとはなれていったあとも、めまいはおさまらなかった。ルシアンの濡れた口が優しく首すじをおりてくる。ベスが頭をのけぞらせていると、今度は、首の前側に愛撫が移った。やがて、手がわき腹にそってあがり、胸をつつみ込んだ。

身体の隅々までふるえが走った。奔放な肉体は、これが喜びだとわかっていたが、心は不安ですくんだ。優しい雨を天に請うた結果、激しい土砂降りで報われたような気分だった。

フランス窓が内側から外にひらいて、ふたりにあたった。急いで身体をはなしてふりむくと、そこには怯えきった執事が立っていた。「ご主人さま、奥さま、申し訳ございません！」

執事は赤い顔をして逃げていった。ベスとルシアンは顔を見あわせ、おかしくなって笑い転げた。それでも、ベスには自分の顔が真っ赤に燃えているのがわかる。これほど気まずい思いをしたのは、人生ではじめてだった。乱れた服の身頃を、そそくさとなおした。

「本物の下男と女中が、茂みでいちゃついていると思ったんだろう」ルシアンはおかしそうに言った。「まあ、これで、僕らが熱愛中だという評判もたしかなものになる」ベスを見つめた。彼はいまも笑い顔をしていたが、なにかを考えているふうだった。瞳には情熱が見えたが、ふたたび冷静になっているようで、ベスはほっとした。奔流に呑まれているときには、だれかしらがしっかりしている必要がある。そうでなければ、きっと、ふたりで溺れてしまうだろう。

そう思ったにもかかわらず、ベスは、もう一度彼の腕にもどりたかった。ルシアンはその方向へは進まずに、ドアをあけてベスを通し、それから鍵をしめた。

居間を抜けて廊下に出た。ルシアンは彼らのために用意してあったランプを取りあげて手にかかげて、ふたりでいっしょに階段をあがっていった。ひっそりとした暗い屋内に、光の円ができ、まるで自分たちはその魔法の輪のなかで生きているようだった。ベスとルシアンのふたりきりで。

離れて歩いていたが、ふれているのとおなじくらい、ルシアンの存在がはっきりと感じ取れた。まちがいなく、彼はこのままベスの寝室に来て、キスではじまった陶酔のひとときを、最後までやり遂げるはず。

ベス自身はそれを望んでいるのだろうか？　ああ、わからない。恐ろしい反面、惹かれる部分もあって……。ひとつ、たしかなのは、とにかく終えてしまいたいということだ。これ以上、細い緊張の糸の上ですごすのは、どちらにとっても耐えがたい。終わりにしさえすれば、きっとまた、なごやかに、くつろげるにちがいない。

ルシアンは寝室のなかまではいってきたが、テーブルにランプをおいただけだった。ふり返った彼と目が合い、ベスは自分はどうしたらいいのだろうと悩んだ。

「また怯えた顔をしてる」彼は言った。

ベスは反論しようとしたが、自信がなくなって、声が喉につまった。

「自分でもばかみたいだと思うけど」ルシアンは妙な笑いをうかべて言った。「はじめて妻と愛を交わすときには、僕を猿だとののしった、気の強い威勢のいい女でいてほしいと思ってる」

ベスはなすすべもなく、ドアのほうへ歩いていくルシアンを目で追った。

彼はふり返って、眉をあげた。「そんな姿を見たら、僕は誘惑に落ちるかもしれないよ」

その瞬間、彼の青い瞳にうかぶおどけたユーモアと、ベスの内側に存在する不思議な力に強く揺り動かされるのを感じた。もし、なにをすべきかさえわかっていれば、ベスは行動していたにちがいない。挑発的な言葉を頭で必死に考えているうちに、ルシアンは静かに出ていった。

悲しくベッドに倒れ込みながら、ルシアンの正しさを認めないわけにはいかないと思った。結婚式の晩、彼はベスのことを傷ついた鳥だと言った。ハートウェルの滞在はそれを癒すための時間だったのに、いまもまだ、心が折れている。もう彼に恐怖を感じることはないけれど、アーデン侯爵を猿と呼んだ元気は、まだもどらなかった。ルシアンがそういうベスを望んでいるのならば、もうすこし、時間がかかる。

彼をがっかりさせることは、ベスとしてもいやだった。

16

ロンドンへの帰途、ルシアンは馬車と併走するほうを選んだ。表面上は友情が築かれたはずだったが、はじめての旅のときとそっくりで、ふたりのあいだの溝も、やはりおなじように大きかった。チェルトナムからの移動のときには、『自制《セルフコントロール》』を読んだが、ベスはいまではローラ・モントレヴィルに対する興味をすっかり失っていた。一点のくもりのない美徳を求めるローラの不毛な活動が、この……たぎる情熱について、なにを教えてくれるというのだ？　ベスは本を読むかわりに、考えに没頭した。

なにかとても貴重なものが、あとすこしで手にはいりそうだった。その貴重なものというのは、結婚の枠組みのなかの理想の友情かもしれない。だが以前までは、そうしたものは生々しい情熱とは切りはなされたもので、むしろ、それにより台無しにさえなると思っていた。でも、いまでは、まったく逆のことを思うのだ。結婚の契りをすませていないことが、ふたりの本当の調和をはばむ壁となっている。

ベスはこの問題に専念して、自分やルシアンの些細な躊躇が障害とならないように気を配るべきなのだ。まったく、笑ってしまう。何年ものあいだ、淫らな男を避けなさいと若い娘たちに教育してきたベスが、自分の夫をうまくベッドに誘うことができないというのは、なんという皮肉だろう。

公爵夫妻は、ベルクレイヴン・ハウスにもどってきたふたりを歓迎してくれた。心配そうにようすをうかがっている気配を、とくに夫人のほうから感じた気がしたが、夫妻はなにかを顔に出すほど無粋ではなく、また、ベスとルシアンのあいだにも、彼らをじゅうぶんに安心させられるくらいの、気安い自然な空気がただよっていた。

ベスは自分の寝室にもどると、夫の部屋とを隔てている、鍵のかかっていない数枚の扉のことを思った。両者の寝室にあいだにあるのは、ベスの着替えの間だけだ。距離としてはわずかなのに、とても遠い感じがする。今夜、そのドアを抜けていって、「ルシアン、わたしを抱いて」と口にするのは、きっと、そこまでむずかしいことではないはずだ。

でも、ベスにはとてもできそうにない。もっと、露骨でない方法をさがしたほうがいい。手元に誘惑の指南書があれば、ものすごく助かるのに。

着替えの間の扉をノックする音があって、ベスはとびあがった。うなずいて合図すると、レッドクリフがドアをあけにいった。こんな昼ひなかに口説きにくるとはもちろん思えなかったが、それでも、鼓動が激しくなった。

ルシアンは埃っぽい乗馬服を着替え、きちんとした街着に身をつつんでいた――パンタロンに、ひざまでのヘシアン・ブーツ、濃い色のジャケット、それに十日ぶりにクラヴァットを首に太く巻いている。「またしても拘束の身だ」ベスの視線に気づいて、彼は言った。「女が服のしきたりのことで文句を言う理由がわからない。少なくとも、暑い日に、自分の首をぐるぐる巻きにして、何枚も重ね着をすることを期待されてはいないだろう」

「ごもっともね。でも男性は、一月の真ん中に、薄いシルクを重ねただけで外出することを期待されてはいないでしょう」

「僕たちはふたりで従来の型を破って、合理的な服装という新しい流行をつくりあげるべきだな。どんな服がいいだろう」

ベスは頭をひねってみた。「男の人が、女みたいな、襟の大きくあいた薄い綿の夏服を着てはいけない理由はないでしょう。ゆったりとしたコサック・ズボンなんかは、もう、流行してきているし、とても着やすそうよ」

「あれは、どうも間抜けに見えるな……。でも、婦人には冬用の夜会服があっていいだろうね。ウールとベルベットでできていて、寒いときにそなえてケープとフードがついている」

「今日にもデザインしてみるわ。でもたぶん」ベスはいたずらっぽく言った。「女が冬にズボンをはいて、男が夏にスカートをはくほうが、簡単ね」

ルシアンは声をあげて笑った。「オールマックスでそんな格好をしたら、目立ってしかたないな」

ベスは眉をあげた。「アーデンさま、紋織りのモスリンでできたトーガのような素敵な服なんかは、いかが？ 紋章を襟のあたりに縫い取りしたりして」

「夏の暑い盛りなら、興味を持つかもしれないが、あれは洗濯ができない。それに、馬に乗るときはどうする？」

「ローマ人はあれで乗ってたわ。中世初期の男たちも。ノルマン征服でイングランドに移ってきた、やんごとなきド・ヴォーのご先祖さまも、まちがいなくスカートをはいていたでしょうね。それに、スコットランド人は、その伝統をいまも守っているわ」

ルシアンは片手をあげた。「わかった。負けたよ。というより、いまのうちに退散しよう。なにも、もちろんよ。外出なさるの？」

「ええ、もちろんよ。不自由なことはないね？」

「長くはかからない」ルシアンはまじめな顔をした。「公爵によれば、ナポレオンと同盟軍との話し合いが、いつ行なわれてもいい状況らしい。いま、その最中かもしれない。こっちまで情報がとどいていないだけでね。ともかく、噂だけでもたしかめにいこうと思う」

見たところ平和そうないまこの瞬間にも、ヨーロッパの運命が危ういところにあると考えると、背筋が寒くなる思いだった。ベルギーのどこかでは大砲が火を噴き、人々が斃《たお》れているのかもしれない。それも、知っているだれかが。

「ええ、いって、ようすを見てきて」

ルシアンはベスの頬にキスをして、出ていった。

ベスは元気いっぱいのアムリー子爵や、陽気なダリウス・デブナムのことを思い、彼らの、そしてすべての人の身の安全を祈った。けれども、なんて無意味なことだろう。戦争に安全なんて存在しないのだ。毎週日曜日に教会で祈りが捧げられているが、神が戦争に対してどんな役に立つのか、ベスにはわからなかった。

たとえいま、激しい戦いがくりひろげられていたとしても、知らせが伝わってくるのは数日後で、犠牲者のたしかな情報がはいるまでには、さらに時間がかかると思うと、落ち着かないものを感じる。

ともかく、ベスには自分の日々の暮らしをつづけるしかないのだ。

ルシアンがじきに友人や知り合いと再会できることを、心から願った。ベスには友人はいないし、知り合いもわずかだ。ふたりがロンドンにもどってきたことが通知されれば、すぐに客が訪ねてくるだろうが、彼らはせんさく好きの他人にすぎず、ベスはそうした不自然な暮らしにうんざりだった。

エレノア・ディレイニーのことを思いだした。ベスは彼女の雰囲気に好感を持ったし、夫のほうにも、不適切な意味でなく、とても魅了された。家に来てくれと言われたけれども、夫妻はまだロンドンにいるだろうか。

ルシアンの友人なのだから、言えば連れていってくれるだろう。

もっとも、ベスの予定はぎっしりで、個人的な訪問をする時間がとれるかはわからなかった。公爵夫人がベスのブドワールにお茶にやってきて、またふつうの社交生活をおくれる気分になったか、とさっそく聞いてきたのだ。しぶしぶながら、大丈夫だとこたえると、夫人はうんざりするほどの予定をざっと語った。

「もうほとんど時間がないし」彼女は申し訳なさそうな笑顔で説明した。「あなたの立場を築いておかなくてはならないから。なにしろ、おめでたということになれば、しばらく社交から離れることになりますから」

あり得ないことだと思って顔が赤くなったが、夫人はそれを慎み深さと解釈したようだった。「可能性がない話じゃないし」陽気にしゃべりつづけた。「まだウエストが細いうちに、人前に出ておかないといけないわ。例のドレスはもう見たかしら?」

「いいえ」ベスにはぴんとこなかった。

「前に話したはずですけど。でも、結婚式を直前にした花嫁に話をしたところでね……」彼女は両手をあげて、フランス人らしいしぐさをした。「ジョアンの参内服をあなたに合わせて縫いなおすことになったのは、憶えているでしょ？　二度と着る機会がない服なんですから、もったいない話だわ。いらっしゃい、となりの部屋によけてあるから」

レッドクリフが何枚かの扉をあけ、ふたりはベスのブドワールを抜けて、いまは使われていないとなりの寝室にはいった。そこには、モスリン地にくるまれた小さな山があった。レッドクリフが布をはずすと、ベスが目にしたことのないような、斬新《ざんしん》で、美しくて、ものすごいドレスがあらわれた。

身頃はウエストにそった古いスタイルで、スカートがまわりに大きく張りだしている。とても薄い紋織りの青い絹に金のレース地を重ねた素材で縫われていて、小さい真珠の粒を小枝模様に刺繍してあった。

「ルシアンと合理的な服装について話したばかりなのに」ベスは弱々しくつぶやいた。

「そんな話を？」夫人は意外そうに聞き返した。「宮廷にまつわることでは、合理的なものなんてないわ。ルシアンは宮中にあがるのをとてもいやがっているの」

「どうしてですか？」

「かつらよ」

「かつら？」

「なにもかも、古い流儀なの。紳士は髪粉をふらなくてはいけないし、お下げ用に髪を伸ばした人はいまでは少ないから、どのみち、かつらということになるのよ」夫人はドレスにおおいをかけるように、レッドクリフに手で命じた。「あなたもこれを着て、練習をする必要があるわ」

「でも、どうしてわたしが宮中に？　拝謁をたまわる若い娘というわけでもないし、そうしたことには、わたしはまったく興味がありません」

「そういう問題じゃないの、エリザベス」夫人はきっぱりと言った。「わたくしたちの生活に重要な変化があったときには、必ず国王に報告しなくてはならないわ。ルシアンとベルクレイヴン公爵が、〝信頼篤い、最愛のわが従兄弟よ〟と正式に呼びかけられるのにも、意味がないわけじゃないのよ」

平等主義的な思想を持つベスだが、国王が自分にからんだ事柄に関心を持つと考えると、圧倒される思いだった。それに、王妃の居間に通されるのも、正直にいってわくわくする。でも恐ろしくもあった。「どうふるまっていいのか、さっぱりわかりません」

「あら、とても単純よ」ベスのブドワールにもどりながら、夫人はあっさり言った。「正式なお辞儀をする――あなたは、宮廷用のお辞儀がとても上手だわ――それから、気に入られれば、ひとこと、ふたこと、お言葉をいただいて……」早くも、頭はつぎに移っているようで、夫人は自分が持ってきた招待状の束に目を落としていた。「わたくしたちはオールマックスと、レディ・ベッシントンの舞踏会にいきましょう」と、招待状をぱらぱらと見ながら言った。「留守中にあなた宛てに送られてきたものもあるわ」ベスに手渡した。「聞いたことのない名前もあるけれど、いくつかはあなたの知り合いでしょう」

「そうは思えません」ベスは言ったが、ともかく見てみた。「ええ、個人的に重要な相手はいません。最初のうちは、ミス・マロリーの学校でいっしょだった友達に会えるかもしれないと期待していましたけど、そういうことは一度もありませんでした。お勧めの会に出席します」

「エリザベス、名前がわかれば調べさせるわ。出入りしている場所がちがうだけで、付き合うのに不適切な相手ではないかもしれないでしょう」

ベスは五人の名前をあげたが、あまり期待は持たなかった。ふたりは軍人と結婚し、たぶんロンドンにはいない。残りの三人のうち、イザベル・クライトンだけが称号持ちと結婚したが、ここ何年も消息を聞いたことがなかった。

それから夫人は、夕食までひとりでゆっくりしなさい、とベスに命令した。夜はドルリーレーン劇場にいく予定だった。

夫人はベスが横になって休むことを望んだが、ベスは自分のブドワールで椅子にかけて、『自制』のつづきを読むことにした。読んで感想を送るというエマおばさんとの約束もあったし、物語にあまりにいらいらするので、早く読んで片づけてしまいたという思いもあった。

描かれている感情は、ベスの現実とはまったく相容れなかった。世間を知らないかつての自分なら、非の打ちどころのない完璧な男性を求めるローラの行動にもとても共感できただろう。でも、いまでは、そんな鑑《かがみ》のような男がいるとは信じられなかったし、もしいても、いっしょに生活するとなると大変だろうと思った。その人物の基準に合わせるには、自分のほうも相当努力しないといけない。それに、情熱の世界におずおずと最初の一歩を踏みだしてみると、そうした〝自制が利いている〟という長所を結婚相手に求めたいかは疑問だった。

メアリ・ウルストンクラフトが、男女の情熱は、結婚の土台としてはあまり評価されるものではないと考えていたのは知っている。でも、頭ではなく、心でする結婚にも、なにかしらの価値があるはずだ。

ベスは、ウルストンクラフトの私生活について考えてみたが、これまで聞いていた話は、いつもエマおばさんによって言葉たくみに美しく語られたものだった。結局のところ、メアリ・ウルストンクラフトは何年ものあいだ、恋仲のギルバート・イムレーと暮らしていたし、子供もひとり産んでいる。そして、関係が壊れたのちに、自殺をはかった。あまり自制が利いているとは言いがたい。

ローラは〝理智に富み、情愛も深く、見識もあり、神の手に造られた完い女〟と言われれば、まちがいなく喜んだだろう。ベスはその引用を頭のなかで何度もなぞり、あれはじつは侮辱の意味だったのではないかと考えるようになっていた。少なくとも、抗議だったかもしれない。ベスが完璧な人間を夫に求めていないように、ルシアンもそういう人物を妻に求めていないのは、まちがいなかった。

ベスは辛抱強く本を読み進めたが、一ページごとにローラに嫌気がさし、そうこうしているうちに、執事のマーリーがベスに訪問客の到来を告げにきた。「若いお嬢さんです。連れの殿方はいらっしゃいませんが、上品な方です。ミス・クラリッサ・グレイストーン」

「クラリッサ！」ベスは喜んだ。「とてもうれしいわ。どうぞ、ここへ案内してちょうだい」ベスの生徒で六歳年下のクラリッサは、正確には友達とはいえないが、彼女はまじめな大人びた娘で、いっしょにいて気持ちのいい相手だった。ローラ・モントレヴィルよりずっとましだ。

けれども、はいってきた彼女は、どこか態度が張りつめていて不自然だった。高価なキャンブリック地のドレスに、頭には流行のボンネットをのせていて、一家の財政が持ちなおしたのは一目瞭然だが、本人は幸せそうにしていない。

「クラリッサ」ベスは言った。「会えてとてもうれしいわ。結局、社交シーズンをすごせることになったのね」

「はい」クラリッサは静かな声でこたえた。

ベスはお茶と食べものを頼み、彼女を椅子にかけさせた。

「楽しんでいるの？」

クラリッサはマーリーが出ていってドアが閉まるのを待ってから、ベスの椅子のそばにきてひざをついた。

「その逆です！　アーミテッジ先生――ではなくて、奥さま。ああ、お願いです、どうか、わたしを助けて！」

ベスは娘を引き起こした。「いったい、どうしたの、クラリッサ？」

「わたし……わたし、無理やり結婚させられそうなんです」

ベスはクラリッサを長椅子にすわらせ、自分もとなりに腰かけた。「結婚は多くの女にとっての宿命です」ベスは冷静に言った。「見てのとおり、わたしでさえ、こういうことになっているわ」

「でも、お相手はアーデン侯爵さまでしょう」クラリッサは涙ながらに言った。「わたしはデヴリル卿と結婚するんです！」

「デヴリル！」ベスは恐ろしくなって叫んだ。

クラリッサは両手に顔をうずめた。「あの人を知っているんですね。先――奥さま、わたしには絶対に無理よ！　わたしたち一家が債務者監獄から救われるためだとしても、できない！」ふいに、手提げに手をつっ込んで、一枚の紙を出した。「彼からです」ベスはそれをひらいて、デヴリルの太い黒い文字を読んだ。妻が守るべき掟を箇条書きにしたもので、完全な服従を求めることを強く主張していて、逆らった場合の罰が詳細に書かれている。ほとんどが体罰だった。まるで、もっとも厳しい矯正施設の規則のようだ。

ベスは驚いた。「気持ちはとてもよくわかり……マーリーの足音だわ。きちんとしていなさい」

執事の登場につづいて、ケーキスタンドを持ったメイドがはいってきたため、ベスは考えをまとめる時間をかせぐことができた。なんて不快な男だろう。でも、ベスは絶対に、この生徒を見捨てるつもりはない。自分も無理に結婚を押しつけられて苦しんだが、たしかに、相手は長所のたくさんある人物だった。デヴリル卿のような男と結婚させられるなんて！

つい、ベスは個人的なことを考えた。一方では自分の運命がずっとましだったことを、ありがたく思った。だが一方で、公爵はたとえ息子が愚か者でも、デヴリルそっくりの男でも、結婚を無理強いしてきたにちがいないと思った。

紅茶をついで、たっぷりと砂糖を入れた。「まずは、お飲みなさい、クラリッサ。それから話をしましょう」

彼女は紅茶に口をつけたが、すぐに下においで、両手をもんだ。「うちの両親には、情けというものがないんです。必死になって頼んだのに！　でも父は……。父は賭けごとをするんです。うちにはもうなにも残っていなくて、ふたりの兄は……。母が言うには、これは娘の務めだって」

「デヴリル卿と結婚することは、娘の務めじゃないわ」ベスは断固として言った。「結婚しなくてはならないにしても、もっといい縁談が見つかるはずよ」そう言いながらも、ベスは実際にはむずかしいことを理解していた。よい縁組をすれば、持参金が必要となる。花嫁を手に入れるために金を出すのは、デヴリルくらいのものだ。クラリッサはとくに美人というのでもない。どちらかというと長い顔をしていて、口が大きく、くせのある赤毛をしている。快活な性格で、いま現在は若さが味方についているものの、多額の持参金といううまみを忘れさせるほど、男を狂わすような人物ではなかった。

「結婚はすぐの予定なの？」ベスはたずねた。

クラリッサは首をふった。「婚約は来週が発表の予定ですけど、結婚は今度の九月です」

ベスは娘の手をにぎった。「手を貸すわ、クラリッサ。なにができるかは、まだわからないけど、絶対に方法を見つけます」

クラリッサはかすかに微笑んだ。「ああ、奥さま！」

「ねえ、今後のことを考えると、わたしのことはベスと呼ぶべきよ。だって、わたしたちは共謀者なんですから」

クラリッサは重荷を取り除かれたように、緊張を解いた。彼女が帰るころには、ベスはそれがそっくり自分の肩に移ってきたような感覚がしていた。クラリッサは完全にベスを信じているが、ベスは彼女の状況をどうやって変えていいのか、さっぱりわからなかった。

クラリッサはすわっていた椅子にデヴリル卿の箇条書きを忘れていった。ひろいあげ、読み返してみて、決意があらためてわいた。彼女の苦しみはもっともだ。まともな女ならだれだって、合法的な強姦《ごうかん》と奴隷の人生と紙一重のようなことを、見逃し、許せるはずはない。自分の状況を闘って変えることはできなかったが、クラリッサのためになら、きっと闘える。ベスは手にした紙を、用心深く本のページのあいだにしまった。

ついでに、ロビン・バブソンのことを思いだした。自分の難題で手いっぱいだったために、この数週間、あの少年のことはちっとも頭にのぼらなかった。呼び鈴を鳴らしてレッドクリフを呼びつけ、周辺の屋敷の馬と馬車の置場となっている、広場の裏手の一画にいっしょに足を運んだ。ベルクレイヴンの厩舎は、馬十頭に馬車三台ほどしかはいらないような建物だった。ド・ヴォーの基準にしては、ずいぶんとひかえめだ、とベスは意地悪く思った。

きっと、ベルクレイヴンの屋敷に課せられている、馬と馬車の税金だけでも、たいていの人は破産してしまうのだろう。

皮肉な考え方は、もうやめなさい。ベスは自分をいましめて、ハートウェルからもどってきたばかりの馬に挨拶にいった。この先いつになったら、またステラに乗れる日が来るのやら。

そうこうしながらも、ベスはずっと目でロビンの姿をさがしていた。

やがて、ある馬房からバケツを手にしたロビンが出てきた。とても健康そうで、口笛を吹いている。

「ロビン」ベスは声をかけた。

ロビンはなんだろうという顔でふり返り、バケツを下において、挨拶代わりに前髪に手をやった。「奥さま」

ベスはレッドクリフの非難の目を意識しつつ、自分からロビンに近づいていった。

「憶えてくれているか、自信がなかったわ」

「もちろん、憶えてますって」ロビンは気取った口ぶりで言った。「たしか、結婚式のあとで出てくのを見送ったのが最後だったけか？　ったくどえらいパーティだった」

ベスは驚いた。「あなたも参列していたの？」

ロビンは目を丸くした。「まさか！　ちがいますって。おいらたちは、つぎの日にどんちゃん騒ぎをやった。使用人みんなで。あれは、えれえすごかったね。あ、すみません、奥さま」言葉遣いについては、ちっとも改める気がないようだ。ルシアンは正しかった。ロビンは問題児だ。

ベスは満足した。まちがいなく、ここには悲劇はなさそうだ。そのとき、ひとりの男が敷地にはいってきた。おそらく、馬丁頭だろう。なにも言わなかったが、明らかに不満顔だった。「そろそろ、仕事にもどったほうがいいわ、ロビン」

少年は自分の上役を生意気な目で見て、ウィンクをした。「そうみたいです。お元気で、奥さま」

「ありがとう、ロビン」

ロビンは口笛を吹いて歩いていき、ベスはひとつの重荷が取れた思いで、家にもどった。けれども、これでクラリッサの問題が片づいたわけではなく、あらためて状況を考えて、頭が痛くなるばかりだった。クラリッサの両親は、窮状から脱するほかの方法が見つからないかぎり、今度の計画から手を引くつもりはないだろう。つまり、お金か、あるいは、同等かそれ以上に気前のいい夫ということだ。ベスはどちらも工面できる立場にない。ルシアンならなんとかできるかもしれないが、彼はクラリッサの苦境に同情を寄せるだろうか？　公爵か夫人は？　クラリッサの縁組に不正なところを認めたとしても、彼らが親と娘のあいだに割ってはいるとは思えない。どうしたって法律違反なのだから。夕食のために身支度する時間になっても、クラリッサの問題の打開策をさがす試みは、一歩も前進しなかった。

ルシアンは、ナポレオンの所在についてはっきりとした情報を得られないまま帰宅した。ナポレオンがフランスの港を封鎖して、物、人、情報が自国から流れるのを止めたという事実は、最悪の展開を予感させる。事情通はだれもが、一両日中にも衝突が起こると考えているようだった。取引所の価格は、噂が伝わるごとに乱高下した。

けれども、そうした状況にもかかわらず、日々の暮らしを止めるわけにはいかず、社交シーズンはうかれた最後の数週間を迎えていた。ブリュッセルから伝わってくる情報も、戦争と舞踏会の話が半々だった。ベスには、とても異常なことに思えた。

この日の晩は、ドルリーレーン劇場に『オセロ』を見にいった。ここを訪れるのははじめてで、ベスはきょろきょろとあたりを見まわして、籠にはいった鳥をさがしてみたが、見つからなかった。きっと、デヴリル卿は意味のないことを言ったのだ。

名優キーンが、真に迫った恐ろしいまでの狡猾《こうかつ》さを出して、イアーゴを熱演した。デズデモーナを演じた女優は、やわらかな白い髪をゆったりと背中に垂らし、星を散らした白と銀の流れるようなドレスに身をつつんでいて、天上のものを思わせる美しさをかもしていた。劇には、ムーア人の黒と対比させるように、彼女の白さを指し示すいくつかの台詞が加えられていた。

デズデモーナというのはおもしろい役柄だと、ベスは前から思っていた。信用を失い、一切のことを信じてもらえなくなった、ある女の苦境。ベスははじめて自分の状況と似たところがあるのを感じたが、ベスの場合、信用を失った原因は自分にあって、夫とのあいだでどうにかすべての誤解が解けた。劇の結末を思うと、かすかに鳥肌が立った。嫉妬に狂ったオセロは、ついに妻を絞め殺してしまうのだ。自分とルシアンが、舞台上の人物たちよりも分別があることが――それに、自制ができていることが――ありがたかった。

それはともかく、主演の女優の演出には感心した。知性と気高さを役に与えているのだ。プログラムを見て、名前を確認した。ミセス・ブランチ・ハードカースル。名前のあとには、括弧書きで、〝ドルリーレーン劇場の〈白鳩〉〟とあった。冷たいものが背筋をつたった。ベスは目だけで夫のほうを見た。彼は舞台に没頭していたが、個人的な思い入れを感じさせるものは、顔には出ていない。デヴリル卿が言ったことには、いったい、意味があったのだろうか？

やがて、デズデモーナは踊りだした。流れるようなみごとな動きで、古典的な美しさがある。ふたたび夫に目をやると、今度は寒気が骨の髄まではいり込んでくるようだった。目を細めたその表情は、溺愛としか呼べないものだ。この日の午後にいそいそと外出していったのは、情報を仕入れるためではなく、こういうことだったのだろうか？ 彼は、あまりに少ない情報しか、持って帰ってこなかった。

　舞台上の美しい人物に目をもどした。男があれほどの美人にめろめろになったとしても、責めることはできない。〝白鳩〟が待っていてくれる立場なら、ベス・アーミテッジに対して義務的なもの以上の関心を寄せることはできないのではないだろうか？ 夫婦の義務。彼はその言葉を使った。かつてのベスなら気にしなかっただろうが、いまでは、義務で初夜のベッドに誘われるのは、絶対にいやだった。

　婚姻の契りを行なわない彼の思いやり深い理由の数々は、じつは、自分が気乗りしないことを隠すための、親切ぶった言い訳なのかもしれない。ゆうべは、ベスが前向きでいることをはっきりとわかっていたはずだし、ルシアンのやり方次第で、ベスの不安が消えることも、おたがいに知っていたのだから……。

　ベスはえぐるような深い痛みを感じ、ルシアンがそれに気づかないのが不思議なくらいに思えた。でも、ベスの胸にしまわれた痛みに気づいてもらえると期待するほうがおかしい。なにしろ、心の恋人が目の前の舞台の上で、優雅に動きまわっているのだから。

　親友たちや恋人といっしょにいたいはずのルシアンは、ベスのことをどれだけ疎ましく思っていることか。方法さえあれば、ベスはこのまま逃げ去って、二度と夫の前に顔を見せないのに。

感情とは長続きしないもので、ベスの強い不快感もやがておさまっていった。最初の幕間《まくあい》を迎えたころには、芝居のことを理性的に話し合えるほどに回復していて、主役級の役者への褒め言葉を口にすることさえできた。夫の発言には、一言一句、熱心に注意を傾けたが、〝白鳩〟について、とくに変わったことは言わなかった。

やがて、ふたたびあの女優を見る時間となり、ルシアンの演技を見守るあたたかい眼差しに気づかないように、完全にとはいかなかったが意識を遮断しようと努めた。ベスは自分に満足していた。この日の晩は、心に居座る冷たく固い痛みのしこりを無視して、最初から最後まで、おっとりと行儀よくふるまうことができた。

モールバラスクエアにもどってくると、簡単な食事をとった。公爵夫妻は部屋に引きあげ、ベスは夫とふたりきりになった。目をあげると、彼がなにかを考えるような表情で、ベスのことを見ていた。機会がいくらもあったうちで、わざわざ今晩を選んで、床をともにする権利を行使するつもりなのかもしれないと思って、ベスは一瞬、身の凍りつくような恐怖を感じた。

「疲れた顔をしているね」ルシアンは言った。「もどってきたその日の夜に外出するべきじゃなかったんだ。まわりの無理を聞くことはないんだよ、ベス。狂ったお祭り騒ぎに付き合いたくなければ、そう言えばいい」

「公爵夫人が、わたしの立場を築かないといけないとおっしゃるから。人前にも出ておかないとって」

ルシアンは顔をしかめた。「それはそうだろう。でも、だからといって、ひっきりなしに社交の活動にはげむ必要はないはずだ。ママンは極端な人だからね。ベルクレイヴンでひっそり暮らしているか、ハリケーンのようにロンドンにやってきて、予定をびっしり入れるかのどちらかだ。きみは、なにも母のやり方にしたがう必要はない」

「でも、わたしも、なにもしないわけには」ベスは言ってから、自分にかまってくれとルシアンに訴えたように聞こえると思って後悔した。

「もっとおもしろそうな催しがいくらでもある。あちこちでどんな講義があるか、予定を調べてあげよう。なんならファニー・ボールを紹介してもいい。友人の妹で、正真正銘の衒学婦人《ブルーストッキング》だ」

どうしてだか、ベスは興味がわかなかった。自分はこんなにも変わってしまったのだろうか？　「そうね」口にしてから、衝動的につけくわえた。「ディレイニー夫妻のところにいきたいわ」

ルシアンは笑顔になった。「とてもいい考えだ。明日の午後は？」

「ふたりは家にいるのかしら」ベスは礼儀を気にして言った。

「エレノアとニコラスには、そういうことは一切関係ない」彼は無頓着にこたえた。

「もし、いって留守だったら、またべつのときに訪ねることにして、ほかの用事をさがせばいい。王立美術院《ロイヤルアカデミー》にいってみるとかね。一、二枚、買いたい絵が見つかるかもしれない。ところで、きみがもうベッドで休みたいなら」彼は陽気に言い添えた。「僕は、いまからどこかに出かけてくるかな」

いったいどこへ？　ベスは不快な気分で思った。

ベスの選択肢は、彼の言う〝夫婦の義務〟に引っぱり込むか、愛人のところへ送りだすかのどちららしい。ベスは硬い笑顔で後者のことを行ない、ひとりぼっちの部屋にもどっていった。

ルシアンのほうは社交クラブへ出かけていって、冴えない時間をすごした。軍事的な状況を真剣に憂う面々に気が滅入り、戦争の噂などどこ吹く風といった顔の輩《やから》にいらついた。そのあいだも、頭ではずっと考えていた。もしもっと不純な本能にしたがって、ベスをベッドに運び去り、不安が消えるまで口説いていたら、どんなことになっていただろう。

17

夫がどんなことをして前の晩をすごしたのかはわからないが、翌日になり、彼が日中の義務をきちんと果たしていることは、ベスも認めるところだった。昼食のあと、ディレイニー宅を訪問するためにベスを迎えにきたが、そのときに、ロンドンで行なわれるおもしろそうな知的な催しを、数週間分丁寧に書きだして持ってきてくれた。

劇作家のハンナ・モア、小説家のマリア・エッジワースの講演の予定があった。それからルネッサンス彫刻の展覧会、鳥の渡りの行動についての講義。そうした催しがあくまで上流社会の枠を出るものでないことを示すように、ソールズベリー侯爵夫人とジャージー伯爵夫人をパトロンとする、音楽と文学の娯楽の催しも挙げられていた。

「わたしは芸術のパトロンとして、地位を築こうかしら」

「きみが望むなら」

表情に変化はないか、愛人とすごした情熱の晩の証拠のようなものがないかと、相手の顔をよく見た。なにもなかった。

「きみがいやじゃなければ」部屋を出ながら言った。「ローリストン街まで歩いていくこともできる。遠くないし、気持ちのいい気候だ」

ベスは快く同意したが、道中の話題を見つけるのがひと苦労だった。適当なのはゆうべの演劇の話題だが、それには一切ふれたくない。

「戦争については、新しい情報は聞かないわね」考えた挙句にそう言ったが、ばかな発言だった。いったん知らせがはいれば、一瞬にしてロンドンじゅうに伝わるのだから。

「狂った噂ばかりだ。ニュースは、はいってきたときには、すでに四、五日は古くなっている。同盟軍が総くずれになったと言いふらす者もいれば、ナポレオンが自分の部下に撃たれたとふれまわる者もいる。どっちも陸軍省が否定した」

「戦争にならない可能性はないの?」

「だれかがあのコルシカ男を射殺しないかぎり、ないだろうね。たったひとりの男の無謀な野心がこれほどの被害をもたらせるというのは、まったく異常な話だ。たくさんの命が犠牲になって……」ルシアンは言いよどみ、ふたりは無言で歩いた。「僕らは仲間をつくっていた」しばらくして言った。「全員、ハロー校でいっしょだった友人だ。ニコラス、コン、フランシス、ハル、デア……。もともと十二人いた。生きているのは十人だけだ。ハルは片腕を失った――ナポレオンを呪ってやる」

「全部がナポレオンのせいじゃないでしょう」ベスは指摘した。「ハルは米英戦争で腕を失ったわけで、あの戦争はナポレオンの責任じゃないわ。そもそも男の人は、戦争をするのに口実はあまり必要ないみたいに思えるけど」

ルシアンは一瞬いらついた目をベスにむけたが、すぐに短く笑って言った。「やれやれ。この話題は、いまはあまりしたくない。ところで、きみがディレイニー夫妻に会いたいと思ってくれてうれしいよ。エレノアは学問好きというわけじゃないが、彼女のことは気に入るだろうし。それから、きみが賢いなら、ニコラスを相手にうっかり冗談合戦をしないように」

「あの人は頭がいいの?」ベスは疑わしげに聞いた。

「あいつがなんなのかは、わからない。大学へはいかなかった。唐突に思い立ったように旅に出て、そのあとは、めずらしい場所を転々としていた。真剣な話をしていても、おなじように、唐突に思いがけない方向に話が進んでいくこともある。司祭をやり込めて、しどろもどろにさせたこともあった。じつは」慎重に言った。「ニコラスがキリスト教徒なのか、僕はよく知らない」

「まあ、なんてこと」

ルシアンはわざとらしく驚いた顔をした。「きみには衝撃的すぎたか? 偏狭な国教徒的な考え方から離れてみるといい」

ベスは衝撃を受けていた。エマおばさんといっしょに、さまざまなことを疑いの目で検証してきたが、キリスト教について話し合ったことはなかった。ベスとルシアンは、こぎれいで間口のわりに軒の高い家の前に来ていたが、異教徒風のつくりには見えなかった。

「だったら、何教なの？」ベスはおずおずとたずねた。

ルシアンは笑いに顔をくずしただけで、無言でノッカーでドアをたたいた。

すばらしく礼儀正しい執事がドアをひらいて、笑顔で迎えた。「ようこそ、いらっしゃいました。ふたりは家においでです」ベスは多少安心した。悪評を呼ぶような家ではなさそうだ。

「それはよかった」ルシアンは言った。「ベス、この人はホリガートだ。ホリガート、僕の妻、レディ・アーデンを紹介しよう」

執事はお辞儀をした。「お目にかかれて、大変光栄にございます、奥さま」

ローリストン街八番地における堅苦しい儀礼は、この執事までで終わりだということが、すぐにわかった。ルシアンはベスを連れて広々とした客間にはいっていったが、そこは、いるのがほとんど男だという点をのぞけば、〈ミス・マロリーの女学校〉の上級生の談話室とよく似ていた。

ニコラス・ディレイニーはふたりの若者――ひとりは朽葉色の髪をした、目をみはるほどのハンサムで、もうひとりは、獅子鼻に赤毛をしている――といっしょに床にすわっていて、一見、大きな兵隊のおもちゃで遊んでいるように見えた。べつの、華奢な体つきの金髪の青年は、窓辺のテーブルで書きものをしている。ハル・ボーモントとエレノア・ディレイニー、それにお腹の大きな若いレディが、かたまって一ヵ所にすわり、愛らしい、機嫌のいい赤ん坊をあやして楽しんでいた。黒っぽい髪をした詩的な青年は、ひとりピアノの前にすわって演奏していたが、ベスたちがはいっていくと、目をあげて、トランペットのファンファーレをピアノ版にしたみごとな演奏で迎えた。

全員が顔をあげ、つぎの瞬間にベスは、歓迎と自己紹介と質問の嵐の真ん中に立たされていた。まるで一風変わった大家族のようだった。

ベスはエレノアにつかまって、ほかの面々から離された。「だれがだれだか、憶えるのは無理でしょう」エレノアは言った。「だから気にしなくていいんです。それより、こっちにきてアラベルに会ってくださいな。ここにいるだれよりも、お行儀がいいんだから」

ベスはソファのハル・ボーモントのとなりにすわることになった。バラ園でのあの突飛な会話以来、会うのははじめてだった。彼はすこしの緊張も見せずに笑った。「元気そうだね、エリザベス。結婚式に出られなくて申し訳なかった。うちの土地で問題があったものだから」

それが欠席の言い訳だった。彼は約束を守っている。ベスが結婚をしたいまでは、たった一度きり見せたあの情熱は、影すらない。「あなたが来られなくて、みんなで淋しがっていたんですよ」ベスはそう言ったあとで、つけくわえた。「じつはね、ベスと呼んでもらうほうが、うれしいわ」

好奇心をそそられたような顔をしたが、彼は言った。「じゃあ、ベスと呼ぼう」

「そして、わたしはエイミー・レヴァリングです」赤ん坊を抱いている若い娘が言った。「それで、これがアラベル。わたしの赤ちゃんも、アラベルの慎みにあやかれないかと思って、しょっちゅう抱っこしているんです。それから、床にひとりいるハンサムが、夫のピーターよ」

ベスはふり返った。ピーター・レヴァリングはたしかにハンサムだが、ルシアンが輪に加わったいまでは、ハンサムは複数いるのではないかと思った。それは気にしないことにした。「彼らはなにを?」

エレノアが説明した。「マイルズ・カヴァナ――あの赤毛の人ね――彼がアラベルにって、あれをプレゼントに持ってきたんです。女の子には、まったく不向きのおもちゃでしょう。でも、そこはニコラスのことだから、アラベルが大きくなったときに兵隊になってはいけない理由はないって言いだしたの。恐ろしい男。だけど、そのおもちゃがうまく動かなくて。行進するはずが、郵便配達人みたいに突進するのよ。さっそくテーブルから落ちてマスケット銃が折れてしまったから、いまでは、動かすときには、床におくことにしているの」

だれかがスイッチを入れると、赤いほっぺをした近衛歩兵が一メートルほど突き進んで、顔から倒れた。脚が哀れにひくひくと動いている。それがアラベルの気を引いて、彼女は甲高い声をあげて手を伸ばした。

父ニコラスはすぐに床から立って、やってきてアラベルを抱きあげた。「だめだめ、お嬢ちゃん。負傷した兵隊さんを無視することを学ばないと。ああした男たちに、何人の美しい女が泣かされたことか」ニコラスはなんの気まずさもなく、負傷したハルににやりと笑いをむけ、それから、子供の頭ごしにベスに笑いかけた。「ようこそ、わが家へ。さて、あなたの心はどんな無礼講に飢えているのかな。ここでは、なんでもかなえられる」

ベスはついルシアンのほうに目をやり、ニコラス・ディレイニーがそれに気づいたのがわかったが、彼の表情は変わらなかった。「わからないわ」あわててにごした。「わたしは、まともなのが好きなんだと思います」

ニコラスはいきなり赤ん坊をベスのひざにのせた。「だったら、アラベルと話すといい。このなかでまともなのは、この子だけだ」

赤ん坊を抱くのははじめてだった。〈ミス・マロリーの女学校〉で一番幼い生徒は七歳だった。でも、少なくとも赤ん坊のほうは抱かれる玄人《くろうと》のようで、満足そうにベスの胸によりかかって、自分のこぶしを口に入れている。

ベスはエレノアを見た。「とてもかわいい赤ちゃんね」

一瞬、エレノアはとても真剣な目をした。「ええ。わたしたちは、意外なところから大切な贈りものをいくつも得たわ」けれど、すぐに彼女は笑顔になった。「そろそろミルクを飲んで昼寝をする時間なんです。よければ、いっしょに二階へどうぞ。わたしがお乳をあげているあいだに、文明的で静かな環境でお茶を飲めるわ」

驚くべき誘いだったけれど、ベスは賛成し、エイミーも同意した。

エレノアがベスから赤ん坊を受け取って父親のところへ連れていくと、彼は唇にそっとキスをした。「おやすみ、赤ちゃん」アラベルは笑い顔になったが、すぐに深刻な顔で母親をふりむいた。お腹がすいて、彼女の行儀のよさが危うくなってきたのは、まちがいなかった。

こういう愛らしい性格は、みんなから愛される理由なのか、それとも愛された結果なのか、どちらなのだろう。ベスには家族とすごした経験がないが、ニコラス・ディレイニーのようにあたたかな愛情あふれる父が存在するとは、想像したことがなかった。

ベスの目がなんとはなしにルシアンを求めた。彼は笑いをうかべた。「いって、やり方を学んでくるといい。僕もアラベルみたいなチャーミングで行儀のいい子供がほしいから」

ベスは眉をあげた。「ベルクレイヴンの跡継ぎがほしいのかと思ってたわ」

「ちがう。それは父の話だ。僕は小さなアラベルみたいな子がたくさんほしい」おどけたような顔でつけくわえた。「そのうえで、ベルクレイヴンの跡継ぎがひとり」

自分が処女であることを思うと、初対面の人が大勢いる部屋のなかでこんな会話をするのは、すこしばかり冒険的だった。「思うんですけど」ベスは痛烈に言った。「男の人が子供を身ごもって出産できないのは、とても残念だわ。負担を分け合えればいいのに」どっと笑いがあがり、ベスはその隙に逃げだして、エレノアとエイミーを追った。

「よく言ったわ」エレノアが言った。「男の人は子作りを、まるでパンでもつくるみたいに、簡単なことのように話すことがあるでしょう。ああ、ホリガート」あらわれた執事をつかまえて言った。「わたしのブドワールでお茶をいただくわ。そのあとで、なにか足りないものはないか殿方の部屋を見にいってちょうだい」

ベスはお茶とおしゃべりの楽しいひとときをすごした。会話はほとんどお産と子供の話だったが、気にはならなかった。いまは、まったく先が見えないけれど、おそらく自分もいつかはそうなるのだ。ここにいる気さくで、見るからに幸せな結婚生活を送っているふたりのレディに、夫の操縦法を聞けるだけの勇気があればいいのに。とくに、どうやって妻のベッドに来たがるように仕向けるかについて。でも、とてもそんなことは聞けなかった。

暇を告げる時間となり、ベスはエレノアのあたたかい抱擁を受けた。「来てくださって、とてもうれしかったわ。絶対にまたいらしてくださいね。ふだんはここまで騒々しくはないんです。いまはみんなが戦争の最新の情報が聞きたくて、ロンドンに集まってきているでしょう。ピーターの兄弟のひとりは第四二軍にいて、同盟《カンパニー》のうちの四人もベルギーにいっているわ。理由はわからないけど」彼女はにっこりと笑って言った。「みんな、この家に集まるの」

「それはここが……ここがとても幸せなお宅だからでしょう」

「ええ。そのとおりね。でもその幸せは、努力して手に入れたんですよ」

エレノアはそれ以上を言わなかったが、なにかのメッセージのようにも聞こえた。

女たちが部屋を出ると、ニコラス・ディレイニーが言った。「みんな、耳をこっちにむけてくれないか」六人の男たちがふりむいて彼を見た。

「エレノアはデヴリルの話をあまり好まない。僕がふたたび悪いいたずらに首をつっ込むこともよく思わないが、われわれとしては、あんな男がのうのうとしているのを許すことはできない」

賛成の静かな合唱が起こった。

「状況を調べてみた。一年前よりいまのほうが金まわりがいいのは明らかだ。おそらく、テレーズ・ベレールの富の大部分を横取りしたんだろう。あの女にはいい気味だが、かといって、デヴリルが繁栄するのを見たいとは思わない。金を良からぬことに使う男だ」

「じゃあ、どうやって、その金を没収する？」ピアノを弾いていたミドルソープ卿が発言した。

「わからない、フランシス。いまのところつかんでいるのは、金はどこの銀行にも預けられていないし、投資もしていないということだけだ。想像だが、金塊にして家の金庫においてあるんだろう」

ハル・ボーモントがにやりと笑った。「やつの巣を襲うか？」

ニコラス・ディレイニーは眉をひそめた。「そんなことはしない。ここにいる全員は立派な紳士で、しかも、議員までおいでだ」

華奢な金髪男性は、書類に顔をもどした。「僕は耳がまったく聞こえないね」

「それで？」ハルが質問した。

「それで」ニコラスがつづけた。「デヴリルがイングランドにもどってきて最初にしたのは、用心棒の一団を雇うことだった。本人も家も、厳重に守られている。侵入してごっそりいただいてくる案はそそられるが、わざわざ法廷に出されるために、捕まりにいくようなものだ。できれば、もっと気の利いた方法を見つけて、デヴリルの財産をしかるべき場所へ移したいと思ってる」

「噂によると」ミドルソープ卿が言った。「金の力で花嫁を買おうと画策しているらしいね」

「それなら、なおさら金をはいでやらないといけない」ニコラス・ディレイニーが言った。「デヴリルの趣味は、セントジャイルズの娼婦たちでさえ耐えられない不快なものだ」

スティーブン・ボール下院議員の聴力が回復した。「数ヵ月前の、あの若い娘が死んだ事件もデヴリルが関係していたな。川に死体があがったんだ。ひどい虐待の痕跡があった。田舎から出てきたばかりの、子羊のようにうぶで無垢な娘だよ。だが、取り調べではなにも出てこなかった。証拠らしい証拠がない」

「あるいは、うまく金をまいたか」ルシアンは怒気もあらわに言った。「それにしても、不快きわまりない男だ」

「われわれの手で、見るもの見せてやるさ」ニコラスが言った。「あせることはない」

彼はおもちゃの兵隊のねじを巻いた。ジーっという音とともに、近衛歩兵は行進をはじめ、首を左に、そして右にむけた。全員が応援の言葉を口にしていた。と、ビュンというやな音がして、あとは、うんともすんともいわなくなった。

ニコラスが手に取った。「これが不吉なしるしじゃないといいのだが」

ベスがベルクレイヴン・ハウスにもどると、公爵夫人といっしょに公園へ馬車遊覧にいくことになっていた。結婚前にも何度かそうして出かけたが、侯爵夫人となったいまでも、どうやらおなじように人に会い、人に見られることが重要なようだ。

流行に身をつつむ人々のあいだをゆったりと進む馬車に乗っているのは、ベスと公爵夫人のふたりだけだったが、それはめずらしい光景ではなかった。男たちは、ふつう、馬に乗るか、自分で二頭立て《カーリクル》や箱型馬車《ブルーム》をあやつるか、ぶらぶらと歩きながら、美人に声をかけたりするのだ。ベルクレイヴンの馬車も何度も止まっては、人々と社交辞令を交わしたが、ベスにとっても、結婚前に会った憶えのある相手が何人かいた。ふたたびロンドンにもどってきたベスは、あたたかい歓迎を受けた。ほんのわずかだが、よそ者の意識が薄れてきて、また、アーデン侯爵夫人となった自分がそれなりの重要人物だということにも、いやでも気づかされた。

ベス自身、その実感が持てるといいのに。本当は、ディレイニー家のような気取らない騒々しい生活を送るほうが、自分は幸せなのだろう。

「だれがだれだか、どうやって記憶するんですか、奥さま?」

公爵夫人はよく太った紳士に手をふって、会釈をした。「憶えているふりをすることもあるわ。ちなみに、いまのはセフトンね。たいていの場合、有力者というのは、人の記憶に強い印象を残すものよ。ところで」夫人はさらに会釈をし、軽く手をふりながら言った。「わたくしのことは、ルシアンみたいにママンと呼ぶべきね」

ベスはそうしたごく当然の意見に、落ち着かないものを感じた。実際問題として、ベスは一度も母を持ったことがないのだ。でも、公爵夫人を母と思うことは、考えてみれば、まったくむずかしいことではなかった。

「ありがとうございます、ママン」ベスはこたえ、女どうしであたたかな笑顔を交わした。やがて、クラリッサとその母がデヴリル卿といっしょにいるのを見つけた。クラリッサは溺れゆく人のようにベスに手をふってきたが、公爵夫人は彼らの馬車にむかって、通りがかりにわずかにうなずきかけただけだった。

「あの若いお嬢さんはお友達?」やんわりと聞いてきた。

「〈ミス・マロリーの女学校〉の元生徒です。昨日、わたしを訪ねてきてくれました」

「そう。彼女の一家や交友はあまり好きではないけれど、あなたのお付き合いは、できるだけ制限しないようにするわ。だとしても、あのデヴリル卿とだけは、どうかかかわらないでちょうだい」

「喜んで、ママン。でも、かわいそうなクラリッサは彼と結婚するんです」

夫人は一瞬言葉を失った。「なんて不幸な」

「ええ、本当に。どうにかして、助けてあげられるといいんですけど」ベスは助言や力添えの言葉を期待した。

夫人は真剣な顔でベスを見つめて「そういう縁組はめずらしいわけじゃありません」と意味ありげに言った。「どんな家族にも困難が訪れることがあるわ。でもグレイストーン家の場合、たしか、不幸のもとになっているのは賭けごとよ。賭博《とばく》がなければ、どれだけ多くの人々が落ちぶれずにすんだことか」

ベスはあとになり、クラリッサの問題からより大きな社会の問題に、たくみにすりかえられたことに気づいた。

ベスは有無を言わさず、狂乱の社交の渦のなかにふたたび引きもどされ、この調子では、いつになったら、ディレイニー家を再訪できるかわからなかった。一般的に予定にのっとった社交活動は婦人の務めのようなので、もしかしたらルシアンは遊びにいっているのかもしれない。そこでないとすれば、〝白鳩〟のところへ。彼が外出がちなのは、たしかだった。

ディレイニー家の訪問から二日後、ルシアンがベスと公爵夫人を夜会にエスコートする予定になっていて、出かける前に夫婦ふたりきりになる機会があった。ルシアンはあごの下に指をあてて、ベスの顔をまじまじと観察した。「疲れてそうだね、ベス」彼は優しかった。「社交の生活は、きみの性にはまったく合っていないんだ。この数週間さえ終われば、自分から望まないかぎりは、二度とロンドンに来なくていいと約束するよ」

「あなたは、ルシアン？　ロンドンには二度と来ないの？」

彼は戸惑った顔をした。「僕のほうは、楽しんでいるから」

「そうでしょうね」

今晩あたり、ふたりが親密になるいい機会かもしれないと思っていたが、努力してみる気が失せた。ベスを子育てのために田舎にやり、自分はそのあいだにロンドンで〝白鳩〟と自堕落な生活を楽しむ、というのは、ルシアンにとってはとても好都合にちがいない。もちろん、夫婦の間柄が、子育ての可能性がでてくる段階まで進むことが前提だが。

ルシアンは顔をしかめて、いまにも質問を口にしそうな表情をしたが、ちょうど公爵夫人が加わってきたので、話題を変えて楽しいエピソードを披露した。ベスはつい笑った。彼はいつでもベスを笑わせることができる。でも、それで胸にわだかまるつらい気持ちがやわらぐことはなかった。

夜が進むにつれて、ベスのよそよそしい態度がルシアンの陽気さをそぎ、彼がそばにいる時間も減り、楽しませようとしてくれる機会も減った。失ったもののせいで、ぽっかりと穴があいたような痛みがあったが、ベスは自分の態度を変えることができなかった。どちらかが怒ってなにかを言ったわけでもないのに、ここまでふたりの仲が険悪になってしまうとは、驚くばかりだった。

翌朝になってベッドから出たときには、ベスは態度を改めて彼の気持ちを取りもどそうと決心したが、いつもながら、そのときにはすでにルシアンは外出していた。

自分の不幸から気をそらすために、クラリッサの問題に意識を集中した。解決策を一生懸命考えたが、なにもうかばなかった。もしベスにお金があって、本人がその気なら、クラリッサを遠くの街に、ひょっとしたらアメリカ大陸にでも、旅立たせることができる。でも、本人にそこまでの度胸はあるのだろうか？

もしお金があれば、それをグレイストーン家に結婚持参金としてあげることもできるが、それでも解決にはならないだろう。一家はクラリッサをたんに嫁にやりたいのではない。デヴリルからもらう謝礼をあてにしているのだ。今度の結婚を見送るだけの金を得たとしても、またべつの似たような相手を見つけてくるにちがいない。

それにベスは、事実上お金を持っていなかった。ミス・マロリーが持たせてくれた数ギニーと、ルシアンが取り計らってくれた小遣い銭くらいはある。けれども、家やベスの服などの出費は、すべてド・ヴォー家の代理人によって支払われていた。

解決のめどが立たないなら、クラリッサを女学校に送り返すこともできるが、彼女の行方をさがそうとする両親が真っ先に調べるのは、その場所だろう。それにミス・マロリーがクラリッサを匿うとは断言できない。校長として、つねに自分の方針と経営的判断を天秤《てんびん》にかけなくてはいけない立場なのだ。

その日の午後、ブドワールでお茶を飲みながら悶々としていると、ルシアンがやってきていっしょにすわった。最近ではめったにないことで、ベスはとても動揺し、この状況をどうまく使っていいのかわからなかった。とっさに、頭にあったことをそのまま話題にした。

「女学校を出た生徒が、先週訪ねてきたのを話したかしら？」ベスはぺらぺらとしゃべった。「クラリッサ・グレイストーンよ。両親の手で、不快な夫に売られるの。じきに、結婚の申し込みがありそうなんですって」

侯爵は片眉をあげた。「それを楽しみに待ってるのか」とくに反発を感じていないのは明らかだった。

「まさか。恐怖におののいているわ」

「好みの相手でないなら、断わるのが賢明だろう。べつの利益をあて込んでいるのでなければね」

「両親があてにしているの」

「ああ、グレイストーンが財産を増やした話は耳にした」彼はそっけなく言った。

ルシアンはなんの用で来たのだろう？　重要なことなのだろうか。気まずい沈黙がつづいたので、ベスは役立つ知恵が得られるかもしれないと期待して、話題をもどした。

「若い娘が家族のために犠牲にならないといけないなんて、残念に思えるわ」

ルシアンは肩をすくめた。「自分のためでもある。家の資金が底をつけば、その娘だって、行く末は運がよくても家庭教師だ。それよりは結婚のほうがいい」

現実的な見方で、おそらくは正しいのだろう。けれど、ベスはいらいらした。「もっといい方法があるはずよ。どんな女も、そんなふうに無理に結婚させられる謂《いわ》れは――」

彼が怒って席を立ったので、ベスは言葉を呑んだ。「どうしてその愚かな娘にそんなに肩入れするんだろうと思っていたよ。悪いが、あらためて罪悪感を植えつけられるために、黙ってすわっているつもりはない」

それだけ言うと、彼は部屋を出ていった。

ベスは椅子の上で驚きに凍りついた。

彼はなにを思ったのだろう。ベスが彼に冷たくあたっているのは、今度の結婚をいまだに恨みに思っているからだと？　ある意味では、それは正しいかもしれない――あんなかたちで無理に結婚させられたことに対しては、この先もずっと不快な思いが残ることだろう。でも、ルシアンを責める気持ちは何週間も前から消えていた。

ふと、自分のいまのふるまいが、どれだけ危険かに気づいた。妻に床入りを拒否され、いやな言葉ばかりかけられていれば、気持ちが愛人から離れるどころではない。ベスの思考は、あの小説の哀れなローラ・モントレヴィルよりもつれてしまっている。少なくともローラのほうは、現実的でないとはいえ、一貫した考え方を持っているのだ。ベスは、論理的に物事を考えて行動していたとはとてもいえない。知性を鼻にかけていた身としては、なんともやりきれない思いだった。客観的に言って、夫はずっと親切で思いやりがあった。ルシアンがベスのことを愛せないとしても、彼を責めることはできない。彼は支配権をにぎろうとしているかもしれないが、おなじように、愛情を示そうともしてくれているのだ。

ベスは、自分が卑しい感情に流されていたという現実をいやでも認めた。嫉妬心。ベスは親切以上のものがほしかった。友情以上のものが。ベスの愛に愛で応えてほしいのだ。

わたしはルシアンを愛している。

深呼吸をして、自分を落ち着けようとした。こんなふうに負けてしまうとは、わたしはどこまで愚かなのだろう。それに、彼が応えてくれると期待するなんて無駄にきまっている。いったい、わたしはどうしたらいいの？

自分の身が自由になるなら、できるだけ彼から遠い場所にいきたい。自分をたいして好いてもいない男に惚《ほ》れてしまった女にとって、ほかに、どんなまともな道がある？

けれど、それは無理だ。だとすれば、あとはがんばってみるしかない。たとえ不可能に思えたとしても、いつの日か、彼の愛を勝ち取れると信じて突き進む。そのためには、まず、結婚の契りをすませないといけないのはたしかだろう。夫婦の暮らしの不自然な緊張と、ベス自身の不安と彼への思いが、髪の毛一本で吊《つ》るされたダモクレスの剣のごとくに、ふたりの頭上にぶらさがっているのだから。

論理的な女であるベスは、問題を正面から整理することを決心し、手紙を書くことにした。

期待していたほど簡単な作業ではなかった。第一に、万が一、だれかに中身を読まれたときのことを考えて、慎重にならなければいけない。それに、どこまでのことを正直に書くべきかという迷いもあった。そもそも、書き出しをどうしたらいいだろう。アーデンさま? アーデン侯爵さま? ルシアン?

結局は、〝親愛なる夫へ〟とすることにした。少なくとも、正しい人物に宛てていることにまちがいはない。

ベスはとうとう書きあげた。〝お時間のあるときに、わたしの寝室で、ある重要な事柄についてお話しできればうれしく思います。わたしの心境に変化があることを期待して問題を先延ばしにしても、結局はうまくいかないでしょう。その方面の不安を取り除くことのほうが、ふたりのためになると思います〟。

これでいい。言いたいことはじゅうぶんにはっきりあらわれているし、もし疑問を持ったとしても、〝寝室〟という単語が助けになるだろう。そこに〝ベス〟とサインをし、折りたたんで入念に封をして、蜜蠟の上からド・ヴォーの紋章を押した。そこまですると、手紙をびりびりに破いて捨ててしまいたいという、強い衝動がおそってきた。

けれども、いまさら臆病になることは自分が許さない。ベスはその手紙を彼の着替えの間の髭剃《ひげそ》り台においた。この日の晩は夕食は家でとらず、友人たちとの約束のため外出すると知ったのは、あとになってからだった。

友人たち？　どんな友人たち？　ベスは必死に自分と闘って、激しい嫉妬に打ち勝った。ディレイニー家にいっていないという理由もない。ベスは疲労を訴えて、自分の予定をすべて取りやめにし、ルシアンがようやく手紙を目にしたときに、いつでも部屋にいられるようにそなえた。

どれだけ待っても帰ってこないので、ベスはがっくりと肩を落とした。もっとじっくりと時を選ぶべきだったと後悔したが、すでにしたことは、したことだ。手紙を取りもどそうという気はなかった。

その晩は、念入りに、そして不安でそわそわとしながら寝支度をした。午後以降ルシアンは家にいてあの手紙を読んだのか、従者のヒューズに聞くことができればいいのだが。

ルシアンは来るだろうか？

来るとしたら、いつ？

もしベスが眠り込んでいたら、そのまま帰ってしまうだろうか？

がんばってはみたものの、やがてベスは眠りに落ち、ルシアンが来たのか来なかったのかは、わからずじまいだった。

翌朝目を覚ましたときには、吐き気がするほどの不安にとらわれていた。この調子では、もう一日、夜まで待つことなどとてもできそうにない。昼ひなかの明るい時間帯に、問題を話し合いにくることはあるだろうか。そんな客観的で冷静な展開を想像すると、恐ろしかった。ベスとしては、ほんのつかの間知った情熱を、もう一度手にしたいと思っているのだ。

具合が悪いふりをする必要はなかった。朝食を自室でとり、夫の到来を意味するかもしれないドアのノックの音を待った。昼になりベスは、彼が夜明けごろに帰ってきて、睡眠と朝食をとって、また外出したことを知った。いまごろは少なくとも、手紙を手にしたはずだ。ああ、彼はどんなことを思っただろう？ それに、ベスのところに話をしにこなかったという事実から、なにを読み取るべきなのだろう？

彼にとっては、たいして重要ではないということか。

たぶん、〝時間のあるときに〟と書いたのがまちがいだったのだ。ベスは後悔した。どうしても家にいられなくなったので、メイドのレッドクリフを連れて長い散歩に出ることにした。一、二度、彼女と会話をしてみようと試みたが、メイドは、主人を好いているにはちがいないようだが、かたくなに自分の役割を守り、なれなれしく接することを徹底的に避けた。

家のそばまでもどってきたとき、若い男がふたりのほうへ駆け寄ってきて、声をかけた。「奥さま」

追いはらおうとするようにレッドクリフが前に進みでたが、それが少年の服に身をつつんだクラリッサだと気づいたベスは、彼女を制した。

「どうかしたの、チャールズ?」クラリッサが賢く話を合わせてくれることを期待した。

彼女は必死の顔をしていたが、なんとか耐えて、小声で言った。「話がしたいんです。家から逃げてきました」

「まあ、なんてこと」ベスはつぶやいた。「なぜ、こんなときに」けれども、クラリッサの取り乱しようを見れば、このまま放っておくことはできなかった。こうなれば、メイドを巻き込むしかない。ベスはレッドクリフにざっと事情を話して、秘密を守ってくれるように頼んだ。

「とんでもない！」レッドクリフは声をあげた。「奥さま、これはまちがっています」「正しかろうが、まちがっていようが、わたしはクラリッサを助けるつもりです」ベスはきっぱり言いきった。

メイドは不満の舌打ちをしたが、しぶしぶながら、共犯者になることを承知した。「こんなふうに道につったっているわけにはいかないわ」ベスは言った。「レッドクリフ、だれにも見られずに、ミス・グレイストーンを家のなかに入れることはできないかしら？　両親がすぐに大騒ぎをはじめるでしょう」

相変わらずの断固不賛成の顔をしながらもメイドは言った。「石炭を運び入れるための出入口があって、そこに上へあがる裏階段があります。鍵がしまっていなければ、おそらく、だれにも姿を見られずに、奥さまの部屋までいけるでしょう」

「それはいいわ。案内して」

ベルクレイヴン・ハウスは、周囲の屋敷と壁を接してはいなかったが、建物のわきには、ほんの荷車一台分の狭い通路があるだけだった。ドアはその奥にあった。試してみると、鍵はしまっていなかった。

扉も床も煤《すす》で汚れていて、三人のレディはそろそろと注意深く細い廊下を抜けて、木材がむきだしになった狭い階段をあがった。やがてメイドの指示で、緑のベーズ地を張ったとあるドアをくぐると、突然、いくつもの寝室に通じている贅沢な廊下に出た。家

の主人たちの生活のじゃまをすることなく、使用人が屋敷の仕事をこなすためには、あ
あした暗い階段がたくさん存在するのだろう。

ブドワールにはいると、クラリッサはまっさきに古くさい三角帽子を脱いで部屋の隅に放った。顔が蒼白で、いまにもヒステリーを起こしそうだった。「ああ、ベス！　デヴリル卿が今日やってきて、結婚の申し込みをしたんです！」

「ねえ、クラリッサ」ベスはいらいらと言った。まったく困ったことになってしまった。「すなおなふりをしていることは、できなかったの？　まだ、なにも思いつく時間がなかったわ」

「そうしてました」彼女は悲痛に言って、わっと泣きだした。ゆるく結んだクラヴァットを引っぱって、端で涙をぬぐった。「でも……でも、母は、わたしたちをふたりきりにしたんです！　デヴリルが……キスしてきたの！」

ベスは恐怖と同情の目でクラリッサを見た。

「わたしは、あの男に朝食べたものをもどしてやった」クラリッサは言い足して、かすかに満足そうな顔をした。

「まさか！」ベスは息を呑み、笑いだした。「ああ、クラリッサ、それからどうなったの？」

「みんな、かんかんでした」娘は涙で鼻をつまらせたが、ベスからうつったようで目に

笑いがうかんでいた。「母は、具合が悪いのだと言い訳しようとしたけれど、でも……でも、デヴリルはわたしをものすごく憎々しげな目でにらんできたわ」クラリッサは手のなかのクラヴァットを丸めていた。「それから、彼が帰ったあと、母が……母がわたしをぶって、兄の部屋に鍵をして閉じ込めたんです。わたしの部屋には鍵がないから」

「お母さんにぶたれたの！」

「もし、またこういうことをしたら、もっと強くたたくと言われたけど、だって、どうしても我慢できなかったの！」さんざん手でひねったためにクラヴァットは首からはずれ、いまでは指が白くなるほど、それを強く引っぱっていた。「口が肥溜《こえだ》めみたいな味がして、恐ろしくて！」

ベスは彼女を腕に抱きかかえた。「わかるわ、クラリッサ。でも、よく逃げられたわね。お兄さまが手を貸してくれたの？」

「サイモンが？」クラリッサが、まさか、という口調で言った。「いいえ、兄はいまオックスフォードにいっているし、自分の気楽な生活が乱されないかぎり、なんだって上等だと思うんです。わたしは兄の古い服を着て、窓から抜けだしてきました」

ベスは娘を新たな尊敬の目で見た。「驚いたわ。危なくなかったの？」

クラリッサは肩をすくめた。湿ってくしゃくしゃになった手のなかの布切れを不快そうに一瞥して、椅子の上に落とした。「二階だったし、窓のすぐ前に高い塀があるんです。そこにのりうつって、なんとか小屋のほうまでつたっていって地面におりました。でも、女物の服では、とてもできることじゃありませんでした」頬を赤くして言った。少年の服を着ていることが、なかでももっとも忌まわしいと思っているのが、よくわかった。

「すぐに着替えるといいわ」ベスは言って、着替えの間に案内した。レッドクリフがシフトドレスと、その上に着るために、ベスがかつて着ていた無地の青いモスリンを差しだした。クラリッサはてきぱきと着替えをすませた。ベスのお古はすこし丈が長かったが、そこそこ身体に合っていた。

「ああ、ずいぶん気分がよくなったわ」クラリッサは弱々しい笑顔で言った。「広場に立って待っているのが、どれほどの恐怖だったかは想像もつかないでしょうね。みんな、女だってわかってたみたいで、わたしの足をじろじろ見ているようでした」

「それで、わたしたちはどうしたらいいの？　ご両親がさがしにくるわ。心配もするでしょう」

「心配なんてしません」クラリッサはかたくなに言った。「心配なのは、デヴリル卿のお金のことだけです」

「ここにいてもらうことはできないわ。必ず、使用人に見つかってしまうから。だれか、匿ってくれるような友達はいないの？」

クラリッサは首をふり、すこしずつ怯えた顔がもどってきた。「わたしを家にもどすんですか？」

ベスはかわいそうな娘を抱きしめた。「そんなことは絶対にしません。でも、あなたを連れもどしにきたら、わたしには止められないかもしれないわ」

「ここで匿ってはもらえないんですか？」クラリッサが必死に聞いてきた。「あなたのメイド以外、わたしたちがはいってくるのを見た人はいません。それに、こんなに大きなお屋敷なんですから」

ベスにはほとんど選択の余地はなかった。このままクラリッサを放りだすことはできない。「すこしのあいだなら、きっと、なんとか」

メイドのほうをふり返ると、彼女はいまも不賛成を顔に貼りつけたような表情をしていた。「ミス・グレイストーンはどこに隠れれば、使用人に見つからずにすむと思う、レッドクリフ？」

「不適切です、奥さま」年上の婦人は抗議した。

「そのことは気にしなくていいわ。それで、どこ？　屋根裏？　地下室？」

「いけません。使用人の部屋の一部が屋根裏にあります。それに薄い壁しかありません。身動きしたら、聞こえてしまうでしょう。それに地下室には貯蔵庫があります。人の出入りが絶えません」

「だったら、どこ？　クラリッサが言ったとおり、ここは巨大な屋敷よ。どこかあるでしょう」

レッドクリフの口がこれまで以上にきつく引き結ばれたが、彼女はとうとうこたえた。「どこかに身を隠すなら、使っていない寝室を選ぶべきです。奥さまのブドワールのとなりがあいています」

クラリッサを来客用の寝室におくほうが、なぜだか地下室に匿うよりもずっと衝撃的に思えたが、まちがいなくメイドの言っていることは正しかった。

「わかりました」ベスは自分の宮廷用のドレスをおいてある部屋に、クラリッサを連れていった。にやりと笑って覆いの布をわずかに引っぱると、クラリッサが息を吞んだ。

「なんてきれいなんでしょう」

「わたしもそう思うわ。でも着るのは楽しみじゃないの」

「わたしの謁見はまだなんです」クラリッサはうっとりと言った。「でも、わたしだったら、きっと楽しみだわ」

「本当にああいう世界が好きなの、クラリッサ？」

彼女は目を細めた。「心が高貴なのとはちがうと思います。あなたみたいにね。でも、きれいな服とか、舞踏会とか、若い紳士と楽しく話したりするのは好き。それに花火も、光の祝賀も、仮面舞踏会も。でも、わたしには、もう、よくて家庭教師か、学校の先生になることしか望めないわ。デヴリル卿がほんとに憎い」彼女は激しく吐き捨てた。「なにもかも、あの男のせいよ」

クラリッサの父の賭博癖のせいだと反論することもできたが、ここでそんなことを言っても意味がないし、デヴリルがすべての非難を受けることに、ベスとしてもなんら異存はなかった。ひまつぶしに『自制』の本をわたし、音をたてないようにと厳重に指示を与えてから、ベスは彼女をひとりにした。自分の部屋にもどってくると、クラリッサとの趣味のちがいについて、あらためて考えずにはいられなかった。クラリッサが公爵の娘でないのが、つくづく残念だ。

そう思ったとたんに、ベスは、両手を強くにぎっていた。どんなに楽しいことがあるにしても、いまさらベスはミス・マロリーの学校には絶対にもどりたくない。ルシアンに二度と会えない生活？　そんなことになったら、本当に死んでしまうかもしれない。

着替えの間にもどり、クラリッサが脱いだ服を拾い集めた。「これをどうしたらいいと思う、レッドクリフ？」

「わたしにください」彼女はあきらめ顔で言った。「階下のどこかに隠しておきます。このことを知ったら、アーデンさまはなんとおっしゃるか」

「侯爵に話してはなりませんよ」ベスはきつく言った。

「わかっています。ですが、奥さま、お話しするべきです。ご自身が知らないまま、父上のお屋敷に人を匿うなんていうことは、絶対にお許しにならないでしょう」

メイドがたたんだ服をケープに隠して部屋を出ていったとき、まだブドワールに三角帽とくしゃくしゃのクラヴァットがほうったままになっていることを、彼女もベスもすっかり忘れていた。

18

クラリッサをひとりで家に残すのが心配で、ベスは頭痛を訴えて部屋にとどまった。食事も自室でとることにして、それをふたりで分け合った。どこか安全に身を寄せられるような場所を必死に頭のなかでさがしてみたが、唯一、思いつくのはディレイニーの家くらいだ。ふたりともとてもあたたかく、広い心の持ち主だったが、まだ、知り合いというほどの知り合いでもなく、違法なことの共犯者になってくれとは、とても頼めない。けれども、万が一、必要に迫られれば、おとなしくクラリッサを引きわたすよりは、そうする覚悟だった。

ベスはクラリッサに寝巻きを貸して、彼女がベッドにはいるのを見とどけた。あたたかい日で、空気をとおしていないシーツにくるまれても、寒くて耐えられないことはないだろう。このうえクラリッサに風邪をひかれては、たまったものではない。

そのあとは、先延ばしにする意味もなさそうだったので、ベス自身も寝る支度をして、この日のレッドクリフの仕事を終わらせた。ブドワールのソファの上で身体を丸め、何時間もぼんやりと今度の問題について考えていたベスは、すっかりルシアンのことを頭から忘れ去っていた。と、デカンターとグラスふたつを手にした彼が、部屋にはいってきたのだ。結婚式の晩とおなじ、赤ワインだった。

彼の青い瞳は明るく輝いていて、美しい口はうれしそうに微笑んでいた。「景気づけだ」明るく言った。「酒の勢いを借りる必要があるのは、僕らのうちのどっちかは知らないが」

ベスは自分の驚きと不安を隠せているとは思えなかった。なにしろ、クラリッサはすぐとなりの部屋にいて、いつはいってくるかわからないのだ。

ルシアンの表情がくもった。「飲むだろう?」彼はベスのグラスにワインをついだ。今度は、手がそこまでふるえることもなく、ベスはありがたく気つけの赤葡萄酒《クラレット》を飲み干した。

ルシアンはベスの顔をしげしげと見てから言った。「きみの手紙は読みまちがえようがないと思ったが、不安になってきたよ。出ていったほうがいいかな」

そうしてくれとこたえたい誘惑は大きかったが、気持ちとしては出ていってほしくはなかったし、そんなことを言って、ふたりの脆《もろ》い関係にどんな影響があるのか、考えるのも怖かった。

「まさか、そんなことは思わないわ」ベスは言って、彼のほうに手を伸ばした。「ただ……ただ、こんなに早い時間に来るとは思わなかっただけ。ここ数日は、ずいぶん帰りが遅かったでしょう」

ルシアンは肩の力を抜いてとなりに腰をおろし、ふたたび笑顔をうかべた。「こうやって、妻に支配されるようになっていくんだろうか。案外、そういうのも悪くないかもしれない。本当のところは、僕と離れてひとりになる時間があったほうがいいと思ったんだ」

本心を言っているように聞こえた。できれば、それを信じたい。「そんなことはないわ。会えなくて淋しかった」

ルシアンは動かなかった。表情にもこれといった変化はなかったが、それでも、なにかが変わった。そのなにかのせいで、ベスは息を呑んだ。彼は空になったベスのグラスをそっと取りあげた。「淋しかった？　やっぱり、不安を取り除くべきだというきみの意見は、正しいのかもしれない。僕はてっきり、また嫌われたのかと思っていたから」

胸の内側から心臓が激しく打ちつけ、身体じゅうにあたたかいものがひろがった。ルシアンが手を取ってキスをした。やわらかく、あたたかな彼の唇を指に感じる。ベスが息もできずに、低く下げられたルシアンの頭を見ていると、彼はベスの手を返して、敏感な手のひらに唇を押しつけた。

「あっ」

なにかを言いたかったわけではなく、ただ息がもれただけだった。遅かれ早かれ、呼吸をする必要があった。ルシアンが目があげると、瞳に炎が躍っているように見えた。頬には美しい赤みが差している。

そっと立たされ、ベスは彼の腕のなかに身を寄せた。「あの朝のときに口説き落とすべきだったかな、急進派のお嬢さん？」

記憶がよみがえった。「ええ、そう思うわ」

巻き毛に顔をうずめられ、首すじに唇を感じた。手がルシアンを求めてさまよったが、つかんだのはもどかしいことに、彼の上着の布だった。

「ルシアン。ずいぶん何枚も着ているのね」

肩に押しつけられた彼の口からこらえきれない笑いがもれ、ルシアンは身体をわずかにはなしてベスの顔を見た。「あたりまえだ。夜の寝巻き姿で訪ねてくるんじゃ、少々無作法というものだろう？」

「そうかしら。この前は、恥ずかしげもなくガウンを着ていたわ」

「でもあのときは、きみとは絶対に恋仲にならないと思っていた。僕のすてきな天使の光明《エンジェル・ライト》、いまでは、そうなれるとかなり確信しているけどね」

語尾にはかすかに質問のような調子がまざっていたので、ベスは答えのかわりに、手を伸ばして顔にふれた。つまり、あのワーズワースの引用は侮辱ではなかったのだ。

「言っていることの論理が、よくわからない気がするわ、アーデンさま」ベスは弾む鼓動とざわつく気持ちを抑えて陽気に言った。

ルシアンはふたたび顔をもどして、手のひらにキスをした。「こんな状況の僕に論理を期待するのか、大事なきみ《マ・シェール》」

「あっ」言いたい意味がわかった。ベス自身が、支離滅裂になりそうだった。

ルシアンが笑いながら言った。「これから、何度きみが〝あっ〟と言うか、たしかめてみたいね」

キスを期待したのに、ルシアンは優しい指でベスの唇をそっとなぞっただけだった。もどかしいうずきが残った。

それから自分の指を舐め、ふたたびなぞった。

「ああ」

ルシアンは笑みをこぼし、ゆっくりとベスの寝巻きのボタンをはずして、胸のあいだに手をすべり込ませた。ベスは、あの夜のときのように、手が乳房の上に来て、先端をなでてくるのを待った。ふるえるほどの期待を胸に、今回は、身体の奥からわきあがる興奮を喜んで待った。

ルシアンが身をのりだして、ベスの耳をそっと吸った。

「ああっ」今度は長いあえぎ声が出た。

ふと気づくと、彼の手がいつの間に動いて、かすかにふれるくらいにそっと、寝巻きのシルクごしに乳首をなぞっている。くらくらする欲望でいっぱいになり、ベスは顔をルシアンのほうにむけて、夢中になってキスをした。ルシアンの腕が巻きついて身体を強く押しつけられると、ベスは、あいだにある服が全部消えてなくなればいいのにと思った。肌と肌で、さらにはもっと親密にふれあいたい。

キスがやみ、熱い唇がゆっくりと首すじをおりてくるのを感じながら、ベスは言った。「ああ、お願いよ。服をすこし脱いで」

ルシアンはまたしても大笑いして、キスをつづけていられなくなった。「なんてかわいい女だ！　これまでに、ずいぶん時間を無駄にしてしまったようだね」

ベスは、置き場のない手をルシアンの巻き毛に差し入れた。「どうしてあの朝、わたしを誘惑しなかったの？　わたしは半分以上、その気になっていたのに」

ルシアンはベスの手を取って、優しく言った。「僕は女性に無理に迫った経験がない。あの状況では、きみにはほとんど選択肢がなかったから、我慢を強いてしまうかもしれないと思うと不安だった」からかうような笑顔で聞いてきた。「勇敢な奥さん、いまの乗り気の度合いは、どれくらいかな。まだ半分を越したくらい？　それとも四分の三？　五分の四？」

ベスはじっくりと考えているふりをした。「百分の九十九」しばらくしてから言った。

ルシアンはあらためてベスを抱き寄せた。「わずかに残った迷いは、僕の責任でなんとか解決しないといけないな、すてきな先生……」

ベスは身の凍るような衝撃とともに、クラリッサがすぐそばにいることを思いだして、筋肉がこわばった。

ルシアンが眉をひそめて戸惑いを見せた。「ベス、これは、なにもあせってすることじゃないんだ」彼は身体をはなした。「ないがしろにされていると感じていたのなら謝るが、僕を呼ぶのは、いつでも無料《ただ》だよ」

もしいまルシアンが出ていったら、ベスは部屋をめちゃめちゃにしてしまいそうだ。
「ルシアン、そんなできたことを言うのはやめて、憎たらしい!」

彼は笑いだした。「ああベス。きみを愛してるんじゃないか」

ベスは衝撃のあまり真顔になった。「わたしを?」

ルシアンは穏やかな目でベスを見つめた。「そうだ。真剣に愛している。たぶん、ハートウェルにいたときに、恋に落ちたんだろう。この数日、ふたりですごしたあの日々のことが思いだされてしょうがないんだ。きみのなにに対しても挑戦的な見方をするところとか、知性とかが恋しくてね。僕の冗談にすぐに反応して、たいてい、さらなる冗談で返してくる。あなたの奴隷となった者に愛されるのはいやですか、愛しい天女よ」

いやですって? ベスは幸せで舞いあがりそうだった。「どうして、いやだなんて。

この数週間、わたしはあなたを愛しているのではないと、自分に言い聞かせようとしていたわ。でも、うまくいかなかった」

ふたたび腕に抱かれ、ベスはささやいた。「でも、このことを公爵に隠しとおせると思う?」

ルシアンが唇と唇を合わせて言った。「なんのために?」

「思うつぼとばかりに、大喜びするでしょうから」

ふたたび唇を下のほうへ這わせながらも、ルシアンは笑った。もう一度魔法がはじまる。たくみな手とベルベットのような唇で、ベスをうっとりとした境地に導いたが、ベスはつねにクラリッサのことが頭に引っかかっていて、喜びに集中しきれなかった。

そのとき、ふと名案を思いついた。「ルシアン!」

「どうした、愛しのきみ」胸に口をつけて言った。

「ルシアン。わたし、あなたのベッドで愛を交わしたい」

ルシアンは喜びに目を輝かせて、赤くなったベスの顔を見た。「まったく、きみからは、なにが出てくるかわからない。その場所だとどんないいことがあって、それに、そんな大胆な要求をする勇気をどこから見つけてきたのやら」

彼の寝室はクラリッサのいる場所からドアを四つ隔てているから、という理由しかうかばなかった。「だって、わたしは情熱に燃えた急進派なんでしょう、愛しのお猿さん?」

ルシアンは笑ってベスを腕にかかえあげ、ぐるぐるとふりまわしながらドアのほうへ歩いた。「いったいどんなことを期待してるんだ。まったくのふつうの部屋だし、きみの寝室となんら変わらないよ」立ち止まってベスの身体を持ちあげると、頭をおろして、ふくらんだ胸の先端にそっと歯をあてた。甘いうずきがベスの身体にひろがって、背中がそって、あえぎがもれた。

目が合ったとき、ベスは口が利けなかった。だが、自分の瞳がじゅうぶんに語っていた。〝あなたがほしい。いますぐに〟と。彼の息遣いが荒くなり、瞳は情熱で妙にかすんでいた。

ベスの寝室の入口まで来ていた。ルシアンは現状に足を止めた。「きみを一旦おろすか、ドアの取っ手をひねってもらうか、どっちかしないといけない。僕としては後者がいいね」彼はベスがとどきやすいように、わずかに腰をまげて身体をひねった。ついでに胸もとに唇を這わせてきたので、ドアへ伸ばしたベスの手がふるえた。

つかもうとして身をよじったとき、彼の身体がこわばったのがわかった。

「あれは――」

ほとんど落下するように、いきなり床におろされた。ベスは驚き、放心したまま、ひとり壁にもたれて残された。ルシアンが歩いていって、男物の三角帽を拾いあげた。それを手にふり返り、ベスをじっと見つめた。彼がベスの顔になにを見たかは知らないが、きっとそれは、罪悪感だったはずだ。そのせいで彼の美しい肌から色が引いた。

「ルシアン――」

「冗談だろ」静かだが乱暴な声だった。

彼は痛い足を引きずるように、ぎこちなく数歩進んで、椅子からさらにしわしわのクラヴァットを拾った。ふり返ったときには、いくらか自制らしきものを取りもどしていた。あまりに冷たくて、見るのも恐ろしい姿だった。「きみの新しい趣味か?」彼の目は青いガラスの破片のようだ。

「ちがうとわかっているでしょう」ベスは笑おうとしたが、恐怖で身体じゅうが凍りついている。クラリッサのことは、白状しないわけにはいかないだろう。彼は喜びはしないが、そこまで怒ることはないはずだ。けれども、そう考える理性とはべつに、本能が叫んでいた。危険が迫ってる!

「もちろん、ちがうだろう」ルシアンはごくなにげなく言って、帽子を左右の手に何度も持ち替えた。「すべて演技だったのか? よくも騙してくれたな。こんな淫らな証拠をうっかり残してなければ、嘘がとおるところだったよ。あえぎが偽物で、欲望が演技だとしても、今夜は気づかなかっただろう。きみが血を入れた袋をベッドに持ち込んだとしても」だめ押しのような、ほとんど断定的な最後の一文を発するとともに、目が怒りで燃えあがり、彼は恨みを込めて帽子を投げつけた。

「ルシアン」ベスは叫んだ。恐ろしさのあまりまともに考えることもできなかった。「なんの話だかわからないわ」

大またでやってきて、ベスの両腕を乱暴につかんだ。「黙れ！　もういい。必要とあらばいっしょにことにあたるが、もう嘘はたくさんだ！」その言葉を言いながら、ベスを激しく揺すった。

「痛いわ！　嘘なんてついてない！」

「嘘のかたまりだ」ルシアンは叫んでベスを突きとばし、ベスはよろめいた。彼は帽子とクラヴァットを指さした。「この古くさいものの持ち主はだれだ？　下男か？　きみの趣味を教えてもらおうか、マダム。僕は、そいつに負けないように、きみに尽くせというのか！」

ベスははっと理解した。彼のほうへ駆け寄った。「ちがうわ、ルシアン！　そういうことじゃない。わたしが愛したのは、あなただけよ！」

ルシアンの手の甲がとんできた。ベスは激しく壁に投げだされ、あまりのショックに、一瞬あげた悲鳴がぴたりと止まった。

一瞬の空白ののち、ルシアンは両手を顔にあてて、勢いよくうしろをむいた。

その水を打ったような静けさのなかへ、激しい目をしたクラリッサが燭台を手にとびだしてきた。彼女は、床に投げだされて痛む頬に手をあてているベスを見た。「けだもの！　悪魔！」そう叫ぶと、いきなりふり返ってルシアンに迫った。殴った本人も、明らかに衝撃で混乱していた。クラリッサは彼の横顔に燭台をふりおろし、ルシアンはあわてて武器をつかんで、これ以上の攻撃を阻止しようと彼女を拘束した。

ベスはなんとか立ちあがって、駆け寄った。「クラリッサ、やめなさい！　そんなことをしても、なんにもならないわ。ルシアン、はなしてあげて」

ルシアンが用心深く手をはなすと、クラリッサは急いでベスのとなりに来た。半分はベスを慰めるために、もう半分は味方を得るために。「聞こえてしまったの、ベス。半分はこの人は、手をあげたわ！」

「ええ」

ベスとルシアンは、わびしい沈黙のうちにおたがいに見つめあった。突発的な暴力を経験したふたりは、この先、これまでとおなじように人生を送ることができるのだろうか？　ベスはどうしてルシアンの誤解にすぐに気づかないほど、愚かでいられたのだろう？　はるかむかしに口にした軽率な言葉が、いまなお、幸せをぶち壊しにもどってくる。

ルシアンはベスたちに背をむけ、ぐったりと疲労したように歩いていって、長らく忘れられていたワインを飲み干した。

「理性的な会話が必要なようだ」しばらくして、抑揚のない声で言った。「話しをする気は？」

「もちろんあります」ベスはクラリッサを椅子にしっかりすわらせた。ベス自身はソファに腰をおろし、彼はとなりにすわるだろうかと考えた。泣きたい気分だったが、ぶたれたからではない。あの美しい情熱は、どこへいってしまったの？　残酷な一瞬のうちに、砕け散って消えてしまった。

ルシアンはそのまま立っているほうを選んだ。白い顔をして身体が硬直している。ベスのタオルをとって自分の顔を伝う血をぼんやりとぬぐった。

「この人はだれだ？　それに、あの帽子は、だれの帽子だ？」

「クラリッサ・グレイストーンよ、ルシアン。少年の格好をしてやってきたの。両親から匿ってあげているところよ」

ルシアンは目を閉じて、深々と息を吸った。ふたたび目をひらいたのは、クラリッサを嫌悪の目で見るためだった。「上等だな」

クラリッサも不快な顔でにらみ返した。

ルシアンはふたたびベスをむいた。「僕を許してくれるかい？　どう考えても、してはいけない行為だ。たとえきみが――。気が動転していたとしか言い訳のしようがない」

「当然のことよ」ベスはいまもずきずきとする顔をさすりながら、はっきりと言った。「もしもあなたの寝室に〝白鳩〟がいた証拠を見つけたら、わたしも遠慮なくおなじことをしてやったでしょうから」

ルシアンは背筋を伸ばし、顔をしかめた。「なぜそのことを……？　いや、問題をそらすのはやめよう。ベス、ふたつはいっしょにしていい問題じゃない。女はむかしから不満を男の顔にぶつける権利がある。なぜなら」わびしげな冗談口調で言った。「あたっても、軟弱でほとんど効きめがない、というのがひとつの理由だ。きみの場合、青痣ができるかもしれない」

「だったら、わたしも訓練しておいたほうがいいわね」ベスは考えながら言った。「つぎに必要に迫られたときのために」

ルシアンは短く笑い、わずかだが、いつもの彼らしさがもどった。そばの手ぬぐいを洗面台の水に浸すと、ベスの傷のようすを見にやってきて、優しい手つきであごを持って顔をかたむけた。一番痛そうなところにそっと唇をつけ、手ぬぐいをあてた。「勇ましさに、ますます惚れたよ」穏やかに言った。「だが、自分のことは死ぬまで許せない」

ベスは手ぬぐいを奪って、手に持った。ルシアンを理解し、許しているのはまちがいないが、相手をこれまでとおなじ目で見られるかは、自信がなかった。つぎにルシアンが怒りを見せたときも、殴られる恐怖を感じてしまうのだろうか？

クラリッサが強い声で割ってはいった。「ベス、どうか、この人にごまかされないで。だって、あなたをぶったのよ」

「それは、みんなわかっているわ、クラリッサ」最大限、先生らしい声を出した。「気持ちはわかるけれど、その前に、あなたはわたしたちのことを理解していないでしょう」

ベスは若い娘をなだめたあとで、ルシアンにクラリッサのおかれた立場を詳しく説明した。話し終わるころには、彼の顔には呆れた表情がうかんでいた。

「僕らにできることはなにもない。両親にすべての権利があるんだ。そういう結婚は日常茶飯事だろう。人は、あきらめることを学ぶ」

「あなたはこのひどい問題の一面しか見てないわ」ベスは断固として言った。「クラリッサが自分の意思に反してデヴリル卿と結婚するなんて、ありえません」

「デヴリル！」ルシアンが叫んだので、ベスは自分がクラリッサの金持ちの求婚者がだれなのか、はっきり言っていなかったことに気づいた。「それなら、事情が変わってくる」

「どういうふうに？」

「デヴリルは、生まれのいい娘を娶っていいような男では断じてない。いや、どんな女とも結婚する資格はない」

「じゃあ、クラリッサを助けてくださるのね？」

ルシアンは考えた。「だとしても簡単なことじゃないよ。たとえデヴリルの手から守ることができても、法的に、娘を親から自由にする方法はない。また体罰を受けて、またデヴリルのような男に売られるだけだ」

「デヴリル卿ほどいやな相手なんて、どこをさがしてもいないわ」クラリッサが身をふるわせた。

「なるほど、きみの言うとおりだ」

「それに、クラリッサが彼の手から逃れても、デヴリルはまたべつの餌食《えじき》を見つけるでしょうね」

ルシアンは首をふった。「そうやって、僕は一生、無垢な娘を卑劣漢から救いつづけるのか。どっちも世のなかには無尽蔵にいる」

ベスはすこしの痛みを我慢してルシアンに笑いかけた。「わたしは今後、この世の多少の問題には目をつむることを、がんばって学びます。でも、自分の歩く道に犠牲者がいたら、またいでは通れないの。ともかく、いま現在必要なのは、クラリッサが安心して身を隠せる場所です。あなたはロンドンに詳しいわ。彼女が隠れられそうな場所は、何百でもあるでしょう」

「知っているかぎり、ロンドンにはないな」

「じつは、ディレイニー夫妻のところはどうかと思ったのだけど」ベスはおそるおそる言った。

「あのふたりなら喜んで力になってくれる。だが、いくつかの理由から、いまは彼らを巻き込まないほうがいいだろう」慎重な顔つきになった。「さっき〝白鳩〟と言ったね。きみはなにを知ってる？」

ベスの顔がかっと赤くなった。「ドルリーレーン劇場の女優だということ。それから、美人で、あなたの愛人だということ」

「愛人だった。どうして知った？」

「愛人だった？」鸚鵡《おうむ》返しに聞き返しながら、胸のうちに明るい光がともるのを感じた。ルシアンがベスに嘘を言うはずはない。彼はベスの問いに首をたてにふった。「デヴリル卿に言われたの」

ルシアンの双眸《そうぼう》がぎらついた。「あの男が？　思いついたよ。状況を解決する一番簡単な方法は、デヴリルを殺すことだ」

「そんなこと、やめて！」ベスは抗議した。またしても暴力。ルシアンはなんでもそれで解決しようとする人なのだろうか。

「決闘を申し込む相手としては、少々年齢がいきすぎている」ルシアンは考えながら言った。「むこうから申し込んでくるように仕向けられればいいんだが」

ベスは恐怖を感じた。「ルシアン、それでは殺人じゃない」

「処刑と言ってくれ」顔を見ると、恐ろしいことに、本気の表情をしていた。ベスは決闘のよくない点を列挙して反論しようとしたが、その前にルシアンが口をひらいた。

「話をもどすと」人を殺す話をしたせいか、ルシアンはずいぶん生き生きと見えた。「ブランチのことを知っているなら、きっと、われわれが必要としている事柄について、彼女が助けになってくれるだろう」

「どうやって？」話題が変わっても、ちっとも気が抜けない。あの女優とは別れたのかもしれないが、だからといって、彼女への思いも断ち切ったとはかぎらない。

「だれも、ブランチとクラリッサを結びつけはしないだろうし、ブランチはきっと隠れ家を提供してくれる」

「娼婦が？」クラリッサは息を呑んだ。

「女優だ」ルシアンが冷ややかに訂正した。「それにすばらしいレディだ。おそらく、隠れ家はそこくらいしか見つからない。娘がベスを訪ねたと知れば、両親は明日にもここにあらわれるはずだ」

クラリッサは助言を求めてベスの顔を見た。

「あなたはその助けを受け入れるべきだと思うわ」ベスは言った。「安全そうだし、ここまで来たら、自分の評判を気にするような段階じゃないでしょう、クラリッサ。先のことはまったく想像がつかないけれど、デヴリル卿と結婚するよりは、なんだってましなはずよ」

クラリッサはうなずいた。「わかりました。わたしはどうすれば」

「いって着替えてきなさい」ベスは言った。

クラリッサが部屋を出ると、ベスは言った。「いますぐその場所にいける？　それとも、マダム・ブランチに事前に通知したほうがいい？」

「とても慎重だね。ブランチに新しいパトロンがいるとは思えないが、伝言を送っておくべきだろう。きっと、まだ劇場のほうにいる。一、二時間、待つことになるな。遣いに出すのは……。ああ、あの小鳥がいい」

背をむけて出ていこうとしたが、すぐにふり返った。「僕を許してくれるかい？」真剣な表情だった。

ベスはにっこりと笑った。「もう許したわ。そもそも、わたしが何人も恋人がいたとにおわせたところからはじまっているんですもの。あなたの言ったことは正しかった――言葉は、口から出たとたんに、それ自体、命を持つ」

ルシアンがやってきて、ベスを抱きしめた。大事なものをつつみ込むような、優しい抱擁だった。「あれは、じつはホラティウスから盗んだ」ルシアンは白状した。

「〃ひとたび発せられた言葉は取りもどしがたく飛ぶ《セメル・エミスム・ウオラト・イレウオカビレ・ウエルブム》〃。これには、ウェルギリウスの言葉でふたをしておこう。〃〈愛〉はすべてに打ち勝つ《オムニア・ウインキト・アモル》〃。愛しているよ、ベス。身を持ちくずした女だとしても、それでもきみを愛した。だからこそ、気が変になりそうだった。ふしだらな女だと信じていながら、それでもきみを手に入れたかった」

ベスは抱きしめる手に力を込めて、彼の引用をしめくくった。「〃ノス・ケダムス・アモリ〃。されば、われらも〈愛〉にしたがおう」

「きみが貞節な女であることはわかっている」彼はつづけた。「処女であることはわかっている」すこしおどけて言い足した。「残念なことにね」

ベスは笑って、ルシアンを見あげた。「愛しているわ。あなたが野蛮人だと知っていても」はにかんで、つけくわえた。「残念なことにね」

けれども、本当に残念なのは、甘い喜びの時間が壊されてしまったことだ。どうやってそれを再開させることができるのか、想像もつかなかった。

ルシアンがベスの腕から出た。「僕は野蛮人じゃない。野蛮人ならクラリッサを窓から捨てて、きみをベッドに連れていった。僕は猿山の猿だ。自分なりの掟にしたがって行動する」

「猿という発言を、二度と忘れさせてはくれないの？」

「ないね」にやりと笑った。「いままで言われたなかでも、とびきりの無礼な言葉だ」

「でも、いったい猿の掟って？」

「てっきり、きみなら知っていると思ってたよ。買いかぶりすぎだったか」

「猿たるもの」ベスはすばやくでっちあげた。「つねに、つがいの相手に優しくする。社会の弱者、とりわけ若い雌には、必ず助けの手を差し伸べ、自己防衛といった究極の場合をのぞいて、絶対に殺しは行なわない。それに」ベスはあてつけがましく、つけくわえた。「完全なる一夫一婦制をつらぬく」

「ふむ。野蛮な環境におかれたら、猿類は絶滅だな」

「でもここはロンドンで、世界一、文明化された街だわ」ベスは断言した。

ルシアンは片眉をあげた。「外出のときには必ず護衛をつけさせないとな、世間知らずの文学かぶれのお嬢さん。さあ、僕は準備をしにいかないと」ベスとおなじように、ルシアンも、たとえ一瞬でも離れがたいと思っているのが伝わってきた。

「きみも着替えておくんだ。僕ひとりでクラリッサの面倒を見たいとは思わないし、それに、ブランチにも会ってもらいたい」ルシアンは笑顔になった。「そんなことを言える妻は、世界じゅうさがしても、きみくらいしかいないだろうね」

「それは褒め言葉？」ベスは問いただした。

「口にして言える最大級の褒め言葉だ」こたえるルシアンの眼差しは、優しい愛撫のようだった。

19

数時間後、ベスとクラリッサは裏口に通じる使用人用の階段をおりていって、通りに出た。ルシアンが事前に手はずを整え、ふたりをすぐ近くでひろうことになっていた。部屋で待機していた時間は、あまり楽しいものではなかった。いったんベスの部屋にもどってきたルシアンは、指示を与えるだけですぐに出ていったが、気まずそうな態度をしていたのは、クラリッサがいるせいではなかった。すでに青くなりはじめたベスの顔を見るのが耐えられないのだ。ベスは上にはおるものを着て、それから、頰が隠れるような、ぴったりとしたボンネットを選んだ。

すぐに貸し馬車に乗ったルシアンがやってきて、ふたりを乗せた。「ロビン以外に使用人を巻き込まないほうがいいと思ったんだ。ロビンはブランチに言伝を持っていって、いまは彼女の家で待っている」

「夜のこんな時間だというのに、ロンドンの街中に子供を遣いに出したの?」ベスは文句を言った。

「あいつはまちがいなく、僕よりも街で生き延びるすべに長けている」ルシアンはあっさり言って、道々、ロビン・バブソンと知り合ったいきさつを説明した。

「きっと、そういう子供たちがたくさんいるんでしょうね」ベスは思いにふけった。

「いない」ルシアンは断言した。

ベスは彼の前ではじめて懇願するような上目遣いをした。「たぶん、学校をつくるなんてどう？ そういう子供たちを集めて、商売を教えるの」

ルシアンはため息をついたが、口もとが笑いで引きつっていた。「たぶんね」

ベスが勝利ににんまりと笑うと、ルシアンはやれやれと首をふった。

馬車は家が何軒も連なる一画で停まり、ルシアンがふたりのレディを降ろして乗車賃を払った。馬車が去っていくとすぐに、痩せた人影が暗がりから出てきた。

「全部順調だ、ご主人さま」ロビンは誇らしげに言った。「なかんとこで待ってますよ」

「よくやった。じゃあ、おまえは台所にいって待ってるんだ」ルシアンは進みでてノッカーでドアをたたいた。すぐにブランチみずからが扉をあけて、全員を迎え入れた。

居心地のいい家だ、とベスは思った。均整がとれていて、内装の趣味もいい。想像していたような、品のよくない女の家といった趣ではなかった。ベスは緊張しながらおずおずと〝白鳩〟に目をやった。こうして間近で見ても、舞台のときと変わらずに美しかった。ほんのりバラ色の差したなめらかな白い肌、濃いまつげに縁取られた大きな瞳。

しかも、ベスの見るかぎり、化粧をしたようすはない。あっさりとしたデザインの白いドレスは、ごくシンプルなモスリン地にわずかにレースで装飾しただけのものだったが、ほっそりとした長い首と、高く盛りあげた豊かな胸と、とても優雅な物腰を引き立てていた。長く伸ばした銀色の毛は、頭の上で簡単に結ってある。ベスは自分が、サラブレッドとならんだ、粉引きのポニーになったような気分がした。

ある意味それより悪いのは、ブランチが親切で知的に見えることだった。メアリ・ウルストンクラフトは男を喜ばせるためだけの訓練を受けた女たちを罵倒するかもしれないが、天賦の才能にも恵まれて、なおかつ、考える力を失っていないような女性に対しては、どんな感想を持てばいいというのだろう。

扉を閉めると、ブランチは気の利くところを見せて、自分は一歩身を引いて、この尋常でない状況の舵取りをルシアンに任せた。

ルシアンがこっちをむいた。「ベス、ブランチ・ハードカースルを紹介させてもらってもいいだろうか？」礼儀正しい言いまわしというよりは、すなおな質問だった。

「もちろんよ」ベスは言って、その女性に手を伸ばした。「お会いできてうれしく思います、ミセス・ハードカースル。それに、大変感謝しています」

ブランチはしっかりと手をにぎって、あたたかな笑顔をうかべたが、ベスの顔の変色に気づくと、目を大きく見ひらいて不信の眼差しでルシアンを見た。

「それから、こちらがクラリッサ・グレイストーン」ルシアンは早口に言った。「きみの助けを必要としているのは、この人だ」

クラリッサは明らかに言葉を失っていた。一瞬遅れで、小さくひざを折って挨拶をした。

「とりあえず、椅子にかけましょう」ブランチは言って、一行を居間のほうに案内した。「なにをしたらいいのか、具体的に教えてちょうだい。できるかぎり、力になります」

ルシアンは手短にいきさつを話した。ベスは少々驚いたが、ブランチは完全にクラリッサの肩を持った。「デヴリル卿は下種《げす》な男よ。噂に聞いたうちの半分でも真実なら、一番がらの悪い娼婦にさえ、指一本ふれさせてはいけないわ。若いレディなんて、もってのほかです。ミス・グレイストーン、どうぞ遠慮なくここにいてちょうだい。でも、一時しのぎにしかならないわ。この先どうしたいのか、きちんと考えていかないと」

「わかってます」クラリッサはこたえた。顔色が悪く、疲れきっていた。「でも、いまはなにも考えられません。こんな最悪な日は、生まれてはじめて!」彼女はわっと泣きくずれた。

ベスはあわてて駆け寄った。「ミセス・ハードカースル、できればこの子をすぐにベッドに連れていってやりたいんですけど。計画を立てるのは、明日でも遅くないでしょう」

ブランチはふたりを二階のこぢんまりとした快適な部屋に連れていき、クラリッサに必要なものがすべてそろっていることを確認した。部屋にベスとふたりで残し、自分は気を使って下におりた。もどると、ルシアンが彼のお気に入りの椅子にだらしなく腰かけて、ブランデーをあおっていた。

「奥さんのこと、気に入ったわ。そういう発言をするのは、許される？」

「なんでも好きに発言するといい。上流社会の掟をことごとくやぶったあとだ、僕は、なににもケチをつける気はない」

ブランチには彼がどうしてそんなに不機嫌なのかよくわからなかったが、ついおかしさがこみあげてきて笑った。「あなた、窮地にはまっているんでしょ？」

ルシアンはわずかに身を起こして、哀れっぽい顔をした。「あの娘を連れてきて、迷惑だったかい」

「いいえ。でも、あなたがこんなことをするなんて、すこし驚いたわ。博愛主義的な人だとは思っていなかったから」

「結婚生活のおかげで改革された」そっけなくこたえた。

「だったら、どうして奥さんは大きな痣をつけているの？」ブランチはやんわりと聞いた。

ルシアンが背筋を伸ばしてにらんできた。どこまでもド・ヴォーの人間だ。ブランチはひるむことなく、じっと顔をむけた。時計の針の音がする。上の階から、かすかな話し声が聞こえた。

「彼女を殴った」ルシアンはとうとう言い、ブランデーの残りを一口であおった。

ブランチはデカンターを取って、ふたたびグラスを満たした。「あのお嬢さんを助けたから？」

「そうじゃない」ルシアンは下劣な出来事を説明する気にはとてもなれなかったが、ブランチの裁きを待った。軽蔑されて当然なのはわかっていたが、ブランチならすべて理解してくれるという思いもあった。人の世の悪いところも見て知っている女性だ。

「時間がたてば、あなたの傷も癒えるでしょう」しばらくしてブランチは言った。

ルシアンは彼女の顔を見た。「僕の？　傷を負ったのは、僕じゃない」

「ちがうの、ルシアン？」

顔をそらして考えた。「ああ、たしかにきみの言うとおりだ、ブランチ。でも、ベスは？　同情しないのか？」

「彼女の目を見れば、もう、あなたからの償いで満足しているのがわかるわ。でも、帳消しにしてもらうまでには、きっと、まだまだ努力が必要かもしれない。ぜひ、そうあってほしいものね。許してばかりというのは、女のためにならないから。もしも、もう一度ぶたれたら、あなたの頭に火搔《ひか》き棒をたたき込むといいわ」

「経験者は語る、か？」

「それもやったし、もっとひどいこともしたわ」ブランチは率直に言った。「父はしょっちゅう母に暴力をふるった。それを見て決心したの。どんな男もわたしに手をあげたら、ただではすまさないって」

上の階でドアがひらく音がした。

「よかったよ」ルシアンはさらりと言った。「きみを殴ろうという誘惑に負けたことがなくて」

「どうして負けなかったんでしょうね。喧嘩をしたこともあるし、まちがいなく頭に血をのぼらせているときもあったのに。今回のことが起きるまでは、一度も女を殴ったことがないと賭けてもいいわ」

ルシアンはグラスの琥珀色の液体に目を落とした。お代わりをついでもらってから一度も口をつけていない。「本当に理由を知りたいか」

「ええ、たぶんね」

「これまでの人生で、一度も女を愛したことがなかったからだ」ほとんど、怒りまじりにつけくわえた。「愛するというのは、聞いていたほどいいものじゃなかった」

階段をおりていたベスは、ルシアンの台詞が聞こえて足を止めた。愛の告白にあたたかいものが胸にわいたが、最後の付け足しの部分は、できれば聞きたくなかった。

「つまり、なにが言いたいの？」そう尋ねるブランチの声には、笑いが含まれていた。

「この数週間ほどみじめだったことは人生で一度もない。夜、まともに眠れたのも、いつが最後だったか記憶にないくらいだ」

「それは……」

「そういう意味じゃない！」

「あら」ブランチの声は多くのことを語っていて、ベスは自分の顔が赤くなるのがわかった。下までおりて、ふたりのところにもどるべきなのは承知していたが、恥ずかしさと好奇心で、足が動かなかった。

ブランチが言った。「わが家にはもうひとつ、あいているベッドがあるわよ。わたしなら、これ以上ぼやぼやしないわ。ふたりとも、ずっと気分がよくなるから」

ルシアンは声をあげて笑った。ベスは恥ずかしさで頬が火照った。それに熱い思いで。ほんのすこし前――すべてが、めちゃくちゃになってしまう前――に経験した、あの感覚が思いだされてくる。

「的確な指摘だ」ルシアンの声はなおも楽しげだった。「僕は愚か者にはちがいない。ただしなにごとにも慎みがあるべきだと思ってる」

「愚かどころじゃないわ。あれにどんな慎みがあるっていうの」

「どうだかね。きみに堕落させられる前に、早いところここを出なければいけないな」

立ちあがる気配がしたので、ベスはわれに返って階段をおりはじめ、ちょうど廊下に出てきたルシアンと合流した。

「いつから聞いてた?」ルシアンは気にしていないようだった。

「すこし前から」

「じゃあ、ブランチのベッドをひとつ借りようか?」

ベスは顔をそらして、首をふった。欲望はあるものの、すでに炎は消えている。そういう潮時はもう去ったのだ。どうやったら、こんなに冷静な状態でその炎をふたたび燃やすことができるのか、想像もつかない。それもこんな場所で。ベスはブランチのほうをむいた。

「あらためてお礼を言います、ミセス・ハードカースル。すべてのことに感謝しています」彼女が微笑んだので、言いたいことが伝わったのがわかった。驚いたことに、ベスは自分がこの女性に好意をいだいていると気づいた。きっと、おかれている特殊な状況のせいかもしれないが、ミス・マロリーやほかの女性以上に近しい友達のような気がしていた。

ベスとルシアンは家を出て、通りの石畳に立った。

「これから、どうするの?」

ルシアンは笑った。「僕の頭は混乱してるな。乗って帰る馬車がないよ」

そのとき、食べかけのパンを手にしたロビンが、地階から駆けあがってきた。

「いまの時間にこの界隈で馬車を拾うことはできそうか、ロビン？」

「無理でしょう、ご主人さま」

結局ベスたちはモールバラスクエアまで歩いて帰ることにして、ロビンがひかえめに距離をおいてあとからついてきた。

「きみをブランチのところに残して、あとで馬車を迎えにやる手もあった」しばらくしてからルシアンが言った。

「どうして、そうしなかったの？」ベスは聞いたが、内心ではそぞろ歩きを楽しんでいた。街からはほとんど人が消えている。劇場はどこも引けてからしばらくたち、大きな舞踏会は、まだ最高潮に盛りあがっているころだ。ルシアンがとなりにいれば、追いはぎも怖くなかった。

「ブランチとふたりきりにはしたくない。彼女の頭は危険な思想でいっぱいだ」

「わたしもよ。メアリ・ウルストンクラフトの信奉者ということを忘れたの？」

「だったら、他者からの影響は一切不要だということだね」

ベスは顔を見あげた。「ウルストンクラフトの著作を読んだことがあるのね？　知性ある人が、あれをどうけなすことができるのか、わたしには想像できないわ」

「ああ、読んだよ。彼女が論じているうちのいくつかは、僕も理解できるが、思うにウルストンクラフトは、男女を問わず、人間の本性に対する考え方が偏狭だ。男はすべて粗暴というわけじゃないし、女はすべてが、くだらない低級な喜びに夢中になるわけじゃない。彼女は、本質的に女性というものが好きじゃないのかもしれないと思ったよ。女とはこうあるべし、という狭い型にあてはまる、ごくひとにぎり以外は」

ベスは衝撃を受けた。「その考えを裏づける根拠は？」

ルシアンは笑いをこぼした。「こういう議論にそなえて、引用を用意しておいたんだ。〝女性というのは、常習的に怠け者である〟、あの熱心な婦人はそう書いているよ」

「でもそれは、教育のなさと、服従を強いられていることの結果だと言いたいのよ」

「たぶんそうかもしれないが、その文脈ではなんの条件もついていなかった。そこから僕は、ウルストンクラフトが、男女を問わず人間全般は彼女によって教化されるべき子供だと見ているという印象を受けた。貴族階級に対する批判も、おなじように偏っている」

「まあ、あなたの立場ならそう思うでしょうね」ベスはこの知的な意見の交換を楽しんでいた。

「それはそうだ。ただし、貴族階級を完全に撤廃しろという意見に味方しろと言われても、無理なのはわかるだろう」

「白状すると、そうした人々のことをよく知ってみると、責任感があって、勤勉で、きちんと能力を発揮している人が大勢いるのがわかったわ。でも、女が男に奴隷のようにしたがうことを期待されているというのは、おかしいでしょう。それも、男が明らかにまちがっているときでさえ。たとえば、かわいそうなクラリッサの状況は、どう?」

冗談で返してくるかと思ったが、ルシアンは真剣にこたえた。「たしかに、おかしなことだと思うね。ただ、僕自身がそんなふうに期待していたとは思わない。母のことを奴隷のようだと思ったことはないし、ふたりの姉が僕の前で萎縮していたこともない。むしろ、十三になるまでは、僕を地面に押さえつけるくらいのことはできたし、実際、よくあった。公爵の前で奴隷のようだったというのはあるかもしれないが、それを言ったら、僕もおなじだ」

「それでも、あなたはぶつと言ってわたしを脅したわ。それも二回も」言葉には出されなかったが、ベスの顔に痣を残した一打のことも、ふたりは忘れていなかった。

しばらく無言で歩いてから、ルシアンがこたえた。「たぶん僕のどこかに、場合によっては力に訴えるのが適切だという考えがあるんだろう。ただし、今晩あったことについては、言い訳も正当化もできない」それから、慎重な顔でつけくわえた。「おかげで、ひどく苦しんでいるんだ」やがて一呼吸おいてからつづけた。「それに、ぶつと脅したことについてだけど、あれはきみが、うちの家系に醜聞を持ち込む気でいると思ったからだ——実際に手をあげることができたとは思えない。こんなことを言って気休めになるかわからないが、もし、男がおなじことをしたとしても、僕はぶつと言って脅すだろうし、たぶん本当に手をくだしたはずだ。これは男女平等というのか、それともきみを低く見てるというのか」

「どっちかしら」ベスは顔をしかめた。「もう遅くて、眠いわ。そういう理由でわたしに対する暴力も正当化できるのね。意味がよく理解できないけど」

ルシアンは足を止めて、ベスを両腕で抱きしめた。道のどまんなかで。ベスの目はちくちくとして、頭は朦朧《もうろう》としていた。ベスはありがたく彼によりかかった。「今晩、きみをぶったことに意味なんていうものはない」ルシアンはそっと言った。「あれはただの野蛮な行為で、つい、われを失っていた。あんなことは二度としないと約束する。きみが千人の愛人をつくったとしても——おい、ベス！」

はっと気づいた。眠りで意識が遠のいていた。ベスは目をあげて、しっかりしなくてはと頭をふった。ルシアンがベスを抱きあげた。

「家まで抱いて帰るなんて、無理よ」ベスは抗議した。

「たった三軒先じゃないか」

「正面の玄関から、ふつうにはいっていくの？　石炭を運ぶための裏口があるわ」

「自分の家にこそこそ忍び込むなんて、冗談じゃない」ルシアンはそう言いながら、べスをそっと地面におろした。「ただし、きみは自分の足で歩いたほうがいい。従僕《フットマン》に酔っていると誤解される。ロビン」つかず離れずの場所にいる少年に声をかけた。「さがっていいぞ。なかで寝かせてもらえるように、ドゥーリに指示を出しておく」

腰にまわしたルシアンの腕に支えられながら、ベスは、彫刻のはいった大きな扉のほうへ階段をあがっていった。「フットマンはどう思うかしら?」

「僕らの身分の利点のひとつは、そういう一切を気にしなくていいことだ」ベスが貴族社会の最上級の一員になりきれていない証拠を示すように、若いフットマンの驚きの顔を前にして、頬が赤く火照った。

フットマンは、ふたりの登場に見るからに仰天していた。夜更けのこんな時間に、歩いて。しかも、侯爵夫人が外出していたことに、だれひとり気づいていなかった。ただし当然ながらフットマンは、恭しく「おはようございます。ご主人さま、奥さま」と言っただけだった。

ベスはなんとか寝室まで歩いて、かろうじてベッドにたどりついた。ルシアンが服と靴を脱がせてくれたころには、すでに半分以上、眠りの世界にはいっていた。一抹のわびしさとともに、前の晩の出来事が思いだされた。

「手紙に書いたのは本心だったの」ベスは眠りに落ちそうになりながらつぶやいた。

「気にしなくていい」ルシアンはそう言って、ベスの髪を顔からそっとはらった。「明日の晩には、なににもじゃまをされずに、おたがいの不安を取り除けるはずだ。僕が保証するよ」

翌朝、レッドクリフがカーテンを引いて明るい陽射しを入れたので、ベスは目を覚ました。メイドはお茶の盆を手にきびきびと近づいてきて、ふと足を止めて目を丸くした。

ベスはようやく自分がペチコートをつけたままでいることに気づき、さらに、顔がいまごろどんなことになっているのか想像して恐ろしくなった。なんて言いつくろえばいいだろう？　たぶん使用人たちは、侯爵夫妻が夜更けに帰ってきたことを知っているはずだ。

「ミス・グレイストーンをべつの場所に移してきたのよ、レッドクリフ。それで転んだの。鏡を貸してくださる？」

ひと目見るだけでじゅうぶんだった。右の頬骨のところが濃い紫色になっている。

「今日は部屋から出ないほうがいいわね」説明を疑っているらしいメイドの姿を、必死に見ないようにしてベスは言った。自分にもド・ヴォー家のあの単純な傲慢さが備わっていて、超然としていられたらいいのに。「なるべくなら、来客もお断わりしたいわ」

「承知いたしました、奥さま。ですが、もっと早くに手当をしなかったのが悔やまれます」

トーストをかじってもかすかな痛みしかなかったので、怪我自体はたいしたことはないのだろう。「いまから、なにかできない？」

「酢が効くと言う者もいるし、ハマメリスがいいと言う者もいます。ですが、もっとも手っ取り早いのは、お化粧ではないかと」メイドは非難がましい硬い顔つきをしていた。だれが見ても、殴られたとわかるのだろうか？　ベスは部屋から出ない決心を新たにした。

「ハマメリスを試してみましょう。一日じゅう、酢っぱいにおいをさせているのはいやだから。あと、どうしても外出しないといけなくなったら困るから、染み隠しを買ってきてちょうだい」

メイドが出ていくと、ルシアンの最後の言葉が脳裏によみがえった。おたがいの不安を取り除く。ベスは過去何日も、ひょっとしたら何週間も、不安と期待の入り混じったものを感じていたが、いまではまちがいなく、期待のほうが大きかった。けれども、顔の痣が目にはいれば、彼はつらくなるだろう。そうやって苦しむのが当然かもしれないが、そのせいで夜が台無しになるのはいやだった。レッドクリフがもどってくると、ベスはハマメリスの湿布を入念に顔に貼った。

机で本を読みながら、手に持った湿布に頬をつけていると、ルシアンがブドワールにはいってきた。ベスはあわてて湿った布をわきにおき、顔をわずかに横にむけて笑顔をつくった。あまり意味はなかった。ルシアンがまっすぐに近づいてきて、ベスのあごを持って頬を光のほうにむけたのだ。彼は口を結んだ。あまり寝ていないように見えた。

「二度と僕とふたりきりになりたくないと思われたとしても、自業自得だな」

「ばかなことを言わないで。それに、とても淫らだわ」

少なくともその台詞のおかげで、明るさを引きだすことができた。「どうやら、ふたりとも照れてるんだな」

「あなたのことは知らないけれど、わたしは慎み深いの」

「〝非の打ちどころのない正しさ、飾らない純朴、顔を赤らめる慎み〟」笑いながら引用した。

ベスは問うような表情をしながら、彼の言葉をなぞるように顔が赤くなっている自覚があった。なんの引用かわからなかった。

「オウィディウス」彼は勝ち誇った笑顔でこたえた。「『恋の歌』の一文だ。ミス・マロリーが、きみにそこまで進歩的な教育を施しているとは、最初から思っていなかったよ」

「ハロー校がそんなことまで教えたというほうが、驚きだわ」ベスは言い返した。

「ケンブリッジだ。あそこでは、個人がなにを学ぶかについて一切の制限がない。女子を入学させないというのは、賢明だと思うだろう?」

ベスはそれについて議論しようと口をひらきかけたが、ふと見ると、彼はからかいの目をしていた。「わたしに喧嘩を売ろうというの、アーデン侯爵さま?」ベスは甘ったれた声で聞いた。

ルシアンは机の角に腰をおろしてベスの手を取った。「じつはちょっと考えたんだ。一度白熱した喧嘩をして、それでも僕が指一本あげなければ、きみの信頼がもどるんじゃないかって」

「そんなに、おどおどして見える?」ベスは彼に応じて、ルシアンの手を取ってキスをした。「もう、忘れて、ルシアン。二度と起こらないとわかっているから。あんな状況に追い込まれることも、たぶん、二度とないでしょう」

「でも、きみは最初から僕を怖がっていた」ルシアンは立ってベスを抱き寄せた。「きみは正しかったんだ」

「ちがうわ」ベスは彼の腕のなかにぴったりとおさまった。「かえって、ほっとしたの。最悪のところまで追い詰められていながら、わたしをほとんど傷つけることがなくて、そのことですごく不満がたまっているようだったから」

いきなり唇が近づいてきた。後悔といたわりにあふれる熱いキスだった。それに欲望の。ベスが朝の愛の営みについて考えはじめたとき、ドアがひらいて、レッドクリフが軽快にはいってきた。

「奥さま、お持ちしましたよ——これは失礼を！」

メイドはすぐに出ていったが、ルシアンはしぶしぶ身体をはなした。「じつは、今日は一日外出すると伝えにきただけだったんだ。リッチモンド公園までいって、僕の愛馬とスティブナムのメジャー・グレイを競走させる予定があってね。ここでふたりですごしたいのは山々だがもう準備もされているし、賭けも決まっている。許してくれるね？」

「もちろんよ、ルシアン」ベスは嘘をついた。「でも、クラリッサはどうするの？」

「急を要することはないだろう」あっさりと言った。「あそこなら、じゅうぶん安全だ。ゆっくりやればいい」

「わたしがクラリッサと会っていないと言って、もし彼女の両親が信じなかったら？なにか面倒を起こそうとしたら？」

彼はド・ヴォーの人間そのものだった。「ここで？」驚きの声を出した。「まさかそんな度胸はないだろう。ゆっくり、のどかな一日を」ベスの唇にキスをした。目にはいたずらっぽい光があった。「たっぷりと昼寝を取っておくんだよ。夜のために」

ベスの胸の鼓動が走りだした。「あなたは一日、バイキングで駆けまわるのに？」

「僕は身体慣らしだ」陽気に言って、すばやく部屋から逃げていった。

頰が真っ赤になっているのはわかっていたが、ベスは笑い声をあげた。夜のことがぐるぐると頭をめぐって、身体が火照り、緊張でじっとしていられなかった。

部屋にこもるつもりだったが、そんな気持ちは消えていた。身体を動かして、新鮮な風にあたる必要がある。でも、社交の場で顔を見られるのは、あまり気が進まなかった。レッドクリフがもどってきて、化粧のクリームを試してみると、痣の一番濃いところもなんとか見られるようになった。それからメイドはベスの髪を整えて、顔の横に巻き毛をつくった。ベスの好みではなかったが、染み隠ししたところをごまかすには役に立つ。さらに仕上げに、横に幅広のリボンのついたパミラ風のボンネットをかぶった。鏡の前で、顔を左右にむけてたしかめてみる。大丈夫、これなら痣に気づかれないだろう。

でも、いったいどこに出かければいいのか。

招待状をぱらぱらと見たが、興味を引くものはなかった。つぎにルシアンがくれた一覧をながめてみた。中国を見聞してきたリチャード教授の講演、レディ・ロシターの音楽会、ミセス・エッジワースの歓迎会……。『ラックレント城』や『社交界の物語』の著者として一目おいていた人物だったので、ベスはその会には出るつもりでいた。炉棚の時計を見た。まだまだ時間がある。ベスはため息をついた。今日はきっと、せっかくの演者もベスにとって豚に真珠かもしれない。

そのとき、公爵夫人がはいってきた。夫人はベスがだらりと椅子に腰かけ、しかもボンネットを頭にのせているのを見て驚いた。

「レッドクリフといっしょに、新しい髪型を試してみていたんです」ベスは真剣な顔で言った。

「あら、そう」夫人は言って、しげしげと見つめてきた。「でも、似合っているとは言いきれないわね、エリザベス。すこし丸顔に見えるわ」

「わたしもおなじ感想を持ったところです、ママン。ところで、なにかご用ですか？」

「つまらないことよ。サー・ピーター・グレイストーンがやってきて、お嬢さんのことを聞いてきたわ。執事の役割としてマーリーが対処したけれど、わたしのところにも報告が来たの。どうやら、愚かな娘が家出をしたようで、ここに来たんじゃないかと疑っているようよ」

これまでの演技の経験が、さりげなく鋭い夫人の目にも通用することを願った。「ここに？　クラリッサがここにいると思っているんですか？　まちがいなく、いませんわ、ママン」

「どう考えても、いるはずはないでしょうね。昨日、訪ねてこなかったんですから」

「でも、家出というのは本当なんですか？」

夫人はフランス人独特の肩をすくめるしぐさをした。「彼らはそう言っていたし、なにもなければ、わざわざそんなふうにことを荒立てる理由はないでしょう」

「わたしにとっては喜ばしい知らせです」ベスはいつもの自分らしくふるまったほうがいいと思った。「どんな娘も、デヴリル卿なんかと結婚させられるべきじゃありませんから」

「ええ、それはもっともね」夫人は不快げに顔をゆがめた。「気味の悪い男だわ。その本人も訪ねてきたけれど、マーリーがすぐに帰しました」

ベスははじめて、使用人がたくさんいることにも良さがあるものだと思った。

「予定はあるの？」ベスの前におかれた、招待状の束をちらりと見て言った。「わたくしはタベリー卿のお宅で、中世の宝石のコレクションを見せていただくの。世界でも指折りの品らしいわ。よければ、あなたもいかが、エリザベス？」

「ありがとうございます、ママン。でも、ちょっと疲れているので、今日は一日ゆっくりしています」

夫人が心配そうに見つめてきた。「身体は大丈夫なの？　すぐに疲れるのね。ひょっとして――」

「いえ、それはないでしょう」相手の考えを読んでベスは言った。

「わからないわよ。わたくしは結婚してから九ヵ月でマリアを産んだもの」

「でも……わたしたちの場合には、たぶん、そうはならないと思います」

「あら」夫人は言った。「そうなのね。それはそれで悪くないでしょう。時間はたっぷりあることだし、赤ん坊が生まれると生活ががらりと変わりますから」夫人は香水のにおいをさせながらベスの頬にキスをすると——ベスは注意深く左の頬を差しだした——部屋を出ていった。

ベスはすぐにボンネットを脱いで、間抜けな髪型をほどいた。そのあとは、ひとり平和にのんびりとすごそうとした。今日のタイムズ紙に目をとおしたが、ふだんは喜んで読むのに、この日はどうも興味がつづかない。連日のように、ナポレオンの所在や軍の作戦についての憶測が載っていて、情報はどれも四、五日、古くなっていた。『クォータリー・レヴュー』誌のハプスブルク家に関するおもしろそうな記事を読んでも、関心がわかなかった。何度も時計に目をやったが、針はほとんど動いていなかった。

ベスはじれったい思いで悶々としながら、お昼をつまんだ。ルシアンはいつ帰ってくるのだろう? 彼はなにも言わなかった。夕食にはもどるだろうか? だとしても、それまでに不毛な時間が長々と横たわっている。ベスの部屋で、ふたりでひっそりと夕食を食べたいと命じるのは大胆だろうか。いずれにしてもベスにとっては大胆すぎて、とてもそんな命令はできなかった。

とうとうベスは、出かけるしかないと心を決めた。自分は牢獄に幽閉されているわけではないのだ。おしゃれな大商店《エンポーリアム》にいってみてもいい。けれども、その案も、それほど魅力的ではなかった。人に見せるための衣装に大枚をつぎ込むことに、ベスはいまだに大きな抵抗があった。

ディレイニー夫妻を訪ねてもいい。けれども、あのふたりは人を見抜く力をそなえていて、しかも今日のベスは、ガラスのようにすっかり見透かされてしまいそうだ。

いま必要なのは、長い散歩に出て、居ても立ってもいられないもてあまし気味の体力を発散させることだ。ようやく決心をつけたベスは、レッドクリフを呼んで、地模様のあるローン地の淡いブルーの服に着替え、高さのあるパミラ・ボンネットに合う、綾織りのブルーのスペンサー・ジャケットを上にはおった。観念して、もう一度顔の横に巻き毛をつくり、タワーのような白い麦わらのボンネットを頭にのせた。

鏡を見て、ため息が出た。「おかしいったらないわ。このボンネットをかぶると、身長が一八〇センチにもとどきそう!」

「流行りですから。それに、相手がアーデンさまなら、そうした事柄についての心配は無用かと存じます。まだ、すこし高くしても平気なくらいです」

ベスはもう一度時計を見た。午後の半分も過ぎていない。こんなに彼のことが恋しいなんて、どうしたことだろう。しかも欲望ではなくて、ただ、ここにいてほしいという、単純な気持ちなのだ。それに、あのいたずらめいた笑い、打てば響く痛快なウィット、あたたかな抱擁が恋しくてしかたがなかった。

「どうかしましたか、奥さま？」

「いえ、なんでもないわ」ベスはわれに返った。「いまから、時間をかけて、元気に散歩に出かけるわよ、レッドクリフ」

メイドの顔が翳《かげ》った。「どちらまで？」

「決めてないわ」ベスは陽気に言った。

「グリーン・パークあたりは、いかがでしょう」レッドクリフが案を出した。

「まさか。目と鼻の先じゃないの。ロンドン塔まで足を延ばすのはどうかしらね」

「ロンドン塔！」メイドは声をあげた。「何マイルもあります。それに、いくまでに、あまりよくない界隈《かいわい》を通ることにもなります。是非にも、馬車をお使いください」

「馬車乗りはいやなの」ベスは言い捨てた。やっぱり、この屋敷は牢獄なのかもしれない。ふつうに歩いて玄関から出ていったら、どんなことになるのだろう。自分が広場《スクエア》を闊歩し、心配顔の使用人たちがブーブーと文句を言いながら一列になってあとからついてくる図が頭にうかんだ。冗談を楽しむ余裕がもどってきて、ベスは笑顔をうかべた。でも、結局なにをしたらいいのだろう。いやがるメイドを連れまわしてロンドンの街を歩くのも気の毒だし、彼女が危険を心配するのも、たぶんもっともなことなのだろう。ベスはメイフェアの一部の地域以外、ロンドンのことはほとんど知らなかった。

「そうね」ベスは唐突に言った。「じゃあ、クラリッサを訪ねましょう。どのみち、話をする必要があるわ」

「ミス・グレイストーンを？　どちらへお連れになられたのですか？」

新たな問題にぶつかって、ベスは緊張した。レッドクリフは彼女の名前を知っているのだろうか？　ブランチはほかの人気女優とともに印刷物のページを飾り、店先に展示されていた。

「ミセス・ハードカースルという方のところよ」ベスはさらりと言った。

ありがたいことに、とくに反応はなかった。「では、馬車でいらっしゃいますか、奥さま？」メイドは質問調で言ったが、肯定するのが当然というような口ぶりだった。

「いいえ、馬車はいらないわ」足腰を動かしたいという以外にも、ブランチ・ハードカースルとの外聞の悪いつながりを、ほかの使用人に知られたくないという思いもあった。

「それほど遠い場所ではないし――」そこまで言って言葉がとぎれた。「どうしましょう、住所を知らないじゃないの。ほんと、ばかだわ」

レッドクリフはほっとした顔をのぞかせたが、ここであきらめるベスではなかった。外出を成功させることが、乗り越えるべき課題のように思えてきた。

「あの子よ」ベスは意気揚々と言った。「ロビンという厩舎番《ステイブルボーイ》の少年。あの子が知っているわ。ここへ呼んでちょうだい」

「ステイブルボーイを！」メイドは叫んだ。「ここへあげるんですか」

「わかりました、レッドクリフ」ベスはきっぱりとした口調でつづけた。「わたしたちが出向きましょう」

「厩舎にですか、奥さま」

「ええ」

メイドは主人の忍耐もこれまでと悟ったようだった。ふたりは正面玄関の立派なドアから外に出て、ロンドンの屋敷の馬丁頭を務めるグレンジャーに話をしにいった。ドゥーリのほうは、バイキングを連れた侯爵といっしょに出かけたようだったが、ロビン・バブソンは厩舎にいた。痩せて血色の悪い馬丁頭は、少年にそもそもだれかが面会にきたことに、相当驚いていた。

「あの小僧ね」グレンジャーはぶつぶつと言った。「すぐにとんできますよ。役立たずですが。侯爵さまが、なかで寝かせろって言うもんだから。夜に外に出るのは禁止だって言ってるってのに――」

自分にしたがわない使用人は、もうたくさんだ。ベスははじめて尊大なド・ヴォーの顔をするという技を使った。馬丁頭の愚痴が口のなかに消えた。

「ただいま」彼はあわてて言った。「おい！　スパラ！　こっちへ来い！」

シャツと半ズボン《ブリーチズ》の上に粗末な前かけをしたロビンが、とぶように駆けてきた。片手に革紐、反対の手には雑巾《ぞうきん》を持っている。

「なんですか、ミスター・グレンジャー？」

「侯爵夫人がお話があるとさ」

少年はふり返り、ベスに大人びた笑いを見せた。

「なんでしょう、奥さま？」

ベスは聞き耳を立てている馬丁頭から離れたところに連れていった。「昨日、わたしたちはどこへいったの、ロビン？」

「えっ？」

「住所よ。あのお宅を訪ねたいの」

「ああ、スカーバラレーン八番地です。っていっても、どうやって見つけるんです？」

「レッドクリフが知っているでしょう」話の先が見えてきて、ベスはおかしくなった。

「いいや」少年は断言した。「狭い通りだし、つい最近できたばっかりだから」

ベスは相手の顔を見て、笑いかけた。「あなたなら道案内ができると思う？」

「たぶん、だれよりもできるね」ロビンは屈託なく言った。

ベスはグレンジャーにむきなおった。「ミスター・グレンジャー、仕事中ですけど、ロビンをしばらく借りてもいいかしら？　わたしがいきたい場所へ案内できると言っているから」

馬丁頭は眉をひそめた。「御者をご利用なさればいいでしょう、奥さま。ロンドンのことなら、隅から隅まで、よく知ってる」

「歩いていきたいんです」ベスは物腰やわらかに断言した。

「奥さま、スパラよりは、べつのフットマンのほうがいい」

ベスは顔をつんとあげて、ふたたび男をじっと見た。「わたしはロビンを連れていきたいの。それから、侯爵は、この少年がきちんとした名で呼ばれることを希望しています」

「承知しました、奥さま」馬丁頭はあわてて言い、ベスたちはいくらもしないうちに目的地へむけて出発することになった。うしろからは、最大限に颯爽としたいでたちをして、丈夫なウールの上着を着こんだロビンがついてきた。

通りに出て、正しい方向へ歩きはじめると、ベスは言った。「うしろにいながら、どうやって道案内できるのかわからないわ、ロビン。先を歩いたらどう？」

ロビンは嬉々《きき》としてそれに応じ、口笛を吹きながらのんびりと歩き、ベスとレッドクリフはそのあとをしずしずとついていった。広場中央の鉄柵によりかかっていた痩せた顔の人物が、一行のうしろを歩きはじめたことに、だれも気づかなかった。

今回スカーバラレーン八番地の扉をあけたのは、良識のありそうな若いメイドだった。けれども、ベスが名刺を差しだすと、メイドは目をまん丸にして、いまにもベスの鼻先で扉を閉じてしまいそうなようすを見せた。けれど、ベスのド・ヴォーの顔つきが板についてきたようで、メイドはあきらめてふたりを通し、居間の場所を教えると、独り言を口にしながらよろよろと歩き去った。ロビンはウィンクをして、メイドのあとをついていった。

すぐに〝白鳩〟が居間にはいってきた。「哀れなアグネスを驚かせてしまったようですよ、レディ・アーデン」ブランチは、ようやく事情が見えてきて憤慨しているレッドクリフに目をやった。「それに、どうやら、そちらのメイドのことも。台所へ下がらせてあげたら、いかがでしょう。そこなら、アグネスといっしょに、あたたかい甘いお茶を飲みながら、慰め合うことができますから」

ベスはそれに賛成し、レッドクリフ本人は、このような悪名高い女の前から逃げることをひたすら喜んでいるようだった。

椅子にすわると、ブランチが言った。「レディ・アーデン、本当ならお茶かなにかをお出しするべきですけど、正直に言って、当分は口にできるようなものが台所から出てくるとは思えませんわ。少々、ふつうとはいえない状況ですからね」そう、ウィンクとともにつけくわえた。

「それは大事件です」ベスは愛想よく応じた。「だれの気も引かずに、ベルクレイヴン・ハウスから出てここまで来るのがどれだけ大変だったか、おわかりでしょう」

「ルシアンもよくおなじことを言っていたわ」ブランチはそう言ってから、口を閉じ、気まずそうな顔をした。

言葉を聞いてかすかに胸が痛んだが、ベスは言った。「会話をするのに、彼の名前を禁句にしていてはなんの意味もないと思うの。そうでしょう、ミセス・ハードカースル？　でも、はっきりと言っておきます」ベスは、その先をにこやかにつづけた。「もしも、夫にまだ未練があるとわかったら、たぶん、心臓を撃ち抜いてさしあげるわ」

ブランチは笑った。「おみごと！　わたしのことをブランチと呼ぶには、抵抗はおありかしら、レディ・アーデン？　本名はマギー・ダギンズといって、マンチェスターのあまり好ましくない地区の商売人の娘だということも、お伝えしておかないといけないでしょう」ベスに意見を言う機会を与えるために、一瞬、間をおいた。発言がないとわかると、微笑んで、先をつづけた。「ブランチという名前にはすっかりなじんでいるけれど、ミセス・ハードカースルと聞いても、いまだに自分ではない気がして」

「わかりました」ベスはこたえた。「あなたが、レディ・アーデンと呼ばないのならね。わたしも、やっぱり慣れないんです。公の場以外では、どうぞ、ベスと呼んでください」

「わたしたちが公の場で顔を合わせるなんて、あるとは思いませんけどね、ベス」ブランチは冗談で返した。「ミス・グレイストーンの顔を見にいらしたんでしょう?」

ベスはうなずいた。

「部屋にいるから、すぐに呼んできましょう。でもその前に、あなたと話がしたいわ。あのお嬢さんはとてもむずかしい状況にいます。なにか、彼女のための計画はおあり?」

「いいえ。クラリッサともう一度話して、なにか考えがうかんだか聞こうと思っていました。それに、彼女にもあなたにも、両親とデヴリル卿が本格的な捜索をはじめたことを伝えておきたかったんです。スキャンダルになるのを恐れて、もっとひかえめに行動すると期待していたのに」

「双方のお金と欲望が結びつけば、そういう奥ゆかしさがはいり込む余地なんてなくなるものです。ミス・グレイストーンは、わたしに演劇を教われないか聞いてきたけれど、適切でないという事実をおいておいたとしても、舞台に立っては、隠れるどころではないわ」

「学校の先生か家庭教師になるという手もあります。そういう職業にむいているかは、わかりませんけど」ベスは考えた。「でも、ともかく、どこからはじめていいのか、わたしにはわからないわ」

「偽の推薦状を書くのはいかがかしら」ブランチがあっさり言った。

「なんですって」ベスは恐ろしくなった。

ブランチは肩をすぼめた。「地方で職を得ようとするなら、アーデン侯爵夫人の推薦状は、まちがいなく役に立つでしょうね」

「でも、そんなことは」

「潔癖なことを言っていたら、彼女はデヴリルと結婚しなくてはいけなくなるわ」ブランチは淡々と言った。「長くここに隠れていたら、噂がひろまらないはずはないし、張り紙が出たり、賞金がかけられたりでもしたら、もう、あっという間でしょう。新しい身分と職を手に入れて、じゅうぶんに離れた場所にいかないと。だれかが、なにかの手を打たないとはじまらないわ」

ベスは、気がつけば崖っぷちに立たされていたというような気分だった。「つまり、わたしが正しい行動をすれば、助けを求めている娘を裏切ることになる」ベスは独り言のようにつぶやいた。

「〝行動を規制する〟」ブランチが静かな声で引用した。「〝また、世間体を保つための諸々の決まりごとが、あまりに頻繁に、道徳的責務を押しのけてしまっている〟」

ベスは相手を見た。「メアリ・ウルストンクラフト!」

ブランチは微笑んだ。「あなたは、ウルストンクラフトの研究者になりそうな女性に見えるわ。彼女だったら〝クラリッサを助けなさい、世間がなにさ〟と言うにちがいないでしょう。ミス・グレイストーンの境遇を思うと、ウルストンクラフトが書いた『女性の虐待』のマライアが思いだされてしかたがないの」

「たしかにそうだわ。デヴリル卿も、自分の目的のためならクラリッサを恐ろしい病院に押し込めることだってするでしょうね。でも、問題は世間体だけじゃないわ、ブランチ。法律よ」

ふたりの女性はすぐに、正義と悪についての踏み込んだ議論をはじめた。玄関をノッカーでたたく音がするまで、そうしてすっかり夢中になっていた。アグネスが廊下を通って玄関に応じにいき、ふたりは、おたがいに顔を見合わせてにこやかに笑った。いつの間にかこんなことになっていて、ベスはかすかに驚きを感じていた。「わたしたちの友情は、よじれた奇妙なものになりそうね」

「ルシアンはめまいを起こして倒れてしまうわ」ブランチは言って笑った。

「ああ、そうだろう」あざけった声が言った。「これ以上の不適切な交際は思いうかばない」

ふたりがあわててふり返ると、戸口にピストルを手にしたデヴリル卿が立っていた。背後には見るからにむさくるしい男がふたりいて、ひとりは浅黒い髭面で、もうひとりは目つきが悪く、薄茶色の毛をしていた。目つきが悪いほうがアグネスを押さえつけている。太い手で口をふさがれたメイドの薄い色の瞳は、恐怖でとびださんばかりになっていた。

「このような不埒な巣窟から花嫁を救出するのは、おのれの義務と心得る」デヴリル卿が言った。

20

ベスの記憶にあるとおりの、不気味な男だった——骨と皮ほどに痩せているが、あごと手は野獣のように力強い。黄ばんだ肌色をして、血走った目のまわりにはほとんど真っ黒の影ができている。胸の悪くなるにおいが、部屋のむこうから早くもただよってきた。

ブランチのほうを見ると、彼女は家を侵された怒りで爆発しそうだった。ベスは、彼女が状況をこじれさす前に、急いで言った。「クラリッサはここにはいません」

「いないと?」デヴリルが言った。「では、あなたは自分の意思で、夫の娼婦と語らいにきたとでも言うのかね。なるほど、嫁に選ばれたのも納得だ。そこまで従順だとは。ひょっとして、三人の遊びを楽しんでいるのかな」デヴリルはブランチを気味の悪い目で見た。「覗《のぞ》きの許可をもらえるかい、ブランチのおかみさん? そんな見ものがあれば、喜んで金を払おう」

「この腐った男」ブランチが歯を食いしばって言った。「ここから出ていかないなら

――」

ピストルの発射音とともに、部屋に大きな音がひびいた。天井からさがっていた繊細なクリスタルのシャンデリアが、赤と金色の絨緞の上に粉々になって散っている。アグネスは卒倒し、押さえていた男は彼女をそのまま床に転がした。

ベスとブランチがいまも衝撃で凍りついている前で、デヴリル卿は硝煙をあげるピストルを髭の男に手渡し、もう一丁を外套のポケットから出した。「つぎの一発は、おまえにお見舞いしてやる、〝夜の鳩〟さんよ。娼婦がひとり減ろうが増えようが、知ったことじゃない」

ベスはなんとか立ちあがった。「でも、わたしを殺す度胸はないでしょう」

彼が返事をする前にレッドクリフが駆けてきて、ただちに男に捕らえられた。「メイドをふたりとも台所へ連れていけ」デヴリルが命じた。「縛りあげて口をふさいでおくんだ。みんなおとなしくしていれば、殺す必要はない」ブランチのほうをむいた。「ほかに使用人は？」

ブランチはしゃべることもままならないようだったが、ようやく張りつめた声で言った。「料理人がひとり。今日は休みです」

デヴリルはしばらくブランチの表情を観察していたが、やがてうなずいた。「急げ」ふたりの男に言った。「それがすんだら、グレイストーン嬢をさがしに二階にあがるんだ」

ベスはロビンのことを思った。レッドクリフといっしょに駆けつけてこなかったということは、助けを求めに出たにちがいない。

デヴリルがくずれた茶色い歯をのぞかせてベスに笑いかけた。「レディ・アーデン、わたしはすべての法律を味方に、未来の花嫁を連れにここにやってきた。全員を殺すことが必要とあらば、それもやぶさかではない。誇り高きド・ヴォー家は、あなたがこのような家で早すぎる死を迎えれば、事実を隠蔽《いんぺい》するのにたっぷり金を払うでしょうな」

彼の言うとおりになることが怖かったが、ベスの頭のなかはロビンのことで占められていた。知恵をまわして助けを呼びにいったにしても、いったいどこへ？　本人が言ったとおり、法はデヴリルの味方だ。来てほしいのはルシアンだが、彼はリッチモンドにいる。では、公爵は？　こうした法からはみだした状況で力になってくれるのだろうか。

どうなるにしても時間をかせぐのが得策だ。ベスはふたたび椅子にすわって、ブランチをとなりに引き寄せた。純粋な怒りから身体がかちかちに硬直している。両手を鉤爪のようにしていて、デヴリルをにらむ目は野生そのものだった。身の危険にはまったく気づいていないらしい。

「大変賢いですな、レディ・アーデン」デヴリルがせせら笑った。今度はブランチに目をやった。「一度、かこってやろうと申しでたのに、おまえは断わってきたな。ああした無礼は、一生忘れない」

「あんな申し出は、侮辱以外のなにものでもないわ」ブランチは吐き捨てて、おなじようにせせら笑った。

ベスは、状況が自分たちにむいてくるまで、怒れる麗人がもうすこし慎重になってくれることを祈ったが、たぶん、この女優の性格には最初から慎重というものはないにちがいない。敵と二対一でいるいまのうちに、なにかできないだろうか。ベスはゆっくりと、テーブルにおいた磁器の人形《フィギュリン》に手を伸ばした。だが、デヴリル卿の凶暴な目でにらまれて、すぐに考えを変えた。

ふたりの男が台所を出てきて階段をあがっていく音がした。彼らはいくらもしないうちに、蒼白な顔でうちふるえるクラリッサをうしろから小突きながらもどってきた。クラリッサはデヴリル卿を見るなり、悲鳴をあげた。

「怖がることはない」デヴリルはわざとらしく愛情たっぷりに言った。「ほら、わたしはおまえを救いだして、家族のもとに返してあげるために、やってきたんだ」

クラリッサは階段の柱にしがみついたが、髭面に引きずられて、未来の夫の前に出された。デヴリル卿が骨ばった指でクラリッサの頬をなでた。クラリッサは身を縮めて顔をのけぞらせた。

ベスは見ていられなくなって勢いよく立ちあがった。「やめなさい、汚らわしい！ こんなにも嫌われているのに、よくもその相手と結婚できますね」ピストルを無視してクラリッサに駆け寄り、彼女をうしろに引きはなした。

デヴリル卿は陰険に目を細めたが、ベスを止めようとはしなかった。「だが、レディ・アーデン、嫌悪というのは、寝室では極上のスパイスとなる」そう言って、あまりにたくさんのくずれた歯を見せた。「わたしにはそれがたまらない。みずから求めるほどにね。必要ならば、自分でその状況をつくりだす」

「請け合いますけど、その必要は、まったくないわ」ブランチがすっと立ちあがった。「あなたはロンドンじゅうから忌み嫌われているから。クラリッサをこの家から連れだすことに成功したとしても、わたしたちがそのままほうっておくと思って？」

「わたしの説得次第では、この娘も従順な妻になるだろう」デヴリルの言葉を聞いたベスの背筋を寒気がつたった。

「結婚するまで、あんたの命があればね」ブランチが応じた。

ふるえるクラリッサを抱きかかえているベスは、〝白鳩〟の口になにかをつめてやりたいと思った。このままでは、全員の命が危なくなる。

けれども、デヴリルはこの状況をおもしろがっているようだった。「とてもはっきり言ってくれたが、わたしには数多くの敵がいて、それでもこうして生きている。守りが堅いのだ。それに」どうでもいいことのように、つけくわえた。「怒ってふくれた鳩からだって、身を守れる」

ブランチの口の両端があがり、目が怒りで燃えていなければ笑っているように見えた。「わたしみたいな人間を敵にまわした経験は、かつてないでしょう」ブランチはわずかに緊張を解いたようすで、白に白を重ねた紋織りのスカートのひだを整えることさえしてみせた。肩をすくめると、襟ぐりがすこしずれた。

ベスは用心深くクラリッサをソファにかけさせた。デヴリルを刺激するブランチをなんとかして止めたい。デヴリルがここを去れば、たとえクラリッサを連れていかれたとしても、まだ打つ手はいくらでもある。けれども、もしもブランチの挑発で相手が手荒な行動に出れば、だれひとり、生き延びることはできないだろう。

手遅れだった。氷のような静寂が流れ、デヴリル卿が目つきの悪い男に自分のピストルをわたし、さっき発砲したほうと交換した。のんびりと火薬入れを取りだして、ピストルに装塡《そうてん》している。全員を死に送るための準備なのかもしれない。ベスは恐怖に凍りついた。もちろんクラリッサは殺さないだろうが、監禁するか、恐怖を植えつけるかして、ここで起こったことを絶対に口外できないようにするのだ。でも、ルシアンには察しがつくにちがいない。

ベスは早口に言った。「クラリッサをここに連れてきたのはアーデンです。もしもわたしたちの身に万一のことがあれば、事情を察するはずよ」

デヴリルは蛇《へび》のような、生気のない陰険な目をむけてきた。「それなら、アーデンのことも殺さなければならない、そうでしょう？ たくましくて健康な若者も、弾丸にあたれば死ぬ」

「決闘をして勝てると考えているんですか？」

「これでも射撃の腕は一流だ。だが、そんな厄介なことをわざわざする気はない。数ギニーもやれば、わたしのかわりにその役を引き受けて、どこかの木の陰から仕事をすませてくれるごろつきがいくらでもいる」

ベスは心臓が止まるのではないかと思った。自分が死ぬことよりも、ルシアンが死ぬと想像するほうがつらい。暗い陰から、あっさり不名誉なやり方で始末される。ふいに、デヴリル卿は死ぬべきだ、という確信めいた思いがわいた。暴力をつねに嫌ってきたベスだが、もしも方法があるなら、この場で血も涙もなくデヴリルを撃っただろう。

デヴリル卿は火薬をつめたピストルを男にわたした。

「おまえは、このふたりを見張る」ベスとクラリッサを指して言った。「あばれるようなことがあれば、わたしと来てもらおう」

ブランチはわたしと来てもらおう」

「どうするつもり？」ベスは聞いた。

「〝白鳩〟が指摘したとおり、わたしにはこういう敵ははじめてだ。この女には、憎しみを快楽のスパイスにして楽しませてもらうつもりだ。彼女がきちんとお役を果たせば、あなたがたは生き延びる。そうでなければ、レディ・アーデン、あなたはブランチとともに死に、大事なクラリッサは、わたしが受けた失望の埋め合わせをすることになる」

うめき声をあげたクラリッサを、ベスは腕で抱きしめた。ブランチはすこしも動じていないようだったが、ベスの位置からは顔を見ることができなかった。デヴリルが親指で二階を指し示し、ブランチは出ていった。デヴリルが手下に言った。「ここにいる必要がなければ、おまえたちにも見物させてやるところだ。心配はいらない。ちゃんと、べつの機会を見つけてやるから」そう言うと、ブランチを追って寝室にあがっていった。

ベスは自分に打つ手がないというのが信じられなかった。二階でいまからなにが行なわれるかは、神のみぞ知るだが、おそらくブランチ自身はわかっているにちがいない。それに、もしもデヴリルがだれも殺さず、クラリッサとともにここを出ていったとしても、あの男はルシアンを消すのにためらいはないだろう。だがその前に、ベスを生かしておくはずがない。ルシアンに警告を伝え、すべてを公爵に報告するのはわかりきっているのだから。いまは、ブランチへの武器として生かされているだけだ。

そのことをあの〝白鳩〟はわかっているのだろうか？　まちがいない。ふたりのメイドも死に、哀れなクラリッサひとりが、一部始終を目撃することになる。結婚したあとは、証言することもできず、彼女のその後の人生にいたっては、想像することとさえためらわれる。デヴリルが常軌を逸しているのはまちがいないが、彼の狂気は、富を味方にした狡猾なものだ。結局、あの男の計画どおりに進んでしまうのかもしれない。

ロビンは抜けだしたのだろうか？　この家のなかに余計な人間がいたら、あのふたりの用心棒がなにか言わなかったはずはない。助けを呼んできてくれるだろうか？　こうなれば、法の番人である警官でもなんでも大歓迎だ。

ベスはふたりの男を見た。退屈しているが、用心を忘れているわけではない。「気が遠くなってきたわ」ベスは言った。「自分とミス・グレイストーンにブランデーをついでもいいかしら？」

彼らは顔を見合わせ、やがて目つきの悪いほうが肩をすくめた。「好きにすればいい」

だが、妙なことを考えないことだ。おれたちにすりゃ、撃つなんざわけない」

説得力のある血の通わない口調だった。

ベスは、ピストルの弾で肉をつらぬかれるのはどんな感覚だろうと考えながら、サイドボードのほうに歩いていった。死ぬときはあっという間なのか、ゆっくり死ぬのか？　ふるえる手でふたつのグラスに酒をついだ。あっという間でも、ゆっくりでもいいが、ベスは死にたくない。なにかの物をなにかの目的で使えないかと、目でさがした。ふたりのどちらかにデカンターを投げつける以外にやれそうなことはなく、やったところで、たいした効果は期待できないだろう。

「あなたがたも飲みますか?」ふたりを酔わせることができるかもしれない。

「おれたちの楽しみはあとだ」髭の男が、主人とよく似た不気味な笑いをうかべて言った。身体がふるえた。たぶん死は、ベスが経験する災難のうちでもっとも歓迎されるものなのかもしれない。ふたつのグラスを手にソファにもどるあいだ、二階から、鋭い甲高い悲鳴が聞こえてきた。身がすくみ、ベスは漆喰《しっくい》の天井を見通すようにして上を見あげた。悲鳴は、それきり聞こえなかった。

「ああ、見物してたかったぜ」目つきの悪いほうが言い、もうひとりが笑いをもらした。

「勝気で、色白でな」黒髭がせせら笑った。「お楽しみのあとは、白いままじゃないだろうよ。黒と青の痣が身体にできて、それに血の赤だ」ふたりは自分たちの言葉に笑った。

ベスはどさりと腰をおろして、グラスの一方をクラリッサの手に押しつけた。「これを飲みなさい。変な味がするかもしれないけれど、助けになるから。ほら」

ベス自身もごくりと一口飲むと、焼けるような感触が喉を落ちていった。窓の外に、なにか動くものが見えた気がした。ベスは大きな努力をはらって、その方向を見ないようにこらえた。少しの間をおいて、身体ごとふり返るようにしてテーブルにグラスをおいた。レースのカーテンのむこうに、ロビンの顔の一部と、親指を立てるしぐさが見えた。ベスはあわてて目をそらした。

胸がどきどきした。わきあがる希望が顔に出ないように我慢しなくてはならなかった。ロビンはだれを見つけてきたのだろう？　だれでもよかった。いまの状況がこれ以上悪くなることはない。

けれども、ふたりの男はベスたちから片時も目をはなさず、それ以外の全感覚を研ぎ澄ましてほかの状況をひろっている。寝室のようすさえも。またしても悲鳴があがった。今度は、もっと喉を嗄らした絶望的な声だった。断末魔の叫びにも似ていた。まさか、あの狂気の男も、快楽のためにブランチを殺したりはしないだろう。でも、そう言いきれるのか？　どのみち、みんな死ぬのだ。

ああ、だれでもいいから、急いで！

上の階からものが割れる音と、どすんというにぶい音がしてきた。クラリッサは息を呑み、口をつけていないブランデーをこぼした。

目つきの悪い用心棒が湿った唇を舐めて、片割れに話しかけた。「なあ、どうせあの派手な女を殺《や》るんなら」男はすっかり地を出してきた。「その前に、おれたちに味見させてくれてもいいと思わねえか？　女がほしくてうずうずするぜ」

「可能性はあんだろう」髭の男が応じた。「それにメイドもいる」

「そうだった」もう一方が意気込んで言った。「忘れてた。ひとりはちょっと痩せすぎだが、もうひとりのほうはいい。ちくしょう、すぐに下にいきたいぜ。我慢できねえ」

「持ち場を離れたら、ただじゃすまされないぞ」

彼らの背後の廊下のほうで動きがあるのを感じて、ベスは気を引き締めて無表情を保った。自分が息をしている自信はなかったが、頭ははっきりしているようだった。だれかがいる。それがだれであれ、ベスたちの希望の綱だ。グラスに手を伸ばした。人の姿が見えた瞬間に、ベスはそのクリスタルのグラスを床にひっくり返した。粉々に砕け散って、ふたりの男が瞬時に立ちあがった。

黒髭が一歩前に出た。「おい、気をつけねえと――」その先はなかった。

「頭のうしろにピストルがある」ルシアンが言った。「となりの友人もおなじもてなしを受けている。弾が外れることは考えられない。持っている武器をよこせ」

そう言われてなお、黒髭がベスを撃とうか迷っているのが見えた――デヴリル卿は相当恐ろしい雇い人にちがいない。だが結局観念して、悪態をついて武器をルシアンの手においた。もうひとりの武器を受け取ったのはロビンだった。男のうしろで銃を構えていたのが、片腕のミスター・ボーモントだったからだ。

「ロビン」ルシアンが言った。「ふたりを縛るものをさがしてくるんだ」少年はすぐに駆けていった。

「ルシアン」ベスははじかれたように立ちあがった。「ブランチを助けないと。二階に連れていかれて……」

ルシアンはふたりの男と、片腕の友に目をやったあと、ベスにそばに来るよう合図した。ベスがそろそろと移動すると、ピストルをわたされた。「こうして持って、骨に押し当てているんだ。すこしでも動いたら、遠慮せず引き金を引くように」

ベスに短くキスをし、二階へむかおうと急いで出ていった。惨事を阻止するために。

ベスは目を上にむけ、つぎにピストルの先にいる男のことを忘れて、身体ごとふり返った。ブランチが刃渡りの長い恐ろしいナイフを手にだらりと下げて、階段をおりてきたのだ。ドレスが胸のところから引き裂かれ、いく筋もの血がついている——恐怖に黒く見ひらかれた瞳以外は、赤と白だけの死を象徴したような光景だった。

「〝眠っている者と死んでいる者は、絵のようなもの〟」恍惚《こうこつ》となった女優は引用した。レディ・マクベスの台詞だとわかった。「〝絵に描いた悪魔を怖がるのは、子供くらいのもの……あの老体にあんなたくさんの血があるとは、思いもよらぬことだった〟」

「ブランチ」ルシアンは階段の一番下でじっと待っていた。

ハル・ボーモントが首をふって、ルシアンにピストルをわたした。「こいつを頼んだ。

たぶん、腕が二本ないと役は果たせない」

ハルは階段を駆けあがった。ブランチの力の抜けた手からナイフを取って、床に落とした。それから、血がついているのも気にせずに、片腕でしっかりとブランチを抱いた。「殺したんだね?」冷静な声で語りかけた。「よくやった」

そういえば、ハルはこれまで戦場の兵士だった。流血には慣れている。彼の事務的な口調は、まさにこの場が必要とするものだった。〝白鳩〟は身体をわなわなとふるわせて、堰《せき》を切ったように泣きだした。

ベスはピストルをにぎりなおして、自分が狙っている男を見たが、用心棒はふたりとも身動きできずに立ちつくしていた。「まさか、殺しただと」目つきが悪いほうが言った。「まさか」

「いずれにせよおまえたちはこれまでだ」ルシアンが冷たく言い放った。

ロビンがロープを持って地階からやってきて、男たちはしっかりと両手両足を縛られた。ロビンはメイドのひとりを縛っていたロープを解いて持ってきたのだが、そのメイドがとたんにヒステリーを起こしたことを話すと、すぐにもどってもうひとりの縄を解き、指示があるまで、ふたりを部屋にとどめておくように、と命令を受けた。

それからルシアンは、いまもベスが手ににぎっていた武器を用心深く受け取り、撃鉄をおろしてからベスを抱きしめた。「怪我はなかったかい、ベス」

危険が去ったというのは、すばらしいことだった。「ええ、ルシアン。でも怖かったわ。あの男はふつうじゃない。異常よ」自分まで泣いたらいけないと思って必死にこらえているせいで、身体がわなわなとふるえた。ルシアンがそっと首をなでてくれた。

「異常な男だった、だろう。ブランチがそうした判断を誤るとは思えない」ルシアンはベスを腕でつつんだまま、〝白鳩〟を見やった。彼女はハル・ボーモントのたくましい一本の腕で守られている。

ふたりは階段をおりてくるところで、まだ頬が濡れてはいたが、ブランチの涙もおさまっていた。ドレスは肌が隠れるように整えられ、男のクラヴァット・ピンらしきもので留めてあった。

「あの男は死んだんだね、ブランチ?」ルシアンが聞いた。

「ええ、死んだわ」ブランチは冷静にこたえたが、それはかえって衝撃を受けているしるしだった。「豚みたいに内臓を抜いてやった」

「僕がやりたかった」ルシアンが怒りの顔をつくって言った。

「列のうしろにならんでもらわないと」ハルが言った。

「わたしの獲物よ」ブランチの目にある表情を見て、男たちは思わず軽口をやめたほどだった。「わたしの」くり返すと、ふるえる息を長々と吸い込み、そのあとは明るい調子をまとった。「前から『マクベス』を演じたかったの。たぶん、つぎのシーズンにやるわ」

「ブランチ……」やがてルシアンは首をふり、四人分のブランデーをつぎにいった。全員がそれを飲んで神経をしずめた。ベスはほとんど減っていないクラリッサのグラスを、もう一度彼女の手に押しつけて言った。「飲みなさい」

「本当に殺したの？」クラリッサがぼんやりと言った。

「そう思うわ」

「それを聞いてうれしいけど、でも――」

「わかります。考えるのはよしなさい。騒ぐ必要はないわ、クラリッサ」

クラリッサはようやく身をふるわせながらブランデーをすすった。

「わたしはつねにナイフをベッドの下においているの」ブランチが説明した。酒を飲んだおかげで、いくらかふだんの調子を取りもどしたが、そのせいでかえって弱々しくなった。「ずいぶん前から、そういう習慣だったの」ブランデーの残りを一気にあけた。手が傍目にわかるほど小刻みに揺れている。彼女は自分の姿を見て顔をしかめた。「いって洗ってこないと。〝白鳩〟は絶対に色ものを着ないの……台所で流すべきね」

「それはだめだ」ハルは聖杯を前にした男のような目で、ブランチを見ていた。「あそこには、哀れなふたりのメイドがいる。僕があいている部屋に水を持っていってあげよう。その前に、デヴリルのことを確認しにいきたい。まだ生きているという可能性もなきにしもあらずだ」

ハルは二階へあがり、すこししてもどってきたが、顔色が格段に白くなっていた。

「ずいぶん念入りにやったね」

「わたしの憎悪をベッドで楽しみたいようだったから、そのとおりにしてあげたわ」ブランチは抑揚なく言った。

この発言には元兵士ですら驚いたようだが、やがてうれしそうな満面の笑みをうかべてブランチを優しく二階にエスコートしていった。すこしして、水を取りにもどってきた。

「ブランチは新しい庇護者を得たようだな」ルシアンがぼうっとなった友にそっけなく声をかけた。

「庇護？　彼女は守られる必要なんてない」ハルは笑って言った。「彼女はすばらしいと思わないか？　ともかく、僕はブランチと結婚することにした」肩をすくめて淡く微笑んだ。「なんとかがんばるよ。いまは、彼女はその案に興味を引かれないようだ。結婚を申し込むのに最適なときだと言いがたいのは認めるよ。でも、あの男勝りからどんなすばらしい子供が生まれるかと思うとね」そこまで言うと、急いで水汲《く》みのために消えた。

ベスは吹きだした。いったん笑いはじめるとどうにも止まらなくなって、やがてそれが悲痛な嗚咽に変わった。ルシアンにしがみつくと、彼はそっとベスを導いて自分のひざにすわらせた。

彼のぎこちない、心配そうなつぶやきが聞こえてくる。「よし、よし。泣かなくていい。もう心配はない。だれにもきみを傷つけさせない……」

「あの男——あの男はあなたを殺すつもりだったのよ」

「僕を？　どうして」

ベスは落ち着きを取りもどして、すこし身を起こした。ボンネットが傾いて、間抜けな巻き毛が涙で頬にはりついている。「わたし、ひどい姿をしてるわね……。どうしてって、あなたがわたしの復讐にくるとわかっているから。あの男は完全に頭がどうかしてた」

「それより僕が知りたいのは」ルシアンはわざとらしく怖い顔をした。「どうやって、あいつの手に落ちたのかということだ。そもそも、どうしてここに来た？」

「クラリッサのようすを見にきたの」

「きみには、この家の近くに用はないはずだ」

「ゆうべ、あなたが連れてきたんじゃない！」

「遺憾ながら必要に迫られたからだ。二度と来てはいけない。この場所は、きみの——」

ベスはいきなり席を立ち、面とむかって立った。「わたしを支配するのはやめてください、ルシアン・ド・ヴォー。夫だろうが、侯爵だろうが、王さまだろうが！」

一瞬啞然《あぜん》とした顔をしていたが、ルシアンは急に笑い声をあげた。「ああ、ベス。きみなしで、どうやって生きていったらいい？　まさかありえない。きみとブランチは仲良しになってしまったのか」

「まさしく、そのとおりよ」

「ベス、でも、きみもさすがに……」ルシアンは首をふった。「まあ、しかたない。きみがそれでいいなら。ハルのほうも、結婚を言いだすほどブランチに夢中になってしまった。ジョン・レイドが〝紐十六本《シックスティーン・ストリング》の〟ジャックのおこぼれと結婚したよりは、ましだろうけどね」

「だれですって？」

「たぶん、レッティ・レイドとは会ったことはないだろう。母の行動半径と重なるところにいるとは言えないからね。サー・ジョン・レイドは馬車乗りが大好きで、妻もおなじだ。彼らは自分で馬車を持っていて、スピード狂のようにとばすんだ。レッティはもともとイーストチープ出身の宿屋の娘で、追いはぎの〝シックスティーン・ストリング〟ジャックと出会って、いい仲になった。だがジャックが絞首刑になると、今度はサー・ジョンと結婚したが、心はいまも卑しい娼婦のままだ。ブランチはまったくちがうタイプだよ」

「もちろん、彼女は――」

「ああ！」ソファの隅にうずくまっていたクラリッサの声で、話が中断された。「どうしてなの？　ベス、あなたのことはレディだって思ってたのに。分別のある人だって。みんな頭が変なのよ。どいつも、こいつも。だって、あの女は……ば……」クラリッサはふたりをにらみつけて、言葉をふりしぼった。「売春婦じゃない！　たったいま、人殺しまでしたのよ。この上で」見ひらいた目で、装飾のある天井を見あげた。「いつ、血が染みてくるかと思って。あの血の量を見た？」

ベスは急いで彼女のグラスを手に取った。「クラリッサ、これを飲みなさい！」彼女のふるえる口に無理やり酒を押しつけた。クラリッサは咳き込んで、むせた。ベスが力強く背中をさすると、今度は泣きだした。

肩をしっかりつかんだ。「クラリッサ、それくらいにして、よく聞きなさい。こうなったのは、すべてあなたが原因なのよ。あなたのせいだとは言わないけれど、みんなが、なんとかして助けてあげようとした結果、こういうことになったの」

クラリッサは泣くのをやめて、ベスをじっと見た。十八歳という年よりずっと幼く見えた。

「ミセス・ハードカースルには親切にしてもらったでしょう。彼女がしたことのおかげで、みんなが救われたの。わたしは命を救われて、あなたはデヴリル卿から救われた。彼女の品行をとやかく言う立場にはないわ」

「でも――」

「でもじゃありません」

クラリッサは引き下がった。

ベスは彼女をはなした。「わたしたちがいまからどうするかは、よくわからないけれど、今日ここで起こったことは、だれにも、どんな人が相手でも、しゃべってはいけません。わかった?」

クラリッサはうなずいた。「でも、わたしはどうなるの?」

「まあ、少なくとも」ルシアンが悠長に言った。「デヴリルと結婚する必要はなくなった。だが、まだ結婚していなかったのが残念だ。いまごろは、金持ちの未亡人だったはずだ」

ベスには頭にぴんとくるものがあったが、顔に出さないようにした。この段階でルシアンに話していいものか自信がなかった。

そのとき、ノックの音がした。独特のリズムのたたき方だった。ルシアンが急いでドアをあけにいくと、ニコラス・ディレイニーがミドルソープ卿といっしょにはいってきた。金色の斑紋のある目ざとい瞳が、縛られた男たちと、床に落ちたグラス、階段の手すりについた血の痕《あと》、血まみれのナイフを見てとった。「フランシス、一歩出遅れたようだ」

ミドルソープ卿は手に持っていたピストルをポケットにしまった。「ルシアン、みんな無事か？　僕らは、きみのところのドゥーリから、意味不明のメッセージを受け取ってやってきたんだ」

「デヴリル以外は、全員そうして集まってきたんだ」ルシアンは意味ありげにナイフに目をやった。

「おめでたいことだ」ニコラスが笑顔で言った。「褒美はだれに？」

「ブランチだ」ルシアンがこたえた。

ニコラスの笑みが大きくなった。「どんなときも、よくできた女は頼りになる」周囲を見まわした。「じゃあ、われわれが貢献するとしたら、後始末のほうだな。死体の始末とか、もろもろだ。ルシアン、きみは、こちらのレディたちをよそへ避難させたほうがいいだろう。ヒロインはだれに付き添われてるんだ？」

「ハルだよ」ルシアンは肩をすくめた。「ブランチと結婚すると言いだした」

ルシアンが援軍が来てほっとしているのが、ベスの目にもわかった。とくにニコラス・ディレイニーの存在は大きいらしい。ベスも同じ気持ちだった。彼には、これでもうすべて大丈夫だと思わせるような安心感がある。

「僕は賛成だな」ニコラスが言った。「仲間うちにもっとたくさんしっかり者の女がいたほうがいい。女なら、あのおもちゃの兵隊を修理できるかもしれないしね。僕らはお手上げだった」ニコラスは床の割れたガラスを注意深く避けて、ベスと完全に放心したクラリッサを廊下まで連れだした。

彼はクラリッサを腕でつつんで、兄のように、だがとてもしっかりと抱きしめた。そういえば、ベスはルシアン、ブランチはハルに抱擁されて慰められたが、いまのいままで、だれひとりクラリッサにかまってやらなかった。「僕はニコラス・ディレイニーだ」ニコラスがクラリッサに話しかけた。「きみは、クラリッサ・グレイストーンだね。なにも心配はいらない。きっと、すべてうまく運ぶはずだ」

クラリッサは彼にしがみつき、口からはとりとめのない言葉がこぼれた。「ああ、気持ちはわかるよ。でも最悪の場面はもう過ぎた。きみにとって一番いいのは、いまから家族のところに帰ることだろう」

「いや！」クラリッサは抗議して、ニコラスから離れようとした。

「この子は、両親からひどい仕打ちを受けてたんです」ベスも援護した。

「あなたが家まで送っていって、クラリッサが心を入れ替えて従順になったふりをすれば、きっと、両親はそこまで怒ることはない。ただし、クラリッサにはド・ヴォーの支援と友情がついているということをよく宣伝することが大事だ。グレイストーン夫妻は、むやみに侯爵夫人を怒らせるようなことはしないはずだからね」

ニコラスはクラリッサを見た。「デヴリルとの結婚に乗り気だという芝居をする必要はない。ただ、あきらめているふりをすればいい。僕らが賢くやれば、数日間は死体は見つからないし、身元が割れることもないはずだ。死んだことが明るみに出ても、つぎに両親が似たような男を見つけてくるまで、きみは時間をかせぐことができる。どっちみちそれまでに、いろいろと事態が変わってくるかもしれない」

「変わるって、どういうふうにですか？」クラリッサは疑問を口にしたが、ニコラスの穏やかで自信に満ちた声に励まされて勇気が出てきたようだった。

「どんなふうにも変わる可能性がある。その理由のひとつは、ベルギーのどこかで行なわれていた激しい戦闘が終わったことだ」

「新しいニュース？」ベスとルシアンが同時に口にした。

「風の噂といった程度だ。ネイサン・ロスチャイルドがなにかをつかんでいる。猛烈な株の売りに出たと思ったら、いまになって低い価格で買いもどしている。政府は馬を使っているが、ロスチャイルドは伝書鳩を使って情報を得ているという噂だ。それに、ベルギーのオステンド沖で定期船の船長をしているサットンという男が、戦闘は数日前から行なわれていて、すでに負傷兵がブリュッセルやヘントに到着しつつあると伝えてきた。たしかな情報もある」すこしして、つづけた。「その男と直接話したんだ。第四二軍が猛攻を受けたらしい」

「コンの部隊だ」ルシアンが言った。

「ああ」ニコラスがもどかしそうに身体を動かした。「だが、言うまでもなく、すでに起こってしまったことだ。世界のどこかで、生きている者は喜びを嚙みしめ、死んだ者は死んだまま、負傷した者はメスの下で苦しみ……。そして、明日かその翌日になって、われわれはようやく全容を知る」

「勝ったことは勝ったんだろう」ルシアンが聞いた。

「必ず、どちらかにとっては勝利だ」ニコラスが意地悪く言った。やがて、哲学的な気分を捨てた。「状況からしてそう読めるだろうが、ロスチャイルドが食い荒らしたあとは、株式市場では様子見がつづいている。ともかく、いつ正式なニュースがもたらされてもおかしくない状況で、ロンドンは数日間は大混乱になるだろう。僕らの不埒な計画を隠蔽するには、願ってもない状況だ。さあ、レディたちを連れていってくれ、ルース。僕らは後始末にかかる」

「それで思いだしたが」ルシアンが言った。「僕の使いの少年と、ベスのメイドと、ブランチの家女中が地下室にいる」

「口は堅そうか？」

「ブランチのアグネスは黙っているだろう。ブランチに救貧院から救われた過去がある。ロビンは信用できそうだ」ルシアンはベスのほうをむいた。「きみのメイドは？」

「たぶん、レッドクリフもしゃべったりはしないでしょう。でも、ここで起きたことの全部は知らせないほうがいいと思うの」

ルシアンは一瞬考えた。「だったら、きみとクラリッサは裏口から出るのがいい。そのついでに、レッドクリフとロビンを迎えにいくんだ。僕は二頭立て《カーリクル》を拾って、道の先で待ってる」ルシアンはベスを腕で優しくつつみ込み、そっとキスをして出ていった。

ベスはずいぶん力がわいて、クラリッサを連れて階段をおり、居心地のいい台所にはいった。ふたりのメイドとロビンはそこにいた。メイドたちはすぐに立ちあがって、一気にしゃべりたてたが、ベスが制した。

「静かに！　アグネス、あなたのご主人に怪我はないけれど、いまは、そっとしてほしいそうよ。呼ばれるまでは、上の階にいかないでちょうだい。レッドクリフとロビンは、いまからいっしょに帰ります」

「はい、奥さま」

出口を出て小さな庭を通って裏道のほうへ歩きだすと、ベスは言った。「今日ここで起こったことについては、ふたりとも絶対に、ひとこともらしてはいけません。わかった？」

目を輝かせたロビンが言った。「はい、奥さま」

レッドクリフのほうは、とても動揺しているようだった。「聞かれたとしても、なにを言っていいのかわかりませんよ、奥さま！　縄で縛られて。しかも、あの男はわたしの——とにかく、なにを言っていいかわかりません。あのアグネスが言うには、男は三人いて、銃を持っていたと。強盗だったんですか？」

「そのつもりだったんでしょう。盗られたものはありません」ふいに、どんな作戦でメイドに迫ればいいか思いついた。「でも、どうか考えてみてちょうだい、レッドクリフ。わたしがあの家を訪ねたことが人に知れたら、どんな大きな問題になるか」

「ええ、わかりますよ」メイドは重々しく言った。

ベスは悔いているような顔をした。「わたしは、よくわかっていなかったの。侯爵が来てはじめて、とてもまちがったことをしたと気づいたわ。人から勘ぐられるようなことは避けたいんです」

「わたしの口はしっかりと閉じられています、奥さま」メイドはきっぱりと親切に言った。

「ありがとう、レッドクリフ」ベスは弱々しく言って、クラリッサに追いついた。

レッドクリフとロビンは徒歩で家に帰され、ベスとルシアンはそのまま馬車で、不安にふるえるクラリッサを両親の借家まで送りとどけた。ベスはぶたれるはずはないと言って彼女を慰めたが、自分の言葉が正しいことを祈らずにいられなかった。

クラリッサの両親は、希望の金づるが無事にもどってきたことに安心して、怒るどころではなく、また娘が身分の高い人物といっしょにいることに、とても圧倒されていた。クラリッサがとある学校時代の友達のところにいたのをベスが見つけた、という話についても、疑うことさえしなかった。

ベスは別れの挨拶をするときには、クラリッサをとても大事にあつかった。ルシアンは高圧的に握手をして、ド・ヴォーの尊大なところを見せた。家を出てきたときには、クラリッサは叱られる程度ですむだろうと、ふたりともいちおう安心することができた。

「つぎの夫候補があらわれたら、僕たちはまた、一からおなじことをくり返すはめになるんだろうね」

必ずしもそうではない、とベスは思ったが、なにも言わなかった。もう一度、自分の計画について最初からきちんと練ってみて、夫の賛成を得られるか、反対されるか、考えてみなければ。

ベルクレイヴン・ハウスにもどったときには、そろそろ夕食の時間だったが、仰々しく食事をするかと思うと食欲がすっかり失せた。家にはいると、ベスは言った。「自分の部屋で静かに食事したいわ」

「まったく同感だね」ルシアンは笑顔で言った。ベスはふたりの状況と、交わされた約束のことを急に意識した。彼のことをおどおどと見た、まだ外は暗くもないし、あんな午後をすごしてきたあとだけに……。

「心配はいらないよ」彼が優しく言った。「いって、くつろげる服に着替えて休むんだ。すべて僕に任せればいい。すぐに、あがっていくから」

21

「すべて僕に任せればいい」ベスはあたたかな信頼で満たされ、不安がすっかりやわらいだ。ルシアンの笑顔ににっこりと笑いかけ、二階にあがった。

それでも、寝巻きに着替えるのはとても不適切な気がして、外出用の服を脱ぐと、襟とウエストを紐で縛る、やわらかいモスリンの服を着た。レッドクリフに髪をとかしてもらって、自然な髪型に整えた。痣を隠すための化粧もしなかった。正直でなければ、すべては無意味だ。

今日の仕事をおしまいにしてレッドクリフを下がらせると、ベスはブドワールの長椅子に身を横たえた。午後の出来事が、早くも夢のなかの出来事のようにおぼろに感じられる。本当に、銃口で命を狙われていたのだろうか？　けれども、ルシアンの命が危ないと思ったときのことは、鮮明に憶えていた。いま考えただけでも鼓動が激しくなってくる。ああ、こんな状況で愛を交わすと思うと恐ろしい。〝自制〟はどこへいったのだろう？

ベスの心には、理性的な説明や、道徳的な判断といったものがはいり込む余地はなかった。

彼が言ったことがよみがえる――〝身を持ちくずした女だとしても、それでもきみを愛した〟。ベスもまったくおなじ感覚だった。愛とは、狂気であり、暴君だ。

そして、すばらしいもの。

ルシアンがはいってくると、ベスは笑顔で手を差しだした。ルシアンはやってきて長椅子の端に腰かけた。上着もベストもクラヴァットも身につけていない。襟のひらいたローンのシャツとベージュのズボン姿の彼は、くつろいで見え、そして……手でふれられそうな親近感があった。

ベスは腕をあげて、首のつけ根の胸の素肌にふれた。

「どうしてそんなに明るい目をしてるんだ？」ルシアンはベスの手をつつんだ。熱い手をしていた。

「恋しているからよ」ベスは小さくこたえた。

ルシアンの笑顔が大きくなった。「僕もだよ。これは驚くべきことだと思わないか？」

「少なくとも都合のいいことだわ」ベスはからかった。「以前、わたしがべつのだれかに惚れることを心配していたでしょう」

ルシアンは首をふって、ベスをあたたかく腕につつみ込んだ。「やめてくれ。前のことも、おたがいの失言のことも、二度と考えたくない。もう、すべて過去に流そう」

ベスは彼の胸にそっと頬をすりつけた。繊細なシャツの生地は絹のようにやわらかだったが、その下の肌は燃えていた。心臓の弾む鼓動が伝わってきて、呼吸のたびに、彼独特のあたたかなムスクのような香りがただよってくる。「わたしは、なにひとつ忘れたくないわ。あなたに関係するすべてを、死ぬまで大切にしていきたいの」

指がそっと、青くなった痣をなでた。「これも？」

「ええ、それも」ベスは彼の困った顔を見あげた。「だって、最初で最後だと確信しているから。なにしろ、状況がとてもふつうじゃなかった」

こんな感覚ははじめてだった。ただ腕に抱かれているだけなのに、口がからからで、心臓がどきどきと鳴っている。かすかな切ないうずきが身体のなかで大きくなっていって、ベスを突き動かそうとする。あらがえないほど強く。ベスは手を伸ばして、両手でルシアンの顔をつつみ込んだ。

「キスして、ルシアン」

なめらかで熱い唇が重ねられて、ベスの飢えのいくらかが癒された。手を短いシルクのような毛に差し入れて、ルシアンを自分に押しつけ、彼の甘い味を堪能する。舌が舌にからみついてきて、ベスを取り巻く世界は、そのふれあっている一点だけに集約された。やがてベスが背中からうしろに倒れると、彼の身体があたたかくずっしりと上にのしかかって、その分、喜びの範囲が縦に長くひろがった。ふれているところすべてが、喜びだった。

でも、まだ足りない。

やわらかいモスリンの生地ごしに、胸にルシアンの手を感じる。親指がそっと胸の先をなでる。ルシアンの口が下にそこにおりてきて、おなじ場所をもてあそばれると、ベスの身体に波のようにふるえがひろがった。

ルシアンが器用に体勢を変え、ベスは彼のひざに横たわっていた。たくみな指が、胸もとの紐をあっという間にほどいた。ベスは一瞬、とっさに身を守ろうとしたが、すぐに力を抜いた。わたしは彼のもの。胸をおおっていた、なめらかな生地がおろされていく。

「ああ、ベス」ルシアンは静かに息を吐いて、長い一本の指で乳首を丸くなで、それから反対に移った。そうやって、愛しそうに目を細めて見おろしながら、ベスをもてあそんでいる。ベスは彼の情熱的な瞳の虜《とりこ》となり、身体は、甘いめくるめく魔法にとらえられた。やがて、唇がおりていって、あたたかく湿った感触がベスを愛撫した。

ふるえる吐息がもれた。「ああ。ヴィーナスとマルスね」ベスはつぶやいた。

「なんだって？」ルシアンが笑って聞いた。

「今度話すわ。いまは、いいの。やめないで」

「ああ、やめないよ」かすれた声で言い、指が魔法の遊戯にもどった。「びっくりするような珍客をとなりの部屋に隠してないとだけ約束してほしい。秘密はなにもないと」

ベスは首をふった。身体が火照ってくらくらする。「なにもないわ」目で、彼の美しさをじっくりとあじわった。首すじの筋肉が、ふれてくれと訴えている。手を伸ばしてあてがった。やがてベスは大胆な気分になって、肩の波打つ筋肉の感触をたしかめようと、シャツの襟のなかに手をすべり込ませた。

彼が息をつめたので、ベスはためらった。「こうするのは、許されるの？」

ルシアンがシャツを脱ぎ捨てる。「ベス、きみはなんでも許される。どこでも好きなところにふれるといい。なんでも注文をしてくれ」

ベスは美しい上半身に目を這わせ、唇を舐めた。きれいな筋肉がついていて、精力的な屋外の運動のせいで、日焼けしている。どんな運動をしたのだろう。ベスにはそれを見る機会があるだろうか。胸板の中央から、金髪のカールの筋が下のほうへつづいていて、ベスは手を伸ばして指をからめた。

「わたしの夫はとても美しいわ」

「愛する妻も、おなじだ」

つややかな肌にキスをしようと身体を動かすと、裸の胸と胸がふれて、ベスはこれまでとはちがう、新たな甘い快感を知った。彼の息遣いが荒くなり、そこには喜びが感じ取れた。きっと、ヴィーナスがマルスの役を果たしてもいいのだ。ベスは舌で、彼の小さくて平らな乳首に湿った筋を描きはじめた。ルシアンがベスを腕に抱いていきなり立ちあがった。

「ご希望は僕の部屋だったね、マダム」

「あれは、クラリッサがいたから」ベスは動きをつづけながら口にした。

「どっちでもいい」ルシアンは揺れる声で言い、ベスを抱いて踊るように部屋を横切った。

扉のところまで来ると、わずかに腰をかがめたので、ベスはその意を汲んでドアの取っ手をひねった。ふたりはよろめきながら、いくつもの部屋を通り抜け、ようやくルシアンの寝室にたどりついた。

なかにはいるのは、はじめてだった。ルシアンが言っていたとおり、緑と金と青の色調をしていること以外は、ベスの部屋とほとんど変わりがなかった。ベッドはベスのものよりも大きくて天蓋があり、カーテンは、いまはひらかれて壁にくくりつけられている。絹のカバーの上に寝かされると、天蓋の裏側に、紋章の絵があるのが見えた。ベスはおかしくなって笑った。「ド・ヴォー家の栄光と誉れのために！」ベスは高らかに言って、両腕をひらいた。

彼がとなりにどっさりと横になり、頑丈な枠全体が揺れた。「ああ、いいね。小さなド・ヴォーがぞくぞくと生まれるのか。紋章は気にしないでくれ」自分のものにふれるように、ベスのお腹に平らに手をあてた。「父の祖母が描かせたものだ。高い身分にいることについて、父にはまだ自覚が足りないと思ったらしい」

「あの公爵が？」ベスは驚いて聞き返した。ベスの意識は、みごとにふたつに分かれていた――半分は、身体のなかまで焼き尽くしそうな、彼の燃える手に。そしてもう半分では、いまも理性的な会話を進めることができた。思いきって、彼の乳首を指でふれてみる。それから、そっと爪で。

ルシアンがはっと息を吸った。「父は……若いときには、あそこまで堅い人間じゃなかったんだろう。ベス！」ルシアンは手をつかまえて、一本一本の指先に濡れたキスをして、やがて、しゃぶりはじめた。ベスを抱いたまま身体ごと仰向けになったので、ベスは彼の上になった。「心配はいらない」背中のリボンをほどきながら言った。「僕は保育室を卒業してからずっとこの下で寝ているが、まだ、人間、そこまで堅くなっていない」紐がほどけて落ち、ベスの服を留めているものがなくなった。

ルシアンの手が、ベスの背中の素肌に字を書いた。「だが、硬いのは……」ルシアンがささやくように言った。

身体の位置からして、ベスはどぎまぎしつつ彼の硬直にしっかりと気づいていた。無意識に身をよじると、ルシアンが息を呑んでベスを制止した。ベスは意地悪な笑いをうかべて、彼の手を押しのけて、もう一度身じろぎした。反応を引きだすのが、これほどおもしろいことだとは知らなかった。

「勘弁してくれ」ルシアンはつぶやいて、ベスを身体からどけた。「いいかい、奔放なお嬢さん、今後はいくらでも僕を誘惑して、喜びに狂わせてくれてかまわないが、今回だけは正気を保っていたいんだ」

「どうして？」

「きみを傷つけたくないから」真剣な顔で言って、ベスの頭をそっとつつみ込んだ。

「それに、信じないかもしれないが、僕には処女を奪った経験は一度もない」

「驚いたわ」

「なぜ？」手がベスの身体の上をすべりおり、太ももの合わさるところに落ち着いた。

「とくに、そこに喜びがあるとも思えない。さっきのままでは、僕はどうなってたと思う？　きみの楽しくうごめく身体の下で、無力に横たわるだけだ」ルシアンは顔をおろして、そっと唇を唇でこすった。「ベス、僕にやらせてくれ。きみを抱いて喜びに導きたい。今回だけは、僕のほうから……」

　唇でふれられるより前から、ベスは頭がくらくらとして、思考も抑制もなにもかも消え、あるのは純粋な興奮だけとなっていた。ゆるめられた服の内側にルシアンの手がはいり、ゆっくりと動きながら身体をあがっていく。服をまくりあげて頭から脱がされ、ベスは裸になった。ベスはそれにもほとんど気づかず、ただ、素肌がじかにふれあう心地よさにひたった。ルシアンの胸に腕をまわして、肌に唇をつける。相手をつつみ込んで独占したいという思いに突き動かされて。

彼が一瞬身を引いて、またもどった。いまでは頭からつま先まで、全身がぴったりとくっついている。ベスの脚を割ってあいだにはいってくる。突然、飢えと欲望と痛みが、そこに集中した。

「ルシアン」声をもらした。

「わかってる」揺れる声がした。「大丈夫だ」

ルシアンの身体がゆっくりとすべって慎重になかにはいった。ベスの欲望が激しい飢えと一体になる。これ。これこそ、ベスが求めるものだった。身体を持ちあげて彼を迎える。一瞬の痛みは、なんでもなかった。ベスは強い喜びに満たされて、ルシアンに両脚を巻きつけた。

ベスは夜の暗がりに横たわり、頭をルシアンの肩にのせて、汗で湿った胸のカールを優しくもてあそんだ。

「すばらしかったわ」

「ありがとう」こたえたルシアンの胸が笑いでかすかに揺れていた。

「あら、そう思えるのは、あなたが相手だったからってこと？」自分がうぶだという前提で言った。「だれとでもおなじじゃないの？」

「ベス」彼がたしなめるように言った。

ベスはうつぶせになって、上目遣いにルシアンを見た。

「自由恋愛は、なし？」

ルシアンは厳格な顔をつくった。「僕とだけだ」

顔を見ているだけで、またしても息があがってくる。ギリシアの神。はじめて彼を目にしたとき、そう思って、そのせいで怖くなった。いまは、どきどきする。髪が乱れて、額のあたりの毛は汗にぬれて暗い色に見える。血色がよくなって、目がいつにも増して明るい青色をしていた。堂々とした肉体がベスのすぐとなりに横たわっている。なめらかで、男らしい。わたしのもの。好きにふれて、あじわって、自分のなかに導くことができる。

「それで、あなたは？」ベスはたずねた。「自由恋愛はありなの？」

ルシアンが強く腕でつつみ込んできた。「あり得ない。ほかの女が欲しくなるなんて想像もつかないね。どうやらきみたち急進論者たちは、貴族を手なずける方法を知っているようだ」

「わたしたちは大儀のためなら、なんだってするんだから」ベスは満足して言った。

食事を運ばせたのは、だいぶあとになってからだった。すでに夕闇がおり、蠟燭がともっていた。そのころにはふたりともお腹をすかせていたが、一口ずつおたがいに食べさせあい、さらに何度もキスで食事が中断された。知り合ってからのこと、知り合うまでのことを話をした。ふたりははじめて、胸にしまわれていたものを打ち明けた――人生で負った傷や失望、夢や希望を。

ベスはおそるおそる社会の問題を話題にしてみたが、ルシアンがそうしたことに彼なりの興味を持っているのがわかった。ド・ヴォー家にこれほどたくさんの使用人がいるのは、彼らに仕事を与えるためというのが、ひとつの理由だという。一族には、郷土の産物をできるだけ多く買うという方針もあり、領民がなにを必要としているかにも気を配った。

一家がこんな贅沢な暮らしをつづけるのなら、その程度では不十分な気もしたが、ベスはまったく異質のふたつの現実世界を、うまく距離をおいて考えられるようになっていた。ド・ヴォー一族が小さな小屋に住んで、黒パンとシチューで暮らしたとしても、ほとんどなんの足しにもならないのだ。いまは、愛する人が人々の困窮に対し、無関心で非情な目をむけているのではないと知るだけでじゅうぶんだった。

時計が深夜零時を告げ、ふたりはとけた蠟燭を消してまわり、大きなベッドにはいって身を寄せ合った。ベスは大好きな背中の凹凸に手を這わせたが、ルシアンに止められた。

「だめだよ、魅惑のきみ。これ以上なにをしなくても、きみは明日は痛くなるはずだ。それに僕だってふつうの人間だよ」

けれども、賢い生徒であるベスは聞く耳を持たなかった。「〝オク・ウォロ・シク・ユビオ・シト・プロ・ラティオネ・ウォルンタス〟」にんまりと笑って、上からおおいかぶさって身をくねらせた。「わたしは理性的になることを拒む。わたしは望み、それを手に入れる。そしてわたしは、あなたを誘惑して、喜びに狂わせる」

彼の目に欲望がうかんだのがわかったが、ルシアンは動けないようにベスを押さえつけた。「学校にもどりなさい、お嬢さん」かすれた声で言った。「訳がなってない」

ベスは、一番近い、おいしそうなものにかじりついた。ルシアンの耳たぶだった。彼の手がゆるんだ。「こんなときに、上手な訳を期待するの？」

「僕は古典への信頼をすっかり失ったよ」横に来たベスの手が臍《へそ》の下へ伸びていくと、ルシアンはうろたえた声を出した。「ああ、ベス……」

そこには、熱くなめらかな彼の硬いものがあった。「古典がこれとどう関係するのかわからないわ」

「ユウェナリスだ」うなるように声をしぼった。「〝ネモ・レペンテ・フイト・トゥルピシムス〟、〝何人も、一瞬にして堕落するわけではない〟。あの男は愚かだったんだ。それか、きみのような人間を知らなかった」

暗いなかで、ルシアンがそっとつけくわえた。「哀れなことに」

22

翌日、ベスにとって夫を遠ざけるのは大変なことだった。彼がどんな気持ちでいるかは、よくわかる。ベス自身もわずかな時間も離れたくなかったが、計画実行のためには、それが必要だった。ルシアンが賛成してくれるか、自信がなかった。

戦争のごたごたが役に立った。ベスとルシアンはいっしょに朝食をとり、ふたりでタイムズ紙を共有して、ウェリントン公爵より送られた急報を読んだ。犠牲者の知らせは、ブラウンシュヴァイク公の戦死以外にはまだ伝えられなかった。

「悲惨な戦争だったのはまちがいないわ」ベスは読み終わって言った。

「でも偉大な勝利だ。ほら、〝敵を潰滅《かいめつ》した〟とある。ウェリントン公は、話を大きく吹聴するような人物じゃない。ナポレオンはついに終焉《しゅうえん》を迎えたんだ」

「でも、そのことのために、どれだけの犠牲があったと思って?」ベスは兵士全員のことを、なかでも直接知っているアムリーやデブナムのことを考えていた。ルシアンのように若い、あの陽気で生き生きとした青年たちが死ぬことなど想像もつかないが、あり得ない話ではないのだ。アムリーのいる部隊が猛攻を受けたという、あの知らせも、気になるところだ。

ルシアンの目の表情を見た。彼の仲間——ニコラスを筆頭とする一団——のことは、ベスはよく把握していなかったが、深い友情で結ばれているのはわかる。だれかひとりにもしものことがあれば、相当な傷を受けるにちがいない。ルシアンだけでなく、全員が。

ベスは彼の手に手を重ねた。「戦没者名簿はいつ発表になるの？」

「そろそろだろう。新聞の号外が出るかもしれない」

ため息をついた。「悲しみの準備をしている人が、どれだけいることか。もしも、あなたが戦場にいっていたら、わたしはどんな気持ちだったでしょうね」

ルシアンが手をにぎった。「大事な人の名が名簿に載っていないことを祈るのみだ」

ベスの口から言葉が出たとき、そこに他意はなかった。「社交クラブかディレイニーの家にいってきたら？　もっと詳しいことがわかるかもしれないわ」

「いいのか？　それとも、いっしょにニコラスのところへいこうか？」

「いいえ、わたしは家にいたいわ」

ルシアンはキスをして出ていった。彼もベスといっしょで、幸せが尽きようとしている人がいるのに、自分がこんなにも幸せで満ち足りていることに対して、罪悪感がぬぐえないのだ。戦争とはそんなものなのだろう。今日にもロンドンでは勝利を喜ぶ声がこだまし、その陰で、あまりにたくさんの人々が涙を流す。

ベスはようやく自分を奮い立たせて、計画に着手した。まずは、もう一度ベッドにはいるのでじゃましないように、と周囲に宣言した。レッドクリフが退出すると、ふたたび起きだして着替えた。念入りに染み隠しで顔に化粧をしたが、じっくり見ればすぐにわかる。とはいえ、ブランチにはどっちみち最悪のところを見られているのだ。それから、ミス・マロリーのところから持参した古い服と、一番顔の隠れるボンネットを選んだ。そして、人に見られないことを祈りつつ、使用人用の階段をおりて、石炭保管室の扉から外に出た。

いまだにブランチの家までの道のりを把握できていないので、ロビンと接触する必要があった。しかも、ベスがベルクレイヴン・ハウスから〝逃亡〟したことを、だれに気づかれてもいけない。巨大な屋敷を見あげて、唇を嚙んで笑いをこらえた。こんな場所からこそこそと抜けだすなんて、おかしなことだ。実際、正面玄関から出ていったとしても、だれもベスを止めることはできないというのに。

ベスがやろうとしていることを知ったら、ルシアンはふたたび手をあげることを考えるかもしれない。そう想像してもなんの恐怖も感じないのは、心から彼を信頼している証拠だ。自分が間抜けな笑いをうかべているのはわかっていたが、ベスはそのまま人目を盗んで厩舎のほうへむかった。

ここへ来たことをなんと言い訳し、ロビンとふたりきりで話をするのには、どう行動したらいいか？　言い訳なら、ステラに会いにきたということにすればいい。あのかわいそうな馬は、ハートウェルからもどって以来、乗られる機会がほとんどなかった――二度ほど、公園で軽く駆け足をしただけだ。それより、ロビンとふたりきりになることのほうが難題だった。侯爵夫人が厩舎を訪れたとなれば、グレンジャーかドゥーリが矢のようにあらわれてくるにちがいない。

ステラのベルベットのような鼻面をなでていると、さっそくグレンジャーがやってきた。

「おはようございます、奥さま。なにか、お手伝いしましょうか？」

「ありがとう、グレンジャー。ステラに会いにきただけです。ちゃんと運動させてるでしょうね」

「もちろんです。ロビンが外に連れだしてやってます。あれがあつかえるのは、この馬くらいで」馬丁頭は愚痴をこぼした。「それから、どうか、あいつを仕事中に呼びだして、特別あつかいするのはやめてくださいませんか。図に乗るのは目に見えてる」

「あら」ベスは口実を見つけ、笑いが出そうになるのをこらえて言った。「それはよくないわね。だったら、わたしからもロビンに言ってきかせないと」

「いや、その必要は——」

ベスはド・ヴォーの貫禄をまとった。

それからいくらもしないうちに、ベスはステラの馬房でロビンと話をしていた。ロビンは始終、ステラを落ち着かない目で見ていた。

「ねえ、ロビン。ステラを怖がる理由なんてないでしょう。これほど優しい性格の馬はいないわ」

ロビンはこたえずに、むっつりと下をむいた。

「あなたには、べつの仕事をさせたほうが絶対にいいと思うのだけど」ベスは優しく言った。「ほかにやってみたい仕事はないの?」

少年はもじもじと歩きまわり、干草を足ではらった。「あの人に仕えられるなら、なんだっていいんだ」小声で言った。

やっと理解して、ベスは微笑んだ。純粋な英雄崇拝。「そのことについては、考えておきましょう。ところで、あなたにはミセス・ハードカースルのところに連れていってほしいの。だれにも知られずに」

少年は目をまん丸にして顔をあげた。「無理です。グレンジャーが出してくれません。本当だ」

「ロビン、わたしが命令すれば、グレンジャーのことは気にしなくていいのよ」

ロビンはますます居心地悪そうにした。「アーデン侯爵さまにも言われたんだ」とうとう言って、下をむいた。

「侯爵！　いつのこと？」

「今朝だよ。奥さまが訪ねてきても、頼まれちゃだめだって」

敵も然《さ》る者だ、とベスは思った。夫との知恵くらべが再開できたことは、不満ではない。唇を噛んで考えた。

「ロビン、では、あそこまでの道順を教えてもらえる？」ベスは考えた末に言った。

ロビンが顔をあげた。「ひとりじゃだめです、奥さま！」

「どうして？」そこまで危険な道のりには思えなかったわ」

「貴婦人のすることじゃない」いっぱしの男のように言いきったので、ベスはおかしくなった。

「この貴婦人は、自分のやりたいようにやるの」きっぱりと言った。「じゃあ、あなたが教えてくれないなら、記憶をたよりに歩いていって、道に迷ったら人に聞きます」

これには少年もさすがに不安になったようだった。もう一押しすると、ついにロビンは折れた。「今度こそ、みんな順番に列になって、おいらを鞭打ちにする」不機嫌につぶやいた。

そう言いつつも、ロビンはわかりやすく道を教えてくれて、ベスは去り際に一クラウンを手ににぎらせた。

最初のうちは、どうも背中のあたりに視線を感じて、だれかが追いかけてくるのではないかとひやひやしていた。やがて、腹がすわってきて、ベスは街歩きを楽しんだ。六月のさわやかな日で、通りは人でにぎわっている。戦勝の知らせの興奮が、シャンパンの泡のようにロンドンじゅうを活気でつつみ込んでいた。つねに、どこからか「ウェリントン公爵に万歳三唱！」と声があがり、人々が声をそろえた。

とても陽気なムードで、なにも危険なことは感じなかった。ぱっとしない服を着て顔の隠れるボンネットをかぶっているおかげで、人に気づかれる心配もなく、ベスは、高位の貴族という隔離された身分ではなく、かつてのように大勢のひとりでいられることを楽しんでいた。自分の人生に改革が必要だ、と思った。それについてひとしきり攻防があるだろうことを想像すると、顔がほころんだ。

にぎやかな通りを過ぎて、しだいに人気が少なくなってくると、少々不安になった。ベスは自分を叱った。ここは物乞いや悪人のうじゃうじゃいる恐ろしい界隈ではなく、閑静な上流の住宅街なのだ。チェルトナムにいたときには、こういう地区を歩くのが日常茶飯事だった。アーデン侯爵夫人になったというだけの理由で、自由を奪われる筋合いはない。

けれども、ブランチの家が近づくとベスは気が小さくなって、正面玄関をノックするのはやめて、慎重に裏道にまわった。

ベスが台所にはいっていくと、メイドのアグネスがあんぐりと口をあけた。そこには、もうひとり、しなびた年配の婦人がいて、コックなのだろうと察しがついた。

アグネスが呆然としながら腰を折って挨拶をした。コックは両手を腰においた。「あんたはだれだい？」

「リリイ、黙って。こちらは……こちらは、侯爵夫人よ」

コックも口をあんぐりとあけた。「こりゃ、たまげた。世界はどうなっちゃったんだ。恥ずかしいことをしてると思わないんですかね」彼女はベスに言った。

「思わないわね」ベスは笑いそうになるのをこらえた。「ブランチはいらっしゃる？」

アグネスはエプロンで手をぬぐった。「言って聞いてきます。どうぞおかけになって……」二脚の簡素な椅子に困った目をむけた。「ああ、どうしたらいいの」半泣きになりながら部屋を出ていった。

「ほら、あなたのせいですよ」リリイが言った。「それに、たったいま、昨日のことをひとしきり聞かされたところです！　あなたみたいな人は、自分んとこの高級な家にとどまっていてくれれば、こっちは楽なんですけどね」

ベスは椅子に腰をおろした。「あなたもメアリ・ウルストンクラフトの信奉者なの？」

ベスは親しげに聞いた。

「だれですって？　その人が貴婦人だとすれば、答えはノーです」

「そうね」ベスは考えた。「かつては、ある意味で貴婦人だったわ」楽しい哲学論議をはじめるつもりになったころ、アグネスが驚いているブランチを連れてもどってきた。

「ベス、あなたがここへ来るのはよくない気がするのだけど」〝白鳩〟が言った。

「おそらく、そうでしょうね」ベスはこたえた。

「おそらく、そうだよ」コックがくり返した。「マギー、気をつけたほうがいいよ。こういう人種といっしょにいると、ろくなことがない」

「黙って、リリイ」ブランチはくつろいだ口調で言った。「わたしは自分のことはよくわかってるから。アグネス、お茶をいれてちょうだい」

それだけ言うと、ブランチはベスを居間に案内した。階段についた血痕はきれいになっていて、シャンデリアがないこと以外には、前の日の出来事を示すものはなにもなかった。

「あなたのところの使用人は、おもしろいわね」ベスは椅子にすわって言った。

「よく尽くしてくれるわ。察したと思いますけど、不幸な身の上のなかから雇ったの。わたしみたいな者が、横柄でない使用人を見つけるのがむずかしいというのもあるけど、自分が貧乏と絶望を経験したせいでもあるわ。アグネスのことは救貧院で見つけてきたの。父親が死んで、一家でそこに入れられてた。いずれ、ましな場所に働き口を見つけられるようにと思って教育したのだけど、アグネスはここを動きたがらないわ。リリイのほうは、わたしが若いころに助けてくれた恩人よ。はじめて家出をしたときにね。実の母以上にお母さんの役割を果たしてくれたのだけど、レディらしくふるまうことは絶対にしてくれないの。そういうのは嫌いだって。失礼なことを言わなかったかしら。リリイには、高貴な人を好きになる理由がひとつもないから」

「彼女のことは気に入ったわ。そのうちに、わたしのことも受け入れてもらえるんじゃないかしら」

「つまり、あなたは、本気でここで友情を築こうと思っているの？　ルシアンは喜ばないでしょうね。男の人は、自分の人生に汚点がつくのを嫌うから」

「人はだれでも、順応していくことが必要よ」ベスは言った。「それに、もしあなたが彼の親友と結婚したら――」

「あり得ません」ブランチは断言したが、ベスは彼女の顔が赤くなったのを見逃さなかった。「彼の冗談に乗る人なんていないわ。わたしは、べつのかたちなら考えてもいいと言ったの。たとえば……愛人契約とか」

ベスはその話題を受け流すことにしたが、もしも自分が賭け事師なら、〝白鳩〟のひとり自由な日々に遠からず終止符が打たれるというほうに賭けただろう。「すべては片づいたの？」あからさまに死体と言うことができなかった。

「ええ」ブランチはこたえた。「あのニコラス・ディレイニーという紳士は、並外れて手際がいいのね。おもしろい仲間もいろいろいるし。わたしは多くを質問することはしなかったけれど、おそらく雇いの用心棒たちのほうはどこかへ連行して、死体のほうは、身元が割れるようなものを取り除いて、セントジャイルズの迷路のような界隈に捨ててきたようよ。たぶん、明日、明後日に発見されるわ。あの場所じゃ、あまり疑問を持つ人もいないでしょう。警察でも、ひとりじゃいかないようなところだもの。デヴリルは、あのあたりで自分の楽しみの満たすものを物色してたとして知られているから、べつに意外なことにも思われないでしょう」

ベスは身ぶるいした。「想像以上にひどい男だった。あんな人間が、たんに爵位を受け継いだというだけで社会に受け入れられるのが信じられないわ。特権の相続というのは、とてもまちがっていると思う」

「おそらくね」ブランチは微笑んだ。「でも、小競り合いはいいけれど、全面戦争を起こしてはだめよ、ベス。思いやりのある人間なら、自分や愛する人を破滅させること以外に、やることはいくらでもあるでしょう」

ベスは新たに見つけた友人を真剣に見た。「ルシアンのことを言っているの?」

彼女はうなずいた。「彼の考え方はずいぶん変わってきてはいるけれど、ウルストンクラフトの夫や、博愛主義のウィリアム・ウィルバーフォースのような人間に作り変えることは不可能よ。ルシアンはだれがなにを言おうとド・ヴォーの男で、それは死ぬまで変わらない」

「わかっているわ。それに」ベスは申し訳なさそうな笑顔をうかべた。「メアリ・ウルストンクラフトには悪いけれど、わたしは絶対にいまのままのルシアンでいてほしいと思っているの。それで思いだしたけど、そろそろ、わたしがここに来た目的をお話しして、ルシアンに留守なのを気づかれる前にモールバラスクエアにもどらないとね」

アグネスがお茶のセットを持ってきたので、ブランチが用意するあいだ、ベスはだまって待った。なかなか本題を切りだす勇気が出ずに、お茶をすすった。「ブランチ、文書偽造と聞いてどう思う？　それに、たぶん、窃盗」

ブランチはカップをおいた。「それは絞首刑の罪にあたるわ、ベス」

唇を舐めた。「わかってる。でもド・ヴォー一族の権力があれば、そうはならないと思うの。まったく、ひどい話ね。わたしも彼らのことを言えたくちじゃないわ」

「ベス」ブランチは言った。「考えていることを話してちょうだい」

ベスは深く息を吸った。「本人が言っていたのが真実なら、デヴリルには跡継ぎはいない。称号と財産は、国王にもどされる。でも、もしもクラリッサが相続人だったら？」

ブランチは椅子の上で背筋を伸ばした。「遺言書？」

ベスはうなずいた。「彼の家から発見されないといけないわ。たぶん、それがもっとも苦労するところだと思う」

「筆跡の見本も手に入れないと……」

ベスは両手をもみあわせた。気が変になってしまったにちがいない。どう考えても法に反する許しがたいことだ。それでも、これで多くの問題が解決できる。「デヴリルは大変な財産持ちだという噂よ」声に出して言った。「遺言書が見つかれば、ルシアンの事務弁護士が、少なくともいくらかのお金をクラリッサのために確保できるはず。残りは、まちがいなく両親が持っていくでしょう。それで当面は破産を免れてフリート監獄にはいらずにすむわ」

「聞いたかぎりいい印象の両親じゃないけれど、デヴリルの金の使い途《みち》よりはましね」

「それに、せっかくのお金を国の懐にまぜてしまう手はないでしょう? どうせまた摂政王太子《リージェント》が金や宝石に費やしてしまうんだから」

ふたりは計画にすこしだけ恐れをなして、たがいを見つめあった。

「できるかしら?」ベスが聞いた。

ブランチはうなずいた。「ルシアンには話さないの?」

「迷ってるわ」

そのとき、ノッカーを激しくたたく音がした。アグネスが急いで玄関広間を走っていった。ブランチが言った。「たぶん、これは……」

ベスはこたえた。「わたしもそう思うわ」早くも神経がぴりぴりした。

ルシアンがはいってきた。「きみのことは鍵をかけて閉じ込めておかないといけないな」

言葉とは裏腹に、ルシアンはつい頬をゆるめ、ベスも笑顔にならずにはいられなかった。ふたりが離れてからすでに二時間近くたっていた。

ルシアンはとなりにすわって、ベスの手を取った。「なにを企んでた？　本当のことを話すんだ」

顔は笑顔だが真剣なのはわかった。心臓が喉もとで激しく不安に揺れていたが、ベスは計画の概要をざっと話した。

「なんて女だ！」ルシアンが声をあげた。「妻の体罰について、これまでの意見を考えなおさないといけないな」

「まあ！」ベスは言い返した。「ちょっと腹を立てたら、すぐにそうやって――」

「腹を立てただ？　首吊りの縄から救ってもらえると思ったら大まちがいだ！　この国じゃ、世襲貴族も絞首刑にされているだろう。縄を絹に替えてもらったとしても、たいした慰めにもならない」

ベスはじっと相手を見ていた。すこしして、彼の唇がひくひくと動いた。「なかなか賢い案だ」さっきよりも穏やかに言った。「ニコラスの計画よりいい」

「ニコラスの計画？」女ふたりが声をそろえた。

「あいつの家からここに来たんだ。モールバラスクエア経由でね」わざとらしく顔をしかめた。「疲れきった哀れな妻がすっかり元気を取りもどしていたとは、思いもよらなかった」

ベスは生意気な笑いをうかべるにとどめた。「それで、ニコラスの計画というのは？　彼はどうしてクラリッサに関心があるの？」

「クラリッサに関心はないが、ニコラスなりの理由があって、デヴリルの金を剝奪したいと考えているんだ。全部、鋼を巻いた厳重な金庫にしまって家においてあるらしいから、僕らはそこへいって持ってこようと決心したところだ」

「強盗じゃない！」ブランチが叫んだ。「みんな、どうかしているわ」

「そうでもない。僕らの仲間には世襲貴族がいて、ド・ヴォーの人間がいて、現役の議員がいる。デヴリルが失踪したことで自宅が無秩序になっていることと、お祭り騒ぎで街が混乱しつつあることは、あえて指摘するまでもないだろう。それで思いだしたが」ルシアンはベスに怒い顔をした。「どうして、わざわざこんな日に付き添いもなくひとりで街を歩いたんだ？」

「だって、今日は今日しかないから。それに、言わせていただくと、わたしはこれまでの人生で、ずっと付き添いなしに街を歩いていたの。それより」反論しようとするルシアンを制して言った。「思ったんですけど、育ちすぎた学童たちは、いつからその計画をあためていて、どうして、わたしにひとことも教えてくれなかったの？」

「育ちすぎた学童たちね！」ルシアンはごくりと唾を呑んで、つづけた。「ベス、これはそもそもきみとは関係ないことだった。やり残していた以前からの仕事だ」

「クラリッサが無理に結婚させられそうだと悩みを打ち明けたときから、わたしにも関係があったはずなのに。あなたは、わたしが自分たち夫婦の問題で文句を言っていると勘ちがいして、すたすたと部屋を出ていってしまったわ」

ルシアンは戸惑って眉をひそめた。「ああ、あのときね。きみは夫となる相手の名前を言わなかったじゃないか。デヴリルがかかわっていると知ったのは、ようやく翌日の晩になってからだ。それを聞いてやっとあの娘に同情がわいた。それまでは、たんに子供のわがままだと思ってた」

ブランチはそれまで呆気にとられて傍観者にまわっていたが、ここで咳ばらいをした。「わたしたちは強盗と文書偽造と、その他もろもろの犯罪について、話をしていたはずですけど」

「そのとおりだ」ルシアンは言って、ベスにむきなおった。「まずすべきは、ローリストン街にいって、ニコラスにきみの案を相談することだ。ただし、必要がなければ、これ以上ブランチを巻き込むべきじゃないだろう」

ベスは腰をあげた。「もちろんよ。わたしがここに来たのは、不法なことをするといっても、なにをどうしていいのか、さっぱりわからなくて、ひょっとしてブランチなら知っているかと思ったから」ベスはブランチに顔をむけた。「知ってる?」

「直接の経験はないわ」女優はそっけなくこたえた。「でも、いかがわしい友人なら、何人かいるわね。たとえば、たぶんルシアン・ド・ヴォーとか」

ルシアンは懲りない顔で笑った。「それに、ハル・ボーモントとか。あいつはニコラスのところにいる」ウィンクをした。「なんなら、いっしょに来るかい」

ブランチはこのときも顔を赤くした。「わたしは今夜のために、台詞を憶えないといけないから」

「意気地なしだ」ルシアンがからかった。

ブランチはにらみつけた。

ベスは立ちあがってブランチと握手をした。「またすぐに会いましょうね」

「いや、会わない」ルシアンが言った。

「あなたがミセス・ボーモントになったら」ベスは譲らずに言った。

「その日は永遠に来ないわ」ブランチが言い返した。

ベスはなにも言わずに、ふたりにむかって笑顔をうかべた。

ローリストン街に到着すると、家はいつもながら人であふれていた。エレノアがベスに目を丸くして話しかけてきた。「あなた、聞いた？　みんな頭がどうかしているわ。生きているうちに、全員が順番に縛り首にされるのを見るはめになりそうよ」

「わたしたち、もうすこし危なくない案を持ってきたの」ベスは言い、ボンネットをはずしながらエレノアのことを見たが、彼女は痣に気づいたとしても顔には出さなかった。

客間に腰を落ち着けると、ルシアンはベスに発言権を譲って、自分の計画の説明をさせた。男女平等の信念を持つベスだが、大勢の男の前で話をするとなると、すこし緊張した。無頼同盟《カンパニー・オブ・ローグズ》のメンバー六人に加え、ピーター・レヴァリング、それにトム・ホロウェイという名の丸々とした小男がその場に集まっていた。けれども、説明を終えると全員が賛成してくれた。

「気に入った」ニコラスが言った。「直接的すぎないところがいい。それに、デヴリルの家に遺言書をおいてくるところ以外、身の危険もなさそうだ。信用できる偽造屋なら、僕が知っている」

トム・ホロウェイが言った。「筆跡のサンプルが必要だよ、ニック。しかも、やるなら急いだほうがいい。ほとぼりがさめたころに、遺言書がひょっこりあらわれるよりも、死体が見つかったときに出てきたほうが、疑わしくないだろうからね」

「クラリッサは、デヴリルの書いたものを持っているかもしれない」ルシアンが言った。

ベスは小さく息を吞んだ。「クラリッサはわからないけれど、わたしが持ってるわ！」

「なんだって？」ルシアンが言った。

「彼女が最初に会いにきたとき、デヴリルにもらった手紙を持ってきたの。手紙というよりは、妻に対する掟を箇条書きにしたものですけど。とんでもない内容よ。クラリッサはそれをおいていって、わたしもそれきり忘れていたわ。本のページにはさんであります。『自制』の本よ」

「まったくそぐわないな」ルシアンが言った。「じゃあ、それをここにとどけさせよう。あとはニコラスに任せれば安心だ。それでかまわないか、ニコラス？」

「問題ない。僕とデヴリルを結びつけるものは、ほとんどない」

「それに」ベスは言った。「この作戦が成功すれば、クラリッサも絶対に秘密をもらすことはないでしょう。しゃべれば、自分の財産を失うことになるから」

ルシアンがベスを見て、やれやれと首をふった。「良心の咎《とが》めというものを、すべて失ってしまったようだな。言うなれば、突発性の堕落の症状だ」

ベスはその言葉から昨夜のひとときを思いだして、つい表情をくずし、それを見たルシアンも意識したように息を吸った。彼はあわてて言った。「罪深い協定が合意にいたったから、僕らは帰ることにしよう」ニコラスに言った。「手書きの紙をすぐにとどけさせる」

ニコラスとエレノアが玄関まで送ってきた。「ふたりとも、おてんばな冒険が性に合っているようだね」ニコラスが言ったが、彼が顔の痣にとっくに気づいていて、それを事実のとおりに解釈していることはベスにはわかっていた。もちろん、それに言及しなかったニコラスは正しい。あれは成り行きで起こった不運であり、それ以上のものではないのだから。

「いろいろ考えれば」ルシアンがこたえた。「たぶん、僕は平穏な暮らしのほうが好きだ。昨日、ベスがピストルをむけられてすわっているのを見たときには、心臓が何百回も止まったよ」

「愛は厄介の種にもなる、そうじゃないか？」ニコラスが自分の妻を腕で抱いた。

「だが、全体的にいって、愛とは、噂どおりいいものだった」ルシアンはベスを自分に引き寄せた。「もつれたものが解けたあとはね」

「わたしは、そんなに厄介だったの、ルシアン？」ベスは不安そうに言った。

「僕はいまも完全にきみにからまってる」彼はあたたかい眼差しで言った。

ドアを強くたたく音がした。

ニコラスがあけると、少年が新聞を押しつけてきた。「はい、だんな」少年はつぎの注文先に号外をとどけるために走っていった。

一同は、急に冷静になった。ニコラスは新聞に目を落とし、それからベスとルシアンを見た。「見ていくか?」

「もちろんだ」ルシアンがこたえた。

彼らは居間にもどった。沈黙がおり、ニコラスが新聞をひらいて紙面を斜め読みした。「なんて長い名簿だ」彼はつぶやいた。「最悪なのは、これでおしまいじゃないということだ……」細かい文字を追っていたが、やがて自分の目を疑っているように、あるところでぴたりと止まった。

すこしして言った。「デア」

彼は号外をハル・ボーモントにわたして、窓の外をながめにいった。エレノアがとなりにいくと、彼は一瞬遅れで妻を引き寄せ、妻は彼の肩に頭をのせた。

ベスはルシアンを見た。とても真剣な顔をしたルシアン。腕を差し伸べて、手を取った。あの陽気な青年のことは、すこししか知らない。シャンパンタワーをつくろうとしたデア——ダリウス・デブナムのことだ。「かわいそうに」ベスはそっと言った。そんな言葉では足りないのはわかっていたが、ほかに思いつかなかった。

ルシアンが手をにぎりしめてきた。「またひとり犠牲になった。あいつは、どうしても軍に加わりたくて……」ハルに目をやった。「ほかには、だれかいるか？」

「いるなんてもんじゃない」ハルが険しい顔でこたえた。「胸が痛む。知っている名前があまりに多すぎる。コンの名は見あたらない」そちらを見ずにスティーブン・ボールに新聞をわたして、手で顔をおおった。すぐに目をあげた。「どう思う……ブランチは僕を玄関で追い返すだろうか？」

「追い返さない」ルシアンが言った。

ハルは出ていった。

スティーブンが言った。「コンの名前はなさそうだ。リアンダーも。それに、サイモンはどっちみちカナダだ。ニコラスの言うとおり、戦没者名簿はまだこれでおしまいじゃないが、希望はある」彼はマイルズ・カヴァナに新聞をまわした。

ニコラスがもどってきて全員にワインをついだので、いまから献杯をするつもりなのだとわかった。一同は立ちあがった。「無頼同盟《カンパニー・オブ・ローグズ》はこれで九人になった」ニコラスはまじめな顔で言って、グラスをあげた。「すべての戦死者に。彼らが、天国で永遠に若さを謳歌《おうか》せんことを。すべての負傷者に。力と癒しを与えられんことを。残されたすべての者に。ふたたび喜びがもたらされんことを。そして、神よ」静かにつけくわえた。「戦争が過去のものとなる日を来たらせたまえ」

ニコラスはグラスを干すと、火のはいっていない暖炉に投げつけた。全員がそれに倣い、それまでショックで放心していたベスも、おなじことをした。

　間もなく、ベスとルシアンはそっと家を出て、歩いて帰途についた。いまも街は勝利に浮かれ騒いでいたが、自分たちとおなじような深刻な顔つきをした人もときどき目についた。「戦争が過去のものになる日は来ないかもしれないけれど」ベスはためらいながら言った。「まちがいなく今度の戦争は終わるのね」

「僕もそれに立ち会いたかった」ルシアンは言って、ふたたびヘンリー五世の言葉を引いた。「〝故国イギリスでぬくぬくとベッドにつく貴族たちは／後日、ここにいなかったわが身を呪い／われわれとともに聖クリスピアンの祭日に戦ったものが手柄話をするたびに／男子の面目を失ったようにひけめを感じることだろう〟。栄誉のためじゃない」ため息まじりに言った。「栄誉があるとも思えない。とにかく、そこにいるべきだった。ド・ヴォーの誇りがなんだ」

　ベスはこの悲しみを前にしてなすすべがなかった。自分が締めだされてしまいそうな気さえした。ベルクレイヴン・ハウスにもどるとすぐに本能にしたがって言った。「いっしょにわたしの部屋にいきましょう」

　部屋にはいると、ベスはソファにすわり、ルシアンをとなりに引き寄せた。「彼の話を聞かせて」

　ルシアンはそのとおりにした。目を閉じてベスの腕に抱かれながら、無頼同盟の話を丸ごと記憶から引きだして、話してくれた。ニコラス・ディレイニーは十三歳のときからすでにみんなを引っぱる役についていて、仲間を集めて、どこか円卓の騎士をなぞったような、たがいを守る自衛組織をつくりあげた。人数を十二人でとどめたのもそれが理由だった。「僕らは、たしか〝黄金の騎士〟とか、そんなふうに自分たちを呼ぼうとしたが」ルシアンは笑った。「ニコラスは、弱い者や潔白な者を救うんじゃなくて、自分たちを守るんだと言った。それで無頼同盟《カンパニー・オブ・ローグズ》となったんだ。ぴったりの名だった。僕らがしたのは……」

ルシアンは彼らがどんな悪さをしたのか、話をはじめた。仲間が受けた意地悪な仕打ちに対する復讐の行為だったが、たいていは、ひねりを利かせたいたずらにすぎなかった。「僕らにはルールがあった。たぶん、ニックが考えたんだろう。正当な罰を逃れるために無頼同盟を利用してはいけない、というルールだ。たしか、つかまらないことを学ぶ必要はあるが、つかまったら、潔く罰を受け入れるべし、とかそんなようなことだ。それにしてもとんでもない鞭打ちもあって、あのときを思いだすと……。そういう経験が、強い戦士を育てると思うかい」

ベスはルシアンの髪をなでた。「どうかしらね」

「デアは、最悪の鞭打ちのあいだも笑っていられるんだ。あとになって泣き叫ぶことになるが、その最中には小ばかにしたような笑顔でいる。そのせいで、先生はかんかんになった。あいつはきっと、笑いながら……」すこしして、ルシアンは話を再開した。

「コンが無事だとして、仲間はいまでは九人だ。アラン・イングラムは父の背中を見ていて、ハローを卒業すると自分もすぐに海軍にはいった。三年前に死んだ。アメリカ軍との海戦で命を落としたんだ。ロジャー・メリヒューはスペインのラコルニャで負った傷がもとで死んだ。リアンダーは近衛部隊にいる。おそらく、今回のワーテルローにいっていたはずだ」

「名簿に名前はなかったでしょう」ベスは指摘した。

「あの名簿はまだ不完全だ。それに負傷兵のことには、ほとんどふれられていなかった。もしかしたら手足を失っているかもしれないし、目をやられたかもしれないし……」

沈黙がおりた。ベスは、ふと、おもちゃの兵隊のことを考えていた。エレノアは、ニコラスが娘が大きくなって兵隊になっていけない理由はないと言った、と話してくれた。ニコラス・ディレイニーが戦争を嫌っているのは明らかなのに、どうして彼はそんなことを言ったのだろう？　彼は男女平等を信じているようで、それを突き詰めた結果が、きっとその発言なのだ。メアリ・ウルストンクラフトは一度も問題にすることはなかったが、ベスは男女平等がどんなことを示唆するのかを考えて恐ろしくなった。

ルシアンが立ちあがって両手で顔をおおった。「悪いが、ベス、もう一度ローリストン街にいってこようと思う。デヴリルの件でやらなければいけないこともあるだろうし。いかせてくれるね？」

「もちろんよ」無頼同盟の仲間は、いまはともにいたいときなのだ。ベスは歩いていって、デヴリルの手紙を取ってルシアンに手渡した。けれども、ひとりになるのはいやだった。ベスはすこし早口に言った。「わたしもいっしょにいってもいい？」

「もちろんだ。結婚してきみも仲間になった。しかも、これはきみの計画だよ」

ディレイニーの家は、ふたたび通常にもどっていた。重々しい雰囲気はあったが、通常にはちがいなかった。エレノアの姿は見あたらない。ニコラス、フランシス、マイルズ、スティーブン、ピーターが、ダイニングテーブルをかこんで、計画について話し合っていた。ふたりがはいっていくと、ニコラスが笑顔になった。腕には眠っている赤ん坊を抱いている。この家では、アラベルは魔法の鍵なのだ、とベスは思った。

「手紙を持ってきてくれたか。よし。すぐに賢い友人にとどけよう。つぎにすべきは、押し込みと侵入という楽しい役をめぐる争奪戦だ」

赤毛のアイルランド人のマイルズ・カヴァナが発言した。「まず、既婚者をのぞくべきだろう」

ピーター・レヴァリングが目をむけた。「外国人をのぞくべきだ」

アイルランド男の目が光った。「ああ、アイルランドが外国だとすればね」

「頼むから今日は政治の話はなしにしてくれよ」スティーブン・ボールが口をはさんだ。「アイルランド問題はたくさんだ」

ニコラスが声を張った。「エイミーはいつ産気づいてもおかしくない。ピーター、きみには、どんな役もやらせるわけにはいかない。なにより、同盟のメンバーじゃないだろう」

ピーターは気に入らないようだった。「うちの一族がみんなウィンチェスター校に通うのは、僕のせいじゃない」

ニコラスがすまなそうに笑った。「悪かった。もちろん、きみはすべての権限のある名誉会員だ。だが、どっちにしろ、今回はかかわらせるわけにはいかない。アラベルの誕生に立ち会えなかった僕としては、これだけは断固として引けない。スティーブン、きみも除外だ。なにか、まずいことになったときに、議員の影響力を発揮してもらうかもしれない――」

エレノアが部屋にとび込んできた。「使用人が来るわ!」

一瞬のちに、ホリガートとメイドがやってきて、冷たい軽食とお茶とエールをならべていった。使用人が出ていって食べものが一同にいきわたると、ふたたび議論が再開された。

「僕がだめなら」サー・スティーブンが言った。「フランシスも、だめということになるだろう。ほとんど恩恵をこうむってないようだが、貴族院議員だ」

「ほっとけって、スティーブン」

ニコラスは首をふった。「遺言書をおいてくる役はひとりでいい。あとは見張り役と目くらましと——」ノッカーの音がして、話が中断された。

すぐにドアがあいて、ハルがブランチを連れてはいってきた。どこか緊張して、そわそわとしているブランチを。「わたしも来るべきだと言ってきかなくて」

エレノアが進みでた。「ミセス・ハードカースルね。大歓迎だわ」

ニコラスが言った。「そのとおりだ。こっちに来て、いっしょにテーブルにすわってくれ」

ハルと困惑顔の〝白鳩〟は、すぐに輪にまざって席についた。ブランチはかすかに眉をひそめてニコラスを見た。「会ったのは、昨日がはじめてではありませんね」彼女は言った。「たしか一年ほど前に」とても意味ありげな言い方だった。挑発しているようにも聞こえた。

「ああ、憶えている」ニコラスはこともなげに応じた。「僕はテレーズ・ベレールといっしょだった」

ブランチがエレノアに目をやると、彼女はにっこりと笑った。「いいんです、ミセス・ハードカースル。わたしは全部知ってますから」

ブランチの眉があがった。ニコラスは淡々と言った。「全部じゃないけどね」エレノアが驚いた顔をした。

「つづけて」ニコラスはブランチに先をうながした。

ベスはなにが起こるのかと、ふたりのことを交互に見た。ハルがその場にいるみんなに言った。「ブランチは妙な思いちがいをして妄想をふくらませているから、ここに連れてきて、考えをあらためさせたほうがいいと思ったんだ。それに、なにか、手伝ってもらうことができるかもしれない」

ブランチは頬を赤くしたが、きっぱりとした態度でニコラスに顔をむけた。「あの娼婦のほかに、デヴリルともいっしょでした」

今度はベスがニコラスをまじまじと見る番だった。これほど意外な交友関係は、ほかに想像がつかない。

「すこしちがうな」ニコラスが言った。「僕とおなじで、デヴリルもテレーズといっしょだった。僕とあの男がいっしょにいたわけじゃない」

「どっちみち、奇妙な集まりだわ」

「きみもそこにいた」

「手ちがいで。わたしはすぐに帰りました」

「そして僕は、一晩じゅうそこにいた」そう言う彼の声には、明らかにわびしげな色があったが、やがてニコラスは赤ん坊に目を落として、やわらかな産毛をそっとなでた。

「そういう過去からして、僕は、今回の仕事をするには不適任だと言いたいのか？」そう言って、ふたたび目をあげた。「その逆だ」

ブランチはしばらく慎重にニコラスの顔を見ていたが、やがてうなずいた。「わかりました。わたしにできることは？」

ベスには、なんの話なのかさっぱりわからなかったが、ルシアンの硬い無表情をちらりと見て、今後も知ることはないのだろうと悟った。ともかく、去年のいまごろは、エレノアはアラベルを身ごもっていたはずだ。そんな時期にニコラス・ディレイニーが娼婦と、それもデヴリル卿と近い関係にある娼婦と付き合っていたとは、信じがたいことだ。

エレノアはとくに動じるようすもなく、ニコラスはふたたび計画の話をはじめた。

「今晩、舞台は？」彼はブランチに質問した。

「ありません」

「今夜のために台詞を憶えないといけない、と言っていた気がするが」ルシアンがからかうように笑って、横から口をはさんだ。

「嘘をついたのよ」ブランチはふてぶてしく言って、ニコラスに顔をもどした。「わたしになにができるかしら？」

ニコラスはにやりと笑った。「ごくふつうの娼婦を演じることはできるかい？」

ブランチは、おなじようににやりと笑った。「むずかしいわね。でも、わたしはまがりなりにも女優だわ。どうしたらいいの？」

「気をそらすんだ」

ブランチはからからと笑った。「それなら、できそうだわ」

ベスは勇気を出して思いきって言った。「わたしにも役をやらせて。娼婦ひとりより、ふたりのほうがいいでしょう」

「絶対にだめだ！」ルシアンが大声をあげた。

「なんとかなるわ」ベスは反論した。

ルシアンは口をひらいて、深々と息を吸った。「論外だよ、ベス」すこし口調を落として言った。「きみは女優じゃないだろう」

「むかしから劇は得意だったわ」

「それとこれとはべつの次元だ」

ベスは冷たい目で相手を見すえた。「ルシアン・ド・ヴォー、わたしはか弱い存在だから、とても参加させられないということ、それとも、ブランチは粗野だから、気にするにはおよばないということ？　あなたが言いたいのは、どっち？」

適当に席についた結果、たまたまルシアンは、ベスとブランチのあいだにすわっていて、彼はふたりを交互に見てから、両手で頭をかかえ込んだ。「こんな目にあうとは思わなかった」

周囲から笑いがあがったが、何人かの男がベスの行動にあきれているのが見て取れた。けれども、ニコラスが言った。「ベス、もし来たいなら、歓迎するよ。エレノア、きみは？」

エレノアは目を丸くした。「いかないと言ったら、臆病だと思われてしまうの？」

「そんなことはない」ブランチとベスを見た。「遺言書の偽造で問題が起こらなければ、デヴリルの家の周辺で変わった動きがあることはないだろうが、おそらく、数人の手下がまだ屋敷に残っているはずだ。運がよければ、連中は主人の不在をいいことに遊びに出ているかもしれないが、デヴリルは厳しい主人で、その分、気前よく手当を出していたから、留守をあてにするのは危険だろう。あの男は自分や雇い人のために、習慣的に家に娼婦を呼んでいた。だから、きみたちふたりは、そのためにやってきたふりをして、連中の気をそらしてほしい。ほんの数分のことだ」

「わたしたちは、どうやって疑いを招かずに家を出るの？」ブランチが言った。

「ぽん引きが迎えにきて、引きずられていく。上前をはねられるのがいやで、自分たちで勝手に商売をしにやってきたという設定でね」

ルシアンが厳しい目をして顔をあげた。「なら、そのぽん引きのひとりになろう」

「それがいい。マイルズといっしょにね」

ベスは問題を指摘した。「万が一遺言書に疑いが持たれることになったら、わたしたちの茶番劇に嫌疑がむけられないかしら?」

「たぶんないだろう。疑いが持たれることはあまり考えられないし、運がよければ、デヴリルが死んだとわかった時点で、手下は屋敷を去るだろう。ベス、きみの計画のいいところは、だれひとり、急いでなにかを調べる必要を感じないことだ。しかも、疑いがあがったとしても、娼婦たちは、上の階へは足を踏み入れないようにしておけばいい。ともかく、これ以上死体が増えることと、すぐにばれる家宅侵入さえ避けられれば、それでいいんだ」

ニコラスはフランシスとハルに目をむけた。「きみたちは退屈な仕事だが、そのままの姿で通りをぶらぶらして、なにかあったら助けてくれ」

ふたりは作戦からはずされて、あまりうれしそうではなかったが、指示にしたがった。

ニコラスはルシアンとマイルズに言った。「僕ら三人は汚い庶民の格好をする。服は僕が調達しておく。トム・ホロウェイの家に集合して着替えをしよう。だが、そこまではなるべく人目につかないようにして来てくれよ。とくにルース、きみはきらびやかで目立つからな」

「よくもそんなことが言えたな」ルシアンが文句を言った。「僕の地味な趣味を知っているだろう」彼は愛人と妻の両方を意地悪な目で見た。

ベスは笑った。

「何時にする?」マイルズが聞いた。

「九時集合にしよう。そのころには外も暗くなってくるし、街は、あちこちで祝いの宴が催されてにぎわっているはずだ」ベスとブランチを見た。「身元が割れないように注意するんだ。できれば、デヴリルの男たちを殺すようなことはしたくない」

ベスは、ニコラスは必要に迫られれば人を殺すことができると、すんなり信じた自分に驚いた。自分も参加するなどと言わなければよかったと後悔しはじめたが、もう少々遅すぎる。

ブランチはうなずいた。「劇場からかつらを持ってきて化粧をするわ。ほかに必要になりそうなものは?」

その後の話し合いのあいだ、ベスはルシアンが無言でいるのをずっと意識していた。それほど怒っているなら、どうしてもっと強く反対しないのか。もしも、強く反対されていたら、ベスはどう出ただろう?

ほどなくして、ベスとルシアンは歩いてモールバラスクエアにもどった。彼は口を利かず、ベスも無理に会話をしようとは思わなかった。だが、結局ルシアンはブドワールまでついてきた。

ベスは不安の目で相手を見た。ルシアンは頭に血をのぼらせているわけではなかったが、うれしそうでもない。彼は髪をかきあげた。「きみを安全な場所にとどめておくことはできないのか」

ベスは顔をあげた。「金の鳥籠に入れられて生きることは、わたしにはできません」

「金の鳥籠といかがわしい世界のあいだに、いくらでも居場所があるだろう」彼は腹を立てて言った。「きみが今夜、足を踏み入れようとしているのは、そういう世界だ。デヴリルの用心棒を憶えてるだろう。手はずが狂ったらどうする？　もし、迎えにいくのが遅れたら？」

じつは、ベスはそこまでのことは考えていなかった。頑として意見をとおしながらも、こみあげる不安を呑み込まなくてはならなかった。「ブランチが仕事を割り当てられて、わたしがなにもしないのは不公平よ」

「冗談じゃない、ブランチは本物の娼婦だ！」ルシアンは大声を出した。「彼女は大事な女性で、愛してもいる――もちろん、いまでは心のつながりとしての意味だ。だが、ブランチは失うものもなく必死にロンドンに出てきて、やはり必死の思いで演劇の道にはいった。いまでこそ舞台ひとつで生計を立てているが、きみの想像のおよばないようなことを目にして、経験してきたんだ！」

「あなたとふたりでね」ベスは言い放った。

「ああ、ときにはね！」

「彼女とくらべたら、どうせ、わたしなんてとても退屈な女よ！　今夜はブランチといっしょに冒険に出かけて、わたしは安全な家においいて、針仕事でもさせておきたいんでしょ！」

「ああ、そのとおりだよ！」

わたしのほうこそ、ルシアンをぶってやりたい。ベスは両手をこぶしににぎった。

「でも、そうはしないわ」

ルシアンがにらみつけた。「いいだろう。ただし警告したことだけは憶えておくように！」そう言うと、大きな音をたててドアを閉め、去っていった。

23

ベスは恐ろしくなって手を口にあてた。彼は白熱した喧嘩をしたがっていたが、それがこうやって実現した。ベスに手をあげようというそぶりは、まったくなかった。けれど、ものすごく怒っていて、ものすごくベスのことを心配していた。わたしはどうしようもない愚か者なのかもしれない。

それでも、自分が守られていて、ブランチが危険にさらされなくてはならない理由はないと思った。自分の計画を実行するのに、ベス自身も一枚加わりたいという気持ちがあるのも否めない。それにニコラス・ディレイニーには信頼をおいている。

けれどニコラスの妻が冒険を断わったことを思いだし、ついでに、ブランチとニコラスの奇妙な会話のことを思いだした。ニコラスは一度はデヴリルと親しかった……。

ああ、ベスは自分を厄介なことに巻き込んでしまった。でも、いまとなっては後戻りはできない。

その晩、公爵夫妻と数日ぶりに夕食をともをするために下の階へおりると、ルシアンもそこにいた。ルシアンは、結婚前の日々を思い起こさせる他人行儀な態度でベスに接した。

公爵夫妻は気づいていないようだった。「エリザベス、ずいぶん調子がよくなったように見えるわ」夫人が断言した。「でも、その顔にあるのは、それは痣ね？」

「テーブルにぶつけたんです、ママン」ベスはこたえた。「たいしたことはありません」

「ちゃんと気をつけないと。そうそう、戦争のことは、いい知らせと言えるわね？　きっと、わたしの祖国のフランスにもようやく平和が訪れるわ」

食事中は、戦争の話題一色だった。ルシアンは感じよく会話にまざり、ダリウス卿やほかの友達のことにはふれなかった。ベスは、この冷静な礼儀正しさが大嫌いだと思った。

夕食後は、公爵夫妻にはそれぞれいくつもの予定があった。ルシアンとベスは、家ですごすつもりだと告げた。夫人は明らかにとてもロマンティックなものを想像したようだった。

ルシアンはベスを部屋まで送った。「地味な服に着替えたら、いっしょに出かけよう」ベスは彼の冷たい態度に眉をひそめたが、着替えの間にいって、むかし着ていた一番暗い色の服にふたたび袖をとおした。準備ができると、簡単なノックだけして、彼の着替えの間にはいった。ルシアンは上半身裸で、ちょうどシャツを着ようとしているところだった。ベスはみごとな身体にものほしげに目を這わせ、もしベスが家に残ることに決めたら、ふたりでどんな晩をすごせるだろうかと想像した。だが、だめだ。ルシアンのほうは、どのみち出ていくだろう。

「僕がノックなしに部屋にはいっていったら、どう思う？」ルシアンはシャツを頭からかぶった。

「わたしは気にしないわ」

あたたかいなにかがルシアンの瞳によぎったが、すぐにおおい隠された。でもベスは元気づけられた。冷たい態度をよそおっているが、中身はそうでもないのだ。そばにいって置いてあった上着を手わたした。「これはすこしきれいすぎる気がするわ」

「きみとちがって庶民の服を持ってないからね。伊達男が上階付きのメイドを連れて、スラム見物をしていると思われることを祈るしかない」

「ルシアン、やり方が卑怯だわ」

目が合った。「いま、なんて言った？」

「手をあげることはしないかもしれないけれど、自分の思いどおりにならないと、罰を与えようとするところは変わっていない」

ルシアンは顔をそむけて、クラヴァットを整えた。「きみの教育過剰の頭がどんな愚かなことを考えだしても、見て見ぬふりをしろというのか？」

「ほら、そうやって脅すじゃない」ベスはまたしても怒りに呑まれて乱暴に言った。「でも、人間はどうやったら教育過剰になれるの？」

ふり返ってベスを見た。「なるほど、だったら教育過少だ。そしてまちがいなく、今夜、欠けていたところを学ぶことになる」

ベスはため息をついた。「わたしだって、まちがいを犯すことは許されるべきだわ」

「そうか？」ルシアンは冷たく言って、ふたたび鏡にむかい、慣れた手さばきであっという間に美しい結び目を整えた。「過ちから学ぶ者がいることを思っているのかもしれないな。僕が戦争に参加しなかったのは、自分が死ねば、現実はべつとして、法律上は血筋が途絶えることになるからだ。きみの死も同様に破滅的だ」

「わたしたちの命に危険がおよぶとは思えないわ。それに、もしそうだとすれば、今夜、あなただって自分の命を危険にさらしているということじゃない。たんに、わたしを不快なことに巻き込みたくないというだけなのよ」

ルシアンはため息をついて、ベスを見つめ、乱暴に抱き寄せた。「そのとおりだ。どんなことであれ、不快なことに巻き込まれてほしくない。それに、たとえ一瞬でも、男に乱暴なまねをされるのを見たくない。ベス、どうかやめてくれないか」

ベスは身を寄せた。結婚とは奇妙なものだ。終わりなき譲り合い。「わたしは、いっしょにいきたいの」ベスはとうとう言った。「でもブランチがひとりで男たちに対処できそうなら、任せることにするわ」

ルシアンは顔を見るためにベスを身体からはなした。「約束する？」

「約束します」

ルシアンは微笑んだ。「ありがとう。本音を言うと、僕だって参加をするなと言われたら、残念に思ったと思うよ」熱いむさぼるようなキスをベスにあびせた。「それにじつは、きみが娼婦の格好をしたらどんなふうか、興味津々なんだ」


あとになり、トム・ホロウェイの借間に臨時にしつらえたブランチの着替え室で、ベスは鏡に映った自分をながめながら、ルシアンはどう思うだろうかと考えた。きっと、また激怒するにきまっている。エマおばさんは、いまのベスを見たら憂鬱症に陥るだろう。


肩より長いけばけばしい金髪のかつらをかぶり、顔は色で塗りたくられていて、痣の心配をするどころではない。スカートはふくらはぎののぞく丈で、身頃は襟ぐりが深くあいていて、胸の先まで見えそうだった。

「神さま」ベスはつぶやいた。

まだガウン姿で、自分の化粧をはじめたところのブランチが、おかしそうに笑った。

「本番を前に緊張しているの？」

「すこしね」

「来なくてもいいのよ。ひとりでなんとかできるから」

デヴリルの件を思いだして、たしかにブランチはひとりで大丈夫なのだろうと思った。「わたしも最後まで見とどけたいの」

ブランチは理解を示して笑顔をうかべた。

「ねえブランチ、ニコラス・ディレイニーと交わした会話だけど、あれはなんだったの?」

ブランチは黒々と化粧したまつげと眉毛の下から、視線をよこした。下品に見えたが、魅力的だった。「わからないわ」

「でも、娼婦のところで、実際に会ったんでしょう?」

「ええ」紅で大きく唇を描いた。

「当時は、すでに結婚していたはずよ」

「そうでしょうね」

「わたし、下品な好奇心に負けているかしら?」

ブランチは笑いをこぼした。「ええ。せんさくはたまらなく魅力的だもの」

ベスはどうしても質問を我慢できなかった。「これだけ教えて。ルシアンもそこにいたのか、それに、どうしてあなたは帰ったのか」

ブランチは自分の顔をじっくりと見て、それからすこし口紅をつけ足した。「いいえ、ルシアンはいなかった。彼はロンドンを出ていたの。たしかあれは、ただの半社交界《ドゥミ・モンド》の社交の夕べだったわ。バッルム・ランクムよ」

「なんですって？」

「裸の舞踏会」ブランチは淡々とこたえた。「少なくとも女たちは裸。たいていの男たちは、たいていの時間、服を着たままでいるわ」

想像することさえむずかしい。ベスはまじまじとブランチの顔を見た。「あなたはルシアンの味方なのね？　わたしがここにいるのがまちがいだと思っているんだわ」

ブランチがふり返った。「あなたには自分で判断する権利があると思っているわ。ただし、ベス、この世界に足を踏み入れるなら、たとえ一晩であっても、遊びだとは思わないこと」

ベスは鏡に映った自分を見て、帽子をかぶるかかぶらないかでもめた日々のことを、信じられない思いでふり返った。でも、ベスは最後までやり遂げるのだ。きっと、これまで受けてきた教育の延長として、貴重な勉強になるだろう。

ベスがきっぱりとした態度でドアのほうにむきなおると、ブランチが言った。「よく決心したわ」

ルシアンはベスの姿を見ると、一瞬、目をおおったが、すぐにベスをつかんで、ひざの上に抱き寄せた。「一晩のお遊びは、いくらかな、モリー?」彼の目は笑っていた。怒ってはいない。ベスが押しのけようとすると、ルシアンは言った。「おいおい、いまから役作りをしておいたほうがいいだろう」

「最低でも十ギニーだって、言っておやんなよ」ブランチが訛りを出して言った。ベスは〝白鳩〟のほうをふり返り、息を呑んだ。女優は、まだまだベスには手ぬるかったのだ。

高く盛られた黒髪のかつらと派手な化粧も下品だったが、目をみはるのは彼女のドレスだった。豊満な胸をぎゅっと上に押しあげていて、身頃はなんと透けているのだ。その下からは、赤く染めた乳首が見える。天女のような〝白鳩〟とはまったくの別人だった。

ハル・ボーモントは大きく息を吸って、女優に近づいていった。「きみもおなじ値段かい、いやらしいお嬢さん?」

ブランチは片手を腰において、さらに胸を高くつきだした。「怪我した兵隊さんには、おまけしといてあげるよ」

「取り引き成立だ」ハルは言って、ブランチのあごを持ってキスをした。

ベスはルシアンの上着のなかに顔を隠した。「あなたの言ったことが正しかったと認めたら、不利な先例をつくってしまうかしら?」

ルシアンが強く抱きしめた。「鬼の首を取ったような態度はしないと約束するよ。家に帰りたくなったか?」

ベスは勇気を取りもどした。「帰らないわ。でも、ずっとしがみついていたとしても、責めないでね」

ルシアン、ニコラス、マイルズ、トム・ホロウェイは、全員、垢じみた粗い生地の上着と安っぽい装身具を身にまとい、顔に汚れをつけていた。髪に脂をつけることまでしたが、ルシアンはなにをやったところで貴族の気品が失われることはないようで、顔が隠れるように、つばのさがった、ぼろぼろの帽子をかぶった。

みんな元気いっぱいで、興奮で胸を躍らせている。育ちすぎた学童たちだ、とベスは呆《あき》れたが、彼らのやる気には影響されずにはいられなかった。通りに出ると、だんだん舞台を歩く女優を演じているような気分になった。「侯爵夫人を演じるより、簡単かもしれないわ」ベスは生意気そうにルシアンに告げた。

「それが本職じゃないということを、肝に銘じておくように」

「もうすこし腰をふって」ブランチが小声でささやいてきた。「修道女のように歩いてるわよ」

ベスはブランチを観察し、やがておなじように、手を腰におき、足取りは軽く、最大限に色っぽく見えるように肩を揺すって、流れるように歩きだした。

「よお、そこの、かわいいの！」身なりのよくない、通りがかりの男が声をかけてきた。「いまの連れより、もっといい男たちと遊びたくないかい？」

ベスは肩ごしに男にウィンクをした。ルシアンが自分のほうにベスを強く引きずった。「うせろ！」ルシアンはこぶしを見せて、男にうなった。男はあわてて先へ歩いていった。

ニコラスは笑いが止まらないようだった。「僕らはいまからまじめな仕事をしにいくんだ。ベス、きみはべつの晩に、いくらでも外に出て売春婦の役を楽しめばいい」ニコラスはベスの反対の腕を取って、先を急いだ。ブランチはマイルズとトム・ホロウェイにエスコートされていた。ハルは自分の役割を果たすために、フランシスとともにグローヴナースクエアのデヴリル邸の正面玄関のほうへしぶしぶ消えたあとだった。

予想していたとおり、街は勝利を祝う浮かれた群衆であふれはじめていた。祝祭用のイルミネーションをほどこす間はなかったが、どの建物もいつもよりも多くの照明で飾られている。酒も盛んにふるまわれたが、まだ、無礼講とまではなっていなかった。

こんな雰囲気のなかにはいるのは、ベスには生まれてはじめてのことで、ニコラスとルシアンにはさまれて安心できるせいもあって、とても楽しい気分だった。群衆が〝国王陛下万歳〟を歌いはじめると、ベスも元気よく声を合わせた。

ルシアンを見あげて笑った。ルシアンはにやりと笑顔を返し、ニコラスの手からベスを奪って、たっぷりとキスをした。周囲の人々から歓声と口笛があがった。くらくらとめまいがした。こんな人の多い場所で、こんなことを。

グローヴナースクエアが近くになるにつれて、出ている人の数は減った。今年のはじめには、評判の悪い穀物法をめぐって暴動があった場所だが、今晩は、群衆には怒る理由もなく、不人気の大臣の家をさがしだして窓を割る動機もなかった。

薄汚い一団となったベスたちは、メイフェアでは何回か怪訝な目をむけられたが、歩道はだれが歩いてもいいようで、彼らは止められることなくぶらぶらと進んでいった。デヴリルの家の近くで、ハルとフランシスの前を通った。頭からつま先まで紳士のなりをしていて、おしゃべりをしながら友人か馬車を待っているように見える。通りすぎるとき、フランシスは指を二本あげた。暗い家のなかに男がふたりいると推測しているのだ。

ベスたちはそのままアッパーブルック街まで歩いたが、そこは実際にマイルズの借間がある界隈で、そのあとは横丁をはいって、ブラックマンズ厩舎《ミューズ》のほうへ歩いた。デヴリルの家の裏手に抜ける道で、暗く、地面がぬかるんでいた。

ニコラスの頭のなかには地図がはいっているようで、彼は、ある家に通じる通路のわきで足を止めた。「さあ、開始だ。まずはブランチからいって、先に家にはいってくれ。番人は用心して扉をあけるのを渋るかもしれない――デヴリルは恐ろしい主人で、連中はまだ死んだことを知らない。だが、すぐにはいれるはずだ。そのあとは、なるべく男たちの気をそらして、音をたくさんたててくれ。僕は流し場の屋根をのぼって二階の窓から侵入する。仕事は一、二分ですむだろう。ルシアンとマイルズは台所周辺を見張り、トムはベスとともにここの陰から目を光らせる。いいか？」

ベスは勇気を出して、ルシアンの手から離れた。「わたしも、いったほうがいいと思うわ」ルシアンの抗議に負けじと、しゃべりつづけた。「二対二のほうがずっと簡単でしょうし、ほんの数分のことなんでしょう。お願い、ルシアン」

すこしして、ルシアンがため息をついた。「きみも手柄を手にしたいと心を決めているんだろう。だったら、いってくればいい」

彼がどれだけ自分を押し殺しているのかがわかって、ベスはルシアンを抱きしめた。それからブランチを追って裏口につき、そのあとからルシアンとマイルズが忍び足でついてきた。

ルシアンが小声でささやいた。「なにかあったら、大声で助けを呼ぶんだ。ふたりとも、いいか」そう言うと、ルシアンたちはわきのほうに身を隠した。

ブランチとベスは、地面の低い位置にある明かりのついた窓から、台所のなかを見ることができた。二人の男がテーブルをはさんで脂ぎったカードで遊びに興じ、上等そうなワインをあけている。

「鬼のいぬ間に、なんとやら……」ブランチがつぶやいた。「少なくとも、銃らしきものは見あたらないわね。いくわよ」

ブランチは階段をおりていってノックした。かんぬきを引く音がして、ピストルを手に持った髭面の男が慎重にドアをあけた。カード遊びをしていたのとはべつの人物だった。全部で三人いるのだ。

「なにか用か？」男はぶっきらぼうに言った。

「あらやだ」ブランチが訛りを効かせて言った。「それがレディを迎える言葉かい。是非、そのワインをいっしょに楽しみたいわ、お兄さん」

相手は緊張を解いてドアをすこしあけたが、ふたりの背後を注意深くうかがうことも忘れなかった。「どっから来たよ、天使《エンジェル》？」

「そりゃ、天国にきまってんでしょ」ブランチが応じた。「ここの主人が、あんたたちの夕食の席にあたしたちを呼んだのよ」

目が厳しくなった。「だんなが？　会ったのか？」

「昨日ね。ほら」ブランチは口をとがらせた。「いれてくれるの、くれないの？　今夜は、ほかにも釣れそうな魚が泳いでるんだから。それよか、みんなで街に出て楽しくやるっていうのはどう？」

「そいつは無理だ」男は言って、にやりと笑った。「けど、退屈な時間がまちがいなく明るくなったぜ」ドアを大きくひらいた。「さあ、はいれ。おい、おまえら、だんながおれたちにどんな差し入れてくれたか見てみろよ！」

ふたりの男がカードを投げた。「しょぼしょぼした目には、刺激が強すぎる」ほとんど歯のない男が言った。ベスたちの服をはがしてしまいそうな目つきだ。

「まったくだ」もうひとりが黄色い歯をむきだしにして言った。

ベスは硬直していた。

ブランチがテーブルのほうへ歩いていくと、ふたりは催眠術にかかったように目が釘づけになった。「あたしは、なんてついてるのかしら」甘えた声で言った。「こんないい男に笑顔をむけられてさ」

ベスは気を落ち着けて、急いで台所にはいってドアを閉めた。三人めの男が、ピストルをおいてにやにやとこっちを見ている。期待していたとおり、かんぬきをもどすのを忘れていた。これで、なにかがあっても、ルシアンがすぐにはいってこられる。

ベスは髭面の男に微笑みかけたが、顔が引きつっているかもしれないと不安だった。

「こんにちは、お兄さん」

相手が手を伸ばしてつかもうとしてきたが、ベスは横によけた。「ワインはもらえないの？」

それでも男はベスをつかまえた。「キス一回したら、やってもいい」

だらしなくゆるんだ口は、湿っていていやなにおいがした。デヴリル卿ほど汚いはずはないと思ったが、クラリッサが朝食を吐きもどした気持ちが、身をもってよくわかった。暴れる胃をなんとか抑えて、楽しんでいるふうを装って身体をよじった。ルシアンに見られないことを祈るばかりだ。彼はきっと相手を殺してしまう。

ようやく男は口をはなすと、けらけらと笑った。「なかなか生きのいい女だ。ほら、おいで、ワインをやるよ。奥にいきゃ無尽蔵にあるんだ」ベスに腕を巻きつけて、テーブルのほうに引っぱっていった。そこではブランチがふたりの男をたくみに競争させ、嬌声をあげたり、ばたばたと動きまわったりしていた。

ニコラスはもう侵入しただろうか？　ベスも自分の役割を果たそうと、蹴つまずいてスツールを倒した。

となりの男がベスを支えた。「もう、すっかり酔っぱらったか？」ワインの瓶を押しつけてきた。「ほら、もっとやれよ」

時間をかせぐ必要があった。「そうね」ベスはわざとらしい上品ぶった口調で言った。「わたくしは、お高いグラスからいただくのに慣れてるの」

ブランチは甲高い声で笑った。「おもしろい子なのよ。仲間うちじゃ、〝公爵夫人〟って呼ばれてるわ」

男たちはいっせいに笑い、黒髭がなにげなくベスの乳首をつまんだ。ベスは怒ってきっと叫んだが、幸い、相手はそれも芝居のうちだと勘ちがいしたようだった。「ただいまお持ちしますよ、公爵夫人。はいはい、一番上等のクリスタルね」恐ろしいことに、男はそれを取りにいくために部屋を出ていった。上の階にあがるつもりなのか？　どこかにニコラスがいるはずだ。ベスは急いであとを追った。

男はふり返り、知った顔でにんまりと笑った。「要するに、ゲームだったってことかい、公爵夫人。賢い手を使いやがる。居心地のいい快適な寝室にいきたいってんだろう？　なら、こっちだ」

ベスは必死になってあたりを見た。いまいるのは一階にあがる階段のそばで、周囲の壁は、皿や鉢のはいった棚でおおわれている。ドアを閉じたせいで台所の騒がしい音は伝わってこない。上の階のほうからも、なにも聞こえなかった。ニコラスはきっとすでに侵入しているはずで、音がたつのはいまからだ。状況しだいでは、そのへんの陶磁器を割るしかない。

「姐《ねえ》さんのところにもどらないといけないわ」ベスははにかんだ。「ものすごく妬《や》くから」

「妬かしておけって。なんなら、つぎにいっちょ相手してやるからよ。いくぞ」肉厚の手でベスの手をつかんだ。

「はなして！」ベスは声をあげた。娼婦たちは上の階に足を踏み入れないと言われていたことを急に思いだして、ベスは頑としてがんばった。

「よお、なんだってんだ?」男はうなった。「このトム・クロス相手に、高慢に気取ってみせたって、無駄だよ、公爵夫人」強く引っぱって、ベスをうつぶせに返して自分のひざにのせ、尻を二発強くたたいた。うすっぺらいスカートはクッションにはならなかった。ベスはかっとなった。

「最低の男!」立たされるや、ベスは叫んだ。棚に手を伸ばした。真っ先に指にふれたのは小さな鉄の鍋《なべ》だった。それで力いっぱい相手の頭を殴った。男は寄り目になり、階段の下で伸びた。

「おみごと!」階段の上からニコラスの声がした。「そろそろ救出にのりだしたほうがいいかと考えてたところだ」

「自力でできたわ」ベスにはかすかに誇らしげな気持ちがあった。尻をさすって服をなおした。「そちらは、すんだの?」

「ああ。いまからルシアンに合図を送る。きみたちは、ここから出られるよ」

「この男は?」ベスは負傷者を指さした。「このおかげで、計画がだめになったりしないかしら?」

「平気だ。頭を殴られたと気づいても、驚きはしないだろう。だが、すぐに意識はもどる。さあ、急いで」ニコラスはふたたび上階のほうへ消えていった。

ベスは何食わぬ顔で台所にぶらぶらともどった。ブランチは歯をむきだしにした男のひざの上にのって、ワインをラッパ飲みさせていた。もうひとりは、もどかしそうに、あたりをうろついている。ただちにふり返った。「トムはどうした?」疑っているというよりも、他人の家を勝手にあさることに不安をおぼえているようだった。

「きまっているでしょう、わたしのためにグラスを取りにいったの」ベスは気取ってこたえた。男が近づいてくる。ベスは後ずさった。これ以上のキスは無理だ。武器をさがしてあたりを見まわし――。

ルシアンとマイルズがどかどかとはいってきた。「おい、なにやってんだ、モリー?」

ルシアンがどすを効かせて言って、ベスを引っつかんだ。

ブランチは迫真の恐怖の悲鳴をあげて、歯をむきだしにした男のひざからとびのいた。「助けて!」そう叫んで、男の陰に隠れようとしたが、男のほうは争う気はないようだった。

「なら、こいつらは、いったい、だれなんだ?」

「どこへいって、だれとなにをするか指図をくれる男たちだ」ルシアンはうなるように言って、ベスを出口に引きずった。「家に帰ったら、ただじゃすまねえ!」

ベスは泣き叫んだ。マイルズがブランチをつかんだが、ブランチの相手の男たちは、どちらもじゃまはしなかった。出口まで移動するあいだ、ベスはトムがおいたピストルを見つけて手に取った。四人はすぐに外に出た。

厩舎方面にむかって裏庭を駆けていると、恐ろしい悪態が聞こえてきた。「このあま、なんてことをしやがる！」

「トムだわ！」ベスは息を呑んで、ルシアンの手にピストルを押しつけた。

「きみはなにをやらかしたんだ？」ルシアンはすばやくピストルに目を落として言った。うしろを盗み見ると、戸口に三人の男が出てきている。

「こっちだ！」ニコラスが小声で声をかけた。

全員は厩舎の敷地内に駆け込んで、アッパーブルック街へ抜ける出口に急いだ。そこでは、急いで逃げる必要が出た場合に備えて、トム・ホロウェイが馬車を用意して待っている。だがその方向から、べつの一台の馬車がはいってきた。

「まずい」ニコラスがつぶやいた。

一行はうしろをふり返った。デヴリルの用心棒たちが厩舎にはいってくるところで、少なくともひとりはピストルを持っている。ニコラスは悪態をつき、壁に張りついて身を隠した。ルシアンがピストルをふると、男たちの足はにぶった。

ずいぶんと長い時間、その場で止まっているように思えた。彼らは人を呼ぶつもりだろうか？　それとも、本人たちもじゅうぶんにいかがわしいため、人目につくことを嫌うだろうか？　わきをすり抜けて逃げようとしたら、馬車の御者に止められるだろうか？

「進退きわまれりだな」ルシアンが暢気《のんき》に言った。「相手になるか」

「おい！」

声に驚いて、いっせいに一番近い馬車置き場をふり返った。小さな人影があらわれて、一生懸命手招きをしている。

「ロビンだわ！」ベスは息をもらした。

「こっちだ！」少年は小声で言って、あらためて手招きした。

四人は一瞬ののちにロビンのほうへ駆けだし、ニコラスがそのあとからそっとつづいた。

「あいつらを止めろ！」トムが喚《わめ》いた。「泥棒だ！」

「泥棒だって！」御者が声を張りあげた。「おい、待て！」

ベスたちは馬車置き場にはいった。「ついてきて」ロビンが言って、馬車のあいだをすり抜けて裏手のほうに駆けていく。

全員が文句もなくしたがった。ロビンはガラスをはめていない窓から、馬車置き場となりの建物の壁のあいだの、狭い隙間に出ていった。雑草が伸びていたが、みんなは少年のあとを追って地面を踏みしめながら進んだ。ロビンは足を止め、べつの建物の板壁のなかに消えた。近くまでいってみると、二枚の板がはずされていて、人ひとりが身体をねじこめるほどの隙間があいていた。

なかは厩舎で、馬三頭が馬房におさまっていた。馬がのんびりと身体を動かした。追っ手の足音や声が、遠くのほうから聞こえてくる。

ロビンが無言ではしごを指さし、ひとりずつ、よじのぼった。上は人が寝泊まりする空間になっていたが、使用されていないために、埃っぽくて真っ暗だった。下にいるロビンははしごをべつの壁に立てかけ、上へ両手を伸ばしてきた。ルシアンはその意味を理解して、身を大きくのりだし、ニコラスとマイルズに脚を押さえてもらいながら、少年を上へ引きあげた。

落とし扉を閉め、一行は暗闇に倒れ込んで、息をついた。だれかが――たぶん、ニコラスだ、とベスは思った――笑わないようにこらえている。かすかに人の声が聞こえてきたが、どれも近くはなかった。

窓はふたつあった。ものすごく汚れていたものの、すこしは光がはいってきて、目がすこしずつ慣れてくるとぼんやり物が見えるようになった。ベスは這っていってルシアンの腕のなかにはいった。

「楽しんでるかい」ルシアンがささやいた。

ベスは小さく笑った。「ええ、正直言って、楽しんでるわ」

「そのようだね。哀れなトムには、なにをしたんだ?」

「鍋でのしてやったの。無礼を働こうとしたから」

ルシアンはベスの肩に口を押しつけて、笑いを抑えた。

「この楽しい救出劇の礼は、どうしたらいい？」ニコラスがロビンに言った。

「ああ、紹介させてくれ」ルシアンが横から言った。「ニコラス・ディレイニーに、こっちがロビン・バブソンだ。おまえは、こんな場所でいったいなにをしているんだ、ロビン？」

「だんなをさがしにきたんだよ」ロビンはいっぱしの口調で言った。「戦争のこととか、いろいろあって、今夜は布団にくるまってるにはもったいないと思ったから、なんかおもしろいことはないかって、こっそり外に出たんだ。たら、だんなもおなじことをしようとしてたから、これは、なんかあるぞって、ピンときた。みんなしてそんな格好で出てきたときには、腰が抜けるかと思った」ロビンはベスを見て、目をぐるりとまわした。ベスは笑った。

「ぜんぜん気づいてないみたいだったけど、おいらはずっと、こっちのほうまでつけてきたんだ。で、そのうちに助けがいるなって、わかった。計画をちょびっと盗み聞きしたから、みんなが家に押し入ってるあいだに、ここのなかをうろうろしてた」

「ともかく、よくやった」ニコラスが言った。「ウェリントン公ですら、ここまでうまくやれなかっただろう。褒美をやらないといけないな。ただし、おまえが秘密をもらさないと信用できる場合にかぎる」

「信用できます、閣下！」

「ただのミスター・ディレイニーだ。なにがほしい？」

「なにがって？」

「褒美はなにがいい」

ロビンはぽかんとした顔をした。ベスが急いで横から口を出した。「好きな職業を選ばせて、訓練の機会を与えられるのがいいと思うわ」

「厩舎の仕事を学んでいるところじゃないか」ルシアンは言ったが、それ以外にはするに値する職業は存在しないと断定する口ぶりだった。

馬からはなれたい願望と、崇拝する相手から遠ざかる不安のあいだで、ロビンが揺れているのがベスにはわかった。「たぶん、あなたは屋敷内の仕事のほうが好きなんだと思うの、ロビン」ベスは優しく背中を押した。

「かもしれない」ロビンは小声で言った。

「わたしは小姓《ページ》をひとり使うことを考えているわ。当然、多くの時間をわたしといっしょにすごさないといけないし、きれいなお仕着せを着ていないといけないけど……」

ロビンは不安だが明るい目をして、顔をあげた。「おいらは気にしません」

「それに、本気でわたしの役に立ちたいなら、読み書きやほかのいろんなことも学んでもらわないと」

「おいらにできますか？」心配そうに言った。

「きっとできます。それに、ずっとページでいるわけにもいかないでしょう。フットマンになりたいと思うかもしれないし、それに、いつかは執事ということだって」

「あのモリスビーみたくに？」イングランドの王冠を差しだされたように、目をまん丸にして言った。

「ええ、そのとおり。だから、あなたさえその気があるなら……」

「あります、お願いします」ロビンは礼儀に注意をして言った。

ルシアンが少年の頭をくしゃくしゃになでた。「なかなか野心のある小僧だな。その輝かしい未来を手にしたいなら、おまえは、僕ら全員をここから安全に連れださないといけないぞ。さもないと、われわれは牢屋で与えられる縄ほぐしの作業に忙しくて、おまえの面倒どころじゃなくなる」

「まさか！」少年は言って、みんなににやりと笑顔をむけた。「でも、おいらがいなきゃ、みんな、どんなことになるやら。ここで待ってて」

ロビンは落とし扉のところまで這っていって、わずかに隙間をあけた。それから、扉をそっとひらいて下にひらりととびおりた。ベスは高さに驚いて息を呑んだが、そのまますばやく走っていく音が聞こえた。

すこししてもどってきた。「安全だ。ほら、はしごだよ」

数分後には、全員が無事に下におり、落とし扉が閉められた。ルシアンがはしごを壁にもどした。「裏から敷地の外に出られる」少年が言った。「ついてきて」

万事うまく運び、ほどなくして一行はパーク街へ抜け、お祭り騒ぎにくりだしてきた仲間に化けて、そのまま、グローヴナースクエアで待つハルとフランシスに終了の報告をしにむかった。スクエアにはいったところで、一行の足がぴたりと止まった。

ハルとフランシスの姿はあったが、イングランドの首相とベルクレイヴン公爵といっしょに話をしていたのだ。フランシスがこっちを見て、大あわての形相をした。

公爵がそれに気づいた。好奇心に導かれてふり返った。視線が、薄汚い一団のところをなにげなく過ぎ、ロビンをしげしげと見て、それから前にもどった。

ベスの顔が赤くなったが、派手な化粧がそれを隠してくれるといいと思った。ルシアンが笑いを必死にこらえているのがわかる。彼はやっとのことでこう言った。「こんばんは、だんな。イングランドにとって、めでたい晩だ！」

「そのとおりだ」公爵は言って、ロビンに目を落とした。「どこかで会った気がしなくもないが」

「おいらと？　まさか」ロビンは自分の役になりきって、ふてぶてしく前に出た。「ウエリントン公に乾杯をしたいんだ。六ペンスおくれよ、おじさん」

もうひとりの本職であるブランチが、のらりくらりと進みでた。「一シリングあれば、あたしが歌をうたってあげるよ」

ブランチを見たとたんに、リバプール伯爵の顔が赤くなった。「あっちへいきなさい、恥知らずが！」

だが公爵が彼の腕に手をおいた。「この良き日を祝おうとしているだけではないか、リバプール」五シリング銀貨を取りだした。「さてと……この一団を仕切っているのは、どの者だ？」

ルシアンは一瞬の迷いもなくニコラスを前に押しだした。「この男です、だんな」

「やはりそうか」公爵は独りごちるように言って、銀貨を手渡した。「全員で楽しくやりたまえよ」

ニコラスはぺこぺことして、帽子のつばの代わりに前髪にふれて挨拶をした。「もちろんです。閣下に神のご加護を。陛下にはますますの幸と……」

「もうよい！」公爵がさえぎったが、まじめな顔を保つのに苦心しているのが見てわかった。「さあ、いきなさい」ふたたび全員に視線をおよがせたが、一瞬、ブランチに感じ入ったような眼差しをむけ、ベスのことをそれ以上にしみじみとした目で見た。公爵は見まちがいでなく、ウィンクをした。「ともかく、今日のような晩は」彼は不快げな顔のリバプール伯に言った。「イングランドじゅうの民が、ひとつの幸せな大家族のようなものじゃないか」

「こんな底辺の輩たちはわたしの家族ではない」伯爵は高飛車に言った。「選挙権があるかすら疑わしい」

「そう、かっかすることもなかろう。ちょっとした風向きの変化ひとつで、人間が変わることもある」公爵はふたたび一団に話しかけた。「きみたちは、今後、人としてめきめきと向上すると期待してよろしいか？」

全員が賛意を口にした。

「将来有望なこうした青年たちが、いずれグローヴナースクエアの一等地に屋敷を構えようと望むことさえ、ありえない話ではないと思うがね、リバプール」

「あなたは、どうかしてる！」リバプールは言った。「さあ、いこう、ベルクレイヴン。馬が待っている」

そのあとから笑い顔の公爵がつづいていった。

ベスがうしろから声をかけた。「婦人がグローヴナースクエアに住むことを夢見ていけない理由もないわ、閣下！」

公爵は笑い声とともにふり返った。「まったくそのとおりだ。しかし、ずいぶん、威勢のいいお嬢さんだ」

ベスは腰を傾けて、色目を使った。「わたしは、父の宝ですから」

「そうだろうね」公爵は言って、ベスとルシアンのふたりを目におさめた。「まったくそのとおりだ」

リバプールの馬車が去っていくと、ハルとフランシスを加えた全員でアッパーブルック街へ急いだ。トム・ホロウェイが一台の馬車のとなりでやきもきしながら待っていた。馬車はもう一台あった。二台目のほうから、エレノアが顔を出して手をふってきた。

ニコラス、ルシアン、ベス、ロビンが、エレノアの貸し馬車に乗り込み、ハル、マイルズ、フランシス、ブランチは、トム・ホロウェイが御者を務める馬車におさまった。デヴリルの家をふり返ると、ひっそりとして真っ暗だった。番人の男たちは、トムの頭以外に被害はなく、とくに騒ぐことでもないと判断したようだった。

「きみはここでなにをしてるんだ？」ニコラスがエレノアを腕に抱き寄せて言った。

「ちょっとはわたしも楽しみに参加したかったのよ。うまくいった？」

「かろうじてね。この勇ましい少年に救出されなければ、危なかった」ニコラスはロビンの頭をなでまわして、銀貨をわたした。「おまえの働きはこのくらいに値する」

「ありがとうございます！」

「ただし」ルシアンが言った。「夜に街に出て、使ってはいけないぞ。将来ある若者は、睡眠をとらないといけない」

ロビンは小さくうなったが、「わかったよ」と口にした。

「おいロビン」ルシアンが優しく言った。「変化は変化だ。おまえはもう、元の少年じゃない。いま、むかしの友達に会ったら、身ぐるみはがされて、持っているもの全部を売りとばされてしまう」

「たぶん、そのとおりだ」少年ははっとしたように言った。小さく鼻を鳴らした。「むかしの自分を捨てるのは、大変なことだよ」

ベスは身をのりだして、ロビンの手に手を重ねた。「大変なことよ。でも人生からなにかを得たいとすれば、変化は必要なの」ルシアンに笑いかけた。「絶対に最後にはそれが報われるから」

ニコラスは妻に笑顔をむけた。「だからこそ、僕は身を落ち着ける決心をした」

エレノアはニコラスのむさくるしい格好をじろじろと見た。「これで落ち着いたと言えるの？」

「これ以上従順でおとなしい男はいないね。でも、ありがたいことに仕事にもけりがついたから、もうサマセットにもどれる」

一行はトム・ホロウェイの家に到着し、急いでなかにはいった。ベスが着替えにいこうとすると、ルシアンが声をかけてきた。「その上に、スペンサー・ジャケットをはおるだけでいい。きみは、こっそり家に忍び込まないといけないんだ」

ベスは自分を見おろした。露出した姿でいることを、ずいぶんと前から忘れていた。

「そうね」ベスはルシアンに賛成した。

ルシアンはギニー金貨を十枚数えて、差しだした。ベスは顔が燃えるのを意識しながらも、笑いながらコインを受け取り、胸の内側に落とした。ベスはニコラスとエレノアの夫婦に笑顔をむけた。「めでたいことに、あたしもどうにかこうにか、自立してやってけそうだわ」

ルシアンが自分のきれいな服を荷造りすると、ふたりは部屋を出て、階段のところでブランチとハルとすれちがった。

「御代は前金だよ！」ブランチが声をあげた。

ベスは笑いをもらした。「もう、しっかりもらっといたわ！」

ベスはすこしして、ルシアンの腕に幸せそうにぐったりともたれて言った。「またハートウェルにいける？」

「いけるよ」ルシアンがこたえた。「国王に拝謁したあとにね」ベスの口にのぼりかけた抗議を唇で封じた。「娼婦の役もやらせてやったし、トムになにをされて鍋を頭にぶち込むことになったのか、僕は聞きもしなかっただろう。今度はおとなしく侯爵夫人を演じる番だ」

ベスは彼の温もりのある引きしまった身体にさらに身をすり寄せた。「ふたつの役に、たいしてちがいはないと思うわ」

「王妃はそれに賛成しないと賭けるよ。ブランチに謁見用にドレスを借りて、確かめてみればいい」

ベスは笑った。「高い身分の貴族も淫らなふるまいをすればつまみだされると思う?」

「まったく予測がつかないね」

ベスは腕の筋肉に指を這わせた。「公爵はなんて言うかしら」

「たぶん、なにも言わないだろう。あんなふうに笑う姿をはじめて見たよ。人が変わった。きみがやってきて、全員が変わったと言っていいかもしれない」

「いい方向に?」

「ああ、まちがいない。きみは凍った地面にふりそそぐ太陽だ。母は鼻歌をうたい、父は笑う。そして僕は……僕は、人生の友の知恵と強さと明るさを、とても楽しんでいる。これほど幸運な男はほかにいないだろうね」

「賢い男は」ベスはささやくように言った。「必ず幸運を手に入れるものよ。そして賢い女は、会えばすぐに賢い男を見分けられるの」

訳者あとがき

ジョー・ベヴァリー作〝無頼同盟《カンパニー・オブ・ローグズ》〟シリーズ二作目『侯爵の憂鬱な結婚』の登場です。RITA賞「リージェンシー部門」受賞作、ハンサムな悩める貴公子と十九世紀の活発な先進女性を主人公にした作品をお楽しみいただけましたでしょうか。

本作のヒーローは名門貴族の家柄の美男子、アーデン侯爵ルシアン・ド・ヴォーです。ゆくゆくは広大な公爵領をつぐ身。サファイア色の瞳に輝くような金髪。頭の回転もよく、ウィットに富んだ会話も得意。もちろん長身でたくましくて、運動神経もいい。シリーズ第一弾の『真珠は涙にぬれて』を読んだ方は、ヒロインのエレノアを魅了しそうになった、とてもチャーミングでセクシーな貴公子としてご記憶にあることでしょう。

ところが、こうしただれもが恋に落ちてしまいそうな完璧な男にも悩みはあります。たとえば、父との葛藤。ベルクレイヴン公爵は厳格であたたかみのない人物で、息子に対してもどこか冷静な態度で接します。ふだんは明るい性格のルシアンも、なぜか父の前へ出ると緊張し、卑屈な思いにとらわれます。そして、ある日、そんな父の姿勢のうらにひそんでいた重大な秘密を聞かされ、父の連れてきた女性と無理やり結婚させられることに。

この女性がヒロインのベス・アーミテッジ。両親がなく、女学校で育てられ、自分もそこの教師をしていました。彼女は『女性の権利の擁護』という本を書いたフェミニズム思想の先駆者、メアリ・ウルストンクラフトに傾倒していて、女も男と同様に教育を受け、社会からも同等にあつかわれるべきだと信じています。さらには、悪しき因習である貴族階級の特権を撤廃すべきだ、というウルストンクラフトの考え方にも深く共感していました。

この水と油のようなふたりが強引にくっつけられると、どうなるでしょう。当然、ふたりの心にはイライラがつのります。外から見ると、これ以上なにを望むことがあるだろうという瑕ひとつない男が、こうしたフラストレーションをかかえて悩んだり、自身の悪い面をうっかり出してしまったりするところが、この作品のひとつの見所ではないかと、性格の悪いわたしなどは思うのですが、いかがでしょう？

さて、今回のストーリーの鍵であり、重要な背景となっている貴族階級ですが、この身分制度や呼称がとてもややこしいので、この場を借りて少々説明させてください。まず爵位の基本となる序列ですが、身分の高いほうから公爵、侯爵、伯爵、子爵、男爵となります。公爵は、上には王室しかいないというきわめて高い別格の身分であり、日本にたとえるなら、広い所領と臣下を持つ地方の殿様といったところでしょうか。ルシアンの父がこの公爵の身分にあって、高貴なるものの義務として、自分の所領の管理、経営につとめ、地方の発展に尽力しています。

この〝ベルクレイヴン公爵〟という身分、それに財産と責務を、いずれひとり息子であるルシアンが継ぐわけですが、ルシアンはそれまでは父の持つ爵位のうちの二番目のもの――アーデン侯爵――を儀礼的に名乗っています。つまり彼の名前のうち、〝アーデン侯爵〟は肩書き、〝ルシアン〟は生まれたときにつけられた名、〝ド・ヴォー〟が父系の苗字ということで、ついでに、仲間内では〝ルース〟というあだ名で呼ばれています。

ところで、今回は知識欲旺盛なベスと、それに負けない学のあるルシアンが主人公ということで、ラテン語の格言から、詩から、芝居から、さまざまな引用がなされ、それが作品のいろどりとなっています。今回翻訳するにあたっては、多くは先達の日本語訳があるので、それを参考にさせていただきました。とくにシェイクスピアとコールリッジについては、前者は小田島雄志訳、後者は上島建吉訳をそのまま引かせていただいたことをここでお断わりいたします。

訳者略歴

東京生まれ。英米文学翻訳家。主な訳書に『ふるえる砂漠の夜に』ジョハンセン(二見書房)、『法人類学者デイヴィッド・ハンター』ベケット(ヴィレッジブックス)、『100万ドルの魔法使い』マデイラス(竹書房)、『真珠は涙にぬれて』ベヴァリー(武田ランダムハウスジャパン)など。

侯《こう》爵《しやく》の憂《ゆう》鬱《うつ》な結《けつ》婚《こん》

2010年9月10日　第1刷発行

著者　ジョー・ベヴァリー
訳者　坂本あおい(さかもとあおい)
発行人　武田雄二
発行所　株式会社 武田ランダムハウスジャパン
〒101-0046 東京都千代田区神田多町2-1
電話03-5256-5691(代表)
03-5256-5692(営業)
http://www.tkd-randomhouse.co.jp
印刷・製本　豊国印刷株式会社
株式会社東京印書館
定価はカバーに表示してあります。落丁・乱丁本は、お手数ですが小社までお送りください。送料小社負担によりお取り替えいたします。

ISBN978-4-270-10362-3